Fanny Bechert

Andrew im Wunderland – 1

Andrew im Wunderland (Band 1): Ludens City

»Warum hast du mich hergeholt?«

»Weil wir einen Helden brauchen, der uns rettet. Weil ich *einen Helden brauche …«*

Ich bin Andrew. Mitte zwanzig, Computernerd und mit meiner Nickelbrille und dem hageren Body bestimmt kein Supermodel. Auch kein Superheld, aber für diesen Zweck habe ich ja meine virtuellen Spiel-Charaktere. Mein Leben war ein ruhiger, gemütlicher Trott – bis zu dem Tag, als ich in ein verrücktes Paralleluniversum geriet.
Ich rate euch eins: Lauft nie einem weißen Hasen hinterher. Auch nicht, wenn er eine sexy Bardame namens Lola mit Plüschohren und einem süßen Puschel am Po ist. Wieso? Weil ihr dann schneller, als euch lieb ist, einem gewaltigen Problem gegenübersteht: Ihr sollt der verdammte Held einer Geschichte werden. Problem erkannt?
Dass ich Lola dennoch verspreche, Ludens City und die Fabelwesen, die dort gegen ihre Unterdrückung kämpfen, zu unterstützen, kann nur daran liegen, dass ich ein absoluter Vollidiot bin. Oder ein Freak, der jeden Sinn für Realität verloren hat. Sucht es euch aus.

Die Autorin

Fanny Bechert wurde 1986 in Schkeuditz geboren und lebt heute mit ihrem Mann in einem ruhigen Dörfchen im Thüringer Vogtland.
Als gelernte Physiotherapeutin griff sie erst 2012 mit dem Schreiben ein Hobby ihrer Kindheit wieder auf. Was zuerst ein Ausgleich vom Alltag war, nahm bald größere Formen an und so veröffentlichte sie im Juni 2015 ihren ersten Roman im Genre High-Fantasy, der den Beginn der mehrbändigen Reihe ›Elesztrah‹ darstellt. Seitdem widmet sie sich immer aktiver der Tätigkeit als Autorin.
Heute schreibt sie nicht nur Romane, die sie ebenfalls selbst vertont, sondern hat das Texten im Bereich des Online-Marketings auch zu ihrem Hauptberuf gemacht.

FANNY BECHERT

Andrew im Wunderland

Band 1: Ludens City

Urban Fantasy

www.sternensand-verlag.ch | info@sternensand-verlag.ch

1. Auflage, Juli 2020

Umschlaggestaltung: Alexander Kopainski
Lektorat / Korrektorat: Sternensand Verlag GmbH | Martina König
Korrektorat Druckfahne: Sternensand Verlag GmbH | Jennifer Papendick
Illustrationen: Adobe Stock | comicsans | svetlanasmirnova
Satz: Sternensand Verlag GmbH
Druck und Bindung: Smilkov Print Ltd.

ISBN-13: 978-3-03896-144-4
ISBN-10: 3-03896-144-4

Für meinen Mann,

das beste Plot-Bunny

der Welt

Inhaltsverzeichnis

1

Zurück ins Reallife

Mit Schweißperlen auf der Stirn beobachtete Maximus12 den Flammenden Lord. Der Troll zu seiner Rechten schleuderte dem Monster gerade einen Pfeil nach dem anderen entgegen, während die Orkkriegerin Lulabell, mit der er vorhin noch geflirtet hatte, bereits in vorderster Front stand und auf das Untier einschlug.

»Weg da, Flächenschaden!«, brüllte er und rannte nach links.

Der Troll jedoch blieb stehen, feuerte unerschütterlich weiter, bis er zusammenbrach.

»So ein Vollidiot«, hörte er die warme Stimme der Ork, die jetzt beinahe gehetzt klang.

»Noob«, lachte Maximus12. Dann konzentrierte er sich erneut darauf, seine Zauber zu wirken. Einen Blitzstrahl nach dem anderen formte er, während er seine Gesundheit im Auge behielt, genau wie die des Flammenden Lords.

Sie waren zu zehnt, zwei von ihnen lagen bereits am Boden und um zwei weitere stand es kritisch. Wenn nicht bald etwas geschah …

Suchend blickte er sich um. Wo war dieser verdammte Heiler?

»Anorax«, rief er, »du musst den Troll rezzen. Ohne sein Pet haben wir keine Chance!«

»Ich kann nicht«, tönte es kläglich von dem Priester, der sie heute zum ersten Mal begleitete. »Ich hab kein Mana mehr.«

Maximus12 verzog das Gesicht. »Das darf doch nicht …«

In diesem Moment fiel auch Lulabell.

Ohne den Schutz der Kriegerin dauerte es nur Sekunden, bis alle anderen ebenfalls tot und ins Reich der Geister übergegangen waren.

»Verdammte Scheiße!« Wütend riss ich mir die Kopfhörer von den Ohren und stieß mich von meinem Schreibtisch ab. »So eine verfickte Scheiße!«

Wir hatten bald zwei Stunden damit verbracht, bis zum Endboss zu gelangen, und nun scheiterten wir daran, dass dieser verfluchte Priester nicht mit seinem Mana klarkam!

Dumpf konnte ich hören, wie die anderen sich im Teamspeak ebenfalls aufregten. Ich wollte mir bereits die Kopfhörer wieder aufsetzen, um Max, wie der Priester angeblich hieß, ebenfalls rundzumachen, als plötzlich eine private Nachricht von Shazzar, dem Trolljäger, im Chatfenster auftauchte.

»Das mit der Orkschnecke kannst du nach dem Fail eh knicken, Andrew. Lass uns was trinken gehen.«

Ich warf einen Blick auf die Uhr. Viertel vor elf … Nach kurzem Überlegen antwortete ich: »Wir könnten einen zweiten Run versuchen.«

Shazzar, der in Wirklichkeit Craig hieß, nur zwei Blöcke weiter wohnte und seit Jahren mein bester Freund war, schrieb sofort zurück. »Nee, keinen Bock. Ich geh ins ›Dark Hole‹. Komm mit oder lass es.« Dann loggte er sich kommentarlos aus.

»Wo ist Shaz hin?«, fragte Lulabell gerade, als ich mir die Kopfhörer wieder aufsetzte und von dem Menschen Andrew zurück in meine Rolle als Maximus12 wechselte.

»Der zieht euch das Reallife vor«, antwortete ich und fügte nach kurzem Zögern hinzu: »Ich bin auch raus.«

Ohne auf die Reaktion von Lulabell oder einem anderen Spieler zu warten, beendete ich sowohl Teamspeak als auch das Onlinespiel, mit dem ich beschäftigt war, seit ich halb sechs von der Arbeit gekommen war.

So verlief fast jeder Tag. Entweder ich stand an der Kasse im Walmart oder saß vor meinem Rechner und verprügelte irgendwelche Fantasywesen. Würde es Craig nicht geben, der die Realität dem virtuellen Universum noch immer vorzog, würde ich vermutlich vollkommen in ›Elesztrah‹ versacken.

Okay, vielleicht führte ich nicht das spannendste Leben, das ein Mittzwanziger haben konnte, aber mir gefiel es.

Missmutig fuhr ich meinen PC runter und stand auf. Meine Laune war nach diesem missglückten Raid dermaßen im Keller, dass ich eigentlich gar keine Lust hatte, die gemütliche Jogginghose gegen eine Jeans zu tauschen und die Wohnung zu verlassen. Aber Weiterspielen war auch nicht und um bereits schlafen zu gehen, war der Abend noch zu jung. Mein Körper würde gar nicht verstehen, was los war, wo ich doch sonst nie vor drei ins Bett ging.

Also griff ich widerwillig nach der Jeans, die über der Stuhllehne hing, angelte ein sauberes schwarzes Shirt aus dem Schrank und zog mich um.

Ein kurzer Blick in den Spiegel verriet mir, dass es besser gewesen wäre, vorher zu duschen. Meine kurzen braunen Haare klebten mir am Kopf und auf meinem Gesicht saß ein unschöner Bartschatten. Aber mir war klar, wenn ich mich jetzt unter den heißen Strahl der Dusche stellte, würde ich vollends die Lust verlieren.

Dennoch huschte ich kurz ins Bad und versuchte, mit dem Rasierer und jeder Menge Trockenshampoo zu retten, was zu retten war. Ich legte eh nicht besonders viel Wert auf mein Äußeres. Warum auch – frisch gewaschene Haare oder nicht, mit dem blassen, schmalen Gesicht und der Nickelbrille war ich so oder so nicht besonders attraktiv. Warum sich also mit dem Rest Mühe geben?

Und im ›Dark Hole‹ spielte es ohnehin keine Rolle, wie man aussah. Die Mädchen dort interessierte nur, wie viel Kohle du dabeihattest.

Bevor ich das Haus verließ, schickte ich Craig noch schnell eine Nachricht, dass er vor dem Club auf mich warten sollte – nicht ohne zu betonen, wie wenig Lust ich hatte.

Es war brechend voll, als Craig und ich zwanzig Minuten später den Stripclub betraten. Freitags war Poledance-Abend und das lockte immer das größte Publikum an.

Ich folgte meinem Freund, der sich wie selbstverständlich zwischen den prall gefüllten Tischen hindurchschob und auf eine der hinteren Nischen zusteuerte.

Craig war Stammkunde und hatte sich das Privileg verdient, dass dieser Platz am Wochenende für ihn und seine Freunde reserviert war. Obwohl *verdient* nicht das richtige Wort war, denn er bezahlte ordentlich dafür. Von Hauptberuf Sohn, konnte er sich das aber auch leisten.

Als wir die Nische erreichten, saßen bereits Mathew und Thomas dort, jeder einen Bierkrug vor sich und ein zufriedenes Grinsen auf den Lippen.

»Jo, Leute, was geht?«, begrüßte Craig die beiden mit Handschlag.

Ich tat es ihm gleich. Dann schoben wir uns zu den Jungs auf die Bänke.

»Wer ist heute auf der Bühne?«, fragte Craig, während er eine der Kellnerinnen heranwinkte.

»Natascha«, meinte Thomas und deutete mit dem Kinn auf die schwarzhaarige Russin mit den meterlangen Beinen, die sich gerade lasziv an der Stange rekelte. »Und danach kommt Georgie.«

Sein Grinsen wurde noch breiter. Er stand auf Blondinen und große Brüste – beides Dinge, die kennzeichnend für die Tänzerin waren.

Craig lachte. »Klingt nach 'nem super Programm. Oh, hey, Schätzchen.« Er legte der Kellnerin in dem knappen Hausmädchendress, die gerade an unseren Tisch getreten war, eine Hand auf die Taille. »Bring mir und meinem Kumpel doch bitte ein Bier. Und eine Runde Wodka für uns vier.«

»Gern, Süßer.« Sie schrieb die Bestellung auf ihren Notizblock, bevor sie sich umdrehte und zur Bar verschwand – nicht ohne noch mal mit ihrem Apfelpo zu wackeln.

»Nicht schlecht …«, stellte Craig fest, während er ihr hinterherblickte. »Ich frag mich echt, wo Carlos immer diese heißen Teile aufgabelt.«

Ich schnaubte. »Ich frage mich eher, warum die es nötig haben, in so einem Schuppen zu arbeiten.«

Craig verschränkte die Hände hinter dem Kopf. »Also sie könnten es weit schlechter treffen. Carlos zahlt gut, soweit ich weiß, und auch die Kundschaft gehört zur gehobenen Schicht, wodurch es hier noch gesittet zugeht. Kein Angegrabbel und so … Oh, danke, Baby.« Er gab der Kellnerin, die unsere Getränke brachte, einen sanften Klaps auf den Hintern.

Es war nicht das Hausmädchen. Diese hier erinnerte eher an eines dieser Schulmädchen aus den Mangas, die meine kleine Schwester früher immer gelesen hatte.

Craig war das egal, solange sie scharf aussah.

»Aha … kein Angegrabbel, soso«, murmelte ich zynisch.

Er grinste mich an, zuckte aber nur mit den Schultern und rechtfertigte sich, indem er der Kellnerin neben der Bezahlung ein ordentliches Trinkgeld reichte.

Und wenn ich dem Mädchen – wie alt war sie, vierzehn? – so ins Gesicht sah, wäre das noch nicht mal nötig gewesen. Sie genoss die Aufmerksamkeit, die Craig ihr schenkte, und wäre bestimmt nicht abgeneigt gewesen, wenn seine Hand noch an ganz andere Stellen gewandert wäre.

Das war etwas, was mich jedes Mal nervte, wenn ich mit Craig unterwegs war. In dem Onlinespiel ›Elesztrah‹ war ich der Coolere von uns beiden. Der mit den toughen Sprüchen und mindestens einem virtuellen Date in jeder Spielsession. Im Reallife jedoch hatte Craig die Nase vorn. Er hatte Geld, sah gut aus und – was wohl das Ausschlaggebende war – er besaß eine ordentliche Portion Selbstvertrauen.

Und auch heute Abend würde mich keine Frau neben ihm bemerken, wenn ich nicht mit ein paar Extrascheinen wedelte.

Meine Laune sank weiter. Ich hätte zu Hause bleiben sollen … Vielleicht wäre zwischen Lulabell und mir doch noch was gelaufen. Cybersex war immer noch besser als gar kein Sex.

Ich griff nach dem Bierglas, das die Kellnerin vor mir abgestellt hatte, und trank einen ordentlichen Schluck.

Mathew griff hingegen zu dem Shotglas mit Wodka. »Dank dem edlen Spender«, sagte er und hob es in Craigs Richtung. »Auf einen schönen Abend.«

Klirrend stießen wir die Gläser aneinander und kippten den Inhalt hinunter. Der Wodka brannte in meiner Kehle und machte meinen Mund trocken.

Doch als er meinen Magen erreichte und sich dort mit dem Bier vermischte, setzte er ihn so plötzlich in Brand, dass ich wohlig vor mich hin grinste. Okay, auf diese Art konnte es vielleicht doch noch ein schöner Abend werden …

2

Ich brauche einen VIP-Pass!

Anderthalb Stunden und vier Shots später hatte Craig die Schulmädchen-Kellnerin auf dem Schoß und berichtete ihr mit schwerer Zunge von dem Raid, den wir an diesem Abend vergeigt hatten.

Ich hatte keine Ahnung, ob sie auch nur irgendwas davon verstand. Sie machte auf mich nicht den Eindruck, als wäre sie der klassische Zocker. Vielmehr vermutete ich, sie würde Craig auch an den Lippen kleben, wenn er ihr aus der Bibel predigte – nur weil sie hoffte, dass er selbige irgendwann doch noch auf ihre presste.

Meine Augen schwirrten durch den Raum, während ich seine Ausschweifungen mit halbem Ohr verfolgte. Ich hatte mein Bierglas bereits zum dritten Mal geleert und mein Kopf war schon recht gut mit Watte ausgepolstert. Aber eins würde noch gehen, ohne dass ich morgen den ganzen Tag ausgeknockt wäre.

Von dem Schulmädchen konnte ich nicht erwarten, dass es mir ein weiteres holte, also hielt ich Ausschau nach dem Hausmädchen, das unsere erste Bestellung aufgenommen hatte. Aber auch von ihr war nichts zu sehen.

Dafür ging im nächsten Moment eine Blondine an unserem Tisch vorbei, die ganz offensichtlich ebenfalls hier arbeitete. Sie trug einen weißen Body, ihre langen Beine endeten in weißen Lackstiefeln und an ihrem Hintern wackelte ein kleiner weißer Puschel.

»Hey, Bunny«, hielt ich sie auf. »Ich hätte gern …«

Als sie sich umdrehte, verschlug es mir die Sprache. Die Mädchen im ›Dark Hole‹ waren allesamt heiß, man erwartete nichts anderes. Aber diese Frau war … Sie war … einfach nur wunderschön.

Die glatten blonden Haare waren echt, ohne Zweifel. Und die darauf ruhenden Hasenohren passten super zu ihrem leicht rundlichen Gesicht, den riesigen blauen Augen und den vollen, feucht glänzenden Lippen.

»Was darf's sein?«, fragte sie. Dabei war ihr Ton anders als der der übrigen Mädchen, die hier arbeiteten. Es lag nichts Flirtendes oder gar Anrüchiges darin. Sie wollte einfach nur wissen, was sie mir bringen sollte.

»Ich … ähm … Noch ein Bier, bitte.«

Sie schien meine Verlegenheit nicht zu bemerken, als sie unsere leeren Gläser auf ihr Tablett zu laden begann.

Genauso wenig wie Craig, zu meinem Glück, denn er hätte mich wohl sofort damit aufgezogen. Aber er war so im Erzählen, dass es ihm nicht auffiel.

»Du hättest Andrew mal sehen sollen. Diese Abfolge an Angriffen war so was von perfekt getimt. Blitzhagel, Feuerkeule, Mana-Buff und wieder von vorn. Und wie er ausgewichen ist! Ernsthaft, der könnte es mit jeder Bestie in ganz ›Al'Arizon‹ aufnehmen.« Er hielt mir die Faust entgegen. »Echt, Alter, du bist der beste Schamane, mit dem ich je gekämpft habe.«

Ich schenkte Craig ein halbherziges Lächeln. Zum einen fiel es mir schwer, mit Komplimenten umzugehen. Zum anderen war ich noch immer von der süßen Kellnerin abgelenkt.

Sie hatte unseren Tisch fertig abgeräumt. Nun stand sie da und betrachtete Craig mit ihren großen Kulleraugen, wobei ihr schöner Mund ein wenig offen stand, als hätte er etwas unglaublich Beeindruckendes erzählt.

Vermutlich überlegte sie aber, wie sie das Schulmädchen loswerden könnte, um ihre eigenen Chancen bei Craig zu erhöhen.

Ich seufzte innerlich. Das war nichts Neues. Ich hatte mich daran gewöhnt, in den Augen der Ladys Luft zu sein, vor allem in der Nähe meines reichen Frauenschwarmkumpels.

Umso überraschter war ich, als sie den Kopf wieder mir zuwandte. Unsere Blicke trafen sich und für eine Sekunde verlor ich mich völlig in der Tiefe ihrer Augen, die mich genauso bewundernd ansahen wie gerade noch Craig.

»Wenn du ihm das Bier bringst, bring gleich noch vier Shots mit, ja?«, wandte er sich kurz an die blonde Häsin, ehe er sich wieder dem Schulmädchen widmete.

Sie blinzelte, senkte hastig den Blick und verschwand so schnell, dass ich kaum fähig war, ihr nachzusehen.

Was war das denn gewesen? Hatte es da gerade irgendwie zwischen uns gefunkt oder so?

Im Kopf malte ich mir aus, wie ich mit ihr flirtete, wenn sie zurückkam. So wie vorhin im Chat mit Lulabell. Und wie sie am

Ende des Abends auf *meinem* Schoß saß und nicht auf dem von Craig!

Am liebsten hätte ich laut über mich selbst gelacht. Wie betrunken war ich bitte, dass ich mir so was auch nur vorstellte?

Ich fuhr mir mit der Hand durch die Haare, die den Kampf gegen das Trockenshampoo gewonnen hatten und wieder an meinem Kopf klebten, wie ich nun feststellte.

Oh, ich hatte einiges intus … Das merkte ich spätestens in dem Moment, als die Hasendame mit unserer Bestellung zurückkam. Sie warf mir ein schüchternes Lächeln zu, als sie ein Bier und einen Shot vor mir abstellte. Zumindest bildete ich mir ein, dass sie es tat, auch wenn diese Verlegenheit so gar nicht in diese Umgebung passte.

»Sag mal, Bunny«, begann ich, merkte aber sofort, wie schwer es meinem alkoholgetränkten Hirn fiel, sinnvolle Sätze aneinanderzureihen. Trotzdem wollte ich es versuchen. »Bist du öfter hier?«

Craig mir gegenüber stieß ein schnaubendes Lachen aus, verkniff sich aber einen Kommentar zu meiner billigen Anmache.

»Es ist mein erster Abend«, erwiderte die Häsin knapp und senkte den Blick.

Verdammt, ich wollte nicht, dass sie wegsah. Ich wollte, dass ihre großen Kulleraugen mich weiter so ehrfurchtsvoll ansahen, wie sie es gerade noch getan hatten.

»Dann setz dich doch zu uns und wir erklären dir, wie der Hase hier läuft«, forderte ich sie auf, nicht ohne über meinen eigenen schlechten Scherz zu lachen. »Verstehst du? Wie der Hase läuft … und du bist ja ein Hase …«, prustete ich.

Spitze, Andrew, gratulierte ich mir selbst. Scheiß Witze reißen und diese dann auch noch erklären … Geht's noch peinlicher?

Zumindest hatte ich erreicht, dass sie mich wieder ansah.

Himmel, sie war wirklich die schönste Frau, der ich je begegnet war. Diese Stupsnase … Die kleinen Sommersprossen auf den Wangen …

Ja, mein Entschluss stand fest: Ich würde sie heiraten.

Ich wollte sie gerade fragen, ob sie meine Frau werden würde, als sie einen Schritt zurücktrat.

»Ein andermal vielleicht, ich habe gleich einen Auftritt«, sagte sie.

Mein Herz machte einen Salto. Würde ich ihr wirklich gleich zusehen dürfen, wie sie sich auf der Bühne um die Stange wickelte?

Aber Moment … Wenn ich sie dort sah, dann ja auch alle anderen im ›Dark Hole‹. Das hieß, in ein paar Minuten würde ein ganzer Haufen notgeiler Idioten meiner zukünftigen Verlobten dabei zusehen, wie sie für mich tanzte.

Ich wollte mit den Fäusten auf den Tisch schlagen, aufspringen, sie packen und schütteln. Ja genau, ich würde ihr einfach verbieten, auf die Bühne zu gehen!

Aber dann würde ich sie ja auch nicht in Aktion sehen dürfen …

Während ich sie noch anstarrte und darüber nachgrübelte, was die beste Lösung für dieses weltbewegende Problem war, ergriff Craig das Wort.

»Krass, ist untypisch für Carlos, dass er die Neuen gleich auf die Bühne lässt.«

Die Hasendame schüttelte den Kopf und deutete mit dem Daumen über ihre Schulter. »Ich tanze hinten, im kleinen Raum.«

Damit drehte sie sich um und ging.

Ein debiles Grinsen legte sich auf mein Gesicht, während meine Augen an ihrem Puschel hingen, bis sie durch einen Perlenvorhang im privaten Teil des Clubs verschwunden war.

Dort hinten ging es ruhiger zu. Es gab ebenfalls eine Bar und eine Bühne, aber keine Tische und Bänke, sondern gemütliche Couchgarnituren. In diesem abgelegenen Reich begannen die privaten Abenteuer, die nicht selten in einem der angrenzenden Einzelzimmer ihren Höhepunkt fanden – im wahrsten Sinne des Wortes. Das zumindest hatte Craig erzählt – ich selbst war noch nie dort gewesen.

»Mann, Andrew-Schmendrew, was ist denn mit dir los?«, zog Craig meine Aufmerksamkeit auf sich. »Ich glaube, ich habe dich noch nie sabbern sehen.« Er lachte auf und das Schulmädchen auf seinem Schoß tat es ihm gleich.

»Willst du dir und deinem Freund nicht einen VIP-Pass gönnen?«, fragte sie und fuhr mit dem Finger an seinem Kinn entlang. »Dann ist er beschäftigt und wir könnten uns … zurückziehen.« Sie gab ihm einen Kuss auf die Wange, wobei er kurz die Augen schloss.

Craig griff nach seinem Shotglas und leerte es in einem Zug. Dann schob er das Mädchen von sich runter und stand auf. »Gute Idee, Baby. Los, Andrew, lass uns deinem Bunny folgen.«

Craig drückte dem schrankgroßen Typen, der neben dem Perlenvorhang stand, ein Bündel Scheine in die Hand und kurz darauf fanden wir uns auf der anderen Seite wieder.

Einen Moment blieb ich mit offenem Mund stehen. Ich fühlte mich, als hätte ich eine völlig andere Welt betreten. Statt lautem Techno tönte beruhigende Jazzmusik aus den Boxen. Ich nahm kaum Unterhaltungen wahr, schon gar nicht so ein Gegröle wie vorn an der Bühne. Und das blaue Licht, in das alles getaucht war, sorgte für eine fast mystische Atmosphäre.

Noch dazu schien sich der Raum irgendwie zu drehen. Die Sessel, die kleinen Couchtische, die Bühne … Alles verschwamm ein wenig ineinander.

Okay, dieser Eindruck konnte tatsächlich davon kommen, dass ich mein letztes Bier ex in mich hineingekippt hatte. War vielleicht nicht meine beste Idee gewesen …

Ich sah mich nach Craig um, musste aber feststellen, dass er verschwunden war. So heiß, wie er auf die kleine Kellnerin gewesen war, wunderte es mich nicht. Vermutlich vögelte er sie bereits hinter einer der Türen, die von hier abgingen.

Ich zuckte mit den Schultern. »Mir doch egal«, murmelte ich vor mich hin. Ich hatte meine eigenen Pläne.

Ich musste meine Auserwählte finden, um ihr von meinen Hochzeitsplänen zu berichten – also, von unseren Plänen.

Mein Blick glitt zur Bühne. War das ein Hase, der sich dort elegant um sich selbst drehte? Nein, die Ohren waren zu kurz, der Schwanz zu lang und die Haare zu bunt. Außerdem kam diese Frau nicht im Mindesten an die Schönheit der Häsin heran. Na ja, zumindest fast nicht. Scharf war sie schon.

Ich ging zu ihr, stützte mich am Rand der Bühne ab und gaffte sie an. Als sie mich bemerkte, hielt sie inne und beugte sich zu mir herab. »Na, Kleiner, gefällt dir, was du siehst?« Sie strich über den roten Body zu ihrem Po und ließ den langen rot-orange gestreiften Schwanz durch ihre Finger gleiten.

Jaaa, das war ziemlich heiß, das musste ich zugeben. Aber deswegen war ich nicht hier.

»Wo … ist das Bunny?«, brachte ich mühsam hervor.

Ihrem Blick nach schien sie mich tatsächlich verstanden zu haben. Respekt – so sehr wie ich lallte.

Ein wissendes Grinsen huschte über ihr Gesicht. »Ah, du suchst das weiße Kaninchen.« Sie richtete sich wieder auf. Dann deutete sie mit dem Kinn auf eine der Türen, während ihre Hütten bereits wieder begannen, sich im Takt der Musik zu wiegen. »Ich glaube, du wirst bereits erwartet.«

»Danke«, nuschelte ich.

Ich steuerte auf das Zimmer zu, auf das sie gedeutet hatte. ›Hole Seven‹ stand auf einem Schild an der Tür.

Mit einer Hand stützte ich mich am Türrahmen ab, in der Hoffnung, die Welt um mich würde sich dadurch ein bisschen langsamer drehen. Dann klopfte ich mit der anderen Hand an, drei Mal.

Ich bekam keine Antwort.

Aber sie musste hier sein, meine Herzdame, immerhin hatte die Mieze auf der Bühne das behauptet.

Also drückte ich die Klinke hinunter, glitt ohne weiteres Zögern in den Raum und schloss die Tür hinter mir.

Stille empfing mich.

Ich lehnte mich mit dem Rücken gegen die Tür und ließ meine Augen durch das Zimmer wandern. Ein Bett, ein Tisch, ein Schrank, eine Stehlampe ... Aber kein Bunny!

Verdammt, wo war sie nur?

Ich machte einen vorsichtigen Schritt in den Raum hinein. Das Bett sah wirklich einladend aus. Vielleicht sollte ich mich einfach kurz hinlegen und warten. Sie machte sich bestimmt nur noch frisch – schließlich bekam man nicht jeden Tag einen Heiratsantrag!

Und zugegeben, ich war ganz schön müde ... Es würde nicht schaden, etwas Kraft zu tanken für die Frage aller Fragen.

Ich setzte mich auf die Bettkante. Wow, wie weich das war ...

Gerade als ich mich hinlegen wollte, entdeckte ich ein Fläschchen auf dem Nachttisch.

Die blaue Flüssigkeit darin war bestimmt Likör. Wie nett, dass sie ihren Gästen hier einen kleinen Gute-Nacht-Drink spendierten.

Obwohl ich eigentlich genug getrunken hatte, griff ich nach dem Flakon.

»Hihi, wie passend«, kicherte ich, als ich die Aufschrift las. *Follow the white Rabbit* stand in verschnörkelten Buchstaben auf einem vergilbten Etikett.

Also wenn das mal kein Zeichen war!

Ich zog den Korken aus der Flasche, setzte sie an die Lippen und schüttete mir den Inhalt in den Mund. Er schmeckte süß, gleichzeitig herb und brannte nicht ein bisschen, als ich ihn hinunterschluckte.

Die Flasche noch in der Hand, ließ ich mich nach hinten fallen. Woher kam diese plötzliche Dunkelheit?

Ach, richtig … Ich hatte die Augen geschlossen.

3

Gemüse-Gekloppe

»Alter«, keuchte ich und griff mir an die Stirn. Dahinter probte eine ganze Herde von Nilpferden in Stöckelschuhen den ›Schwanensee‹.

In meinem Mund mussten sie übrigens auch gewesen sein, zumindest hatte ich einen entsprechenden Geschmack auf der Zunge.

Ich drehte mich zur Seite und öffnete ein Auge. Wo zum Henker war ich?

Ein Nachttisch, ein Schrank, dunkle, vertäfelte Wände … Ach ja, das Zimmer im ›Dark Hole‹.

Mühsam zerrte ich meinen Arm unter mir hervor und warf einen Blick auf meine Digitaluhr. Na toll, gerade jetzt waren die Batterien alle und das Display schwarz. Ich hatte also keine Ahnung, wie lange ich geschlafen hatte.

Obwohl man meinen Zustand kaum als Schlaf bezeichnen konnte. Es war eher eine Art Ohnmacht, ein Delirium, ein Saufkoma gewesen. Und nun bekam ich die Quittung.

Einen Moment kämpfte ich mit mir und dem Inhalt meines Magens, damit dieser sich nicht neben dem Bett ergoss. Als ich endlich nicht mehr das Gefühl hatte, bei der kleinsten Bewegung kotzen zu müssen, richtete ich mich auf.

Von draußen drangen Gespräche herein, lauter und mehrstimmiger als vorhin. Fast schien es, als wäre der VIP-Bereich mittlerweile genauso voll wie die eigentliche Bar. Außerdem ertönte nicht mehr die beruhigende Jazzmusik, sondern etwas, das nach Mittelalterfolklore klang.

Okay, ich war definitiv noch total betrunken. Ich hörte Stimmen, fremde Musik und selbst der Geruch hatte sich in meiner Nase verändert, war nicht mehr süßlich-einlullend, sondern modrig-schwer.

Scheiß auf die scharfe Hasendame. Ich musste nach Hause. Ich gehörte in mein eigenes Bett, um meinen Rausch auszuschlafen.

Aber bevor ich den Schuppen verließ, gab es noch etwas Dringendes zu erledigen: Ich musste pinkeln.

Ich stieß mich vom Bett hoch, etwas zu schnell, sodass sich die Welt um mich herum drehte, und torkelte zur Tür. Mit der Hand auf der Klinke atmete ich noch ein paar Mal tief durch, was dank des eigenartigen Geruchs nicht unbedingt gut gegen meine Übelkeit wirkte, und trat schließlich hinaus.

Ich prallte fast gegen einen Schrank von Mann, der mit dem Rücken zu mir vor der Tür stand. Und er war bei Weitem nicht der Einzige. Meine Güte, wieso war das so brechend voll hier?

Mit gesenktem Kopf schob ich mich zwischen den Leuten durch, die mit Krügen in den Händen beieinanderstanden und sich grölend unterhielten.

Nach ein paar Schritten blieb ich stehen und starrte verständnislos nach vorn. Hätte dort nicht der Durchgang in die eigentliche Bar sein müssen? Inklusive Perlenvorhang und Türsteher?

Stattdessen war dort eine Wand mit einem großen Poster, von dem mich ein auf den Hinterbeinen stehendes Schwein angrinste, das einen Menschen an der Leine führte. Wie absurd …

Der Druck meiner Blase lenkte mich wieder auf das Wesentliche. Sie forderte so eindringlich Entleerung, dass es mir den Schweiß auf die Stirn trieb.

Ich musste das beschissene Klo finden. Obwohl, beschissen sollte es besser nicht sein, denn … Wieder wurde mir schlecht, als mein Hirn mir die entsprechenden Bilder schickte.

Tief durchatmen, Andrew. Wenn du mitten ins ›Dark Hole‹ kotzt, bekommst du hundertpro Hausverbot, und das würde Craig gar nicht gefallen.

Ich hob den Kopf, um mich zu orientieren. Wo war nur die Toilette, verdammt?

Während mein Blick durch den Raum glitt, schien die Temperatur urplötzlich zu fallen. Mir gefror regelrecht das Blut in den Adern.

Das hier war nicht das Hinterzimmer des ›Dark Hole‹, so viel stand fest. Ich befand mich nicht in einem Stripclub, sondern in einer dieser typischen Vorstadtkneipen, in denen sich die niedere Schicht den Abend um die Ohren schlug und mit billigem Fusel ihre Probleme ertränkte.

Diese Erkenntnis war es jedoch nicht, die mich so dermaßen schockierte. Es hätte durchaus sein können, dass Craig mich im Vollsuff einfach in die nächste Bar gezerrt hatte oder ich sogar mit der heißen Kellnerin weitergezogen war, ohne mich erinnern zu können.

Was an dem Bild, das sich mir bot, das wirklich Verstörende war, war der Typ hinter der Bar.

Mein Kopf ruckte herum, zurück zu dem Poster mit dem Schwein und dann wieder zum Tresen, hinter dem ebendieses Wesen stand.

Ich blinzelte. Trotzdem veränderte sich nichts: Da stand ein Schwein, also ein Typ mit Schweinekopf und Lederhaut, hinter der Bar und polierte mit seinen hufartigen Händen Gläser.

Schlagartig wurde mir alles klar. Ich brauchte kein Klo. Ich brauchte einen Krankenwagen. Und diesen zu rufen, würde ich nicht allein hinbekommen.

Ich tippte der Frau, die mir am nächsten stand, auf die Schulter. »Entschuldigung, ich bräuchte dringend Hilfe«, presste ich mühsam hervor. »Könnten Sie einen …«

Der Rest des Satzes blieb mir im Hals stecken, als sie sich zu mir umdrehte.

Sie war kein Schwein, das war schon mal gut. Ihr Gesicht war so weit das einer normalen Frau. Dafür war ihre Haut von einem dunklen Grünton und mit einer Art Schleim überzogen.

Ich zog meine Hand zurück und wollte aufschreien, aber sie kam mir zuvor.

»Ein Meeeeeeensch«, kreischte sie und stolperte ein Stück zurück, wobei sie gegen jemanden stieß, der sich daraufhin ebenfalls zu mir umwandte.

Dieser Kerl sah annähernd menschlich aus, mal abgesehen von der riesigen Nase in seinem Gesicht, die einer Kartoffel glich. Moment, das *war* eine Kartoffel! Das wurde mir aber erst bewusst, als er seine Hand nach mir ausstreckte, deren Finger aus Karotten bestanden.

In der nächsten Sekunde packte der Typ mein Shirt, zerrte mich zu sich und warf mich dann auf den Boden. Es ging so schnell, dass ich keine Chance hatte, meinen Fall abzubremsen, und hart mit dem Kinn auf die Holzdielen knallte. Das gefiel weder meinem Magen noch den Nilpferden in meinem Kopf, die wieder wild zu tanzen begannen. Ich würgte, schaffte es gerade noch, mich mit den Armen etwas nach oben zu drücken, und übergab mich.

»Jetzt reihert der scheiß Spitzel auch noch alles voll!«, brüllte jemand.

Dann wurde ich wieder auf die Füße gezerrt. Um mich herum standen nun mehrere Gestalten, eine abstruser als die andere. Aber eines hatten sie alle gemeinsam: Keiner von ihnen sah mich auch nur ansatzweise freundlich an.

Sie rissen mich zu sich, stießen mich weg, fingen mich auf, ließen mich fallen. Ich spürte Fäuste im Gesicht, Tritte im Magen und Hände, die an meinen Haaren zerrten. Oben, unten, vorn und hinten existierten nicht mehr. Da waren nur noch Schmerz und das Gefühl, völlig die Kontrolle verloren zu haben.

Das musste es sein – ich hatte den Verstand verloren. Dass ich in einer Bar mit irgendwelchen Fantasiegestalten stand, die mich gerade zu Brei schlugen, konnte ja wohl kaum der Realität entsprechen.

Aber … Verdammt! Dafür, dass es nur in meinem Kopf passierte, tat es scheiße weh! Aber immerhin wurde es langsam dunkel vor meinen Augen, was wohl bedeutete, dass ich auf dem besten Weg war, aus diesem Albtraum aufzuwachen. Mir blieb nichts weiter, als die Augen zusammenzukneifen und abzuwarten.

»Weg von ihm! Lasst ihn in Ruhe!«, drang plötzlich ein Rufen zu mir durch. Die Stimme war hoch und schrill, klang aber dennoch irgendwie vertraut.

Es folgten noch zwei weitere Tritte, einer in meinen Magen, einer gegen meine Schulter. Dann war Schluss.

»Geh aus dem Weg, Lola«, hörte ich eine andere, tiefere Stimme. »Das ist bestimmt ein Spion.«

»Ist er nicht.« Ich spürte, wie sich jemand neben mich kniete und mich auf den Rücken drehte. »Er gehört zu mir.«

Die dunkle Stimme stieß ein lautes Lachen aus. »Was willst du denn mit einem Menschen? Schlägst du dich auf ihre Seite, oder was?«

»Er ist kein Mensch«, blaffte die Frau zurück.

Etwas Warmes, Weiches strich mir über die Wange. Es fühlte sich so angenehm an, dass ich trotz der Schmerzen lächeln musste.

»Ich erkenne doch einen, wenn ich ihn sehe«, mischte sich noch jemand in die Diskussion ein.

»Genau«, rief ein Dritter. »Machen wir ihn kalt!«

Abrupt wurde das weiche Etwas von meinem Gesicht weggerissen und das Gegröle um mich herum schwoll erneut an. Reflexartig rollte ich mich wieder zur Seite und zog die Knie zum Bauch, um mich wenigstens ein bisschen vor den kommenden Attacken zu schützen.

Schon spürte ich die erste Stiefelspitze, die hart in meinem Rücken landete.

Warum zum Henker konnte ich nicht einfach aufwachen? Lag ich vielleicht wirklich dank einer Alkoholvergiftung im Koma?

»Nein, nein, nein!«, brüllte die Frau, die nun wieder weiter weg zu sein schien.

Noch ein Tritt, noch ein Tritt, noch ein …

Oh, super, jetzt hatte ich mich auch noch eingepinkelt. Es wäre mir jedenfalls lieber, wenn es Urin wäre, der meine Hose so feucht machte, und keine Unmengen von Blut.

»Schluss jetzt, ihr hirnverbrannten Schweinsköpfe. In meiner Bar dulde ich keine Schlägereien, und schon gar keine Morde. Mensch hin oder her.«

Wieder hielten meine Angreifer inne.

»Ach, aber du duldest solchen Abschaum, oder was?«, fragte einer von ihnen.

»Wenn ich das nicht täte, wäre meine Kneipe jeden Abend leer«, entgegnete der vermeintliche Barbesitzer, den ich dunkel als den Schweinemann in Erinnerung hatte.

Super, ich wurde von einem Schwein vor Echsenmenschen und sprechendem Gemüse gerettet ... Ich musste dringend aufhören, ständig diese Fantasy-Spiele zu zocken.

»Also, wenn ihr nicht allesamt Hausverbot haben wollt, lasst ihr den Jungen jetzt in Ruhe. Und du kümmerst dich darum, dass er verschwindet.«

Nun wagte ich es doch, die Lider zu heben. Sehr viel konnte ich allerdings nicht erkennen, da Blut von meiner Stirn in meine Augen floss, was mich blinzeln ließ.

Ich sah, wie sich die Stiefel um mich herum langsam entfernten, begleitet von missbilligendem Gemurmel und halblauten Beleidigungen, die sich sowohl gegen mich, aber auch gegen den Barmann richteten.

Das Bild vor meinen Augen verschwamm, als erneut Stiefel in mein Blickfeld traten, kleiner und schmaler. Und dann spürte ich wieder diese sanfte Berührung.

»Scheiße«, murmelte die Frauenstimme. »Hey, komm, nicht ohnmächtig werden, ja? Wir müssen jetzt gehen. Kannst du aufstehen?«

Ich nickte, obwohl ich keine Ahnung hatte, wie ich hochkommen sollte. Es fühlte sich an, als würde ich am Boden festkleben.

»Soll ich dir helfen?«, erklang die Stimme eines Jungen und gleich danach: »Nein, ich helfe ihr.«

»Ihr … könnt mir beide helfen«, erwiderte die Frau zögerlich. Vermutlich hatte sie bemerkt, dass ich aus eigener Kraft nicht würde aufstehen können.

Arme schoben sich unter meine Achseln und zwei Sekunden später befand ich mich in der Senkrechten. Ich würgte kurz, schaffte es aber, mich nicht erneut zu übergeben.

Während wir uns in Bewegung setzten, drehte ich den Kopf nach links und sah einen jungen Kerl, der auf den ersten Blick ziemlich normal wirkte – abgesehen davon, dass mir sein Kopf irgendwie … groß vorkam.

Erst als wir eine Tür erreichten, die uns aus der Gruppe noch immer zeternder Barbesucher führte, schaffte ich es, meinen Kopf auf die andere Seite zu drehen.

Und da war sie, die süße Kellnerin aus dem ›Dark Hole‹, die ich zu meiner zukünftigen Frau auserkoren hatte.

»Das weiße Kaninchen«, sagte ich, was durch meine aufgeplatzte Lippe nur nuschelnd hervorkam.

Dann wurde alles schwarz.

Ich wachte auf.

4

Endgültig wach – oder?

»Alter …«

Stöhnend drehte ich mich auf die Seite. Mein Schädel dröhnte, als würde eine Familie Pinguine ihren Kindern beibringen, wie richtige Bauchklatscher funktionierten.

Ich hatte gestern Abend eindeutig zu viel getrunken. So wie es roch, hatte ich mir eingepinkelt, und dem Geschmack auf meiner Zunge nach zu urteilen, hatte ich einen nicht unerheblichen Teil davon zwar wieder ausgekotzt, aber es hatte trotzdem gereicht, um mir den verrücktesten Traum aller Zeiten zu bescheren.

So ganz konnte ich mich zwar nicht mehr erinnern, aber die bruchstückhaften Bilder von Schweinsköpfen und Kartoffelnasen reichten mir.

Ich schickte ein Stoßgebet gen Himmel, dass ich es irgendwie bis nach Hause geschafft hatte und nun in meinem eigenen Bett lag. So richtig glaubte ich allerdings nicht daran. Die Matratze war zu hart, die Decke über mir zu kratzig …

Na gut, es half ja nichts. Je schneller ich meine Augen öffnete und vollständig wach wurde, desto schneller konnte ich von hier verschwinden, nach Hause dackeln und mich in meiner Wohnung verbarrikadieren, bis ich diesen fiesen Kater überstanden hatte. Ich würde mir einen ordentlichen Kaffee kochen, eine Tüte Erdnussflips aufreißen und eine Runde in ›Elesztrah‹ abtauchen. Vielleicht wartete Lulabell ja schon auf mich …

Meine Lider wogen schwer wie Blei, als ich die Augen aufschlug.

»Lola, ich glaube, er wacht auf«, sagte jemand neben mir.

Vage erinnerte ich mich an den jungen Kerl in meinem Traum. Er hatte genauso geklungen.

Vermutlich war es ein Kumpel von Craig, den er dazu verdonnert hatte, sich um mich zu kümmern. Schon seltsam, wie mein Unterbewusstsein das, was ich im Schlaf gehört hatte, in meinen Traum gemischt hatte.

Aber dieser Name … Lola … Auch ihn hatte ich im Traum gehört, konnte ihn aber nicht zuordnen.

Schritte näherten sich und gleich danach sagte eine mir nur allzu bekannte Frauenstimme: »Den Sternen sei Dank. Deedle, geh und füll den Krug noch mal auf. Er wird bestimmt durstig sein.«

Das war sie, die heiße Kellnerin im Hasendress! Ich lag also immer noch in dem privaten Zimmer im ›Dark Hole‹. Scheiße …

Ich riss die Augen auf. Na ja, zumindest das eine – das andere blieb ein schmaler Schlitz, so zugeschwollen wie es war.

Eine unangenehme Ahnung beschlich mich. Aber … Das konnte nicht sein.

Vorsichtig führte ich meine Finger an mein Gesicht. Tatsächlich ertastete ich eine Platzwunde an der Stirn und eine angeschwollene Augenbraue, die wohl die Ursache für mein minimiertes Sehvermögen war. Meine Brille war auch irgendwie verbogen, aber zumindest waren die Gläser intakt.

Kurz stockte mir der Atem, doch dann checkte ich endlich, was los war. Ich war hingefallen, ganz einfach. Im Vollsuff war ich in meiner eigenen Kotze ausgerutscht und so hart mit dem Kopf aufgeschlagen, dass ich eine Weile ohnmächtig gewesen war. Und im Delirium hatte sich die Realität mit diesem abstrusen Traum gemischt.

Ja, das war extrem peinlich. Aber immer noch besser als die Option, mein Wahn wäre Wirklichkeit gewesen.

»Tut mir echt leid«, brummte ich.

Schwerfällig wälzte ich mich herum. Jeder Knochen tat mir weh und mein Körper fühlte sich an, als wäre er mit blauen Flecken übersät. Elender Kater …

»Nein«, sagte sie. »Mir tut es leid. Ich hätte besser auf dich aufpassen müssen.«

»Na ja, das ist ja nun wirklich nicht dein … Wuaaahhhhh!«

War mir gerade noch jede Bewegung schwergefallen, schnipste ich nun hoch wie eine Sprungfeder. Ich rutschte von ihr fort, fiel dabei vom Bett und krabbelte rücklings weiter. Dabei klebte mein panischer Blick an ihr, als hätte ich ein Monster vor mir.

Nun, ich *hatte* ein Monster vor mir. Eines mit langen Ohren, Stupsnase und weißem Fell am ganzen Körper. Das Einzige, was noch an die Kellnerin erinnerte, waren die großen Kulleraugen, auch wenn deren Iris nicht mehr stahlblau, sondern schwarz wie Kohle war.

»Fuck … Scheiße … FUCK!«, stieß ich aus, während ich weiter von ihr fortrobbte, bis ein Widerstand in meinem Rücken mich innehalten ließ. »Du … Du bist …« Ich zeigte mit dem Finger auf sie, während ich weiter herumstammelte: »Du hast Ohren … und du …«

Nein, ich brachte definitiv keinen ganzen Satz zustande. Aber wer konnte es mir verdenken. Immerhin hatte sich meine zukünftige Verlobte in ein riesiges weißes Kaninchen verwandelt.

Sie erhob sich von dem Hocker, auf dem sie neben meinem Bett gesessen hatte. »Bitte beruhig dich. Es ist alles in Ordnung. Niemand wird dir etwas tun!« In einer beschwichtigenden Geste streckte sie ihre Hände nach vorn.

Doch der Anblick der flauschigen Finger und rosa Ballen anstelle von Handflächen beruhigte mich keineswegs. »Du bist ein fucking Kaninchen!«

Sie verzog das Gesicht, als hätte ich sie geschlagen. »Na und«, erwiderte sie. »Du bist ein *fucking* Mensch – und mache ich so ein Drama daraus?«

Anstelle eines Konters gab ich nur ein Wimmern von mir. Heiliger Misthaufen, ich saß noch immer in meinem Traum fest.

In diesem Moment schwor ich mir, nie wieder einen Tropfen Alkohol anzurühren. Der heftigste Drogentrip war ein Scheiß gegen diese Saufkoma-Paranoia.

»Du warst auch ein Mensch«, schaffte ich schließlich, zu sagen.

»In deiner Welt, ja«, gab sie zurück.

»In … In meiner Welt?« Ich fuhr mir durch die Haare. »Wo zur Hölle sind wir hier, wenn das nicht *meine* Welt ist?«

»Das hier ist Ludens City.«

»Ludens City …« Ich musste echt aufhören, ständig zu wiederholen, was sie sagte. »Was soll das sein?« Meine Stimme war noch immer zittrig, aber zumindest schaffte ich es, wieder sinnvoll Worte aneinanderzureihen.

»Das ist meine Welt.«

»Und was soll ich hier? Wie komme ich hierher? Und … Wie komme ich hier wieder weg?«

Was war das für ein verrücktes Gespräch … Diese Fragen waren völlig sinnlos! Ich kannte die Antwort.

Ich kniff die Augen zusammen, den Schmerz ignorierend, den das auslöste. »Okay, Andrew … Zeit, aufzuwachen. Komm schon … Mach die Augen auf … Komm zu dir!«

Ich wartete einen Moment, dann öffnete ich die Augen wieder.

Das Kaninchen sah mich erwartungsvoll an.

Noch mal: Augen zu, aufwachen, Augen auf.

Nein, es half nichts. Noch immer hockte ich in dieser Rumpelkammer und starrte in die Augen der Kaninchenfrau, die meiner Meinung nach nicht existent war.

»Das ist vielleicht gerade ein bisschen viel für dich …«, sagte sie mit sanfter Stimme und klopfte mit ihrer Hand – nein, ihrer Pfote – auf das Bett. »Wie wäre es, wenn du dich wieder hinlegst und ich erkläre dir alles?«

In diesem Moment ging die Tür auf, neben der ich hockte, und der Junge kehrte zurück, der mich in der Bar gestützt hatte. Ich erkannte ihn sofort an dem großen Kopf, der nun, mit mehr Licht und Klarheit, nicht nur groß, sondern gigantisch wirkte. Dafür besaß er kaum Haare, nur ein winziges hellbraunes Büschel am Scheitel, und anscheinend keinen Hals …

Ich stöhnte. »Ich will nichts erklärt haben. Ich will aufwachen, verdammt.«

Der Junge sah zu mir herab und in der nächsten Sekunde ergoss sich eine Ladung kalten Wassers über mich.

»Deedle, was soll das?«, schrie das Kaninchen, kam auf uns zu und riss ihm den Krug aus der Hand, den er über mir entleert hatte.

»Na, ich wollte ihn aufwecken«, antwortete der Junge mit Unschuldsmiene.

»Aber er ist doch schon wach.«

»Wieso hat er dann gesagt, dass er aufwachen will?« Er schlug sich mit der flachen Hand gegen die Stirn. »Na, weil er geglaubt hat, dass er schläft, du Doofkopf.« … »Nenn mich nicht Doofkopf, du Riesenbaby! Wie kann man denken, dass man schläft, wenn man wach ist?« … »Nenn mich nicht Riesenbaby, du Eierkopf!« Er stampfte mit dem Fuß auf.

»Schluss, ihr beiden!«, unterbrach die Kaninchendame sein Selbstgespräch und drückte ihm erneut den Krug in die Hand. »Hol neues Wasser – und dieses Mal gibst du es ihm zu trinken.«

Mit offenem Mund hatte ich die Unterhaltung verfolgt. Jetzt wischte ich mir über das Gesicht und strich die nassen Haare nach hinten. So wie das Wasser in mein T-Shirt sickerte die Erkenntnis in mein Hirn.

Mir war kalt und ich hatte Schmerzen.

Ich roch die modrige, rauchgeschwängerte Luft.

Ich hörte, wie die Tür ins Schloss fiel und die Bodendielen knarrten.

Gut, ich sah verrückte Dinge – aber alle anderen Sinne funktionierten tadellos.

»Das hier ist kein Traum«, murmelte ich. Dann blickte ich zu dem Kaninchen, das zum Bett zurückgekehrt war.

Es nickte lächelnd und strich sich verlegen ein Ohr nach hinten. »Wesen wie mich nennt man Migwicks. Wir sind nicht gefährlich oder so …«

»Das habe ich gemerkt, so freundlich, wie ich empfangen wurde«, knurrte ich und strich mir unwillkürlich über die Platzwunde an der Stirn.

»Sie hatten nur Angst«, verteidigte sie ihresgleichen, lenkte aber sofort ein, als sie meine starre Miene bemerkte. »Trotzdem hätten sie nicht so reagieren dürfen. Aber weißt du, die Menschen hier in Ludens City sind uns nicht sonderlich wohlgesonnen. Sie verstoßen uns, jagen uns, töten uns. Und das nur, weil wir anders sind.« Ihre Stimme war lauter geworden, zitterte aber auch ein wenig. Sie atmete tief durch, bevor sie weitersprach. »Wir wollen einfach nur einen berechtigten Platz zum Leben, unseren Anteil an der Stadt. Aber das gönnt man uns nicht.«

Ich musste mich beherrschen, nicht laut aufzulachen. Menschen und Fabelwesen, die einander ohne ersichtlichen Grund bekriegten. Das klang wie der Plot eines meiner verfluchten Computerspiele.

Plötzlich kam mir ein Gedanke. »Lass mich raten – und ich bin der heroische Ritter, der euch in diesem Kampf zum Sieg führen soll.«

Ihre Augen wurden noch größer, was ich kaum für möglich gehalten hätte. Sie strahlte mich regelrecht an und öffnete den Mund, doch ich kam ihr zuvor.

»Tut mir leid, Schätzchen, aber da hast du dir den Falschen ausgesucht. Ich bin alles andere als ein Held.«

Sie senkte den Kopf und ich konnte sehen, wie sie in sich zusammensackte.

Es tat mir schon leid, sie so enttäuschen zu müssen. Aber was sollte ich machen? Ich war nun mal nicht der, für den sie mich hielt.

»Aber du hast diese Höllenbestie getötet«, sagte sie leise. »Und du kannst zaubern, Elemente beherrschen und so ein Zeug.«

Nun war ich derjenige, der sie mit großen Augen anstarrte. »Wie kommst du denn auf den Blödsinn?«

Abrupt hob sie den Kopf. »Na, das hat doch dein Freund erzählt, der schmierige Typ in der Bar.«

»Craig ist nicht *schmierig*«, stellte ich klar.

Als ob das gerade wichtig wäre! Sie hatte das, was Craig über unsere Streifzüge in ›Elesztrah‹ erzählt hatte, für bare Münze genommen. Sie hielt mich ernsthaft für einen fucking Schamanen – *das* sollte ich richtigstellen!

»Was hast du im ›Dark Hole‹ gemacht?«, fragte ich stattdessen.

»Einem Freund von mir ist es gelungen, eine Art Durchgang zu erschaffen, ein Tor in andere Welten. Na ja, also eigentlich ist es ihm aus Versehen passiert, aber egal. Ich habe mich als Freiwillige gemeldet, hindurchzugehen und nach jemandem zu suchen, der uns helfen kann. Frag nicht, wo ich überall gewesen bin und in was für Körpern ich gesteckt habe, bevor ich in deiner Welt gelandet bin.«

So verrückt das alles auch klang, machte es mich doch neugierig. »Erzähl mir davon.«

Sie schüttelte den Kopf. »Später. Jetzt müssen wir erst mal zusehen, dass wir von hier verschwinden. Piggy Pete wird die Meute nicht noch einmal aufhalten, sollte dich jemand hier entdecken.«

Ich lachte auf. »Piggy Pete? Ernsthaft?«

Sie hob eine flauschige Augenbraue, doch ich winkte ab.

»Wohin gehen wir?«, wollte ich wissen.

»Zu dem Freund, der mir das Tor in deine Welt geöffnet hat. Wird Zeit, dass er erfährt, dass ich wieder da bin. Mann, der wird staunen, wenn er dich sieht.«

Sie kicherte und ich stellte überrascht fest, wie sehr mir der Klang ihres Lachens gefiel.

Genau wie der Plan. Sollte sie mich doch zu diesem Kerl bringen. Dann konnte der mich wenigstens postwendend wieder nach Hause schicken.

Bis dahin sollte ich sie wohl auch weiterhin glauben lassen, dass ich magische Kräfte hatte, beruhigte ich mein Gewissen. Nicht, dass sie mich sonst einfach am Straßenrand aussetzte, wenn sie die Wahrheit erfuhr.

»Sollten wir nicht noch auf deinen kleinen Kumpel warten?«, fragte ich, während ich mich mühsam an der Wand hochschob.

Scheiße, ich hatte mir mindestens eine Rippe gebrochen und mein rechter Oberarm hatte auch ordentlich was abbekommen. Schon jetzt konnte ich einen dunklen Schatten unter meiner Haut erkennen, als ich den Ärmel meines Shirts hochschob.

»Den sammeln wir auf dem Weg nach draußen ein«, meinte die Hasendame.

Lola hieß sie, oder? Ich sollte mir langsam angewöhnen, sie bei ihrem Namen zu nennen.

Einen Moment betrachtete ich sie und wurde mir erneut der Verrücktheit der Situation bewusst. Ich stand einer Hasenfrau gegenüber – ja, sie war definitiv eine Frau, immerhin zeichneten sich nicht unerhebliche Brüste unter ihrer grünen Bluse ab.

Ich schluckte trocken.

Oh Gott, war ich pervers, weil sie mich selbst so noch anmachte? Die Frau war völlig mit weißem Fell überzogen! Sie war ein verfluchtes weißes Kaninchen, inklusive Barthaaren und Schlappohren – aber immerhin ohne überlange Frontzähne, wie man sie von Bugs Bunny kannte.

Ihr entging meine Musterung nicht. Verlegen sah sie zur Seite und kramte in einem kleinen Beutel, der am Gürtel ihres weiten Rockes befestigt war. Dann streckte sie mir etwas entgegen. »Hier, iss das.«

Ich blickte auf den Keks in ihrer flauschigen Hand. »Danke«, sagte ich zögerlich. »Keinen Hunger.«

Sie zog die Nase kraus. Süß … »Der … hilft gegen die Schmerzen.«

Mein Inneres sträubte sich dagegen, etwas Essbares von ihr anzunehmen. Schließlich hatte mir meine Mutter schon als kleiner Junge eingebläut, keine Schokolade von Fremden anzunehmen.

Aber was wusste ich denn von dieser Welt? Wenn die Schmerztabletten hier eben aussahen wie Kekse – why not? Und ich konnte ein Aspirin oder so was wirklich gut vertragen, schon allein wegen der Elefantenparade in meinem Kopf.

Zögerlich griff ich zu. Sie nickte aufmunternd und beobachtete erwartungsvoll, wie ich ein Stück abbiss.

Also, eines musste man dieser verrückten Welt lassen: Ihre Medizin schmeckte tausend Mal besser als unsere. Und kaum dass ich zu kauen begonnen hatte, spürte ich auch schon, wie ein angenehmes Kribbeln durch meinen Körper schoss. Der Schmerz schien sich zusammenzuziehen, ganz klein zu werden.

Ich sah erneut zu Lola, wobei mein Blick unweigerlich wieder auf ihre Brüste fiel. Ich konnte nichts dagegen tun, schließlich waren sie genau auf meiner Augenhöhe.

Moment …

Ich war größer als Lola, wie konnte es sein, dass sich ihre Brüste direkt vor mir befanden? Nein, sie waren nicht vor mir, sie waren über mir!

Ich kniff die Augen zusammen und als ich sie wieder öffnete, sah ich weder Lolas Augen noch ihre Brüste vor mir, sondern ihre Stiefelspitzen. Und zwar in überdimensionaler Größe.

Hektisch sah ich mich um. Nicht nur Lola überragte mich um Längen, alles im Raum war riesig! Oder … ich … winzig? Scheiße, ich könnte ihr direkt unter den Rock schauen, wenn ich jetzt den Kopf hob.

»Perfekt, so bekommen wir dich ungesehen hier raus«, dröhnte Lolas Stimme in meinen Mini-Me-Ohren. Sie beugte sich zu mir herab und umschloss mich mit ihren flauschigen Fingern.

»Du hast mich geschrumpft?«, stieß ich ungläubig hervor, als sie mich hochhob. Es war ein Wunder, dass ich nicht loslachte, so piepsig wie meine Stimme klang.

»Mein Freund kann noch einiges mehr, als nur Tore in andere Welten zu öffnen«, sagte sie und grinste. »Du wirst ihn bestimmt mögen.«

Ihre Hand, inklusive meiner Wenigkeit, glitt erneut zu dem Beutel, aus dem sie den Keks geholt hatte.

»Oh nein«, quietschte ich. »Du wirst mich nicht da reinstecken!«

»Doch, genau das werde ich tun.«

5

Erste Schritte

Das Schaukeln und Schwanken war abartig und die Dunkelheit, in die Lola mich verbannt hatte, machte es nicht leichter. Ich fühlte mich, als säße ich neben Craig in seinem alten Ford und würde in einem Buch lesen, während er mit hundertachtzig Sachen eine Serpentine entlangdonnerte.

Kurz: Mir war hundeschlecht. Und dabei hatte ich gehofft, es würde besser werden, nachdem die schockierende Begegnung mit einem sprechenden Kaninchen und die eiskalte Dusche meinen Kater halbwegs vertrieben hatten.

Einige Minuten schaffte ich es, meinen Körper unter Kontrolle zu halten. Ich kugelte mich in dem Beutel ein, atmete, so ruhig es ging, und konzentrierte mich auf das, was ich außerhalb meines dunklen Transportmittels hören konnte.

Dieser Deedle war wieder zu uns gestoßen, und nun, da ich ihn nur noch hörte und nicht sah, wurde mir endgültig klar, dass dieser laufende Meter verrückt war. Er sprach nicht nur ständig mit sich selbst, seine verschiedenen Persönlichkeiten schienen sich noch dazu nicht besonders gut leiden zu können. Und er ging mir schon jetzt auf die Nerven.

Lola schien das ähnlich zu gehen, wie ich ihrer Zurückhaltung in dem Gespräch entnehmen konnte.

Ich bekam mit, wie wir erst das Hinterzimmer und schließlich die Bar verließen. Die stimmengetränkte Geräuschkulisse verschwand und wich einer anderen, in der ich zunächst nur das Kreischen von Vögeln eindeutig identifizieren konnte. Ein Rauschen war da noch, ab und an ein Scheppern und manchmal ein Dröhnen.

Als der Keks, der momentan meinen einzigen Mageninhalt bildete, damit drohte, zu den anderen Krümeln um mich herum zurückzukehren, hielt ich es nicht mehr aus. Ich brauchte frische Luft, ich musste etwas sehen, damit ich dieses Schaukeln weiterhin ertrug.

Und ja, ich war neugierig, welcher Anblick mich da draußen erwartete.

Langsam kam ich auf die Füße und tastete mich an der Innenseite des Lederbeutels entlang. Dabei ignorierte ich das Flusenmeer, durch welches ich watete. In diesem Punkt war ich froh, nichts sehen zu können …

Meine Finger fanden eine raue Stelle, an der wohl irgendwann etwas gerieben hatte und die nun so uneben war, dass ich daran hochklettern konnte.

Zum Glück hatte Lola den Verschluss nicht verknotet und so gelang es mir nach ein wenig Drücken und Zerren, mich durch die obere Öffnung zu zwängen.

Ehe ich auch nur einen Blick auf meine Umgebung warf, klaubte ich meine Brille von der Nase und bog das Nickelgestell wieder halbwegs zurecht. Ich sollte besser auf sie aufpassen, solange ich hier war und nicht wusste, ob Optiker hier ein Beruf oder ein Schimpfwort war.

Als ich sie wieder aufsetzte, atmete ich tief durch – bereute es jedoch gleich wieder. Okay, die Luft war nicht mehr so abgestanden und muffig wie in der Bar. Dafür war sie rauchgeschwängert und roch nach altem Fisch, aber auch nach Salz und … Freiheit.

Kein Zweifel, wir waren am Meer, oder zumindest in der Nähe davon.

Tatsächlich erblickte ich direkt vor mir so etwas wie einen Hafen. Wenn ich jedoch kleine Segelboote, Yachten oder gar ein Kreuzfahrtschiff erwartet hatte, lag ich total daneben.

Die Schiffe, die in dieser Bucht vor Anker lagen, sahen aus wie Miniaturausgaben der Titanic. Es waren abgeranzte Metallkolosse, aus deren meterdicken Schornsteinen dicker schwarzer Rauch hervorquoll. Dazwischen bewegten sich kleine Kutter, die den Geräuschen nach zwar Motoren zu besitzen schienen, allerdings weit entfernt von Motorbooten waren, wie ich sie kannte. Sie erinnerten mich auf die Entfernung eher an die Zinkbadewannen, die mein Opa früher in seinem Garten hatte und in der meine Schwester und ich an heißen Tagen so gern gebadet hatten. Auch wenn diese hier ein Stück größer waren.

Wenn ich noch einen Beweis brauchte, dass ich nicht mehr in meiner eigenen Welt war, bekam ich diesen, als ich den Himmel über der Hafenbucht betrachtete. Es war nicht der gelbliche Dunst, der statt weißer Federwölkchen darüberzog, und es waren auch nicht die eigenartig großen Vögel, die eher wie Flamingos als wie Möwen wirkten. Es waren die zwei Sonnen, die mir entgegenstrahlten – ZWEI Sonnen! Eine gelbgrün, die andere orange.

Mein Bewusstsein wollte weiter gegen den Gedanken rebellieren, in einer anderen Welt, einer anderen Dimension oder Gott weiß was gelandet zu sein. Es wollte mir einreden, es wäre nur ein Traum, auch wenn sich alles daran so verdammt real anfühlte.

Ich sah nach oben zu Lola, die mit starr geradeaus gerichtetem Blick voranmarschierte, und wandte den Kopf ebenfalls nach vorn. Dort erhob sich eine Stadt, die mich sofort an eine dieser Steampunk-Welten denken ließ, die in so vielen Computerspielen das Setting bildeten. Fabrikgebäude aus Backstein, Tankbehälter auf hohen Stelzen und metallisch schimmernde Transportschlitten säumten das Hafengelände. Dahinter erhoben sich Häuser und Türme, die teilweise so hoch in den gelben Himmel reichten, dass ich ihr Ende nicht erkennen konnte.

Ob das daran lag, dass sie so riesig waren oder ich so winzig, wusste ich nicht. Aber es war auf jeden Fall beeindruckend.

Lola und Deedle bogen nach rechts ab und ließen den Hafen hinter sich. Eine Weile ging es durch schmalere Gassen und ich bekam nichts weiter zu sehen als schmutziges Pflaster und heruntergekommene Häuserwände.

Die Geräusche des Hafens verklangen und eine unwirkliche Ruhe legte sich um uns. Ich wollte schon damit anfangen, die Reise zu genießen, als sich auch der Geruch veränderte und meinen Würgereiz, den ich endlich verschwunden glaubte, zurückbrachte.

Es roch abartig, nach Pisse und Scheiße, vermischt mit einer Süße, die es nicht besser machte.

»Wird mir hier irgendwann auch mal *nicht* schlecht sein?«, fragte ich.

»Du gewöhnst dich daran«, donnerte Lolas Antwort zu mir herab. »Versuch bitte, dich nicht zu übergeben. Es wäre echt ungünstig, wenn du den Keks wieder rauskotzt, bevor wir bei Pau angekommen sind.«

»Wieso?«

»Weil du meinen Beutel zum Platzen bringen würdest. Und weil ich dich in diesen Klamotten nicht unauffällig durch die Stadt kriegen würde.«

»Hier ist doch keine Sau …«, murrte ich.

»Wart's ab.«

Sie behielt recht. Nach nur wenigen Minuten, als wir die schmutzige Gasse verließen und in eine breitere einbogen, trafen wir auf die ersten Menschen. Und zu meiner Erleichterung waren es wirklich Menschen, mit normalen Nasen, Händen, Köpfen und heller Gesichtsfarbe – Menschen wie ich. Je weiter wir vorangingen, desto mehr von ihnen tummelten sich auf der Straße.

Mit offenem Mund beobachtete ich das Treiben, in das Lola mich geführt hatte.

Frauen mit ausladenden Röcken, rüschenbesetzten Ärmeln und altmodischen Hüten zogen an uns vorbei, genauso wie Männer mit derben Stiefeln, Gehröcken und Zylindern. Kinder in ausgefransten Hemden und löchrigen Hosen spielten am Straßenrand und ab und an sah ich gleich gekleidete Typen in weißen Hosen und Jacken, die metallisch glänzten und wie eine Rüstung wirkten. Auf ihren Ärmeln prangte ein schwarzes Symbol und an ihren Gürteln hingen Schwertscheiden. Bestimmt gehörten die einer Art Armee an.

Von diesen komischen Migwicks konnte ich keine entdecken. Aber ich hätte Lola wohl auch nicht als solche erkannt. Sie hatte sich ein dunkles Leinentuch über Kopf und Schultern geworfen, das sowohl ihre Ohren als auch jeden freien Zentimeter Haut, ähm, Fell verbarg. Sie hatte es sich so tief ins Gesicht gezogen, dass ihre Stupsnase nicht zu erkennen war, wenn man sie nicht direkt ansprach. Deedle trug eine Jacke mit einem derart großen Rüschenkragen, dass der fehlende Hals nicht auffiel und sein Kopf nicht mehr ganz so überdimensioniert wirkte.

Schnellen Schrittes bewegten sich die beiden die Straße entlang, wechselten die Seite, wenn sich einer dieser Soldaten näherte, und vermieden jeden Kontakt zu den Menschen, deren Weg wir kreuzten.

»Lola, ich hab Angst«, murmelte Deedle.

»Wir sind ja gleich da«, raunte sie ihm zu.

»Ja, du Hasenfuß, sei nicht so ein Schisser«, erwiderte Deedle. »Oh, entschuldige, Lola. War nicht so gemeint.« … »Aber wenn die Menschen uns bemerken?«

»Das werden sie nicht«, beruhigte Lola den Jungen, der schon wieder eines seiner eigenartigen Selbstgespräche führte.

»Und wenn, dann hauen wir sie genauso zu Brei, wie der Knollenmann es mit dem Zwerg in deiner Tasche gemacht hat.« … »Aber der war ganz allein und da waren viele von uns. Jetzt wäre es andersrum!« … »Na und, ich geb ihnen eine rechts und eine links und …«

»Schluss, Deedle.« Lola war stehen geblieben und hielt den Jungen fest, der mit seinen Fäusten in die Luft boxte. »Wenn du so rumspringst, machst du sie nur auf uns aufmerksam. Komm, da hinten ist Paus Haus.«

Wir waren also angekommen – bei diesem Kerl, der angeblich die Fähigkeit besaß, Portale in andere Welten zu öffnen, Leute zu schrumpfen und wer weiß was noch alles. Bei einem Kerl, der mich nach Hause schicken konnte. Bei einem Kerl, der vermutlich genauso verrückt war wie Lola und Deedle und das ganze andere Pack in der Kneipe – ein Migwick.

Sehnsüchtig warf ich noch einen Blick auf die Straße. Auch wenn die Zeit etwas verkehrt schien, geschätzte zwei Jahrhunderte vor meiner, wirkte hier draußen alles so verlockend normal. Wenn ich mich jetzt hätte entscheiden sollen zwischen dem Leben hier auf der Straße und dem hinter der Tür, auf die Lola nun zusteuerte, hätte ich nicht lange überlegen müssen.

Aber ich hatte diese Wahl nicht. Ich war drinnen wie draußen ein Fremder, gehörte nicht hierher und hatte keine Ahnung von dieser Welt. Und ich war nur so groß wie ein Daumen, was wohl mein schwerwiegendstes Problem war.

Also widerstand ich dem Drang, einfach aus dem Beutel zu klettern. Vorerst war ich bei der Hasendame wohl am sichersten. Dachte ich zumindest …

»Er ist ein Spion! Spion, Spion, Spion!«, brüllte Mina, die hellbraune Spitzmaus in der rosa Kittelschürze, immer wieder, während sie mir mit einer Art Lanze hinterherhechtete. Das Ding war verdammt spitz, wie ich schon mehrmals zu spüren bekommen hatte.

Immer wieder suchte ich Deckung hinter Tassen, Gläsern oder Flaschen, doch sie verfolgte mich gnadenlos.

Währenddessen bebte der Tisch, auf dem unsere Verfolgungsjagd stattfand, immer wieder unter Deedles Versuchen, eine Schüssel über mich oder die Maus zu stülpen.

»Mina, lass ihn in Ruhe. Deedle, hör auf damit!«, bemühte Lola sich, dem Treiben ein Ende zu setzen.

Vergeblich. Die Maus dachte nicht daran, von mir abzulassen. »Er wird uns alle verraten. Man wird uns in den Kerker werfen. Nein, verbannen wird man uns!«

»Oder sie töten uns!«, bestärkte Deedle sie und knallte abermals die Schüssel auf den Tisch, nur wenige Zentimeter neben dem Marmeladenglas, hinter dem ich gerade kauerte. »Aber der Mensch ist unser Freund«, widersprach er sich selbst. »Lola vertraut ihm, also tun wir das auch!«

Wieder wackelte alles, als sein nächster Fangversuch der Maus galt. Doch auch sie wich ihm aus.

»Ihr habt doch alle einen Knall!«, schrie ich mit meiner Piepsstimme und schob mir die Brille hoch, die meine Nase heruntergerutscht war.

»Haben wir gar nicht!« … »Genau, gar nicht!«, dröhnte Deedle, den ich mit diesem Vorwurf nun endgültig gegen mich aufgebracht hatte.

Wie hatte ich nur so bescheuert sein können, mich hierherbringen zu lassen?

Okay, meine anderen Optionen waren nicht rosiger gewesen – obwohl ich mittlerweile nicht mehr so sicher war, ob ich zwischen riesigen Menschenfüßen auf der Straße nicht besser aufgehoben wäre.

»Er muss sterbeeeeeeen!«, brüllte die Maus, nun wieder ganz in meiner Nähe.

Während ich noch mit mir haderte, ob ich meine Deckung nach rechts oder links verlassen sollte, wurde das Glas hinter mir hochgehoben und die Maus sprang auf mich zu.

Ich kniff die Augen zusammen und wartete darauf, dass sie mich aufspießte wie eine Olive.

Doch da schlossen sich weiche Finger um mich – Lola!

»Ich habe gesagt, es reicht!«, fuhr sie die beiden anderen an. »Mina, wo ist Pau?«

Die Maus dachte nicht daran, zu antworten, sondern hüpfte wie wild auf dem Tisch herum, schüttelte ihre kleine Faust in meine Richtung und schimpfte in einer Tour.

»Ich geh ihn suchen«, bot Deedle an. Er griff sich eine Teekanne vom Tisch, danach die Maus und stopfte diese in das Gefäß. »Und du kommst mit!«

Als wir allein in der vermeintlichen Küche waren, hob Lola mich vor ihr Gesicht. »Bitte entschuldige Minas Verhalten. Ich hatte vergessen, wie kratzbürstig sie sein kann.«

»Kratzbürstig? Mordlustig trifft es wohl eher!«, schimpfte ich. »Das wäre nicht passiert, wenn du mich nicht geschrumpft hättest.«

»Wenn ich dich nicht geschrumpft hätte, wärst du nie hier angekommen. Bei deinem Aussehen hätten die Decksters dich sofort festgenommen und ins Herrenhaus geschleppt.«

»Du hättest mich einfach nie herholen dürfen!«, brüllte ich. Wie kläglich meine Stimme dabei klang, fachte meine Wut nur noch mehr an.

»Aber wir brauchen deine Hilfe«, wiederholte sie, was sie mir schon in der Bar gesagt hatte.

Ich fuhr mir mit den Händen durch die Haare. »Ich kann euch nicht helfen, ich bin nicht der, für den du mich hältst. Ich …«

»Es ist lange her, dass ich einen Menschen in meinem Haus begrüßen durfte.«

Die Stimme, die mich unterbrach, war zart und erhaben, gleichzeitig so voller Kraft, dass mir jedes weitere Wort im Hals stecken blieb.

Ich wusste nicht, ob ich das Wesen, zu dem sie gehörte, überhaupt sehen wollte. Trotzdem drehte ich mich um.

Aber da war niemand.

»Er ist kein Mensch, er ist ein Magier«, erklärte Lola, als sie mich sanft auf dem Tisch absetzte.

»Na ja, eigentlich bin ich …« Ich kramte nach den richtigen Worten, um klarzumachen, dass Lola sich in mir irrte. Dabei suchten meine Augen die Küche nach dem Sprecher ab.

»Dein Glück«, sagte dieser nun irgendwo links von mir. »Einen Menschen hätte ich hier auch nicht geduldet.«

Ein plötzlicher Windstoß erfasste mich und warf mich um. Ich landete auf der Seite und bemerkte zu meinem Leidwesen, dass die schmerzlindernde Wirkung des Kekses langsam abebbte und ein scharfes Reißen meine Rippen entlangzog, wo die Migwicks mich getreten hatten. Ein Stöhnen entwich mir, während ich mich wieder auf den Rücken drehte. Reißen war untertrieben, es fühlte sich an, als würden sie erneut gebrochen.

Sterne tanzten vor meinen Augen und ich musste ein paar Mal blinzeln, bevor ich wieder klar sehen konnte.

Zuerst bemerkte ich eine Hand, die mir entgegengestreckt wurde. Mit blauer Haut und einer Art Saugnäpfen an den Fingerkuppen. Ich folgte ihr mit dem Blick, glitt den Arm entlang, der schließlich an etwas endete, das aussah wie eine übergroße …

»Motte!«, stieß ich erstickt hervor und kroch ein Stück zurück.

»Ich bevorzuge die Bezeichnung Nachtfalter«, meinte das Wesen. »Mein Name ist Pau. Und du bist … *was?*«

»Kein … Magier«, beendete ich meinen Satz.

Warum hatte ich das gerade gesagt?

Ich musste zugeben, dieses Vieh sah nicht unbedingt gefährlich aus mit seinen dünnen Fühlern, dem pausbäckigen Gesicht und den schillernd blauen Flügeln, wenn diese auch ausgefranst wirkten. Aber es hatte eine Aura, die mir eine Scheißangst einjagte. Na ja, und seine Facettenaugen, mit denen es tief in mich hineinzusehen schien, waren schon echt gruselig.

Er zog eine seiner geschwungenen, weit über das Gesicht hinausreichenden Augenbrauen nach oben. »Was bist du dann?«

Ich konnte ihm ansehen, dass er mir jede Lüge von den Augen ablesen würde. Ihm die Wahrheit zu sagen, dass ich tatsächlich nur ein einfacher Mensch war, kam jedoch auch nicht infrage. Der würde mich glatt auffressen. Ja, das traute ich ihm zu!

»Ich … bin ein Schamane«, antwortete ich schnell. Das kam der Wahrheit nahe genug.

Er zwinkerte, wobei sich eine fast durchscheinende Haut von hinten nach vorn über seine Augen schob, und zuckte dann mit den Schultern.

Es kostete mich einiges an Beherrschung, vor Erleichterung nicht laut auszuatmen. Er glaubte mir, zumindest vorerst.

Der Falter breitete seine Flügel aus und stieß sich vom Tisch ab. Dabei wehte mir erneut ein so kräftiger Wind entgegen, dass ich mir schützend einen Arm vors Gesicht hielt. Als ich ihn wieder senkte, schwebte Pau vor Lola.

»Du bist also wieder da«, murmelte er. »Wie schön. Ich hoffe, du hattest eine gute Reise.« Seine Stimme hatte eine Kälte angenommen, dass mir eine Gänsehaut den Nacken hinaufkroch.

Sie faltete die Hände und senkte leicht den Kopf. »Ja, weiser Pau.«

»Wie konntest du es wagen?«, donnerte er nun. »Du hast nicht nur dich in Gefahr gebracht, sondern auch alle anderen, die hier leben. Portalreisen sind gefährlich. Du hättest wer weiß wo landen können. Unser Versteck hätte entdeckt werden können. Diese Welt hätte kollabieren können!« Die letzten Worte brüllte er, sodass sie trotz seiner geringen Größe laut durch die Küche schallten.

Ich zog die Stirn kraus. Wieso ließ Lola sich so von diesem Typen runterputzen? Ein Handschlag von ihr hätte genügt und er würde zermatscht an einer der Fensterscheiben kleben.

Der plötzliche Drang, sie zu verteidigen, ließ mich auf die Füße kommen. »Komm runter«, rief ich der Motte zu. »Es ist doch nichts passiert. Na ja, außer dass sie mich entführt hat.«

Ruckartig fuhr Pau zu mir herum, während Lolas Augen noch größer zu werden schienen, als sie es ohnehin waren.

»Er meint es nicht so«, sagte sie, doch Pau konzentrierte sich bereits auf mich.

»Du kleiner Wurm«, stieß er aus. »Misch dich nicht in Dinge ein, die dich nichts angehen.«

»Also bitte – du kommst einem Wurm ja wohl näher als ich«, sagte ich in einem Anflug von Größenwahn. Für eine Sekunde hatte ich tatsächlich vergessen, dass ich gerade nicht größer war als ein Daumen.

Ich wappnete mich bereits gegen einen weiteren Windstoß, indem ich in Schrittstellung ging und meinen Oberkörper nach vorn lehnte. Auf das Nächste war ich jedoch nicht vorbereitet.

Pau schoss auf mich zu. Dabei wurde sein Körper immer größer und größer und als er direkt vor mir war, blickte ich in das Gesicht eines ausgewachsenen Mannes.

Seine Züge waren menschenähnlicher geworden, wenngleich seine Augen noch immer schillerten und seine Brauen zu buschig waren.

»Sag das noch einmal«, dröhnte seine Stimme so laut, dass es mir in den Ohren klingelte.

Pau hob eine Hand und hielt sie über mich. Nun würde ich es sein, der gleich zerquetscht werden würde.

Verdammte Scheiße, wieso hatte ich nur so eine große Klappe gehabt? Das war doch gar nicht meine Art!

Ich fiel auf die Knie. »Oh nein, bitte, ich will noch nicht sterben«, bettelte ich.

Ja, *das* war eher meine Art.

»Entschuldige dich«, verlangte Pau, der nun wieder gefasster klang.

Wenn das alles war ... »Es tut mir leid, es tut mir leid!«

Er ließ die Hand sinken und richtete sich auf. »Nun gut«, meinte er und strich sich über den weiten Mantel, den er trug und der schräg über der Brust zugeknöpft war. »Warum hast du ihn mitgebracht?«, richtete er das Wort wieder an Lola.

»Du weißt, warum ich deine Portale benutzt habe«, sagte sie schnell. »Ich habe nach jemandem gesucht, der uns helfen kann. Und ich denke, ich bin fündig geworden.«

Pau stieß ein kühles Lachen aus. »Bist du wirklich der Annahme, dieser Winzling könnte sie finden?« Er sah mich noch nicht mal an, während er das sagte, so gering schätzte er mich.

Und er hatte recht. Also, nicht das mit dem Winzling, das war ja nun nicht meine Schuld. Aber ich war ganz sicher nicht fähig, zu tun, was auch immer Lola für mich vorgesehen hatte.

»Nun, eigentlich ist er gar nicht so klein«, erklärte die Hasendame. »Ich habe ihm einen deiner Minimizer gegeben.«

Pau stöhnte. Dann spreizte er einen seiner Flügel ab, der nun so groß war, dass er fast den gesamten Tisch überdeckte. Staub wirbelte herab, als er ihn schüttelte. Oder halt, waren das … seine Schuppen? Igitt!

Ich wedelte mit den Armen, um nicht davon getroffen zu werden, konnte aber nicht verhindern, dass einige davon auf mir landeten. Meine Haut kribbelte und spannte dort, wo sie mich berührten, und eine Sekunde später saß ich in meiner alten Form auf dem Tisch, der unter meinem zurückgewonnenen Gewicht ächzte.

Ein Blick auf Mina machte mir klar, wie klein ich gewesen war – ich hatte ihre Größe gehabt, und sie war eine stinknormale Feldmaus, wenn sie auch auf ihren Hinterbeinen lief.

Schnell rutschte ich nach vorn hinunter, bevor die Tischplatte nachgeben konnte.

Erleichtert stöhnte ich auf. »Danke schön! Oh Gott, tut das gut! Danke!«

Ich streckte Pau eine Hand entgegen, aber er sah nur mit einem abschätzigen Blick darauf.

»Er mag kein Winzling sein«, sagte er, während er mich musterte. »Aber ein Held ist er genauso wenig.«

Auch wenn ich die Art, wie er über mich sprach, echt ätzend fand, musste ich ihm zustimmen.

»Hört mal …«, setzte ich stammelnd zu einer Erklärung an. »Ich habe keine magischen Fähigkeiten, mit denen ich ›was auch immer‹ für euch tun könnte. Ich bin nicht mal in meiner eigenen Welt etwas Besonderes.«

»Aber du bist ein Schamane«, widersprach Lola mit einer solchen Überzeugung in der Stimme, als hätte sie mich bereits beim Wirken irgendwelcher Zauber beobachtet. »Du besiegst die miesesten Kreaturen, gewinnst einen Krieg nach dem anderen und …«

»Ja, aber doch nicht in der Realität«, fiel ich ihr ins Wort. »Also, nicht in meiner! Ja, ich bin ein Schamane – aber doch nur in einem Spiel!«

»Krieg ist niemals ein Spiel!«, donnerte Pau mir entgegen. Sein Gesicht hatte sich zu einer wütenden Fratze verzerrt, die wieder mehr mit einem Insekt gemein hatte als mit einem Menschen. Doch sie hielt nur für den Bruchteil einer Sekunde, dann hatte er sich wieder gefasst. »Wenn Lola der Meinung ist, dass du fähig bist, dann bist du fähig.«

»Fähig wozu?«, wollte ich wissen. Als er nicht antwortete, platzte es aus mir heraus: »Verdammt noch mal, ich will doch nur wieder nach Hause!«

Pau legte seine langgliedrigen Finger an sein Kinn und strich mehrere Male darüber. »Ich vertraue auf dein Gespür«, meinte er wieder an Lola gewandt. »Aber wir werden niemanden zwingen, sich auf unsere Seite zu schlagen. Zumindest niemanden aus einer anderen Dimension.« Sein Kopf schwenkte wieder zu mir. »Also?«

Ich sah von ihm zu Lola. Ihre großen Augen sahen mich so flehentlich an, als würde all ihre Hoffnung in mir liegen. Ich dachte zurück an ihre Erscheinung in der Bar und an meinen alkoholgetränkten Plan, sie heiraten zu wollen. Schon diese Idee war fernab jeder Realität gewesen. Mich jetzt dafür zu entscheiden, hierzubleiben – vorausgesetzt, diese Welt existierte außerhalb meines Kopfes überhaupt – und für sie den Helden zu spielen, der ich nicht war, war genauso bescheuert.

»Ich möchte nach Hause«, wiederholte ich daher.

Es versetzte meinem Herzen einen Stich, als ich sah, wie Lola in sich zusammensackte und enttäuscht das Gesicht abwandte.

Aber was wollte sie von mir? Dass ich ihr Lügen auftischte, nur um sie am Ende noch mehr zu enttäuschen?

Und warum berührte mich das überhaupt? Warum war es mir nicht egal, wie sie mich sah? Sie war ein verdammtes menschengroßes Kaninchen! Okay, ein Kaninchen mit schönen Augen, einer super Figur und echt tollen … Ohren. Aber sie hatte Fell, am ganzen Körper, verfluchte Scheiße!

Pau hingegen verzog keine Miene. »Gut, dann werde ich die Vorbereitungen für deine Heimreise treffen. Wo, sagtest du, kommst du her?«

Kurz war ich versucht, ›Elesztrah‹ zu sagen. Wenn dieser Typ Tore in fiktive Welten öffnen konnte, warum nicht meiner Lieblingsspielwelt einen Besuch abstatten? Aber dann würde ich dort festsitzen anstatt hier. Und wenn ich ehrlich war, reichte mir der Trip hierher fürs Erste.

»Erde«, sagte ich. »Äh, Chicago, wenn's genauer sein soll.«

Die Riesenmotte nickte. »Das dürfte sich machen lassen. Es wird allerdings einige Zeit dauern.« Er drehte sich um und verließ die Küche. »Lola, nutzt die Zeit doch für einen kleinen Spaziergang. Mina kann ihm etwas zum Anziehen geben und du zeigst ihm unsere wunderbare Stadt. Er sollte nicht gehen, ohne wenigstens einen Blick auf Ludens City geworfen zu haben.«

6

Andrews Entscheidung

»Was möchtest du sehen?«, fragte Lola, als wir das Haus der Motte verlassen hatten.

Ich zuckte mit den Schultern. »Puh, keine Ahnung. Was hat Ludens City denn Tolles zu bieten?«

Sie legte einen Finger an ihr Schnäuzchen. »Dann würde ich sagen, gehen wir einfach zum Markt und lassen uns von dort treiben.«

Lola hatte sich wieder das Tuch übergestülpt. Ich hingegen sah ganz anders aus als bei meiner Ankunft in Ludens City. Statt meines schwarzen Shirts und der verblichenen Jeans trug ich nun ein cremefarbenes Leinenhemd mit Rüschen am Kragen und eine samtene Hose, die knapp unter den Knien endete. Dunkel- und hellgrüne Streifen wechselten sich ab und fanden sich auch in dem Mantel wieder, den ich über dem Hemd trug, der oben eng und unten weit geschnitten und mit auffälligen Messingknöpfen verschlossen war. Zum ersten Mal war ich froh über die Brille, die ich trug, denn sie rundete mein Outfit perfekt ab.

Das Einzige, das mich störte, war die ekelhafte cremefarbene Strumpfhose, in die ich mich hatte zwängen müssen. Wie hielten Frauen so was nur aus? Jeder Zentimeter Haut darunter juckte!

Die braunen Lederschuhe hingegen waren ganz okay.

Allgemein war es erstaunlich, was diese kleine Maus aus mir gemacht hatte. In kürzester Zeit hatte Mina aus den Klamotten ihres flatterhaften Meisters dieses Outfit für mich gezaubert. Und es passte, als hätte sie es mir auf den Leib geschneidert.

Ich fühlte mich wie ein ganz neuer Mensch. Einer, der genau hierhergehörte, denn optisch gab es zwischen mir und den anderen Leuten, denen wir auf der mittlerweile stark belebten Straße begegneten, keinen Unterschied mehr.

Lola hatte sich bei mir untergehakt und manövrierte uns durch die Gassen, während ich mich vor allem darauf konzentrierte, meine Umgebung nicht die ganze Zeit mit offenem Mund anzustarren.

Das, was ich von dieser Stadt sah, war aber auch beeindruckend. Die Menschen machten den Anschein, als wären sie irgendwo im achtzehnten Jahrhundert hängen geblieben. Es waren nicht nur die Klamotten, sondern auch die alten Backsteingebäude, die Pferdekutschen und … ja, auch der Gestank, der über allem lag, wenn ich ihn auch nur noch unterschwellig wahrnahm.

Es gab aber auch Dinge, die es in meiner Welt zu dieser Zeit nicht gegeben hatte. Das wurde vor allem deutlich, wenn ich mir die Soldaten, die sogenannten Decksters, genauer ansah. Sie trugen mehrere Geräte an ihren Gürteln, die mich an Sachen wie Funkempfänger, Taser und Fernzünder für Sprengstoff denken ließen. Und natürlich ihre metallenen Uniformen, die ihnen etwas Roboterhaftes gaben.

Ab und an kreuzten auch Autos unseren Weg – oder zumindest Fortbewegungsmittel, die mit Motor angetrieben wurden. Mit unseren Fahrzeugen hatten sie wenig gemein und sie erinnerten auch nur entfernt an Kutschen. Sie machten auf mich eher den Eindruck rollender Käfige, auch wenn metallische Verplankungen die Außenwände bildeten und keine Gitterstangen. Geldtransporter, ja genau, daran ließen sie mich denken.

Hier und da blieb ich stehen, um durch die großen Schaufenster zu blicken, welche die Straße säumten. Bei manchen wusste ich sofort, was für Geschäfte sich dahinter verbargen: Bäcker, Fleischer und Geschirrverkäufer gab es auch in meiner Welt. Interessanter waren die Läden, in denen es Kleidung gab. Solche Ramschläden, wo Billigklamotten jeder Art angeboten wurden, suchte man vergeblich. Jeder Verkäufer hatte sich auf irgendetwas spezialisiert: Stiefel, Westen, Hosen, Hemden. Für jede Art Kleidung gab es separate Geschäfte. Es gab sogar ein Geschäft, in dem nur Hüte angeboten wurden!

Okay, wenn ich mich so umsah, war das nachvollziehbar. Es gab auf dieser Straße kaum jemanden, der keinen Hut oder nicht wenigstens eine dieser Schiebermützen trug.

Nachdem ich meine Umgebung ausgiebig gemustert hatte, begann ich, mir die Leute anzusehen, die auf der Straße herumwuselten. Lola und ich stachen nicht unbedingt heraus, abgesehen davon, dass wir nicht ganz zusammenpassten. Ich gehörte optisch eher zur gehobenen Gesellschaft, sie maximal zur Mittelklasse.

So wie sie trugen die meisten Menschen einfache Sachen aus groben Stoffen und in gedeckten Braun- oder Grautönen.

Frauen schleppten Körbe mit Lebensmitteln, zerrten meckernde Kinder hinter sich her oder standen in Gruppen zusammen und unterhielten sich.

Die Männer wiederum eilten zielstrebig vorwärts, die Hände in den Hosentaschen vergraben oder einen Rucksack auf der Schulter balancierend. Manche saßen an kleinen Tischen vor irgendwelchen Lokalen, lasen Zeitung oder rauchten Zigarre.

Wenn ich Paare zusammen die Straße entlanggehen sah, waren diese meist besser gekleidet, so wie ich, und offensichtlich auf Shoppingtour oder auf der Durchreise.

Alles wirkte irgendwie idyllisch auf mich. Lola und Pau hatten von Unterdrückung gesprochen, von Ausgrenzung und von Krieg. Davon war hier so gar nichts zu sehen.

Im Gegenteil, immer wieder entdeckte ich zwischen den Umherlaufenden sogar welche von diesen Migwicks. Sie waren nicht so krass *anders*, so wie Lola oder Pau. Manche hatten lediglich eine besonders dichte Gesichtsbehaarung, eine etwas zu bunte Hautfarbe oder eine komische Körperhaltung. Aber ich war mir sicher, dass es keine Menschen waren. Trotzdem bewegten sie sich unter diesen, als wäre es völlig normal und in Ordnung.

»Wieso versteckst du dich?«, fragte ich Lola, als wir gerade an einem Schuhputzer vorbeikamen, einem Migwick mit einer Haut, die an Baumrinde erinnerte, der einem jungen Mann die Stiefel reinigte. »Du hast erzählt, deinesgleichen wären verachtet und ausgestoßen. Das sieht mir hier aber ganz anders aus.«

»Mehr Schein als Sein«, murmelte sie. »Klar versuchen einige von uns, sich anzupassen, um nicht im Verborgenen leben zu müssen. Aber sie können sich noch so sehr bemühen, akzeptiert werden sie trotzdem nicht …«

»Der Mann geht einer ganz normalen Arbeit nach«, entgegnete ich und deutete zurück auf den Schuhputzer. »Und dabei wird er nicht anders behandelt als jeder andere.«

»So?« Lola blieb stehen und sah mich mit hochgezogener Braue an. Dann drehte sie sich zu dem Migwick um.

Ich folgte ihrem Blick.

»Fertig, mein Herr«, sagte dieser gerade. Seine knorrige Stimme erinnerte genauso an einen Baum wie seine Haut. »Ich hoffe, Sie sind zufrieden.« Er legte die Bürste beiseite und griff nach einer Schüssel, die er dem Mann hinhielt.

Dieser begutachtete prüfend seine Schuhe. Mit dem linken schien er recht zufrieden, bei der Musterung des rechten verzog er jedoch das Gesicht. »Bezeichnest du so was als einen frisch gewichsten Schuh?«, knurrte er den Migwick an. »Ich brauche mich nicht mal nach unten zu beugen, um die Schlieren darauf zu sehen.«

Der Migwick lehnte sich nach vorn und besah sich den Stiefel. »Ich weiß zwar nicht, was Sie meinen, Herr, aber ich werde natürlich …«

Bevor er seinen Satz beendet hatte, holte der Mann mit dem Fuß aus und trat dem Baumtypen mitten ins Gesicht. »Schnauze, du Wicht. Erst stümperhaft arbeiten und dann rumdiskutieren, das könnt ihr Gesindel.«

Der Migwick hielt sich eine Hand an die knorrige Nase, die nun schief stand und aus der eine grünliche Flüssigkeit lief. »Sicher, Herr«, nuschelte er.

»Mach das ordentlich. Und pass bloß auf, dass du deinen ekligen Schnodder nicht auf meinem Stiefel verteilst.« Der Mann lehnte sich auf dem Schemel zurück. »Keinen Frickel werde ich für diese schlampige Arbeit bezahlen.«

Der Migwick wischte sich mit dem Ärmel seines Hemdes das Blut aus dem Gesicht. Dann griff er erneut nach der Bürste und begann ohne weitere Gegenwehr, die Schuhe des Mannes ein weiteres Mal zu polieren.

»Na, bist du immer noch der Meinung, wir werden nicht anders behandelt?«, raunte Lola mir zu.

Ich schluckte. Tatsächlich bereitete mir das Geschehen ein gewisses Unbehagen. Aber es bewies nichts. »Ich glaube nicht, dass es daran lag. Er … war einfach unzufrieden mit der Arbeit und …«

»Ja, klar. Bestimmt.« Lola zog mich weiter.

Wir erreichten den Markt und ab diesem Moment kam ich aus dem Staunen nicht mehr heraus. So viele Menschen, so viele Stände mit so viel Zeug und Krempel, der gleichermaßen fremd wie vertraut war.

Am liebsten hätte ich Lola stehen gelassen und wäre mitten in das Treiben hineingerannt, um ja nichts zu verpassen. Ich fühlte mich, als wäre ich in eines der Spiele hineingerutscht, die ich so gern zockte. ›Assassins Creed‹, ›The Witcher‹, ›Diablo‹ oder irgendwas dergleichen … Es war gigantisch!

Vergessen waren die Tritte, mit denen die Migwicks mich begrüßt hatten – auch wenn meine schmerzenden Rippen mich nur zu gern daran erinnerten –, der Übelkeit erregende Ritt in Lolas Beutel oder die Erfahrung, fast von einer Maus abgestochen worden zu sein.

Das hier war ein wahr gewordener Traum, ein Wunder, ein Wunderland! Wer konnte schon von sich behaupten, die Welten seiner Fantasie mit eigenen Augen gesehen oder mit den Fingern berührt zu haben? Und der Geruch …

Ich atmete tief ein. Ich wollte nichts verpassen, alles in mich aufnehmen. Schließlich musste ich Craig bis ins kleinste Detail schildern, was ich erlebt hatte. Gut, den Geruch würde ich weglassen. Und ich würde mir sicher nie eine 4D-Spielekonsole kaufen. Wer brauchte schon einen solchen Gestank in seinem Wohnzimmer.

Nachdem ich einige Minuten dagestanden und alles mit den riesigen Augen eines Kindes am Weihnachtsmorgen angestarrt hatte, drängte Lola mich, weiterzugehen.

»Ich will nicht auffallen«, murmelte sie.

Wir drehten eine Runde über den Marktplatz, wobei mein Blick an den Buden und ihren Auslagen klebte. Fremdartiges Obst und Gemüse, Käse, Kräuter, Werkzeuge, Töpferwaren … Ja, sogar Bücher und Schriftrollen wurden angeboten.

Dabei fiel mir auf, dass manche Stände deutlich mehr besucht wurden als andere, obwohl diese die gleichen Waren in teils besserer Qualität anboten. Ein Blick auf die Verkäufer, die hinter den Warentischen standen, legte die Vermutung nahe, dass sie der Grund waren.

Die Leute hier kauften lieber gammeliges Fleisch bei einem Menschen als frische Waren bei einem Wesen, dessen Nase etwas zu dick oder dessen Haut etwas zu moosig war.

Ja, gut, okay … Vielleicht waren die Migwicks wirklich Bewohner zweiter Klasse. Oder dritter, oder vierter … Aber hey, ein solches Gefüge war doch normal. In jeder Zivilisation gab es das.

So krass, wie Lola es beschrieben hatte, war es jedenfalls nicht. Die Migwicks hatten es schwerer, ohne Frage. Aber sie waren sicher keine Ausgestoßenen.

Ich spürte, wie Lola an meinem Ärmel zupfte. Als ich sie ansah, deutete sie mit dem Kinn auf einen Fischhändler ein Stück entfernt. Seine Auslage sah super aus, sodass ich glatt Appetit auf Sushi bekam.

»Hehe, der Typ fängt seine Fische bestimmt, indem er selbst ins Wasser springt und sie darum bittet, in sein Netz zu schwimmen«, witzelte ich, als mir die Kiemen am Hals des Verkäufers auffielen.

Lola lachte nicht.

Natürlich nicht.

Ich nun auch nicht mehr …

»Das nennst du frisch?«, meinte eine Frau, die mit einem halb gefüllten Korb vor dem Warentisch stand. »Das ist eine Frechheit! Ich verlange einen Umtausch, aber sofort!«

»Gute Frau«, sagte der Verkäufer, »diesen Fisch haben Sie nicht bei mir gekauft. Bitte gehen Sie doch zu dem …«

»Gibt es ein Problem?«, mischte sich ein Mann ein, der unverkennbar zur gehobeneren Schicht Ludens Citys gehörte.

»In der Tat. Dieser schmierige Migwick versucht, mich zu betrügen«, wetterte die Frau weiter. »Er hat mir einen schlechten Fisch verkauft und weigert sich nun, ihn umzutauschen.«

»Aber gnädige Frau, ich habe noch nicht einmal Rotschuppenhechte im Angebot, seht doch«, verteidigte sich der Verkäufer. »Wie soll ich Ihnen dann einen verkauft haben?«

»Willst du etwa behaupten, dass ich lüge?«, ereiferte sich die Frau.

Mehr und mehr Umstehende wurden auf den Streit aufmerksam und drängten herbei, sodass sie mir die Sicht versperrten.

Ich wollte mich bereits abwenden, aber Lola hielt mich zurück.

»Jetzt wird es doch erst interessant«, sagte sie, als sich einige Decksters näherten.

Die Uniformierten schoben die Schaulustigen zur Seite. »Was ist denn hier los?«, knurrte einer von ihnen. »Machst du schon wieder Ärger, Fischfresse?«

»Ich … Nein … Also …«, hörte ich den Verkäufer stammeln.

Die Frau fiel ihm ins Wort. »Dieser Kerl ist ein Betrüger! Hier, schauen Sie selbst – ich habe diesen Fisch vorhin gekauft und nach nur einer Runde über den Markt ist er schon völlig ungenießbar.«

Weitere Stimmen wurden laut, als sich auch einige der Umstehenden über die schlechte Ware beschwerten. Sie machten es mir unmöglich, weiter zu beobachten, was mit dem Fischhändler passierte.

Ich befreite mich von Lola und schob mich nach vorn. Ich war nicht sensationsgeil oder extrem neugierig. Ich wollte lediglich wissen, was dort vor sich ging. Dass die Anschuldigung unberechtigt war, lag ja wohl auf der Hand. Das mussten doch auch diese Decksters erkennen. Und ich wollte zu gern wissen, wie sie die Sache klären würden.

Ich musste ein wenig schieben und drücken, schaffte es aber schließlich, mich durch den Pulk ganz nach vorn zu kämpfen.

Von dem Klärungsversuch der Uniformierten, falls es einen solchen überhaupt gegeben hatte, bekam ich jedoch nichts mehr mit. Ich sah nur noch, wie einer von ihnen eines der Geräte an seinem Gürtel löste, damit auf den Verkäufer zielte und feuerte. Ein metallenes Kabel schoss daraus hervor, mit einer Art Zange am Ende, die mich an diese Greifautomaten erinnerte, an denen man Kuscheltiere angeln konnte.

Der Greifer krallte sich um den Arm des Verkäufers, der die Hand schützend vors Gesicht gehoben hatte. Keine Sekunde später schrie er auf und sein Leib begann, unkontrolliert zu zucken.

Ein lautes Knistern ertönte, blaue Blitze zuckten über das Kabel und den Körper des Händlers und plötzlich lag noch ein anderer Geruch als der gammeliger Nahrungsmittel in der Luft: der Geruch von verbranntem Fleisch.

Der Migwick sackte in sich zusammen und verschwand hinter seiner Verkaufstheke. Noch zwei elend lange Sekunden ließ der Deckster seinen Finger auf dem Abzug, ehe er das Gerät, das tatsächlich einem Taser glich, sinken ließ.

Die Umstehenden verstummten angesichts der rohen Gewalt, die der Kerl gerade völlig unbegründet hatte walten lassen.

Dass ich mit dieser Einschätzung irrte und die Ruhe andere Gründe hatte, merkte ich erst, als kurz darauf lauter Applaus aufbrandete.

Die Leute feierten und bejubelten den Deckster tatsächlich dafür, dass er den armen Migwick gerade geröstet hatte. Nicht einer machte sich daran, dem armen Kerl aufzuhelfen. Und das, obwohl die Anschuldigung der Frau ganz offensichtlich gelogen gewesen war.

Nun, wenn sie nichts unternahmen – ich würde nicht tatenlos danebenstehen.

Gerade als ich den ersten Schritt nach vorn machen wollte, legte sich eine Hand auf meine Schulter, plüschig sanft, aber mit so festem Griff, dass ich innehielt.

»Du kannst nichts für ihn tun«, raunte Lola mir zu. »Die Bruzzler der Decksters überlebt keiner, nicht bei solch einer Dosis.«

»Der wird keinen mehr über den Tisch ziehen«, sagte der Uniformierte, während er das Kabel seiner Waffe wieder einrollte und sie zurück an den Gürtel steckte.

Sein Kamerad lachte. »Sieht aus, als gäbe es heute Fisch zum Nulltarif.«

Nun löste sich doch endlich jemand aus dem Kreis der Umstehenden, ein älterer Herr mit Schiebermütze. »Nichts da mit Nulltarif. Als Fischereibesitzer annektiere ich diesen Stand.«

Er ging hinter den Tresen, warf einen angewiderten Blick nach unten, wo der tote Migwick lag, und betrachtete dann die Auslage. »Frischer Fisch, heute zum Sonderangebot. Beste, erlesenste Ware! Greifen Sie zu!«

»Drei Büttelheringe bitte«, verlangte die Frau, die Minuten zuvor noch die Frische der Ware angezweifelt hatte und damit die Hauptschuld am Tod des Migwicks trug.

»Ich geb Ihnen fünf zum selben Preis«, sagte der neue Verkäufer augenzwinkernd.

Da begriff ich, was hier lief. Das Ganze war ein abgekartetes Spiel, das Geschäft des Migwicks zu übernehmen. Ein Spiel, das über Leichen ging. Und sie hatten es gewonnen.

Mit offenem Mund starrte ich auf die Leute, die nun wie selbstverständlich den Fisch kauften, der gerade noch als ach so schlecht verschrien worden war.

»Ich glaube, der Käse dort hinten ist auch nicht mehr der beste …«, hörte ich einen Mann zu einem anderen sagen, worauf hämisches Lachen folgte.

»Man sollte dieses Gesindel gar nicht in die Stadt lassen. Einmal Gauner, immer Gauner.«

Lola zog mich an der Schulter zurück, weg von dem Fischhändler. »Verstehst du nun, was ich meine?«, sagte sie. Ihr war anzumerken, dass die ganze Sache sie nicht kaltgelassen hatte.

Sie war aber nicht im Mindesten so verstört wie ich. »Diese Soldaten …«, stammelte ich. »Sie hätten schlichten sollen. Dieser Migwick war unschuldig.«

»Das war der Schuhputzer auch. Genauso wie der frühere Besitzer des Hutladens, an dem wir vorbeigekommen sind, oder

Deedle, der nicht zur Schule gehen darf. Oder ich … Keiner von uns verdient die Behandlung, die uns die Menschen zukommen lassen.«

Als wir weiter über den Markt gingen, sah ich diese Welt mehr und mehr mit anderen Augen. Der verzerrende Nebel von romantischem Vintage-Flair verschwand und offenbarte mir die Ungerechtigkeit und die Gewalt, die hier fast allgegenwärtig waren – und sich ausnahmslos gegen Migwicks richteten.

Trotz der zwei Sonnen, die für eine angenehme Temperatur sorgten, fror ich. Der Anblick des zuckenden Fischhändlers tauchte immer wieder in meinem Geist auf. Nie zuvor hatte ich einen Menschen – oder ein ähnliches Wesen – sterben sehen. Und ich fragte mich immer wieder, ob ich es hätte verhindern können, wenn Lola mich nicht zurückgehalten hätte.

»Wieso lasst ihr euch das gefallen?«, fragte ich sie, als wir beobachteten, wie eine ältere Frau ein Dienstmädchen zusammenstauchte, das ihr die Einkäufe nicht schnell genug hinterhertrug. Ein Mädchen mit Hufen statt Füßen, wohlgemerkt.

»Glaub nicht, wir hätten nicht versucht, etwas an den Umständen hier zu ändern. Aber nach Jahren der Unterdrückung, der Rückschläge und Misserfolge hat der Großteil von uns aufgegeben. Das Einzige, was uns helfen würde, wäre ein Machtwechsel.«

»Ihr habt einen König in Ludens City?«, fragte ich.

»Na ja, einen Bürgermeister, aber das ist fast das Gleiche. Er ist derjenige, der uns als Missgeburten verrufen hat und uns damit an den Rand der Gesellschaft drängte.«

»Aber warum hat er das getan? Ich meine, es muss doch irgendetwas vorgefallen sein. Von allein …«

»Liebe«, unterbrach sie mich.

»Äh, was?«

»Er hatte sich verliebt.«

»In eine Migwick?«

»Ja.«

»Und die hat ihm das Herz gebrochen und daraufhin hat er Rache an ihrem Volk genommen, oder was?«

Sie zuckte mit den Schultern. »So sieht es wohl aus …«

»Das ist doch absurd …«

Es war wirklich absurd. Das war Stoff für irgendwelche Romane oder Spiele, aber in der Realität konnte doch niemand so verbohrt sein und eine komplette Rasse für einen Fehler verurteilen, den eine Einzelne begangen hatte.

Lola seufzte. »Wem sagst du das.«

Ich wartete, ob noch irgendwelche Erklärungen kamen. Es musste mehr dahinterstecken. Doch die Häsin schwieg und wich meinem Blick aus.

Wir machten uns auf den Rückweg. Dabei sah ich immer wieder unauffällig zu ihr hinüber. Und es schnitt mir jedes Mal ins Herz, wenn ich ihre traurigen Augen sah. Auch musste ich ständig an den Fischhändler denken, der vor meinen Augen von jenen ermordet worden war, die hier eigentlich für Recht und Ordnung sorgen sollten.

Plötzlich vermischte sich diese Vision mit dem Bild von Lola. Nun war sie es, die hinter dem Warentisch stand, mit der Frau diskutierte und schließlich von dem Greifer des Decksters getroffen wurde. Ich konnte das verbrannte Fell förmlich riechen, als sie in meiner Vorstellung tot zu Boden sank.

Ein Schauder lief mir über den Rücken. Ich konnte nicht zulassen, dass ihr so etwas zustieß. Ich *wollte* es nicht zulassen. Da war ein Gefühl in mir, ein Drang, sie zu beschützen. Aber was konnte ich schon tun?

»Warum hast du mich hergeholt?«, fragte ich sie, als wir vor Paus Tür angekommen waren.

»Weil wir einen Helden brauchen, der uns rettet«, sagte sie und fügte leiser hinzu: »Weil *ich* einen Helden brauche …« Ihr Blick war zu Boden gerichtet. »Es tut mir sehr leid. Ich hätte vorher mit dir darüber sprechen sollen, dich um Erlaubnis bitten. Aber ich hatte Angst, dass du ablehnen würdest.«

Damit lag sie verdammt richtig. Nie im Leben hätte ich sie hierher begleitet – warum auch? Abgesehen davon, dass ich ihr niemals geglaubt hätte, ich hatte ja auch nicht die Macht, ihr zu helfen.

Und selbst jetzt hätte ich ihr am liebsten einfach für die nette Führung gedankt, ihr zum Abschied die Hand geschüttelt und wäre durch Paus Portal zurück in meine Welt gegangen.

Aber was tat ich Volltrottel?

Ich hob eine Hand und legte sie an Lolas Wange. Gott, wie wunderbar sich ihr Fell anfühlte, so kuschelig und weich, wie Samt.

Überrascht von meiner Geste hob sie den Kopf und sah mich an. Und wieder verfing sich mein Blick in ihren Kulleraugen, ich versank darin wie ein Ertrinkender, der den Kampf gegen die Fluten längst verloren hatte.

»Ich weiß nicht, ob ich dein Held sein kann«, sagte ich.

Und Himmel, das war so was von untertrieben. Nichts war so sicher wie die Tatsache, dass ich kein Held war!

»Aber ich werde nicht von hier fortgehen, ohne es zumindest versucht zu haben.«

Andrew, du bist so ein Idiot …

7

Was für eine süße Katze

Ich saß zum zweiten Mal an diesem Tag in Paus Küche, wenn auch dieses Mal auf einem Stuhl und nicht in Miniaturausgabe auf dem Tisch. Lola erzählte Pau, was auf dem Markt geschehen war, während dieser – seinerseits wieder in normaler Faltergröße – hektisch über einem Topf herumflatterte und seine Sporen in das Gebräu rieseln ließ.

Auch die Maus, Mina, war da. Sie kommentierte Lolas Ausführungen, wann immer diese Luft holte, beschimpfte die Decksters, die Menschen, den Bürgermeister, einfach jeden.

Mich schien sie mittlerweile zu akzeptieren. Sie versuchte nicht mehr, mich umzubringen, was in der aktuellen Größenverteilung wohl auch schwierig geworden wäre. Stattdessen tätschelte sie meine Hand, schleppte dann nacheinander eine Tasse, einige

Teeblätter und eine Kanne heißes Wasser heran und warf nach getaner Arbeit ein paar Zuckerwürfel in das Getränk, ehe sie erneut meine Hand tätschelte.

Es wunderte mich nicht, dass ich ihren Mutterinstinkt zu wecken schien. Wenn ich auch nur halb so erbärmlich aussah, wie ich mich gerade fühlte, hätte ich wohl bei jedem den Welpenschutzmodus ausgelöst.

Nachdem ich Lola draußen vor der Tür quasi zugesichert hatte, ihr dabei zu helfen, die Migwicks aus ihrer Unterdrückung zu befreien, war ich in das Haus gestürmt und hatte Pau verkündet, er könne jegliche Arbeit einstellen – das Portal in meine Heimat würde nicht mehr benötigt.

Er hatte nur kurz innegehalten bei … was auch immer er da tat. Selbst in seinem kleinen Insektengesicht hatte ich den abschätzigen Ausdruck erkennen können. Sein Blick war kurz zwischen Lola und mir hin und her gehuscht, dann hatte er sich weiter seinem Kochtopf gewidmet. Lola hatte mit ihrer Schilderung begonnen und ich hatte langsam begriffen, was gerade geschehen war.

Ich hatte gesehen, wie ein Mann starb. Ich hatte die erste Leiche überhaupt in meinem Leben gesehen. Und dabei war wohl eine Sicherung bei mir durchgebrannt, die mich kurzzeitig vergessen ließ, dass ich nicht Maximus12 war, der große und mächtige Schamane aus ›Elesztrah‹, sondern Andrew, der unfähige kleine Nerd von der Walmart-Kasse.

Vorsichtig probierte ich einen Schluck von dem Tee. Er schmeckte ganz gut, änderte aber nichts daran, dass ich mich hundeelend fühlte … Irgendwie wünschte ich mir meinen Kater zurück. Selbst da hatte sich mein Magen weniger flau angefühlt als jetzt.

In diesem Moment flog die Tür auf.

»Na, ihr Schnecken«, trällerte eine gut gelaunte Stimme. »Was heckt unsere Rebellentruppe heute wieder aus?«

Die Tasse noch vor die Lippen gehoben, erstarrte ich in der Bewegung. Eigentlich musste man es mir hoch anrechnen, dass ich die Tasse, bei dem Anblick, der sich mir bot, nicht fallen ließ.

In der offenen Tür stand eine Frau, schön wie ein wahr gewordener Männertraum. Sie trug schwarze Stiefel mit hohen Absätzen, die in rote Strümpfe übergingen, die wiederum unter einem echt kurzen schwarzen Rüschenrock verschwanden. Es war so ein Teil, wie ihn Cancan-Tänzerinnen trugen: vorn kurz, hinten lang. Ihr Oberkörper steckte in einem Korsett mit rot-schwarzem Karomuster, das kaum in der Lage war, ihren üppigen Busen zu bändigen.

Leuchtend rote Haare lagen in Wellen auf ihren Schultern und umrahmten äußerst sexy ihr Gesicht. Ein Gesicht mit einer ähnlichen Stupsnase wie der von Lola, langen Schnurrhaaren und gelben Augen mit einer strichförmigen Iris! What the fuck?

Auf dem Kopf trug sie als krönenden Abschluss ihres Ensembles einen kleinen schwarzen Mini-Zylinder, der … zwischen ihren spitzen, flauschigen Ohren saß!

Wäre ich einfach an ihrer Oberweite kleben geblieben, wäre mir vermutlich gar nicht aufgefallen, dass sie kein Mensch war. Sie hatte eine rosige Haut, genau wie ich – kein Anzeichen von Fell, Rinde oder was auch immer. Aber lenkte ich den Blick weiter nach oben, stand zweifelsfrei fest, dass auch sie ein Migwick war. Eine Art Katze oder so was. Ob sie auch einen Schwanz hatte?

Ihre vollen, rot geschminkten Lippen verzogen sich zu einem Grinsen. »Oh, was haben wir denn da? Einen Neuzugang?«

Sie kam auf mich zu, beugte sich nach vorn, sodass mir noch ein tieferer Einblick in ihr Dekolleté gewährt wurde.

Sie sah mir in die Augen, immer noch grinsend, blickte dann hinab auf meine Teetasse und dann wieder zu mir. »Wenn ich du wäre, würde ich nichts anrühren, was dir in diesem Haus angeboten wird. Der Flattermann und die kleine Ratte sind die berühmtesten Giftmischer in ganz Ludens, wusstest du das?«

»Ich bin eine Maus!«, echauffierte sich Mina, was jedoch keine Beachtung fand.

Ich schluckte, was angesichts des Tees in meinem Mund vielleicht nicht die beste Idee war. Aber ich konnte ihr das Zeug ja wohl kaum ins Gesicht spucken.

»Hallo, Ginger«, begrüßte Lola die Katzendame kühl, die sich daraufhin wieder aufrichtete und von mir abwandte.

Heilige Scheiße, sie hatte tatsächlich einen Schwanz, einen mit rot-orange gestreiftem Fell!

»Wirklich schön, dass du uns auch mal wieder die Ehre gibst.« Lola verschränkte die Arme vor der Brust.

»Sorry, Süße. Ich musste arbeiten. Einer von uns muss ja dafür sorgen, dass sich unsere Haushaltskasse füllt. Eine Rebellion lässt sich schließlich nicht mit Mut und Idealen finanzieren.«

Mina schnaubte abschätzig. »Rumhurerei ist keine Arbeit.«

»Ich bin Tänzerin, keine Dirne«, widersprach Ginger und schnippte mit dem Finger gegen die Brust der Maus, sodass diese nach hinten umkippte. »Na ja, meistens …«

Sofort war Mina wieder auf den Beinen, hob beide Fäuste vor ihren Körper und hüpfte hin und her. »Wenn du dich raufen willst, komm nur!«

Ginger lachte. »Ein andermal, Hamsterchen.«

»Ich bin …«

»Und, was gibt es Neues?«, fiel die Katze Mina ins Wort. »Außer diesem Schnuckelchen.« Sie wandte ihre Aufmerksamkeit mir zu. »Ist er ein Gefangener? Eine Geisel? Eine neue Spielfigur? Wie heißt du, Süßer?«

»Ich … Ähm … Mein …«, stammelte ich. Mein Mund war so trocken wie eine Wüste. Zu gern hätte ich mit einem weiteren Schluck Tee Abhilfe geschaffen, ließ es aber lieber bleiben. Gingers Warnung hallte in meinem Kopf nach. Ich konnte ja wirklich nicht wissen, was die Maus mir da zusammengerührt hatte.

»Das ist Andrew«, stellte Lola mich vor.

Ich hörte ihrer Stimme an, dass es ihr gar nicht gefiel, wie ich Ginger anstarrte. Ob mir schon der Sabber das Kinn hinunterlief?

»Oh, sag bloß, du hast ihn in einer anderen Dimension aufgegabelt?« Ginger lehnte sich neben mir an die Tischkante. »Als ich euch das letzte Mal besucht habe, hat Pau gerade wutentbrannt das Haus verlassen, weil du ohne Erlaubnis seine Portale benutzt hast, Schwesterherz.«

»Du … Sie … Schwestern?« Okay, zu zusammenhängenden Sätzen war ich noch nicht wieder fähig, aber zumindest hatte ich meine Sprache wiedergefunden.

»Wir haben verschiedene Väter«, erklärte Lola knapp.

Ginger grinste nur.

Das tat sie eigentlich die ganze Zeit, wie mir auffiel.

Irritiert blickte ich zwischen ihnen hin und her: Ginger, Lola, Pau, Mina … Eine grinsende Katze, ein weißes Kaninchen, ein blauer Falter, eine Tee kochende Maus …

MOMENT!

»Wo ist Alice?«

»Hey, ein ganzer Satz. Gratuliere, Andrew.« Ginger tätschelte meinen Kopf.

Ich stieß ihren Arm beiseite. »Im Ernst«, knurrte ich. »Das ist doch das Wunderland. Dann muss hier irgendwo so eine kleine blonde Göre in blauem Kleidchen rumrennen. Sie ist diejenige, die euch rettet. Nicht ich!«

Alle Augenpaare im Raum waren nun auf mich gerichtet. Allerdings zeigte sich in keinem von ihnen Verständnis.

Ich deutete auf Pau. »Motte, du hast ihr den Pilz zum Essen gegeben, der sie wieder hat wachsen lassen. Allerdings warst du da auch eine Raupe …« Mein Finger glitt weiter zu Lola. »Und du – du hast sie schließlich mit deinem *zu spät, zu spät* hergeholt … Ähm, wo ist eigentlich deine Taschenuhr?«

Lola sah mich mit offener Schnauze an, wirkte, als ob sie etwas sagen wollte.

Ich beachtete sie nicht, sondern wandte mich an Ginger. »Und du bist die Grinsekatze. Du machst sie doch immer ganz kirre mit deinen tiefsinnigen Aussagen, die man sich dreimal anhören muss, um sie zu kapieren.« Siegessicher betrachtete ich die anderen. »Na kommt, strengt eure Köpfe an. Sicher, die Kleine wirkt nicht unbedingt so, als ob sie Berge versetzen kann. Aber sie ist fünfmal mehr ein Held als ich!«

Gefühlte Minuten der Stille vergingen. Mina war es schließlich, die das Schweigen brach, indem sie schallend loslachte.

»Ginger und tiefsinnige Aussagen? Ich glaube, ich werd verrückt!«

»Das bist du ja auch«, blaffte ich sie an. »Genau wie der Hutmacher. Wo ist der eigentlich?«

»Ich hab dir gesagt, du sollst nichts von dem Tee trinken«, meinte Ginger. »Was hast du da reingetan, du kleine Fellkugel? Mogeltaukraut?«

»Andrew, ich weiß, dass das heute etwas viel für dich war, aber …« Lola sah mich an, als wäre *ich* völlig durchgeknallt, nicht die Maus. »Ich kenne keine Alice. Ich habe noch nie so ein Mädchen gesehen, wie du beschreibst.«

Ich runzelte die Stirn. Der Maus und Ginger traute ich zu, dass sie mich verarschten. Aber Lola wirkte ehrlich. Ehrlich verwirrt, ehrlich überfordert, ehrlich besorgt.

Täuschte ich mich?

Aber die Parallelen waren viel zu offensichtlich, so sehr, dass ich mir gegen die Stirn hätte schlagen können, dass ich nicht eher darauf gekommen war. Die ganzen Leute, die ich heute getroffen hatte, wirkten alle wie Figuren aus Lewis Carrolls *Alice im Wunderland*!

Gut, vielleicht ähnelte die Stadt nicht unbedingt seinem gewählten Setting. Zumindest erinnerte ich mich nicht daran, dass es bei ihm motorisierte Fahrzeuge, qualmende Fabrikgebäude oder stinkende Pflasterstraßen gegeben hatte.

Einmal mehr kam mir der Gedanke, ich würde mit einem Hirnschlag im Krankenhaus liegen und all das hier wäre nur ein Produkt meines geschädigten Geistes, meiner videospielgetränkten Fantasie.

Doch die Variante, es wäre ein Traum, hatte ich ausgeschlossen. Ich brauchte nur auf meine Rippen zu drücken und wusste, dass das hier alles sehr wohl real war. Fuck!

»Wir müssen sie suchen«, beharrte ich.

»Oder du trinkst deinen Tee aus und bist einfach ruhig, während die Großen sich unterhalten«, sagte Mina und tätschelte meinen Oberarm.

Da kam mir ein Gedanke. Wenn Lola Alice nicht kannte, konnte sie wirklich nicht hier sein. Denn wäre es ihre Geschichte, wäre das Mädchen dem weißen Kaninchen gefolgt – und das stand ja ohne Zweifel vor mir.

Ich sackte in mich zusammen und ließ die Schultern hängen. Eine Welle der Enttäuschung packte mich. Für einen Moment hatte es tatsächlich so ausgesehen, als würde ich heil aus dieser Sache rauskommen. Als könnte ich die Verantwortung des Helden einfach abgeben. Gut, sie auf ein kleines Mädchen abzuwälzen, war nicht die feine Art – aber es wäre ja seine Bestimmung gewesen, oder? Nun war es wohl meine.

Zumindest glaubte das Lola.

Und ich hatte zugestimmt.

Scheiße.

»Also, Lola, ich kann dir nur gratulieren«, meinte Ginger. »Ich bin überzeugt, du hast hier unser aller Rettung aufgegabelt.« Sie deutete mit einem Kopfnicken auf mich. »Wenn er den Bürgermeister nicht stürzen kann, weiß ich auch nicht.«

»Um ehrlich zu sein, bin ich auch nicht überzeugt, dass der Junge uns wirklich helfen kann«, stimmte Pau ihr zu. »Wir sollten es doch noch mal mit den Törtchen probieren, die Mina gebacken hat.«

»Der wievielte Versuch ist das dann? Der fünfte?«, warf Ginger ein.

»Der sechste …«, korrigierte Lola kopfschüttelnd. »Und es wird auch dieses Mal nur den Vorkoster erwischen, wie jedes Mal. Das wäre nur ein weiteres sinnloses Migwick-Opfer in diesem Kampf.«

»Dann schicken wir einen Attentäter«, schlug die Maus vor. Sie sprang kurz davon, kehrte mit ihrer Stricknadel zurück und fuchtelte damit herum. »Reinschleichen, abstechen, fertig.«

»Darf ich dich an Laurenzio erinnern? Und an Gaja, und an Theresius, und …«

Mina ließ ihre Nadel sinken. »Schon gut, schon gut …«

Ich hätte gern mehr über Laurenzio und Co. erfahren, hob mir die Nachfrage aber für später auf. Der kurze Abriss der bisherigen Bemühungen meiner *neuen Freunde* war zu interessant, als ihn zu unterbrechen.

»Wir sollten Ludens City verlassen«, sagte Ginger und zum ersten Mal, seit sie das Haus betreten hatte, wurde ihr Gesicht ernst. Sie griff unter ihren Rock und holte einen Beutel hervor.

Wo hatte sie den denn gehabt?

Als sie ihn auf den Tisch warf, löste sich der Verschluss und einige silberne Münzen kullerten heraus, auf die Mina sich sofort stürzte.

»Noch ein paar Tage wie heute und ich habe genug zusammen, um einen Schleuser zu bezahlen, der uns an den Decksters vorbeibringt.«

»Und wo sollen wir dann hin?«, fragte Lola in bissigem Ton. »Da draußen erwarten uns nur weitere Siedlungen, Dörfer und Städte voll von Menschen. Für die sind wir noch mehr Fremde, als wir es in dieser Stadt sind, die akzeptieren uns noch weniger.«

»Das kannst du nicht wissen«, fuhr Ginger sie an. »Kennst du auch nur einen Migwick, der da draußen war und wiedergekommen ist, um uns zu erzählen, wie es da abgeht? Nein, weil keiner freiwillig zurückkommt.«

»Weil keiner seinen Trip nach draußen überlebt«, konterte Lola.

»Meine Damen, das führt doch zu nichts«, versuchte Pau, zu schlichten. »Allerdings muss ich Lola recht geben. Ludens City ist unser Zuhause. Wenn wir hier nicht wieder Fuß fassen, können wir es nirgends.«

»Ich sag doch, lasst uns den Bürgermeister töten«, warf Mina erneut in die Runde, woraufhin Ginger und Lola im Chor stöhnten.

»Wir drehen uns im Kreis«, meinte Pau nach einem kurzen Moment der Stille. Er zog eine letzte Runde über seinen Kochtopf, woraufhin eine dunkle Rauchschwade davon aufstieg. Er flog zum Tisch hinüber und landete auf der Spitze einer Teekanne. »Fertig«, meinte er, woraufhin Mina ihre Stricknadel fallen ließ und in Richtung Kochstelle galoppierte.

»Und, kommt jetzt noch was?« Ginger verschränkte die Arme.

Auch Lola schien mit ihrer Geduld am Ende. »Teile deine weisen Gedanken mit uns, oh großer Pau«, sagte sie und ahmte die Geste der Katze nach.

Wie sie so nebeneinanderstanden, kam mir Gingers Begrüßung wieder in den Kopf. Waren sie und Lola wirklich Schwestern? Aber wie konnte das sein? Ich meine, dass die Migwick-Gene der einen ausgeprägter waren als die der anderen, konnte ich mir noch halbwegs vorstellen. Aber sie stammten ja von völlig verschiedenen Tieren ab – Nager und Raubtier.

Okay, wenn ihre Eltern ein Hase und eine Katze waren, würde es Sinn machen … Uhhh, das waren Bilder, die ich gar nicht in meinem Kopf haben wollte!

Pau hatte indes eine Pfeife hervorgezaubert, woher auch immer, und konzentrierte sich darauf, diese zu stopfen. Es war eine kurze, altmodische Pfeife, wie auch mein Opa sie gehabt hatte. Sie kam nur ein einziges Mal im Jahr zum Einsatz, nach dem Weihnachtsbraten. Paus Pfeife hingegen sah aus, als würde sie täglich zehn Mal brennen – und das nicht nur mit normalem Tabak. Der machte schließlich keinen rosafarbenen Rauch!

Die Frauen gaben ihm Zeit, bis er ein paar Züge genommen hatte.

»Wir sollten aufgeben«, sagte er schließlich und verschränkte die Beine übereinander.

Lola warf die Hände in die Luft. »Na großartig!«

»Ich glaube, ihr geht die Sache falsch an«, sagte ich und strich mir übers Kinn. Ich brauchte dringend eine Rasur. »Wenn ich euch richtig verstehe, rennt ihr immer wieder gegen eine Mauer, in der Hoffnung, damit irgendwann das ganze Gebäude zum Einstürzen zu bringen.«

»Wir wollen doch nicht das Herrenhaus kaputt machen«, quiekte Mina entrüstet, die damit begonnen hatte, Paus Gebräu in kleine Flakons abzufüllen.

»Schnauze, Maulwurf«, blaffte Ginger sie an und gab mir mit einer Geste zu verstehen, weiterzusprechen.

»Was ich meine: Ihr versucht mit allen Mitteln, die bestehende Regierung zu stürzen, indem ihr euren Bürgermeister tötet. Was aber wäre, wenn ihr ihn auf eure Seite zieht?«

Ginger, die mich gerade noch erwartungsvoll angesehen hatte, verdrehte nun die Augen. »Okay, ich merke schon, wir sind hier fertig.« Sie griff sich ihren Geldbeutel vom Tisch. »Ich verschwinde aus dieser Stadt, ob ihr mitkommen wollt oder nicht. Ich habe es satt, für die Menschen die Beine breit zu machen.« Sie hielt in der Bewegung inne und beugte sich weiter zu mir. »Sorry, Süßer. Nichts für ungut. Bei dir wäre es keine Arbeit, sondern ein Vergnügen.« Sie zwinkerte, während ich den Atem anhielt, aus Angst, ihre Brüste würden mir gleich entgegenspringen.

Als sie ihren Beutel verstaut hatte, wandte sie sich zum Gehen. Doch Lola hielt sie am Arm zurück.

»Ginger, tu das nicht. Es ist zu gefährlich! Ich will dich nicht auch noch verlieren.«

Und schon wieder weckte diese Hasendame das Verlangen in mir, sie in den Arm zu nehmen, zu beruhigen und ihre Welt wieder geradezurücken. Verdammt!

»Ich meine das ernst«, sagte ich. »Lola hat mir erzählt, dass eine Frau der Auslöser dafür war, dass der Bürgermeister eure Art so hasst.«

»Weil sie sein Herz gebrochen hat«, schob Lola erklärend hinterher.

»Was ist mit dieser Frau? Ich meine, lebt sie noch? Ist sie noch in Ludens City? Dann könnte sie vielleicht alles wieder geraderücken. Habt ihr darüber mal nachgedacht?«

Mina hielt in ihrer Arbeit inne. »Du hast ihm *was* erzählt?«

»Nun, er wollte wissen, warum man uns so abschätzig behandelt. Da habe ich ihm die Geschichte erzählt, wie der Bürgermeister sich in eine von uns verliebt hat, seine Gefühle jedoch unerwidert blieben und er daraufhin seine Enttäuschung und den daraus entstehenden Hass auf alle Migwicks projiziert hat.«

Lola sprach so schnell, dass ich froh war, die Story vorhin schon in Ruhe gehört zu haben. Sonst hätte ich nicht die Hälfte davon verstanden.

»Diese Frau … Wie heißt sie?«, wollte ich wissen.

»Ich vermute mal, Lola meint Aeterna«, sagte Ginger und ich stellte fest, dass ihr Grinsen zurückgekehrt war. Ich hatte also ihr Interesse geweckt.

Ich versuchte mich an einem einnehmenden Lächeln. »Also, wenn diese Aeterna zum Bürgermeister gehen, sich entschuldigen und seine Avancen annehmen würde – vielleicht wäre dann alles wieder gut.« Ich fand meinen Plan toll, vor allem weil er a) ohne Gewalt auskam und b) ohne mein Zutun.

»Das klingt nach einer entzückenden Geschichte«, sagte Pau. Er nahm einen tiefen Zug von seiner Pfeife, hielt den Rauch kurz in der Lunge und pustete ihn dann in meine Richtung.

Wie gebannt starrte ich auf die rosafarbenen Kringel, die mir entgegenschwebten. Wenn ich noch eine Weile hierblieb, musste er mir das unbedingt beibringen!

»Der Haken an der Sache ist nur, dass wir nicht wissen, wo Aeterna sich aufhält«, fügte er vor seinem nächsten Zug hinzu. Dann war wieder Ruhe.

Gingers Grinsen wurde noch breiter und ich entdeckte, dass ihre Eckzähne ebenfalls so spitz waren wie bei einer Katze. Ob das beim Rumknutschen störte? Oder beim …

Alter, Andrew, hast du keine anderen Probleme???

»Langsam kapiere ich«, sagte sie an ihre Schwester gewandt. Ein verschwörerisches Funkeln lag in ihren Augen. »Es gibt nur einen Ort in Ludens City, an dem wir rausfinden, wo sie ist. Dummerweise kann keiner von uns auch nur eine Kralle über die Pforte setzen, ohne zu Tode geschockt zu werden.« Sie sprach nun ebenso schnell wie Lola vorhin, ihre Stimme war voller Euphorie und Tatendrang. »Kein Migwick kann das Herrenhaus betreten. Aber glücklicherweise haben wir jetzt einen Menschen in unserem Team.«

»Einen Schamanen, einen mit magischen Fähigkeiten«, ergänzte Lola. Sie wiederum sah nicht Ginger, sondern mich an und auch ihre Augen leuchteten.

Ich hob abwehrend die Hände. »Also, darüber müssen wir noch mal reden.«

»Du hast uns deine Hilfe zugesichert, Aaaaandreeeeew.«

Pau blies mir erneut Rauch entgegen, während er meinen Namen aussprach. Dann glitt er von der Kanne, ließ sich auf den Bauch sinken, stützte sich auf die Unterarme und breitete die Flügel aus, als würde er sich in der Sonne rekeln.

Ich gebe zu, diese tiefenentspannte Ausgabe von ihm gefiel mir bedeutend besser als die reizbare, die er bei unserer ersten Begegnung gewesen war.

»Dein Vorschlag ist wirklich gut, wieso bin ich da nicht drauf gekommen. Wenn die beiden Liebenden wieder vereint sind, wird der Bürgermeister seine Untertanen sicher zum Umdenken bewegen.« Lola verschränkte die Hände und klimperte mit den Wimpern.

Hörte ich da eine gewisse Ironie heraus?

»Moment, ich denke, Aeterna hat ihn nicht geliebt?!«, erkannte ich selbst die Schwachstelle in meinem Plan. »Das könnte ein Problem sein.«

Ginger zuckte mit den Schultern. »Vielleicht irren wir uns da, ist schon eine ganze Weile her. Und selbst wenn, dann tut sie eben so, als wäre sie in ihn verliebt.«

Mina imitierte Lolas flatternden Augenaufschlag. »Als hätten die Jahre der Gefangenschaft ihr klargemacht, was für ein toller und liebenswerter Kerl unser Bürgermeister ist.« Sie stieß einen lang gezogenen Seufzer aus. Dann folgte ein hysterisches Lachen und sie warf sich auf den Rücken.

Absolut durchgeknallt, ich sag's ja …

»Ihr wisst also, dass er sie gefangen hält?«, fragte ich und überging ihren Anfall.

»Niemand weiß, wo sie ist, was sie ist, wer sie ist …«, antwortete Pau, der in dem rosa Nebel seiner Pfeife kaum noch zu erkennen war.

Ich rückte ein Stück von ihm ab. »Kann jemand mal ein Fenster öffnen, bevor wir alle so high sind wie der Typ?«

»Was Pau sagen will«, kam Lola zu Hilfe. »Wir wissen nicht, wo Aeterna ist. Ob sie seine Gefangene ist, ob sie sich in der Stadt aufhält, ob sie überhaupt noch lebt. Aber der Bürgermeister wird es wissen, davon bin ich überzeugt.«

»Dann ist es ja beschlossen«, meinte Ginger und stützte eine Hand auf ihre Hüfte. »Andrew, Held der Migwicks, wird ins Herrenhaus geschleust, um für uns herauszufinden, wo Aeterna steckt. Ein grandioser Plan!«

Ob sie auch nackt so schlank war? Oder kam ihre Wespentaille wirklich nur von dem Korsett?

Ich fuhr mir mit beiden Händen übers Gesicht. Gerade war beschlossen worden, dass ich die Hauptrolle in Tim Burtons neustem Film spielen sollte, und ich saß hier und stellte mir vor, wie die Katzenlady wohl nackt aussah. Oder wie Lola nackt aussah, denn das interessierte mich mindestens genauso …

Wuah, was zum Henker stimmte nicht mit mir? Hatte ich meinen klaren Verstand in Chicago gelassen?

»Wir gehen ins Herrenhaus?« … »Toll, wir kommen mit!«

Deedle hatte den Raum betreten. Na super, der hatte mir gerade noch gefehlt.

8

Bube, Dame, Turm?

Pau hatte mir ein Zimmer in der zweiten Etage seines Hauses zugewiesen, das ich mir für diese Nacht mit Deedle teilen sollte.

Lola und Ginger würden ebenfalls hierbleiben, schliefen aber ein Stockwerk höher.

Danach kam nur noch der Dachboden, den zu betreten Pau mir streng verboten hatte. Vermutlich lagerte er dort sein Dope, oder was auch immer er rauchte.

Zuerst hatte es ganz schön Diskussionen gegeben, da es in unserer Kammer nur zwei Betten gab und Deedle und sein Alter Ego der Meinung waren, jeder von ihnen benötige ein eigenes Bett.

Ginger hatte mir liebenswürdigerweise angeboten, ich könnte mit unter ihre Bettdecke schlüpfen. Lola hingegen hatte auf

Deedle eingeredet, sanft und gleichzeitig bestimmt, wie eine große Schwester, bis dieser sich schließlich damit einverstanden erklärt hatte, gemeinsam mit »dem anderen« in einem Bett zu schlafen.

Es hatte sich noch mal eine Weile hingezogen, bis der Junge sich entschieden hatte, welches der Betten er nehmen wollte, ich mich aus meinen neuen Klamotten geschält und in T-Shirt und Boxershorts unter die kratzige Wolldecke geschlüpft war und Pau bei einem letzten Kontrollgang, ob es auch ja züchtig unter seinem Dach zuging, die Öllampen gelöscht hatte.

Wirklich dunkel war es trotzdem nicht geworden, denn es prangten nicht nur zwei Sonnen über Ludens, sondern auch zwei Monde, die für deutlich mehr Licht in der Nacht sorgten, als es unser kleiner Erdtrabant schaffte.

Und auch mit der Ruhe wurde es nichts. Deedle quatschte mich in einer Tour voll, fragte mir Löcher in den Bauch über meine Heimat, über seine eigene Welt, ja sogar über den Sinn des Lebens.

Am Anfang war ich tatsächlich noch bemüht, ihm sinnvolle Antworten zu geben – zumindest bei den Dingen, die ich wusste. Ich hatte auch versucht, im Gegenzug ihm Fragen zu stellen, um mehr über Ludens und die ganze Scheiße zu erfahren, in die ich reingeraten war. Aber Pustekuchen! Entweder checkte er es nicht oder er überging meine Fragen einfach.

Nach einer Weile ging ich dazu über, nur noch mit Brummen und Knurren zu antworten, schließlich reagierte ich gar nicht mehr.

Doch der Kerl redete und redete und redete und …

»Ich muss pinkeln«, stieß ich irgendwann hervor und schlug entnervt meine Decke zurück.

»Ich muss auch.« … »Ich komme auch mit!«

»Nichts da, ich bin doch keine Tussi«, knurrte ich und stapfte hinaus. »Ich kann allein aufs Klo gehen.« Bevor er noch etwas sagen konnte, hatte ich auch schon die Tür zugeschlagen.

Erleichtert atmete ich auf. Ich hätte es keine Sekunde länger mit dem Typen ausgehalten.

Okay, er hielt mich davon ab, über all das Verrückte nachzudenken, das mir heute passiert war. Und über den Wahnsinn, der mir vielleicht noch bevorstand.

Aber er hielt mich auch schlichtweg vom Schlafen ab, was ich dringend nötig hatte. Schon allein deswegen, weil in mir noch immer die Hoffnung gärte, ich würde morgen früh in meinem eigenen Bett aufwachen und nicht auf dieser Pritsche. Oder wenigstens im Krankenhaus oder in einer Ausnüchterungszelle. Von mir aus auch zwischen den Beinen einer abgewrackten Prostituierten – alles war mir recht, solange ich zurück in der Wirklichkeit war. In *meiner* Wirklichkeit.

Die Sache mit dem Pinkeln war allerdings nicht gelogen. Und das war auch nicht alles, was ich musste.

Auch wenn Ginger mich gewarnt und sich selbst beim Abendessen zurückgehalten hatte, hatte ich kräftig zugelangt. Mein Kater hatte mir noch in den Gliedern gesteckt und ich hatte den ganzen Tag nichts gegessen, mal abgesehen von dem Keks. Dafür hatte ich reichlich gekotzt. Mein Magen schrie geradezu danach, gefüllt zu werden.

Mina war eine ausgezeichnete Köchin, das musste man ihr lassen. Auch wenn es nur vegetarisches Zeug gab, war es verdammt lecker gewesen. Nun forderte mein Körper nach seinem Recht, sich der Speisen wieder zu entledigen – und dieses Mal in der richtigen Richtung.

Ich ging nach unten. Wenn es in diesem Haus überhaupt ein Klo gab, dann vermutlich im Erdgeschoss. Ich befürchtete allerdings, dass der sanitäre Ausbau in Ludens City noch nicht allzu weit fortgeschritten war, so wie es draußen gerochen hatte. Strom gab es in diesem Haus schließlich auch nicht, obwohl sie Elektrizität ganz offensichtlich kannten, wie mir der Deckster auf dem Markt bewiesen hatte.

»Bitte, bitte lass es wenigstens ein Plumpsklo geben«, wisperte ich.

Als ich die Treppen hinunterging, stieg mir sofort der Duft von gegartem Gemüse entgegen, der noch vom Abendessen in der Luft hing, vermischt mit den krautigen Aromen von Paus Tabak.

Ein Grinsen stahl sich auf mein Gesicht. Wenn ich mein Geschäft verrichtet hatte, würde ich ein bisschen was von dem Zeug probieren, das den Flattermann in so entspannte Stimmung versetzt hatte. Danach würde ich bestimmt endlich schlafen können, egal, wie sehr mir Deedle auf die Nerven ging.

Ich betrat die Diele, sah mich kurz nach einer Tür um, die nach Badezimmer aussah, und wollte mich schon der zuwenden, die anscheinend in den Hinterhof führte, als ich einen Lichtschimmer bemerkte.

In der Küche war jemand.

Ob Mina sich noch einen Snack gönnte? Oder Pau ein Gute-Nacht-Pfeifchen?

Ich lugte um die Ecke der offen stehenden Tür. Zu meiner Überraschung war es Lola, die im Schein einer einzelnen Kerze am Küchentisch saß.

Sie sah auf. Schatten tanzten über ihr Gesicht und … Gott, war sie schön!

Sie hatte ihre schulterfreie Bluse gegen ein weites weißes Hemd getauscht. Ihre Ohren standen nicht wie sonst leicht in die Höhe, sondern hingen schlapp nach unten. Erst jetzt fiel mir auf, dass das Fell auf ihrem Kopf länger war als am restlichen Körper. Ob sie womöglich richtige Haare hatte, diese aber kurz schnitt?

Die Füße hatte sie auf dem Stuhl abgestellt, auf dem sie saß, und die nackten Knie an die Brust gezogen. Ein Arm war darum geschlungen, als würde sie frieren. In der anderen Hand hielt sie eine Spielkarte, die wohl zu den anderen gehörte, die vor ihr auf dem Tisch ausgebreitet lagen.

Das schummrige Licht verdrängte die Züge der Häsin aus ihrem Gesicht und ließ es ungewohnt menschlich wirken. Es war gelöst, entspannt, aber gleichzeitig auch von einer Schwermut erfüllt, wie ich es noch nie gesehen hatte.

Ich schluckte, obwohl mein Mund mit einem Mal so trocken war.

»Na, kannst du auch nicht schlafen?«, sagte sie und lächelte.

»Eigentlich suche ich das Klo.«

Innerlich verdrehte ich die Augen über mich selbst. Prima, Andrew … Sag doch gleich, dass du kacken musst. Frauen stehen auf so was.

Sie deutete mit der Hand, die die Karte hielt, in Richtung Hintertür. »Draußen, das Ding mit dem Herz in der Tür.«

Ich rang mir ein Lächeln ab. »Wie klischeehaft.«

Sie grinste ebenfalls.

Eigentlich wollte ich mich am liebsten auf den Stuhl neben sie setzen, aber der Druck in meinem Darm ließ sich nicht mehr lange im Zaum halten. »Ich, ähm, bin gleich wieder da. Geh nicht weg«, stammelte ich, bevor ich mich zurückzog.

Hoffentlich gab es wenigstens Klopapier …

Es gab *kein* Klopapier.

Aber zumindest eine kleine Kiste mit irgendwelchen Blättern, von denen ich hoffte, dass sie ebenjenes ersetzen sollten.

Von dem Geruch in dem Minischuppen wollte ich gar nicht erst anfangen, da roch es auf der Straße im Vergleich ja nach Rosenblüten.

Noch nie in meinem Leben hatte ich so schnell ein Geschäft erledigt, ich schwöre!

Hoffentlich hatte man meine Fürze nicht bis nach drinnen gehört … Aber was sollte ich machen, mein Körper war so viel Gemüse nicht gewohnt. Ich war ein Fleischfresser durch und durch – da rebellierte mein Darm eben ein wenig.

Lola saß tatsächlich noch in der Küche und war mit ihren Karten beschäftigt. Ohne ein Wort setzte ich mich neben sie und betrachtete, was sie ausgelegt hatte. Es waren wirklich so was wie Spielkarten. Ich erkannte Dame, Bube und König, ebenso Rot und Schwarz. Herz und Pik? Aber anstatt Zahlen trugen auch die anderen Karten Bilder, so zum Beispiel einen Reiter oder einen Turm, was mich wiederum an Schach erinnerte.

Ich sah ihr eine Weile schweigend zu und erkannte tatsächlich ein Muster hinter ihren Zügen. Das Spielprinzip schien eine Mischung aus Solitär, Skat und Schach zu sein … Ganz merkwürdig. Das Ziel war jedoch simpel: Es galt, die Königin des anderen Spielers zu erobern.

»Soll ich es dir beibringen?«, fragte sie schließlich, doch ich winkte ab.

»Ich bin nicht so der Spieler.« Als ich anfing, über mich selbst zu lachen, hielt sie inne und sah mich fragend an. »Na ja, eigentlich spiele ich schon recht viel, aber keine Brettspiele oder so. Bei uns gibt es etwas, das nennt sich Computer. Und da sind auch Spiele drauf, aber welche, wo man in die Rolle eines anderen schlüpft.«

»Sind das diese Smartphones, mit denen alle in deiner Welt rumhantiert haben?«

»Mhh, ja, da sind auch Spiele drauf. Wo man Felder bewirtschaftet, sich um ein Haustier kümmert oder irgendwelche Edelsteine derselben Farbe sammelt. Auf Computern kann man dann noch größere Dinge spielen, Autorennen oder …«

… als Schamane in einer Fantasywelt rumrennen. Los, Andrew, gib dir einen Ruck und sag ihr endlich die Wahrheit!

»Das klingt völlig verrückt«, sagte Lola und kicherte. »Ich würde es nicht glauben, wenn ich es nicht mit eigenen Augen gesehen hätte.«

Ja, das tat es wohl wirklich. All das, was Lola und die anderen Wesen hier tagtäglich taten, um zu überleben, ahmten wir auf unseren Laptops und Handys nach, während wir gemütlich auf der Couch lagen.

»Aber eure Welt ist auch nicht ohne. Sprechende Kaninchen, ich bitte dich …« Ohne darüber nachzudenken, griff ich nach einem ihrer Hängeohren und ließ es durch meine Finger gleiten.

Als Kind hatte ich mal ein Meerschweinchen besessen. Sein Fell zu streicheln, war kein Vergleich dazu, Lola zu berühren. Ihres war seidig, fast samtig. Es kribbelte unter meinen Fingern, als würden kleine Stromschläge von ihr auf mich übergehen. Es machte süchtig, sie anzufassen, das merkte ich schon bei der ersten Berührung.

Auch ihr schien es zu gefallen, das sah ich am Zittern ihrer Nase. Oder machte es ihr Angst?

Schnell zog ich meine Hand zurück.

»Und … Du und Ginger, ihr seid Schwestern? Echt? Sieht man gar nicht«, wechselte ich das Thema. »Verschiedene Väter?«

Und wieder hatte ich es geschafft, um die Wahrheit über Maximus12 herumzukommen.

Lola sah mich kurz verwirrt an. Verdammt, ich hätte sie nicht anfassen sollen. Wieso hatte ich das eigentlich gemacht?

»Ähm, ja, genau …«, sagte sie dann und konzentrierte sich wieder auf ihre Karten.

Ich hatte jetzt zwei Möglichkeiten. Ich konnte »Gute Nacht« sagen und zurück ins Bett gehen – zu Deedle, yeah … Oder ich brachte dieses Gespräch wieder in Gang.

Meine Wahl fiel auf Zweiteres. Keine schwere Entscheidung.

»Bist du deswegen bei uns im ›Dark Hole‹ gelandet?«

Wieder ein irritierter Blick.

»Na ja, Ginger ist doch eine Nutte, oder?«, erklärte ich meinen Gedankengang. »Und da ihr Schwestern seid, dachte ich …«

Ihre Augen wurden groß. »Oh, du meinst …« Sie schüttelte vehement den Kopf. »Also, erst mal ist sie keine Nutte. Sie ist Tänzerin.«

»Ah, ja … sicher.«

Ich erwartete einen bösen Blick. Als dieser ausblieb, war mir klar, dass ich mit meiner Bezeichnung für Gingers Job gar nicht so danebengelegen hatte.

»Und du?«, fragte ich.

»Ich mache so was nicht! Ich bin … Ich mache … Also …«

»Du bist Rebellin?«, half ich ihr.

»Ja, so könnte man sagen.«

»Und wieso dann ein Stripclub? Ich meine, du hättest dich einfach auf die Straße stellen und nach einem Helden Ausschau halten können. Wieso gehst du in einen Schuppen, in dem nur notgeile Idioten abhängen, die dir auf den Hintern glotzen und überlegen, in welcher Position sie dich am liebsten …« Ich verstummte, als mir klar wurde, dass ich mich in dieser Beschreibung einschloss. Und wieder war es Zeit für einen imaginären Facepalm.

»Eure Welt ist ganz anders als unsere. Der Club war einer der wenigen Orte, die sich nicht allzu sehr von einem Etablissement hier unterschieden. Und nicht alle, die dort rumlungern, sind nur auf Sex aus. Wenn du wüsstest … Es gibt dort echt interessante Typen. Und schließlich habe ich dort auch dich getroffen – und du willst mir doch nicht sagen, dass …«

»Ich? Nein!«, beteuerte ich energisch.

Das stimmte ja auch. Ich hatte sie nicht flachlegen wollen, nicht nur zumindest, sondern heiraten. Aber auch das würde ich ihr nicht sagen.

Schnell wieder zurück auf unverfängliches Terrain: »Wie kommt es eigentlich, dass du dich bei uns so gut zurechtgefunden hast?«

Sie zuckte mit den Schultern. »Ich lerne schnell. Wenn ich eine neue Dimension betrete, beobachte ich erst mal eine Weile. Und dann suche ich mir ein Plätzchen, wo meine Fremdheit nicht so sehr auffällt, wo ich mich nicht so viel unterhalten muss und so. Wie eben ein Stripclub.«

»Und wieso hattest du kein Fell?« Das hatte sie nicht, im Gegenteil. Selbst an ihren Beinen war nicht ein Härchen zu sehen gewesen, das wusste ich genau.

»Wenn man ein Portal durchschreitet, passt man sich der fremden Dimension an. Wenn ich dir erzähle, was ich schon alles gewesen bin! Man schlüpft quasi in eine Rolle, verstehst du?«

Ich lachte. »Ahh, alles klar. Das ist, wie wenn ich eines meiner Spiele spiele. Da schlüpfe ich auch in einen Charakter, der in diese Spielwelt passt. Nur dass ich dabei gemütlich vor meinem Rechner hocke und nicht … Ähm, warte mal.« Ich runzelte die Stirn. »Wenn du dich an meine Welt angepasst hast, müsste ich mich dann nicht auch verändert haben?« Hektisch betastete ich mich und suchte dann nach etwas auf dem Tisch, in dem ich mich spiegeln konnte.

Lola lachte. »Keine Angst, du siehst noch genauso aus wie vorher. Warum solltest du dich auch verändern? Du passt doch hierher, so wie du bist.«

Ich war nicht gänzlich beruhigt. »Vielleicht habe ich mich innerlich verändert?«

Oh Andrew, du Fuchs! Da war sie, die rettende Idee!

Ich versuchte, meinem Gesicht den Ausdruck schockierender Erkenntnis zu verleihen. Es wirkte.

»Was ist?«, fragte Lola alarmiert.

»Oh nein«, hauchte ich. Etwas Theatralik konnte jetzt nicht schaden. »Jetzt weiß ich, warum ich mich schon die ganze Zeit so komisch fühle. Meine Magie … Ich kann keine Magie mehr in mir spüren. Ich glaube, ich habe sie verloren.«

Na komm, da geht doch mehr!

Ich donnerte meine Faust auf den Tisch. »Verdammte Scheiße, so bin ich doch völlig nutzlos!«

Ja, das war gut.

Lola legte mir eine Hand auf den Arm. Wieder fiel mir auf, dass sie an ihrer Handinnenseite kein Fell hatte. Warme, weiche Haut berührte die meine.

»Mach dir da mal keine Sorgen«, sagte sie, während sie auf meinem Arm auf und ab fuhr. »Die Veränderungen sind nicht von Dauer. Wenn du länger bleibst, verliert sich dieser Zauber. Mir lief in deiner Welt auch schon die Zeit davon, ein paar Stunden noch und ich hätte keinen Haarreif mit künstlichen Ohren mehr gebraucht.« Sie zwinkerte mir zu.

Ich seufzte innerlich. Verdammt, und ich hatte gedacht, ich wäre elegant aus der Sache rausgekommen. Na ja, zumindest hatte ich Zeit gewonnen. Und vielleicht konnte ich sie am Ende überzeugen, dass es eben bei mir nicht so war, dass meine

Fähigkeiten nicht wiederkamen. Dann musste ich ihr wenigstens nicht gestehen, dass ich ein Lügner war. Denn genau das tat ich, lügen, indem ich ihr die Wahrheit verschwieg.

Ich räusperte mich. »Schon ein echt krasser Zufall, dass du gerade in unserem Stammlokal gelandet bist.«

»Ich bitte dich, das Ding heißt ›Dark Hole‹.« Sie grinste, wurde aber gleich wieder ernst. »Ich glaube nicht an Zufälle«, sagte sie leise. »Das war Schicksal.«

Ihre Hand glitt von meinem Arm zu meinen Fingern und sie verschränkte ihre mit meinen. Wieder lief dieses Prickeln durch meinen Körper und langsam bekam ich das Gefühl, sie würde nicht nur den Teil von mir aktivieren, der sie flachlegen wollte.

Ich sah ihr in die Augen. Gott, wie ich mich darin verlieren konnte, das war doch nicht normal. Okay, hier war *nichts* normal, wie in einem verrückten Traum. Und wenn es nur ein Traum war, wieso sollte ich dann nicht einfach dem nachgeben, zu dem mein Körper mich drängte? Ihr nah zu sein, sie zu berühren … Ja, verdammt, in einem Traum *durfte* man scharf auf eine Kaninchendame sein, scheiße noch mal!

Es reizte mich wirklich, herauszufinden, wie es sich anfühlte, sie zu küssen. Ohhh ja!

Langsam beugte ich mich zu ihr.

Sie neigte leicht den Kopf, schien mich geradezu einzuladen, die wenigen Zentimeter zu überwinden, die unsere Lippen noch trennten.

»Wieso hast du nicht gesagt, dass du fertig bist?«, schallte eine Stimme vom Treppenhaus.

Wie ertappte Kinder zuckten wir zurück, ich mit dem Kopf, Lola mit ihrer Hand.

Im Türrahmen stand Deedle, der uns mit verweinten Augen ansah.

»Ich hab dir gesagt, dass ich auch aufs Klo muss.« … »Genau, und jetzt hat der Idiot ins Bett gepullert.«

9

Frühstück mit Hindernissen

Ich konnte nicht behaupten, dass diese Nacht besser gewesen war als die letzte. Okay, ich wachte ohne Kopfschmerzen und Übelkeit auf. Dafür schmerzte mir der Rücken und meine Augen fühlten sich an, als hätte mir jemand Sand unter die Lider gestreut. Außerdem spürte ich die Stellen an meiner Seite, an denen mich die scheiß Migwicks gestern getreten hatten, heute noch viel deutlicher.

Während ich noch eine Weile in der Küche gesessen und mich mit Lolas Karten auseinandergesetzt hatte, war sie mit Deedle nach oben gegangen, um dessen Bett wieder herzurichten. Wie sie es mit dem Jungen aushielt, der in seinem riesigen Schädel nicht eine gut funktionierende Gehirnzelle zu besitzen schien, war mir ein Rätsel. Am Ende war sie zurückgekommen und hatte mir eröffnet, dass der Nervklops nun in meinem Bett schlief und ich mit zu ihr nach oben kommen sollte.

War doch klar, dass mein Hirn sofort verrücktspielte und meinen Lenden ganz eindeutige Versprechungen machte.

Es war mir echt schwergefallen, meine Enttäuschung, und vor allem meine Erektion, vor ihr zu verbergen, als sie mir das Kanapee auf dem Gang vor ihrem Schlafzimmer angeboten hatte. Vor allem nachdem ich hinter ihr die Treppe hinaufgegangen war und die ganze Zeit versucht hatte, herauszufinden, ob sie unter dem langen Hemd noch etwas trug.

Verdammt, ich musste unbedingt etwas unternehmen, damit ich wieder klar denken konnte.

Mein Erwachen war genauso sanft und gemütlich wie meine Schlafposition auf der Couch gewesen, nämlich hart und brutal.

»Ach wie süß, bewacht unser Held uns sogar im Schlaf?«

Ich versuchte, Ginger wegzuignorieren, die gerade aus ihrer Kammer getreten war. Vergeblich.

»Wache halten sieht aber anders aus, Honey. Zum Glück für uns, dass so was hier nicht nötig ist.«

Ich brachte ein heiseres »Guten Morgen« zustande.

»Guten Morgen für den Arsch, es ist fast Mittag«, erwiderte sie.

Sollte ich wirklich so lange geschlafen haben? Es fühlte sich definitiv nicht so an. Nach dem Kater gestern schien ich heute einen Dimensionsreise-Jetlag zu haben …

Während Ginger schnuppernd ihre Nase nach oben hielt, musterte ich sie verschlafen von unten bis oben. Zuerst sah ich schwarze Stiefel, dann lange, nackte Beine, die in einem bauschigen schwarzen Rock endeten. Darüber trug sie eine Art Jackett, ähnlich dem, das Mina gestern für mich geschneidert hatte. Ihres war unten allerdings weiter ausgestellt und oben hochgeschlossen mit einer großen schwarzen Schleife. Verziert war es mit einigen goldschimmernden Knöpfen und einer Brosche mit einem eigenartigen Zeichen darauf.

Ich gebe zu, der lila Farbton der Jacke biss sich ein wenig mit ihren roten Haaren. Aber trotzdem sah sie verdammt gut aus.

»Deedle hat Frühstück gemacht«, erklärte sie und verzog das Gesicht. »Hoffentlich finden wir noch was Essbares …«

Auch mir stieg jetzt der leicht verbrannte Geruch in die Nase, aber auch das Aroma von frisch gebrühtem Kaffee. Letzteres sorgte dafür, dass ich mich aufrichtete und Ginger nach unten folgte.

»Du kannst ihn noch so gut kostümieren, sein Inneres wirst du nicht verkleiden können«, gab Pau gerade einen seiner kryptischen Sprüche zum Besten, als ich die Küche betrat.

»In der Masse wird es kaum auffallen, wenn er sich entfernt und ein wenig umsieht. Die sind doch alle auf das Spiel konzentriert«, meinte Lola.

»Ja, aber er muss erst mal so weit kommen.« Mina wedelte mit einem Teelöffel durch die Luft. »Spätestens wenn er vor Nicodemus steht, wird er eine verdammt gute Geschichte brauchen, damit der ihm glaubt. Ich wette Gingers komplette Tageseinnahmen darauf, dass er als …«

»Du wirst schön die Finger von meinem Zaster lassen, Mini-Biber«, unterbrach Ginger sie.

Lola und Pau, die am Tisch saßen, jeder mit einem dampfenden Metallbecher in der Hand, blickten auf. Pau hatte heute Menschengröße und trug eine dieser Frackjacken. Seine Flügel musste er so angelegt haben, dass sie nicht zu sehen waren. Bequem war das ganz sicher nicht, aber zumindest unauffällig. Er hatte also vermutlich vor, das Haus zu verlassen.

Vor ihnen auf dem Tisch lag zwischen allem möglichen Frühstückskram ein Blatt Papier, um das sich ihre Unterhaltung wohl drehte.

»Guten Morgen«, begrüßte Lola uns. »Gut geschlafen?«

Ginger zuckte mit den Schultern. »Ich hab schon in schlechteren Betten gelegen.«

Ich hingegen nickte bloß, steuerte einen Stuhl an und ... konnte ein Keuchen nicht unterdrücken, als ich mich niederließ. Verflucht, ich hatte mir wohl wirklich eine Rippe gebrochen, vielleicht auch zwei. Und heute tat es noch viel mehr weh als gestern.

»Sagt mal, einen vertrauenswürdigen Arzt habt ihr nicht zufällig in eurem Rebellenkorps?« Ich stöhnte noch mal, während ich eine halbwegs angenehme Sitzposition suchte. »Oder wenigstens einen Apotheker? Eine Ladung Aspirin wäre toll ...«

»Was hast du?«, fragte Lola besorgt.

Ich warf ihr einen vorwurfsvollen Blick zu. »Das fragst du? Du warst doch dabei, als diese Affen mich zu Brei verarbeiten wollten.«

»Uhhh, eine Schlägerei? Du bist ja tougher, als ich dachte«, sagte Ginger und setzte sich neben mich.

Deedle kam herbei, stellte uns ebenfalls Becher hin und goss etwas hinein, was verdammt gut nach Kaffee roch. Das war doch schon mal ein Anfang, um wieder auf Spur zu kommen.

Er kicherte. »Ja, die haben sich voll geprügelt.« ... »Also, eigentlich haben alle auf Andrew eingedroschen und er lag am Boden wie ein nasser Sack.« ... »Was musste er auch mitten in die Bar stolpern!«

»Er ist leider direkt mit Torge zusammengestoßen«, erklärte Lola. »Du kannst dir ja vorstellen, wie schnell das eskaliert ist.«

»Völlig wurst, wie der Typ hieß«, murrte ich. Als ich Gingers Grinsen bemerkte, fügte ich schnell hinzu: »Wenn ich von dem

Weltenwechsel nicht so benebelt gewesen wäre, hätte er sicher kein so leichtes Spiel gehabt!« Ich nippte an meinem Kaffee. Heiß und bitter, genau wie ich es mochte. »Auf jeden Fall hab ich mir was gebrochen, glaube ich …«

»Lass mal sehen!«

Bevor ich es verhindern konnte, war Mina auf mich zugestürmt und unter mein T-Shirt geschlüpft.

»Hey, was … Autsch!« So klein sie war, schmerzte es doch gewaltig, als sie über meine Seite krabbelte. Und meine Versuche, sie zu packen, machten es nicht besser.

»Da ist nichts gebrochen, nur geprellt«, stellte sie fest, als sie aus meinem Kragen herausgehuscht. Sie sprang von meiner Schulter auf die Anrichte, verschwand in einem der Schränke und kam mit einem kleinen Tiegel wieder hervor. »Schmier das drauf, dann wird's besser.«

Ich nahm ihn entgegen, schraubte den Deckel ab und roch an der dunkelbraunen Paste. Sie stank wie die Pest, nach einer Mischung aus vergammelten Blättern und … Lakritze?

»Pfui …« Ich warf Ginger einen Blick zu. Sie hatte mich gestern schon vor dem Tee gewarnt und irgendwie vertraute ich ihrer Einschätzung, was Minas Erzeugnisse betraf.

Sie grinste, wie immer, und nickte, woraufhin ich den Tiegel wieder verschloss und vor mir auf den Tisch stellte.

»Mach ich nachher, wenn ich mich anziehe«, meinte ich nur knapp.

»Ich kann dir gern dabei helfen«, sagte Mina und stützte sich mit einem Ellbogen locker auf meiner Tasse ab.

Bildete ich mir das ein oder lag ein laszives Lächeln auf ihren Lippen?

»Lass mal gut sein, Maulwurf. Ich glaub, Andrew steht nicht so auf Fell«, warf Ginger ein.

Ich öffnete den Mund, um das zu dementieren – nicht ohne Lola einen Seitenblick zuzuwerfen –, als Pau unser Geplänkel unterbrach.

»Könnten wir uns bitte aufs Wesentliche konzentrieren? Ich habe Termine, die ich so schnell wie möglich hinter mich bringen möchte.«

Ich sah, wie er seine Flügel unter dem Mantel bewegte. Gruselig …

»Was habt ihr da?«, stieg ich ein und deutete auf das Blatt, das vor ihm auf dem Tisch lag. Es war anscheinend ein Flugblatt, wie es oft an schwarzen Brettern zu finden war. In seinem Zentrum sah ich ein Pferd, das von einigen gemusterten Kreisen umgeben war. Der Rest darauf musste Schrift sein, allerdings konnte ich sie nicht entziffern. Anscheinend verstand ich zwar die Sprache, die hier gesprochen wurde, aber nicht ihre geschriebene Form.

»Der Bürgermeister veranstaltet eine Reiterei«, erklärte Lola.

Okay, ich konnte nicht anders, als loszuprusten. »Er macht 'ne Orgie, oder was?!«

Alle am Tisch fielen in mein Lachen ein, ich hingegen verstummte, als ich merkte, dass sie nicht mit mir, sondern über mich lachten.

»Das ist ein Ballspiel, das man zu Pferd spielt«, sagte Ginger und wischte sich eine Träne aus dem Augenwinkel.

Also das war doch nun übertrieben! Gut, es sagte einiges über mich aus, dass ich bei Reiterei direkt an Sex dachte … Okay, vielleicht verdiente ich ihr Gelächter.

»Hallo, Konzentration?«, sagte ich vorwurfsvoll in die Runde und deutete auf Pau, der sich zumindest halbwegs unter Kontrolle hatte.

Nur Deedle lachte nicht, sondern sah uns verwirrt an. Er wusste zu meinem Glück wohl nicht, was eine Orgie war.

»Bei einer Reiterei sitzen die Spieler auf einem Pony und kicken mit einem Hammer einen kleinen Lederball über verschiedene Hindernisparcours«, erklärte der Junge. »Wer ihn mit den wenigsten Schlägen ins Ziel bringt, ohne die Bahn zu verlassen, hat gewonnen.«

»Also eine Mischung aus Polo und Minigolf?«

Deedle hatte keine Ahnung, wovon ich sprach. »Ähhhh …« … »Jaja, genau!«

»Okay, gut. Der Bürgermeister veranstaltet also einen Spielenachmittag. Und ihr wollt hin und überlegt, was ihr anziehen sollt? Oder wieso schaut ihr so verbissen auf diesen Wisch?«

Lola schnaubte abschätzig. »Als ob das einfache Volk Zutritt hätte. Er informiert seine Bürger einfach netterweise darüber.«

»Migwicks wären ohnehin die Letzten, die er auf seinem Anwesen dulden würde«, ergänzte Pau. Er stützte die Ellbogen auf den Tisch, legte die Fingerspitzen aneinander und fixierte mich.

Auch die Augen der anderen ruhten nun auf mir, brannten sich förmlich in meine Haut. Hatte ich irgendwas verpasst?

»Du wirst hingehen«, sagte Lola, als ich nicht von selbst auf ihren Plan kam. »Das ist die Chance, dich unbemerkt ins Herrenhaus zu schleusen.«

Ginger antwortete an meiner Stelle. »Schwesterherz, deine gut durchdachten Pläne in allen Ehren. Aber hast du dir unseren lieben Andrew mal angesehen? Er mag ein Mensch sein, aber er hebt sich mindestens genauso von Nicodemus' Speichelleckern ab wie wir.«

»Meine Rede …«, stimmte Pau zu.

Ich nickte enthusiastisch. Das war doch ein scheiß Plan, mich allein da reinzuschicken, um Polo zu spielen!

»Es wird aber keine bessere Gelegenheit geben, ihn da reinzubekommen. Und dass wir nur im Herrenhaus einen Hinweis auf Aeternas Aufenthalt bekommen, ist uns ja wohl allen klar, oder?«

»Ich will auch mit zu dem Spiel!«, tönte Deedle, doch keiner beachtete ihn.

Ginger legte einen Finger an die Lippen und musterte mich. »Okay, mal angenommen, wir stecken ihn in passende Klamotten. Er müsste lernen, sich wie ein Gentleman zu benehmen, weniger vulgär, mehr Etikette und so … Wann ist die Reiterei?«

»In vier Tagen«, sagte Lola mit einem Blick auf den Aushang vor ihr.

»Das schafft der niemals«, stellte Mina fest. »Der hat keinerlei Manieren, denkt nur mit seinem …«

»Mina!«, unterbrach Lola sie. »Nicht vor Deedle!«

»Was denn? Womit denkt er?«, wollte der nun erst recht wissen.

»Ich denke überhaupt nicht …«

»Schluss!« Ginger schlug mit beiden Händen kräftig auf den Tisch, sodass die Teller und Tassen hüpften. Dann atmete sie kurz durch, während wir anderen die Luft anhielten. »Okay«, sagte sie schließlich. »Ich finde die Idee zwar immer noch bescheuert, aber wenn wir das wirklich durchziehen wollen – wenn wir Andrew als Spion einsetzen wollen –, gebe ich dir recht, dass das hier eine verdammt gute Gelegenheit ist.« Sie musterte mich. »Wir werden Hilfe brauchen, um ihn vorzubereiten.«

»Stopp, stopp, stopp!« Ich fuhr mir durch die zerzausten Haare und überlegte, wie ich sie von diesem Plan abbringen konnte.

Es war unvorstellbar, dass ich völlig auf mich allein gestellt zu diesem Bürgermeister watschelte und nach einer Frau suchte, von der nicht mal klar war, ob sie noch lebte.

Mir kam ein Gedanke. »Ihr habt gestern gesagt, außerhalb von Ludens City gäbe es nur kleine Siedlungen und so. Meint ihr nicht, es fällt auf, wenn plötzlich ein Fremder auf der Türschwelle steht? Ich kann ja schlecht behaupten, ich wäre ein Tourist oder so – wo sollte ich bitte herkommen?«

Mina winkte ab. »Du hast keine Vorstellung davon, wie groß Ludens ist. Nicodemus hat keine Ahnung, wie viele Menschen hier leben und wer zur oberen Schicht gehört. Sag einfach, du bist der Sohn von Lady Marfockundonkins. Das ist hier ein Allerweltsname, da weiß niemand, wer zu wem gehört.«

»Marfick … Merfu …« Ich gab auf.

Allerweltsname? Never!

Während ich weiter nach einer Ausrede suchte, ergriff Ginger wieder das Wort.

»Wir kennen jemanden, der sich viel in den oberen Kreisen bewegt. Er ist zwar ein Mensch, ist aber ein Migwick-Sympathisant. Er könnte Andrew beibringen, wie er sich im Herrenhaus zu verhalten hat.«

»Ich ahne, von wem du sprichst.« Pau nickte zustimmend und stand auf. »Ich kann ihn hinbringen. Ich muss ohnehin meinen neuen Mantel abholen, den ich bei ihm in Auftrag gegeben habe. Dieser hier ist einfach zu beengend.« Er bewegte die Schultern und den Rücken, als würde er sich in der Jacke zurechtrücken müssen.

»Ich komme auch mit«, verkündete Mina. »Vincent macht immer herrlichen Tee.«

»Gut, dann kümmere ich mich darum, dass wir eine Einladung für Andrew bekommen«, meinte Lola mit einem zufriedenen Funkeln in den Augen. »So könnten wir umgehen, dass du dich als Adeliger ausweisen musst.«

»So ein Ausweis sollte kein Problem sein.« Ginger lehnte sich zurück und betrachtete ihre Fingernägel, die lang und leicht gebogen waren wie Krallen. »Ich komme leicht an so was ran. Die Leute checken selten ihre Taschen, wenn sie mit einem ›Was habe ich nur getan!‹ auf den Lippen überstürzt aufbrechen …«

Ich wollte gar nicht wissen, wie sie das meinte.

»Würdet ihr mich bitte aufklären, was ihr vorhabt?«, bat ich stattdessen.

Ginger erhob sich und zog mich ebenfalls vom Stuhl. »Wir machen einen kleinen Ausflug, Honey. Wird Zeit, dass du dich anziehst.«

»Aber er hat doch noch gar nichts gegessen«, protestierte Deedle und schwenkte eine Pfanne durch die Luft. … »Ja, wir haben eine extragroße Portion für ihn gemacht.«

Ginger warf einen Blick auf das Essen und verzog das Gesicht. »Ich glaube, ich rette unserem Helden gerade das Leben«, murmelte sie.

»Wie meint sie das?«, wandte Deedle sich fragend an Lola.

»Ähm … Nicht so wichtig«, sagte diese. »Pack es ihm doch ein, er isst es später bestimmt gern.«

»Oder knallt es einem Deckster an den Kopf, wenn die uns zu nahe kommen«, ergänzte Ginger grinsend.

Dann packte sie mich am Arm, führte mich zur Treppe und schleppte mich in das Zimmer, in dem Deedle geschlafen hatte.

»Ich hab aber wirklich Hunger«, murrte ich, als sie die Tür öffnete und mich eintreten ließ.

»Ich weiß, Süßer. Du kriegst auf dem Weg zu Vincent was Ordentliches zu essen, keine Sorge.« Anstatt mich allein zu lassen, damit ich mich anziehen konnte, folgte sie mir in den Raum und schloss die Tür hinter sich. »Aber zuerst kümmern wir uns darum, dass du einen klaren Kopf bekommst.«

Ich wich zurück, während sie weiter auf mich zukam, bis ich die Bettkante hinter mir spürte. Sie grinste immer noch, jetzt aber wirkte es herausfordernd, anrüchig und nicht mehr belustigt.

Meine Kehle wurde trocken. Ich schluckte. »Was meinst du?«

Immer schön einen auf unschuldig machen, vielleicht geht sie dann einfach wieder, ohne …

»Ach komm, wir wissen beide, dass Mina recht hatte und dein Denken gerade zwei Etagen zu tief stattfindet. Wann hattest du das letzte Mal Sex, Andrew?«

Mir blieb der Mund offen stehen.

»Dachte ich es mir doch …« Sie legte eine Hand auf meine Brust und stieß mich nach hinten, sodass ich rücklings auf dem Bett landete. »Ich weiß genau, was du brauchst«, hauchte sie, während sie sich auf das Bett kniete, ein Bein rechts, eines links von mir, und langsam nach oben krabbelte.

Oh verdammt!

Der Schweiß trat mir auf die Stirn. Binnen eines einzigen Tages war ich vom Nerd, den niemand wirklich bemerkte, zu einem Helden geworden, der gleich von einer heißen Katzenlady vernascht werden würde. Das war es doch, was sie vorhatte, oder?

Als sie rittlings auf meinem Schoß saß, wurde ihr Grinsen noch breiter. Klar, egal ob sie ein Höschen unter ihrem Rock trug oder nicht – Gott, diese Vorstellung turnte mich noch mehr an –, musste sie spüren, wie scharf ich auf sie war. Immerhin stand *er* wie eine Eins …

Sie beugte sich nach vorn. Dabei drückten ihre Brüste auf meinen Oberkörper und ich verfluchte ihr hochgeschlossenes Outfit. Würde sie das von gestern tragen, hätte ich jetzt einen wunderbaren Ausblick auf ihr Dekolleté.

In meinem Mund herrschte Wüste, in meinem Kopf gähnende Blutleere.

Sollte ich irgendetwas tun? Vermutlich … Scheiße, ja, es war wirklich lange her, dass ich mit einer Frau geschlafen hatte.

Ich legte eine Hand auf ihren Oberschenkel. Mann, hatte die weiche Haut!

Ginger schob sie jedoch sofort wieder weg, lehnte sich zur Seite und holte etwas aus dem kleinen Nachtschrank neben dem Bett.

Bestimmt ein Kondom. Hoffentlich ein Kondom.

Ich merkte, wie meine Atmung schneller wurde, meine Erektion noch härter, fast schmerzhaft.

Wieder berührte ich ihren Schenkel, wollte meine Hand unter ihren Rock schieben, um endlich das Geheimnis über ihr potenziell nicht vorhandenes Höschen zu lüften. Aber sie schob mich erneut weg und richtete sich auf.

»Das wird dir helfen«, säuselte sie. Dann stellte sie etwas auf meine Brust, eine kleine Dose, schwang sich von mir herunter und … ging zur Tür? »Aber beeil dich«, sagte sie noch. Dann war sie fort.

Einfach so, während ich hier lag, mit einer Riesenlatte und halber Atemnot.

Ich richtete mich auf und besah mir den kleinen Behälter. Als ich ihn öffnete, wurde mir klar, was Ginger meinte. Die Paste darin erinnerte mich doch ganz stark an Vaseline.

Na vielen Dank auch!

10

Passierschein bitte

Mit den Händen in den Hosentaschen trottete ich Pau hinterher.

Zugegeben, ich fühlte mich jetzt deutlich besser als nach dem Aufwachen heute Morgen.

Ich war ziemlich frustriert gewesen, nachdem Ginger mich erst so aufgegeilt und dann mir selbst überlassen hatte. Trotzdem hatte ich beendet, was sie angefangen hatte, und das hatte verdammt gutgetan. Männer mussten einfach ab und an Druck ablassen und bei mir war das höchste Zeit gewesen.

Als ich mich in der Küche dann von Lola verabschiedet hatte, war ich sogar ganz froh gewesen, nicht auch noch ein schlechtes Gewissen haben zu müssen, weil ich mit ihrer Schwester in der Kiste gelandet war.

Mein Hunger war mittlerweile auch gestillt. Pau hatte mir ein paar Münzen gegeben und mich in einen Bäckerladen geschickt, in dem ich mir ein paar gefüllte Teigtaschen gekauft hatte. Sie waren superlecker gewesen und sogar noch warm! Allerdings konnte ich nicht ganz deuten, was die Füllung war …

Nun, da mein Hirn wieder richtig durchblutet, mein Magen gefüllt und ich in Begleitung einer Riesenmotte statt zwei heißer Frauen war, konnte ich mich endlich wieder auf das Wesentliche konzentrieren: einen Weg nach Hause zu finden.

Ich hatte versucht, Pau ein paar mehr Informationen zu entlocken – über Ludens, über diesen Vincent, zu dem wir gingen, und natürlich über die Sache mit der Portalreise. Er erzählte mir genau gar nichts, sagte schlichtweg kein Wort, egal, was ich fragte. Er lief nur stoisch vor mir her, ungelenk und steif, was wohl an seinen Flügeln lag, die unter der Jacke eingequetscht waren und ihn ein wenig bucklig wirken ließen.

Er wurde mir immer sympathischer – nicht.

Dazu kam, dass der Weg zu diesem Vincent echt weit war. Ab und zu warf ich einen Blick auf meine Digitaluhr, doch die schien völlig rumzuspinnen. Mal zeigte sie mir zehn Uhr morgens, dann wieder vier Uhr nachmittags und keine zehn Minuten später war es plötzlich Mittag. Entweder gaben die Batterien jetzt endgültig den Geist auf oder ›Zeit‹ funktionierte hier schlichtweg anders.

Gefühlt waren wir schon Stunden unterwegs. Ludens City war wirklich riesig, Mina hatte nicht untertrieben. Bisher hatten wir uns nur durch Wohngebiete bewegt, in Gassen, die von höheren Backsteingebäuden gesäumt waren. Doch ab und an lichteten sich die Häuserreihen und gaben mir den Blick frei auf ganz andere Bereiche der Stadt. Manchmal erkannte ich Industriegebiete mit qualmenden Fabriken und großen Lagerhallen, dann wieder weitläufige Felder für Ackerbau und Viehzucht.

Ab und an blitzte in der Ferne eine Mauer auf. Aber auch dazu bekam ich von Pau keine Erklärung.

Langsam wurde ich es leid, die Umgebung zu betrachten. Klar war diese neue Welt spannend, aber nach dem zehnten Haus, der fünften Bauersfrau und dem siebten Edelmann fing alles an, sich zu wiederholen. Ich begann, mich daran zu gewöhnen, dass Kutschen an uns vorbeipolterten und bewaffnete Decksters über die Straßen patrouillierten. Sogar den furchtbaren Geruch nahm ich nicht mehr wahr. Dafür begann ich, mich zu langweilen.

Außerdem scheuerten die Stiefel, die ich trug, an den Fersen, die Strumpfhose juckte, das Jackett war viel zu warm – immerhin gab es hier zwei Sonnen, die mittlerweile ihren Zenit erreicht hatten und gefühlt zu einem riesig großen Feuerball verschmolzen.

»Ich hab echt keinen Bock mehr, dir wie ein Hündchen hinterherzutrotten«, maulte ich und blieb stehen.

Pau nicht.

»Ich mache keinen Schritt mehr.« Trotzig verschränkte ich die Arme.

Pau lief weiter.

»Hörst du? Ich bleibe so lange hier stehen, bis du endlich mit mir sprichst!«

Pau bog um die nächste Ecke.

Ich war allein.

Nein, das würde er nicht tun. Er würde mich doch nicht wirklich zurücklassen?! Immerhin war ich sein Held!

Na gut, ich war Lolas Held, er hatte sich mehr notgedrungen dieser Meinung angeschlossen. Aber er hatte freiwillig die Aufgabe übernommen, mich zu diesem Vincent zu bringen. Okay, vielleicht tat er es auch nur, weil er ohnehin zu ihm gewollt hatte.

Verdammt!

Mit schnellen Schritten ging ich ihm hinterher. Doch als ich ebenfalls um die Ecke bog, konnte ich ihn nicht entdecken. Da waren zu viele Seitengassen und zu viele Menschen. Fuck!

Ich spürte Panik in mir aufsteigen. Ich würde niemals allein zurückfinden. Ich wusste ja nicht mal, wie die Straße hieß, in der Paus Haus stand. Gab es hier überhaupt Straßennamen?

Darauf hätte ich achten sollen!

Ich sah mich um und fand ein kleines Blechschild an dem Haus an der Ecke. *Angiportum XVII* stand dort. Na danke, das half mir überhaupt nicht weiter …

Da fiel mir ein, dass ich ja mein ganz persönliches Navi in der Tasche herumtrug. Ich fummelte ein wenig, bis ich endlich Fell zu fassen bekam.

Mina rieb sich verschlafen die Augen, als ich sie hervorholte. »Sind wir schon da?«

»Nein«, erwiderte ich, schloss meine Finger um ihren Rumpf und hielt sie vor mein Gesicht, um besser mit ihr sprechen zu können. »Dein feiner Flatterfreund hat sich abgesetzt. Du musst mir sagen, wo ich lang muss.«

Noch mal rieb sie sich die Augen, sah sich verdattert um – und geriet dann in Panik. »Ich … bei meinem Bart … ich bin draußen … Ich …«, brüllte sie, zappelte wie verrückt und wand sich in meinem Griff.

»Hey, was soll denn das?«, brummte ich sie an. »Aua!« Jetzt hatte sie mich doch tatsächlich gebissen!

Zumindest hatte sie ihr Ziel erreicht. Ich ließ locker.

Sie schlüpfte aus meinen Fingern, hoppelte meinen Arm entlang, mein Jackett nach unten und verschwand schließlich wieder in meiner Tasche.

»Nun stell dich nicht so an, du kleines Monster«, knurrte ich und wollte sie erneut packen und herauszerren, als sich eine schwere Hand auf meine Schulter legte.

»Darf ich fragen, was Sie da tun?«

Erschrocken fuhr ich herum und blickte in das Gesicht eines Decksters. Oh, oh …

Ich hatte genug Filme dieser Art gesehen, um zu wissen, wie man sich möglichst unauffällig verhielt, wenn man bei etwas Illegalem ertappt wurde. Und genau so fühlte ich mich gerade.

»Hach, ein Mann der Ordnung! Wie gut, dass Sie da sind«, sagte ich, ergriff die Hand, die auf meiner Schulter lag, und schüttelte sie. »Sie können mir doch bestimmt sagen, wie ich zu Angiportum dreizehn komme, oder?« Es war ein Schuss ins Blaue. Und er ging daneben.

»Dreizehn?«, fragte der Deckster und zog die Augenbrauen zusammen. Sehr buschige Augenbrauen, wie mir auffiel. Dann beschloss er anscheinend, meine Frage zu übergehen. »Kann es sein, dass Sie sich gerade mit einer Maus unterhalten haben, Sir?«, wollte er stattdessen wissen.

Ich machte weiter einen auf unschuldig. »Eine … Eine Maus?«

»Ja, eine Maus. Und kann es weiterhin sein, dass diese Maus Ihnen geantwortet hat?«

»Ich bitte Sie. Eine Maus, und dann noch eine sprechende!« Ich gab ein abschätziges Lachen von mir, das nicht mal in meinen Ohren echt klang.

Mir war klar, worauf das hinauslief, schon bevor der Deckster es aussprach.

»Ich denke, Sie führen illegal einen Migwick mit sich. Händigen Sie ihn aus, oder ich muss Maßnahmen ergreifen.«

Das war ganz, ganz schlecht!

»Nein, das haben Sie falsch verstanden. Ich habe mit mir selbst gesprochen. Ich habe mich verirrt und …«

»Händigen Sie sofort den Migwick aus«, wiederholte der Deckster. Seine Hand glitt an seinen Gürtel, dorthin, wo dieser komische Taser befestigt war.

Ich hatte genau zwei Möglichkeiten. Entweder ich gab ihm Mina, wofür Pau mir vermutlich den Kopf abreißen würde. Oder ich drehte mich um und rannte los, mit der Aussicht, zwei Sekunden später zuckend und blitzend auf dem Pflaster zu landen.

»Bitte, ich …«

»Gibt es hier ein Problem, Deckster?«, ertönte eine tiefe, autoritär wirkende Stimme in meinem Rücken.

Ich wagte nicht, mich umzuschauen. Der Deckster allerdings sah über meine Schulter, ohne dass der ernste Ausdruck aus seinem Gesicht verschwand.

»Hallo, Mr. Tailor. Dieser Herr transportiert einen Migwick ohne entsprechende Genehmigung«, erklärte er dem Mann hinter mir.

Der legte mir eine Hand auf die Schulter. »Zum Ersten: Haben Sie ihn nach seinen Papieren gefragt?«

Der Uniformierte öffnete den Mund, schloss ihn aber gleich wieder und verzog ihn zu einer schmalen Linie.

»Das dachte ich mir. Denn dann wüssten Sie, dass ich seine Papiere bei mir trage.« Er hielt dem Deckster ein kleines, geknicktes Dokument entgegen.

Dieser nahm es, faltete es auseinander und las.

Das gab mir einen Moment Zeit, den Fremden zu mustern. Er war ein Stück größer als ich und hagerer, was irgendwie so gar nicht zu seiner tiefen, vibrierenden Stimme passte. Er trug einen dunkelblauen Frack, weiße Hosen und schwarze Stiefel, meinen recht ähnlich. Sein langes kupferfarbenes Haar hing ihm glatt über die Schultern und auf seinem Haupt saß ein dunkelblauer Zylinder mit weißer Schärpe, der so perfekt zu seiner Erscheinung passte, dass er sein Outfit definitiv im Set gekauft haben musste. Er war glatt rasiert, hatte dafür aber ziemlich buschige Augenbrauen.

»Hier steht was von einem Marder«, murmelte der Deckster und hob den Blick. »Das war kleiner, was er in der Hand hatte.«

»Na ja, genau genommen ist es eine Marderratte. Bei der Eintragung hat man aber verlangt, dass ich mich festlege«, sagte ich geistesgegenwärtig und zuckte mit den Schultern. Hoffentlich war das plausibel …

Mina begann, in meiner Tasche zu rumoren. Es gefiel ihr vermutlich nicht, dass ich sie als Ratte bezeichnet hatte. Bei Ginger regte sie sich immer ungemein auf. Wenn sie jetzt bloß die Klappe hielt!

»Ich will sie sehen«, grunzte der Deckster.

»Mein Guter, das wollen Sie bestimmt nicht. Das Ding ist ungemein bissig.« Zum Beweis griff der Mann nach meiner Hand und hielt dem Deckster meinen Finger vor die Nase, in dem Mina einen blutenden Zahnabdruck hinterlassen hatte.

Der Deckster machte einen Schritt zurück und zückte nun doch seinen Taser. Seine Augen huschten zwischen uns hin und her.

»Kein Grund zur Panik«, beteuerte ich. »Solange er in der Tasche bleibt …«

»Sehr schön, dann hätten wir das ja geklärt.« Der Mann hakte sich bei mir unter. »Dann lassen Sie uns gehen, Mr. Kingston. Sie sind ohnehin spät dran.« Er streckte die Finger nach dem Dokument aus, welches der Deckster noch immer festhielt. »Darf ich?«

»Ich weiß nicht, ich …«

»Ich sehe keinen Grund, uns weiter aufzuhalten, Deckster. Wenn es Sie beruhigt – ich bürge für diesen jungen Mann. Mit meinem Namen und meiner Stellung. Ist Ihnen das denn nicht genug?«

Zögerlich nickte der Uniformierte, gab Mr. Tailor die Papiere zurück und befestigte den Taser wieder an seinem Gürtel.

Der Mann nickte ihm noch mal zu und zog mich dann mit sich.

Er führte mich schweigend bis um die nächste Ecke. Dann sagte er: »Das war sehr unvorsichtig, Mr. Andrew.«

»Äh, nur Andrew«, korrigierte ich, was er scheinbar überhörte.

»Sie haben unsere kleine Ms. Mina ganz schön in Gefahr gebracht. Wir sollten Pau lieber nichts davon erzählen.«

Den letzten Satz sagte er lauter und aus meiner Tasche kam ein gedämpftes Piepsen zur Antwort. Zustimmung, wie ich hoffte.

»Wer sind Sie? Wieso haben Sie mir geholfen?«, fragte ich. Doch noch bevor er etwas sagte, fiel bei mir der Groschen. »Sie sind Vincent, richtig?«

»Exakt. Und nun kommen Sie, es wird Zeit, dass wir von der Straße runterkommen.«

Es waren tatsächlich nur noch wenige Minuten, die wir bis zu Vincents Geschäft benötigten. Es lag in einer der besseren Gegenden, um nicht zu sagen im High-Class-Viertel. Er besaß eine kleine Villa, in deren Erdgeschoss sich ein ganzes Atelier mit Kleidungsstücken befand. Ich fühlte mich wie in einer dieser Nobelboutiquen in großen Kaufhäusern, die ich nur von außerhalb der Schaufensterscheiben kannte.

Drei Räume dienten als Ausstellungsbereich für Jacken, Mäntel, Fracks und Umhänge aller Art. Zwei weitere wurden als Schneiderei genutzt, in der seine Angestellten, allesamt Nagetiere, die Kleidungsstücke fertigten.

Er selbst arbeitete im Obergeschoss, in welches er mich nach unserem kleinen Rundgang durch sein Geschäft führte. Dort gab es ein großes Büro, vollgestopft mit Büchern, Skizzensammlungen und Stoffmustern – und doch war es so ordentlich und organisiert, wie es kaum vorstellbar war.

Schließlich traf ich auch Pau wieder. Er saß im Esszimmer, in einer Hand ein Glas mit einer bernsteinfarbenen Flüssigkeit darin, in der anderen seine Pfeife. Dem Gesichtsausdruck nach rauchte er heute besonders gutes Zeug, denn er wirkte unendlich zufrieden mit sich und der Welt. Kaum zu glauben, dass dieser Typ eine Revolution anführte, oder zumindest daran beteiligt war.

Sein Mantel hing neben ihm über dem Stuhl, sein Oberkörper war nackt und die schillernd blauen Flügel hingen entspannt zu den Seiten herab.

»Setzen Sie sich doch bitte, Mr. Andrew. Darf ich Ihnen etwas zu trinken anbieten? Ein bisschen Spiriet sollte Ihre Nerven beruhigen. Sie sind ja noch immer ganz blass.«

Ich hatte es aufgegeben, den Mann wegen meines Namens zu korrigieren, und nickte stattdessen. Auch wenn ich mich vor dem Deckster tough gegeben hatte, war mir der Arsch auf Grundeis gegangen – und da saß er immer noch.

»Ich nehme einen Tee, Vincent«, sagte Mina, während sie aus meiner Tasche krabbelte. »Mit Schuss.«

»Aber sehr gern, Ms. Mina.«

Vincent, oder Mr. Tailor – ich hatte noch keine Ahnung, wie ich ihn ansprechen sollte –, verließ das Zimmer und schloss die Tür hinter uns.

»Sag mal, spinnst du?«, knurrte ich Pau an. »Wieso hast du mich allein gelassen?«

»Falsch. Du hast dich allein gelassen.«

Er sagte es so ruhig, dass es meine Wut noch mehr anfachte.

»Du arrogantes …«

»Na, na, na, nicht doch streiten.« Mina hob mahnend den Zeigefinger in meine Richtung. »Oder soll ich erzählen, was passiert ist?«

Pau hob eine Augenbraue.

»Mach doch«, knurrte ich. »Der ist so high, das juckt ihn eh nicht.«

Mina öffnete den Mund, doch anstatt mich zu maßregeln oder Pau von unserer Begegnung mit dem Deckster zu berichten, brach sie in schallendes Gelächter aus.

Selbst Pau schmunzelte, während ich mal wieder nicht begriff, was so lustig war.

Vincent kehrte zurück. Er hielt ein Tablett in der Hand, stellte ein Glas mit dem gleichen Getränk wie das von Pau vor mich und eine dampfende Tasse neben Mina. Dazu legte er noch eine kleine Pfeife, die perfekt zur Größe einer Maus passte.

Auch mir bot er nun eine an. »Danke, ich rauche nicht«, lehnte ich höflich ab.

»Du verpasst was«, meinte Mina, die sich gerade von Pau die Pfeife anzünden ließ.

Ein süßlicher Geruch stieg mir in die Nase, als sie den Rauch ausblies.

»Ich glaube, ich werde Ihnen nicht helfen können«, sagte Vincent nun an Pau gewandt. Er setzte sich auf einen der Stühle, schlug die Beine übereinander und faltete die Hände im Schoß. »Dieser junge Mann«, er deutete auf mich, »ist so offenkundig anders, dass er selbst in Jahren noch ein Fremder hier wäre. Würden Sie von mir verlangen, ihn zu einem Migwick zu machen, wäre es leichter, als ihn hoftauglich zu bekommen.«

»Ich bin sicher, dass du mit deinen Erfahrungen einen echten Rubin aus diesem Gestein schleifen wirst. Vielleicht … in Herzform?«

Vincent verzog keine Miene. »Dachte ich es mir doch. Das ist also Ihr Ziel. Sie wollen die Karten neu mischen, die Würfel neu werfen, die Figuren neu verteilen.«

»Die Bauern sind gefallen, lieber Vincent. Es dauert nicht mehr lange, bis es auch die Läufer trifft.«

»Auch ein Joker ist keine Garantie, die Partie zu gewinnen.«

»Ein Rollmops schon.«

»Kontra.«

»Re.«

Während sie sich weiter unterhielten, sah ich immer wieder von einem zum anderen. Dieses kryptische Gequatsche ging mir echt auf den Zeiger.

»Könnten wir bitte zum Wesentlichen zurückkommen?«, unterbrach ich sie schließlich, als Wörter wie Rochade und Bête fielen, mit denen ich nun gar nichts mehr anfangen konnte. »Mr. Tailor, können Sie mir erklären, wie ich mich unauffällig im Herrenhaus bewege, oder nicht?«

»Es geht hier nicht um *mein* Können, Mr. Andrew«, antwortete er erhaben. »Sondern um Ihres.« Vincent stand auf. »Mr. Pau, lassen Sie uns nach unten gehen und Ihre Bestellung ansehen.«

Mina, die ihre Pfeife und ihre Teetasse in Rekordzeit geraucht und geleert hatte, hoppelte zu Pau und kletterte auf dessen Schulter.

»Ihr neuer Auftrag wird etwas länger dauern«, ergänzte Vincent mit einem Blick auf mich. »Ich denke, in drei Tagen können Sie ihn abholen.«

»Moment mal!« Ich sprang auf. »Ich dachte, Sie erzählen mir kurz was, geben mir einen Knigge mit oder so und dann war's das?«

Zum ersten Mal zeigte sich so etwas wie ein Lächeln auf Vincents Gesicht. »Ich bin ein Mensch, Mr. Andrew, kein Migwick. Ich bin gut, aber ich kann nicht zaubern.«

»Sei froh, dass er sich so viel Zeit nimmt«, meinte Mina. »Umso größer ist deine Chance, bei der Reiterei nicht gegrillt zu werden.« Wieder brach sie in gackerndes Lachen aus. Sie hatte Mühe, sich auf Paus Schulter zu halten, so sehr schüttelte es sie.

Ich hörte es immer noch, als die drei bereits das Zimmer verlassen hatten und die Tür hinter ihnen ins Schloss gefallen war.

11

Auszeit bei Mr. Tailor

Es war nicht so, dass ich freiwillig geblieben wäre.

Ich war den dreien hinterher, hatte sie zugequatscht, während Pau seinen neuen Mantel anprobiert hatte, und sogar versucht, Vincent zu überreden, uns zu Pau zu begleiten – nur damit ich nicht allein bei diesem verschrobenen Typen bleiben musste.

Aber es hatte nichts genutzt.

Nachdem Vincent noch ein paar kleine Änderungen vorgenommen und Pau ihn entlohnt hatte, waren der Flattermann und Mina gegangen. Ohne mich.

Mittlerweile musste ich jedoch zugeben, dass es in der Villa gar nicht so übel war. Ja, es ging mir sogar richtig gut hier. Es gab Strom, normales Essen, sogar fließend Wasser. Und ein Klo innerhalb des Hauses, was mir nach dem Abenteuer in Paus Hinterhof wie regelrechter Luxus vorkam.

Selbst mit Vincent kam ich klar. Er war ein echt ausdauernder Lehrer, das musste ich ihm lassen. Es schien ihn nicht zu stören, mir manche Dinge dreimal zu erzählen, weil ich sie wieder vergessen hatte – und scheiße, gab es da viel zu beachten! Die Benimmvorschriften waren noch das kleinste Übel. Dazu kamen meine eigene, fiktive Familienchronik, die Spielregeln der Reiterei, die Geschichte von Ludens City und dem Bürgermeister … Es schien kein Ende zu nehmen. Und das, obwohl meine erste Grundregel im Herrenhaus lauten würde: Sprich mit niemandem.

Was das Ganze zusätzlich erschwerte, war Vincents eigenwillige Art, sich auszudrücken. Ich merkte ihm an, dass er es gewohnt war, sich in gehobenen Kreisen zu bewegen, aber selbst dort würde er wohl herausstechen, so geschwollen wie er redete. Ich bezweifelte, dass er sonderlich angesehen war. Dafür sprach auch, wie schlecht besucht sein Geschäft war. Ich sah nicht einen Kunden, während ich mich bei ihm aufhielt, und auch keine Diener oder so, die Aufträge brachten oder fertige Waren abholten.

Nach meiner dritten Nacht in einem bemerkenswert bequemen Bett saß ich mit Vincent bei einem ebenso bemerkenswerten Frühstück. Er hatte mir seit einer halben Stunde stichprobenartig Fragen gestellt, die ich ihm tatsächlich mehr oder weniger schnell beantworten konnte. Nun nickte er zufrieden.

»Clara«, rief er einen der Dienstmarder heran. »Bitte schick Dunkan mit einer Botschaft zu Pau. Sag ihm, der junge Mr. Andrew ist aus dem Schneider.«

Wieder einmal zeigte er eines dieser seltenen Lächeln und auch ich schmunzelte angesichts dieses netten Wortspiels.

Ich fühlte mich gut. Die Tage hier, die mir vorkamen wie ein Urlaub von einem ziemlich banalen Leben zwischen Walmart und Computer, hatten mir geholfen und mir einen ganz neuen Blick auf meine Situation eröffnet. Sie hatten die dunklen Wolken beiseite geschoben und Sonne in mein Herz gebracht. Genauso wie die Ruhe, die Vincent ausstrahlte. Und nicht zu vergessen der wirklich exzellente Tee, der hier serviert wurde. Angst und Unruhe waren Wärme und Ausgeglichenheit gewichen.

Außerdem fühlte ich mich wirklich gut vorbereitet. Dank seiner Ausführungen war mir, als wäre ich selbst schon hundert Mal im Herrenhaus gewesen, kannte den groben Grundriss, die Gepflogenheiten und hatte sogar eine Art Plan entwickelt, wie ich vorgehen würde, wenn ich erst mal auf dem Grund des Bürgermeisters war.

Ja, ich hatte alles im Griff. Klar war es immer noch verrückt, was mir hier passierte. Aber irgendwie fand ich es mittlerweile auch ziemlich cool. Und ich war überzeugt, dass ich das Schiff schaukeln würde. Warum auch nicht? Immerhin war ich ein Held, oder nicht? Alles easy, alles gechillt.

Ich lächelte versonnen, lehnte mich zurück und nippte an meinem Tee. Was für eine unsagbare Süße er doch hatte, und das ganz ohne Zucker! Irgendwie kam es mir vor, als würde der Tee mich süßen anstatt ich ihn. Verrückt … Aber hach, was war schon normal?

»Es gibt noch eine letzte Sache, die wir erledigen müssen, Mr. Andrew«, sagte Vincent nun und erhob sich. »Folgen Sie mir bitte.«

Mein Lächeln wurde noch breiter. »Natürlich«, sagte ich ruhig. Schließlich würde ich Mr. Tailor überallhin folgen.

Auf dem Weg nach unten traute ich mich endlich, eine Frage zu stellen, die mich seit meiner Ankunft mehr oder weniger stark beschäftigte.

»Mr. Tailor, wieso hängen Sie mit Migwicks rum?«

»Wortwahl, Mr. Andrew«, tadelte er, woraufhin ich mich korrigierte.

»Wieso pflegen Sie einen so intensiven Umgang mit ihnen?«

»Nun ...« Er schien seine Worte genau abzuwägen. »Auch wenn ich wie ein Mensch aussehe, steckt ein Migwick in mir. In jedem von uns steckt ein Migwick und in jedem Migwick steckt ein Mensch. Ich hatte bisher einfach Glück, den richtigen Körper zu besitzen.«

»Sie meinen wohl eher die richtigen Gene.«

»Damit hat das nichts zu tun, Mr. Andrew. Aber das werden Sie noch lernen.«

Sein Ton machte klar, dass dieses Thema für ihn beendet war. Und auch wenn ich genau wusste, dass mehr hinter seiner Aussage steckte, sogar etwas wirklich Wichtiges, hakte ich nicht weiter nach. Warum auch? Schließlich hatte er gesagt, ich würde es noch lernen. Wenn nicht jetzt, dann eben ein anderes Mal.

Er brachte mich in den Verkaufsraum, der wie immer gähnend leer war – abgesehen von den mit Mänteln bestückten Puppen.

»Ich habe noch ein Geschenk für Sie.«

Vincent dirigierte mich zu einer Kleiderpuppe im hinteren Teil. Ein schwarzes Ensemble war darauf arrangiert: knielange Hose, ein Frack, der schräg zu knöpfen war, und Stiefel, die gleichzeitig fest und geschmeidig wirkten. Die einzigen Farbtupfer waren der rote Rand am Kragen und das gleichfarbige Rüschenhemd darunter. Es sah gut aus, ohne Frage, aber auch nicht herausragend besonders.

»Ich möchte mich nicht übermäßig rühmen«, sagte Vincent mit gehörigem Stolz in der Stimme, »aber dies hier ist mit Abstand eines meiner besten Werke.«

Ob ich ihm sagen sollte, dass mir der Mantel mit dem Karomuster im Schaufenster viel besser gefiel?

»Sie werden es bei der Reiterei tragen.«

Oh ja, ich sollte es ihm sagen. Wenn er mir schon etwas schenken wollte, dann doch lieber …

»Sie müssen wissen, meine wahre Kunst liegt darin, mit dem Oberflächlichen zu kaschieren, was sich in der Tiefe verbirgt.«

»Ich denke nicht, dass eine so schlichte Verkleidung nötig ist«, versuchte ich eine Überleitung zu dem hübsch gemusterten Mantel. »Sie haben mich so gut vorbereitet, es ist nicht nötig, mich zu verstecken.«

»Ich verstecke nicht Sie, Mr. Andrew, sondern Ihr Werkzeug.«

Vincent trat an die Puppe heran und begann, sie auf einem danebenstehenden Tisch zu entladen. Ein Dolch aus dem Stiefel, ein Dietrich aus dem Kragen, kleine Beutelchen mit irgendwelchem Pulver aus einer Innentasche … Er zauberte ein ganzes Arsenal an Zeug hervor, von dem ich von der Hälfte nicht mal wusste, was es war, geschweige denn, wo es verborgen gewesen war.

Mit offenem Mund sah ich ihm zu, wie er den Tisch belud, bis er sich wieder zu mir umdrehte.

»Diese Dinge dienen nur der Demonstration. Womit genau Sie ausgerüstet werden, überlasse ich Mr. Pau und Ms. Lola. Es sei denn, irgendetwas davon gefällt Ihnen?« Er wies einladend auf den Berg von Utensilien.

Normalerweise rührte ich keine Waffen an. Ich hatte keine Ahnung, wie man damit umging, und würde in erster Linie mich damit treffen, egal, um was es sich handelte.

Aber hey – ich war ein Held in dieser Welt. Und ein Held brauchte Ausrüstung. Also?!

»Der Dolch vielleicht«, sagte ich und trat näher. »Und das da …« Ich deutete auf den Dietrich. »Das ist doch zum Schlösserknacken, oder?«

Vincent zog einen Mundwinkel nach oben. »Korrekt, Mr. Andrew. Ich schlage vor, Sie kleiden sich zunächst um und dann sehen wir weiter.«

Ich hatte kaum genickt, als eine Nebentür aufging und einige Halbwüchsige hereinkamen, die mich an eine Mischung aus Marder und Eichhörnchen denken ließen. Völlig normale Zeitgenossen also.

Ohne Gegenwehr ließ ich mich von ihnen hinter einen Paravent schieben und in mein neues Outfit stecken.

Die Sachen passten wie angegossen, obwohl ich mich nicht daran erinnern konnte, dass Vincent oder einer seiner Angestellten irgendwann Maß an mir genommen hatte.

Als ich umgezogen war, betrachtete Vincent mich gönnerhaft, als wäre er ein Maler und ich seine fertige Leinwand. Er hatte sich eine Pfeife angezündet und ein schwerer, süßlicher Duft erfüllte den Raum. Ich atmete tief ein und bekam, nicht zum ersten Mal, seit ich hier war, Lust, diese Art des Tabakkonsums selbst einmal zu probieren. Oder besser gesagt: diesen Tabak.

»Nun denn, dann verstauen wir Ihre neuen Spielzeuge«, meinte Vincent gelassen und ich wiederholte in gleichem Ton, welche der Gegenstände vom Tisch ich gern mitnehmen würde.

Es fühlte sich so selbstverständlich an, so als würde es nichts Gefährliches ankündigen, wenn ich Messer und Drahtgurte bei mir trug.

»Es ist ein Jammer, dass niemand mehr Mäntel braucht«, seufzte Vincent, als er mir die besonders kaschierte Innentasche im Schwanz des Fracks zeigte. »Es war so eine schöne Zeit, als meine Mäntel ihren Weg quer durch die Stadt genommen haben, inklusive ihrer verborgenen Geheimnisse. Wissen Sie, Mr. Andrew, jeder wollte einen Mantel von Tailor haben. Und jeder wusste, was er bekommt, wenn er bei mir bestellt.« Er wischte mir über die Schulter, als würde er Staubkörner entfernen. »Doch heute? Die Menschen haben genügend Mäntel. Und ich bleibe auf meiner Ware sitzen, nur weil ich keine Möglichkeit habe, sie auszuliefern.«

Ich verstand nicht ganz, wie er das meinte, gab aber dennoch einen Laut des Bedauerns von mir. Dann entschloss ich mich doch, nachzufragen, als die Tür zur Straße schwungvoll aufgestoßen wurde.

»Halli, hallo, hallöle. Mit ö-le«, trällerte uns eine Kinderstimme entgegen und ein dicker Junge wackelte herein.

»Deedle, schön, dich zu sehen«, sagte ich und meinte es auch so. Er war ja auch ein netter kleiner Kerl.

Hinter ihm betrat Lola den Raum und schloss mit einem erleichterten Aufseufzen die Tür. »Du meine Güte, was für eine Arschkälte.«

»Ms. Lola, das ging schnell«, begrüßte Vincent sie. »Und Sie haben«, ein lautes Stöhnen folgte, »den jungen Mr. Deedle mitgebracht.«

Die Augen des verschrobenen Jungen leuchteten wie ein Feuerwerk, als er sich im Verkaufsraum umsah. Er hob beide Hände und begann regelrecht zu zittern, als würde es ihn innerlich zerreißen.

»Knöpfe«, stieß er so impulsiv aus, dass ich zusammengezuckt wäre, wäre ich nicht ein so tiefenentspannter Mensch gewesen. »Nein, Nadeln!«, fügte sein anderes Ich sofort hinzu.

Ich erwartete, dass er losstürmen würde, doch er blieb mit bebenden Gliedern stehen, während sein Kopf nach rechts und links ruckte.

»Finger weg von spitzen Gegenständen«, ermahnte Lola, die neben ihn trat. »Sowieso fragst du Mr. Tailor, bevor du irgendetwas anfasst. Verstanden?«

Deedle nickte eifrig. »Verstanden.« Dann, als hätte sie eine Entscheidung gefällt, zu der er nicht fähig war, wandte er sich nach rechts und huschte davon.

»Mr. Tailor, es freut mich, Sie wiederzusehen«, wandte sich die Hasendame endlich an uns.

»Die Freude ist ganz meinerseits.« Vincent trat an sie heran und hauchte ein Küsschen je rechts und links ihrer Wangen in die Luft.

Lola tat es ihm gleich.

»Was dieses *Subjekt* betrifft … Habe ich mich nicht klar ausgedrückt?«, fügte er durch die Zähne hindurch an. »Ich möchte ihn nicht …«

In dem Moment ertönte ein lautes Rumpeln.

»Du Vollidiot!« … »Das war ich nicht, das warst du!« … »Du spinnst doch, du hast das umgeworfen!« … »Gar nicht wahr!«

Weiteres Gerumpel folgte. Es klang, als würde Deedle sich mit sich selbst prügeln.

»Jungs, benehmt euch!«, brüllte Lola und augenblicklich herrschte wieder Ruhe. »Es tut mir leid, Mr. Tailor, aber es war niemand da, der auf ihn aufpassen konnte. Und ich kann ihn wohl kaum in Paus Küche allein lassen.« Sie zwinkerte vielsagend in Richtung des Schneiders, dann – endlich – wandte sie sich mir zu. »Andrew«, sagte sie in anerkennendem Tonfall. »Du siehst toll aus.«

Ich ergriff ihre Hand, verneigte mich leicht, so wie Vincent es mich gelehrt hatte, und hauchte einen Luftkuss auf ihren Handrücken. »Dieses Kompliment kann ich nur zurückgeben.«

Sie sah wirklich gut aus, wenn auch nicht anders als vor drei Tagen. Ich hingegen musste ihr ziemlich verändert vorkommen. Aus dem verkaterten Fremdling war ein adretter Mann von Welt geworden – also, einer von dieser Welt.

»Ihr Fell strahlt so seidig wie frisch gefallener Schnee im Winter«, fuhr ich fort. »Und das, wo Sie doch riechen wie eine Wiese voller Frühlingsblumen. Ihre Augen funkeln wie die Sterne in einer lauen Sommernacht und Ihr Haar leuchtet so golden wie Licht, das sich im Herbstlaub bricht.« Stolz auf meine absolut stimmigen Naturvergleiche wollte ich ihr einen weiteren Kuss auf die Hand hauchen, doch sie entzog sie mir.

»Äh … ja … Danke, Andrew. Du …« Sie brach ab, drehte sich zu Vincent und stemmte die Hände in die Hüften. »Was habt Ihr ihm gegeben?«

»Das werdet Ihr auf der Rechnung sehen, die ich Mr. Pau zukommen lassen werde.« Vincent lächelte ergeben und nahm einen Zug von seiner Pfeife.

»Himmel, Andrew, du bist total zugedröhnt.«

»Ich … Bitte was?« Sie brachte mich völlig aus dem Konzept.

Sie kam näher, schnupperte an mir, was mir ein leises Kichern entlockte. »Mogeltaukraut«, sagte sie, legte Daumen und Zeigefinger an die Stirn und schüttelte den Kopf. »Warum?«, fragte sie an Vincent gewandt.

Dieser blies hellgrünen Rauch aus, ehe er antwortete. »Um optimale Bedingungen zu schaffen. Es aktiviert das Langzeitgedächtnis. Alles, was Mr. Andrew gelernt hat, wird er nicht wieder vergessen. Und ganz nebenbei bemerkt hat er deutlich bessere Laune als bei seiner Ankunft.«

»Ja, weil Sie seine Welt in rosa Farbe getunkt haben«, fuhr sie ihn an.

Vincent zuckte mit den Schultern. »Alles, was nötig ist – so waren Paus Worte.«

Wie so oft hatte ich keine Ahnung, worum sich das Gespräch drehte, aber es war mir auch egal. Lola war da, stand direkt neben mir, und das war einfach schön.

Ich hatte gar nicht gemerkt, dass ich sie vermisst hatte. Aber konnte man überhaupt jemanden vermissen, den man erst wenige Stunden kannte? Vermutlich schon, denn ich hatte sie ja vermisst. Aber konnte man …

Lola gab ein leises Stöhnen von sich. »Pack deine Sachen zusammen, Andrew, wir müssen los. Deedle!«

Vincent verstaute meine alten Klamotten, die meine einzigen Besitztümer darstellten, in einer dunkelbraunen ledernen Umhängetasche.

»Hätten Sie noch einen Mantel für Andrew?«, fragte Lola, die selbst einen dicken Wollumhang über den Schultern trug.

Auch Deedle, der nun wieder brav neben ihr stand und ihre Pfote hielt, hatte eine langärmlige Jacke an, einen dicken Schal um seinen kurzen Hals gebunden und eine Pudelmütze auf dem übergroßen Kopf.

Eigentlich hatte ich gedacht, ihre dicken Sachen dienten nur der Tarnung. Ich brauchte so was aber doch nicht. Ich war ein Mensch, durch und durch.

Dennoch reichte Vincent mir einen langen dunkelgrauen Wollmantel.

Er wog schwer, als ich ihn entgegennahm und hineinschlüpfte. Und ich begann mich zu fragen, ob die Schafe, die die Wolle gespendet hatten, unter ihrem Gewicht überhaupt hatten laufen können.

Ich bedankte mich artig, doch Vincent winkte ab. »Betrachten Sie den Mantel als Leihgabe. Ein Kurier wird Sie aufsuchen und ihn abholen. Bitte gehen Sie sorgsam damit um.«

»Aber natürlich. Vielen Dank für alles, Mr. Tailor.«

Wir schüttelten einander die Hände, wobei ich ihn derart anhimmelte, dass sich mir die Frage aufdrängte, ob ich mich in ihn verliebt hatte. Natürlich wusste ich, dass es sich lediglich um ein Höchstmaß an Bewunderung handelte, denn dieser Mann war einfach großartig. Das war er doch, oder?

Lola verdrehte die Augen. »Wenn uns die Schnüffelbüffel der Decksters rausfischen, wird Pau Ihnen keinen Frickel zahlen. Ich hoffe, das ist Ihnen bewusst.«

Vincent schenkte ihr ein breites Lächeln. »Keine Sorge, meine Liebe. Ich bin ein Meister der Tarnung, das wissen Sie doch.« Dann reichte er ihr ein kleines Paket. »Das hier geht aufs Haus. Falls Mr. Andrew die Zeit bei mir vermisst.«

Sie winkte ab. »Das wird nicht nötig sein.«

»Wie Sie meinen.«

»Lola, was machst du denn?« … »Geschenke sind doch was Tolles!« … »Ich nehm das.«

Bevor sie es verhindern konnte, hatte Deedle nach dem Päckchen gegrapscht und schob es unter seine Jacke.

»Eine weise Entscheidung für solch einen Luftikus«, meinte Vincent und lächelte. »Wenn Ihnen der Inhalt gefällt, junger Freund, sehen wir uns gewiss bald wieder.«

Ich hatte alles mit einem leicht debilen Grinsen verfolgt. Nun ging ich Lola nach, die bereits die Hand auf der Türklinke hatte.

Als sie die Tür öffnete, wurde mir schlagartig klar, warum auch ich einen Mantel brauchte.

»Äh, ist das Schnee?« Mit weit aufgerissenen Augen deutete ich auf die Flocken, die draußen durch die Luft tanzten.

»Nein, das ist Frostwasser«, erklärte Deedle mir mit einem Mann-ist-der-dämlich-Unterton.

»Das ist schon okay, Deedle. In Andrews Welt sagt man Schnee dazu«, sagte Lola mild.

»Äh … Aber … Als ich herkam, war doch Sommer? Es war scheiße heiß, wie kann es jetzt schneien?«

»Bei euch ändert sich das Wetter langsam, nicht wahr?«, fragte Lola. »Nun, bei uns gibt es keine Jahreszeiten oder so. Es ändert sich, wie es Lust hat – oder wie es ihm jemand befiehlt.«

»Ihr könnt das Wetter manipulieren?«

Ich zuckte mit den Schultern. Joa, warum eigentlich nicht?

Beim Hinausgehen fiel mein Blick noch einmal auf die mit Mänteln, Jacken und Fracks bestückten Kleiderpuppen im Schaufenster und ich drehte mich noch mal zu Vincent um. »Wissen Sie, wenn das Zeug nicht mehr so läuft, wieso versuchen Sie nicht mal was anderes?«, sagte ich beiläufig. »Als Lola mir die Stadt gezeigt hat, haben wir ein verlassenes Geschäft für Hüte gesehen. Das könnte gerade eine Marktlücke sein.«

Vincent zog eine Augenbraue nach oben. »Mr. Tailor ein Hutmacher?« Er kicherte, als wäre meine Idee völlig verrückt, wurde aber sofort wieder ernst. »Mr. Tailor ein Hutmacher. Wieso eigentlich nicht …«

Ich nickte zustimmend und schloss dann die Tür hinter mir.

12

Wahre Worte

»Alter, wieso ist das so scheiße kalt?«, schimpfte ich, nachdem wir bereits über zwei Stunden durch den Schnee gestapft waren. Ich kam immer noch nicht darauf klar, dass von einem Tag auf den anderen Winter geworden war. So was war doch schlichtweg unmöglich!

Ob es daran lag, dass von den zwei Sonnen nur noch eine am Himmel zu sehen war? Rotierten die Planeten in diesem System so eigenartig, dass es kein geregeltes Wetter gab?

»Morgen dürfte es schon wieder besser sein«, versuchte Lola, mich aufzubauen. »Schon allein, weil der Bürgermeister die Reiterei geplant hat.«

»Bestimmt er etwa über das Wetter?«

Sie lachte. »Nein, aber er hat verdammt gute Sonnenbetrachter in seinen Diensten. Die können so was irgendwie vorhersagen.«

»Ah, Wetterbericht, verstehe …«

»Ja, ich glaube, so nennt man das bei euch.« Sie atmete tief durch. »Na ja, wenigstens sorgt die kalte Luft dafür, dass du wieder einen klaren Kopf bekommst.«

In der Tat verschwand das beschwingte Gefühl immer mehr, diese unumstößliche Gewissheit, dass alles in Ordnung war, die ich in Vincents Haus verspürt hatte. Mein Kopf begann von all den unterdrückten Grübeleien zu schmerzen, die ich trotz allem nicht an die Oberfläche kommen lassen wollte.

Wenn ich es richtig verstanden hatte, hatte Vincent mich quasi unter Drogen gesetzt. Nicht aus böser Absicht, um mich etwa gefügig zu machen, wie böse Menschen es mit ahnungslosen Mädchen in Diskotheken machten. Er wollte mir damit helfen, was ja auch geklappt hatte. Welchen Stoff auch immer er mir verabreicht hatte, er wäre ein Segen vor jeder Prüfung!

So viel gelernt in so kurzer Zeit hatte ich noch nie. Und ich würde es mir bis in die Ewigkeit merken, das wusste ich jetzt schon.

Ich nahm mir vor, nicht nur das Wissen in meinem Kopf zu behalten, sondern auch die Einstellung in meinem Herzen: Ich war nun einmal hier. Ich hatte zugestimmt, der Held dieser Geschichte zu sein. Punkt. Es war, wie es war. Und ich würde nun das Beste daraus machen.

Kopfschmerzen hin oder her …

»Ey, Andrew«, hörte ich Deedle hinter mir rufen.

Ich reagierte nicht. So gut ich mir auch zuredete – dass der Kleine nicht nervte, konnte ich nicht wegignorieren.

»Eeeeey, Andreeeeeeeew!«

Ich ballte die Hände zu Fäusten.

»Aaaaaaaaandreeeeeeeeew!«

»Was?« In der Sekunde, als ich mich herumdrehen wollte, traf mich auch schon etwas Hartes am Hinterkopf.

Noch bevor ich Lola lachen hörte, wusste ich, dass es ein Schneeball gewesen war.

»Sag mal, spinnst du?«, fuhr ich Deedle an, der bereits den nächsten in der Hand hielt.

Diesem wich ich jedoch aus, indem ich mich zur Seite wegduckte.

»Hey!«, quietschte nun Lola, die anscheinend an meiner statt den Treffer kassiert hatte.

Schnell bückte ich mich und raffte etwas Schnee zusammen. Ich wusste, dass es eine blöde Idee war, da mir vermutlich in den nächsten Minuten die Finger vor Kälte abfallen würden – schließlich hatte ich keine Handschuhe. Aber es war mir egal. Der Kleine verdiente eine gehörige Abreibung.

Ohne Ankündigung pfefferte ich ihm meinen Schneeball entgegen und traf. Zwar nicht sein Gesicht, worauf ich eigentlich gezielt hatte, aber zumindest seinen dicken Bauch.

»Uffff«, machte er, ließ sich nach hinten fallen, rollte aber sofort zur Seite und patschte im Schnee herum.

Und schon war die schönste Schneeballschlacht im Gange. Minutenlang bewarfen wir uns gegenseitig mit den weißen Geschossen, wobei ich in Lola keineswegs eine Verbündete gegen Deedle hatte. Jeder gegen jeden, so war die Devise.

Am Ende war Deedles Pudelmütze völlig durchnässt, Lolas Kapuze nach hinten gerutscht und meine Manteltaschen voller Schnee. Kurzum – es war ein voller Erfolg.

Wir konnten nur froh sein, dass außer uns kein Mensch in dieser Gasse war. Sonst hätten wir mit Sicherheit Ärger bekommen, nicht zuletzt weil ich ohne Genehmigung mit zwei Migwicks unterwegs war.

»Meine Güte, ich hab keine Ahnung, wann ich das zuletzt gemacht habe«, stellte ich lachend fest, als ich Lola half, den Schnee aus ihrer Kapuze zu schütteln.

»Das war voll coooooool«, meinte Deedle, der mir ebenfalls den Rücken zudrehte, um Hilfe zu bekommen, obwohl er gar keine Kapuze hatte.

Ich klopfte ihn dennoch ab. Und er freute sich darüber.

Vielleicht ist er doch nicht so übel, sagte ich mir. Okay, er nervte. Aber er war eben ein Kind – und dafür, dass ich weder Erfahrung noch Ausdauer mit Kindern hatte, konnte er ja nichts.

Na hoi, was dachte ich denn da? Und wie fühlte ich mich denn? Da war dieselbe Gelassenheit wie in Vincents Haus. Aber … Die Wirkung der Drogen hatte doch nachgelassen?!

Konnte es wirklich sein, dass ich anfing, mich in dieser Welt wohlzufühlen? So richtig?

»Los, wir holen Pau und Mina und machen das noch mal!«, rief Deedle und hopste aufgeregt herum.

»Wir sollten nun wirklich zusehen, dass wir zurückgehen. Die warten sicher schon auf uns.«

Lola streckte Deedle eine Hand entgegen. Er ignorierte sie jedoch und griff stattdessen nach meiner.

Ich ließ ihn. So hatte ich ihn wenigstens im Blick und er konnte kein neues Gefecht anzetteln.

Ich sah zu Lola, auf deren Wangen ich trotz des Fells ein rotes Glühen erkennen konnte. Sie lächelte und ich erwiderte es, ohne genau zu wissen, warum.

Mutter, Vater, Kind, schoss es mir durch den Kopf, woraufhin ich schnell den Blick abwandte und mich räusperte.

Craig hätte sich vor Lachen in den Dreck geschmissen, wenn er mich so gesehen hätte.

Den Rest des Weges legten wir im Stechschritt zurück. Wir waren alle drei durchgefroren, hatten eiskalte Hände vom Schneeballformen und ziemlich durchnässte Klamotten.

Dennoch brauchten wir noch mal gefühlte Stunden, bis wir Paus Haus erreichten. Wie Lola es so schnell zu Vincent geschafft hatte, nachdem er seine Bedienstete mit der Nachricht fortgeschickt hatte, war mir ein Rätsel. Doch ich hakte nicht nach. Ich hatte für mich beschlossen, nicht mehr alles zu hinterfragen, was hier geschah. Die Hälfte verstand ich sowieso nicht und musste es auch nicht. Warum sollte ich es dann überhaupt versuchen? Ich würde diese Welt eh niemals vollkommen durchschauen – womöglich war mein kleiner Erdenverstand dazu gar nicht in der Lage.

Als wir schließlich Paus Haus betraten, wäre ich am liebsten rückwärts wieder rausgestolpert. Aus einer klaren, wenn auch verdammt kalten Luft traten wir in eine stickige Räucherhöhle.

Pau, der heute wieder in Faltergestalt unterwegs war, flatterte wie ein Irrer in der Küche herum und brüllte Mina, die ebenso emsig von hier nach dort huschte, Befehle zu.

Anstatt eines warmen, einladenden Mittagessens, auf das ich spekuliert hatte, standen auf dem Tisch lediglich etwas Butter, ein großer Laib Brot und – wie sollte es auch anders sein in diesem Haushalt – eine große Kanne Tee für uns bereit.

Nun gut, besser als nichts …

Nach einer knappen Begrüßung, die der Mottenmann nicht mal wahrzunehmen schien, setzten wir uns und aßen, während wir den beiden weiter bei ihrem Treiben zusahen.

»Das würde ich an deiner Stelle nicht machen, wenn dir dein Verdauungstrakt lieb ist«, warnte Mina mich zwischendurch, als ich mir Salz auf mein Butterbrot streuen wollte. Zumindest hatte ich angenommen, dass es sich bei den weißen Kristallen in dem Glasbehälter um Salz handelte.

Die Maus griff mir das Gefäß aus den Fingern und spurtete damit zu Pau, der gerade mal wieder seine Sporen in den Kochtopf schneien ließ. Inständig hoffend, dass es sich bei dem Inhalt nicht um unser Abendessen handelte, wandte ich den Blick ab.

»Wo ist Ginger?«, fragte ich Mina nach einer Weile.

»Arbeiten«, sagte diese nur kichernd.

»Sie besorgt dir deinen Ausweis«, erklärte Lola an ihrer Stelle.

»Aber ich dachte, sie hat ihn schon?«

»Sie meinte, sie würde das Angenehme mit dem Nützlichen verbinden und einem der Marfockundonkins einen Besuch abstatten.« Lola verzog das Gesicht. »Ich will gar nicht wissen, bei wem von denen sie gerade ist. Die sind alle so … pfui.«

Ich wusste nicht, ob ich lachen oder mich schütteln sollte.

Doch noch bevor ich mich entschieden hatte, flatterte Pau zu uns heran. Noch im Flug drehte er sich um sich selbst, wurde größer und größer, um schließlich in menschlicher Gestalt vor dem Tisch zu stehen. Laut schlug er mit den Handflächen auf den Tisch. »Raus, sofort.«

Es dauerte eine Sekunde, bis wir reagierten. Ich starrte den Flattermann an, der wiederum Lola fixierte, die erst zurückstarrte und dann aufstand. Sie fragte nicht nach dem Warum, sah noch nicht einmal sonderlich überrascht aus, sondern griff nach Deedles Arm und zog ihn ebenfalls vom Stuhl.

Als ich mich auch erheben wollte, fuhr Pau mich an: »Sitzen bleiben.«

Ich schluckte und wurde klein auf meinem Stuhl. Dieser Typ war echt furchterregend, wenn er nichts geraucht hatte.

Was zum Teufel hatte ich gemacht, dass alle anderen sich verdrücken durften und ich mich seiner schlechten Laune aussetzen musste?

Als wir allein waren – selbst Mina war gegangen –, richtete er sich wieder auf und faltete die Hände vor der Brust, als wollte er beten. »Wie gedenkst du, im Herrenhaus zurechtzukommen?«, fragte er, wieder ganz die Ruhe selbst. Aber ich wusste, dass sich das schlagartig ändern konnte, solange er keine Pfeife im Mund hatte. Also war ich auf der Hut.

»Nun, auch wenn es gerade nicht so gewirkt haben mag, ich weiß mich sehr wohl zu benehmen. Vincent hat mir alles erklärt und ...«

Er beugte sich vor. »Ich rede nicht von deinem Verhalten, du Trottel«, brüllte er, wobei mir seine Spucke entgegenflog.

Instinktiv lehnte ich mich ein Stück zurück. Ich wich dem Regen aus, der sich dafür auf der Scheibe Brot verteilte, die noch vor mir auf dem Teller lag.

Na super, das war die letzte gewesen. Und ich hatte noch immer Hunger, vielen Dank auch!

»Verdammt, zünd dir dein Kraut an und komm runter, Alter«, murrte ich halblaut.

Pau hatte es mit Sicherheit gehört und ich wappnete mich schon gegen den nächsten Brüller. Doch er richtete sich auf, nickte und begann, seine Taschen abzuklopfen. Er zog seine Pfeife hervor, zündete ein Stück Holz am Ofenfeuer und damit das Kraut in der Pfeife an, nahm einen tiefen Zug, lächelte und wandte sich schließlich wieder mir zu.

Ich hatte alles stumm verfolgt und betete nun, dass er bessere Laune hatte.

»Also noch mal. Wie gedenkst du, im Herrenhaus zurechtzukommen?«

»Vincent hat mich gut vorbereitet«, wiederholte ich um einen ebenso ruhigen Tonfall bemüht, wie der Flattermann ihn jetzt angeschlagen hatte. »Und er hat mir ein bisschen Zeug gegeben, mit dem ich mich notfalls verteidigen kann.«

Pau winkte ab. »Um Aeterna zu finden, bedarf es mehr als Worte und Waffen. Magie ist dafür vonnöten. Zauberei. Hexenwerk.«

Langsam dämmerte mir, worauf er anspielte. Und es gefiel mir nicht …

»Magische Fähigkeiten sind nur den wenigsten Migwicks vorbehalten. Menschen besitzen grundsätzlich keine, mal abgesehen von Nicodemus. Und du, mein Freund, wirkst doch durch und durch menschlich auf mich.«

Er blinzelte, wobei seine Augen den Eindruck erweckten, auf doppelte Größe anzuwachsen. Es fühlte sich an, als würde er bis in mein Innerstes sehen, auf der Suche nach dem Schamanen, der ich vorgab, zu sein.

»Wenn es so weit ist, werde ich meine Kräfte anrufen. Mach dir da keine Sorgen«, sagte ich so souverän wie möglich, merkte aber, wie mir der Schweiß auf die Stirn trat.

»Humbug.«

Gott, was war ich froh, dass der Typ rauchte! Sonst hätte er mich bei diesem Wort sicher wieder mit einer Speichelfontäne attackiert.

»Lola mag dir abkaufen, dass du etwas Besonderes bist. Ich hingegen weiß, dass sie keinen Zauberer zu uns gebracht haben kann, denn in deiner Welt gibt es keine Magie. Technik? Ja. Wunder? Vielleicht. Aber mit Sicherheit keine Magie.«

Nervös begann ich, mit den Füßen zu wippen. Sollte ich mich rausreden? Ihm weiterhin weismachen, ich wäre der größte Schamane aller Zeiten, weil ich … äh … weil die Erde auch nur zweite Station für mich gewesen war und ich ursprünglich aus …

»Bitte beschäme mich nicht mit weiteren Ausflüchten«, winkte Pau ab, als könnte er meine Gedanken lesen.

Gut, lassen wir das …

»Okay, wenn du ohnehin Bescheid weißt. Dann blasen wir die ganze Sache eben ab«, schlug ich vor und verschränkte die Arme.

Vielleicht war das ohnehin nicht die schlechteste Idee, auch wenn ich mich langsam damit angefreundet hatte, ein Held zu sein.

»Schick mich nach Hause, jetzt sofort, und wir tun so, als wäre das alles hier nie passiert.«

Pau lachte, wobei er türkisfarbenen Rauch ausstieß. »Nun mal langsam. Zum einen würde ich dich sicher nicht fortschicken, bevor du dich nicht von Lola verabschiedet hast.«

Er grinste und mir lief es kalt den Rücken hinab, als ich mir ausmalte, wie ich der Häsin die Wahrheit beichtete.

»Zum anderen ist die Tatsache, dass du nur ein alberner Mensch bist, noch kein Beweis dafür, dass nicht der Retter in dir steckt, den die anderen sehen.«

Ich schnaubte abschätzig, aber er ging darüber hinweg.

»Was hat Vincent dir mitgegeben?«, fragte er, während er zur Tür ging und sie verriegelte.

Ich begann, mein Arsenal zu entladen, wobei ich nicht sicher war, ob ich wirklich alles wiederfand, was der Schneider in meinen

Taschen verteilt hatte. Viel war es jedenfalls nicht, was ich auf den Tisch legte.

»Ja, gegen die Decksters könnte das ganz hilfreich sein«, bestätigte Pau. »Wenn es nur die Decksters wären, die auf dich warten.« Er kehrte mir den Rücken zu. »Pack wieder ein, aber lass noch ein wenig Platz für die wirklich wichtigen Dinge.«

»Platz ist in diesen Klamotten mehr als genug«, murmelte ich leicht angesäuert. »Wenn du so genau weißt, was mich in diesem Herrenhaus erwartet, warum sagst du es mir nicht einfach?«, machte ich mir Luft. »Das wäre eine ordentliche Vorbereitung, nicht, mich mit irgendwelchem Zeug auszustatten, bei dem ich vermutlich zu blöd bin, es zu benutzen.«

Wie so oft ignorierte die Motte mich. Er begann, einige Flakons, Stoffbeutelchen und Gläser auf dem Tisch aufzubauen. »Nebel, Gift, Säure, Eis …«, kommentierte er.

Neugierig begutachtete ich die Sachen. Ein Fläschchen mit lilafarbener Flüssigkeit hatte es mir besonders angetan. Der Inhalt schillerte so schön und schien irgendwie in Bewegung. Und … hatte das Zeug gerade seine Farbe verändert?

Ich fragte mich, ob es genauso besonders roch, wie es aussah.

Noch als ich danach greifen wollte, sagte Pau: »Steingift ist eine meiner Spezialitäten. Ein einzelner Tropfen genügt, um einem Menschen das Fleisch bis auf den Knochen wegzuätzen.«

Ich zuckte zurück, als hätte ich mich bereits daran verbrannt.

»Es funktioniert natürlich auch bei anderen Materialien. Das Einzige, das ihm Einhalt gebietet, ist Glas.« Er nahm das Fläschchen und reichte es mir. »Du solltest also gut achtgeben, dass es nicht in deiner Tasche zerbricht.«

Mit einem trockenen Schlucken nahm ich den Flakon entgegen. Fieberhaft überlegte ich, wo ich ihn verstauen sollte, wo er besonders sicher war, im Falle eines Falles aber möglichst wenig Schaden anrichtete. In der Brusttasche könnte ich am besten darauf aufpassen, wäre aber vermutlich sofort tot, wenn die Flüssigkeit freigesetzt wurde. Im Stiefel vielleicht? Dann würde es nur meinen Fuß treffen. Obwohl – echt ungünstig, wenn ich mich gerade auf der Flucht befand. Der Schwanz des Fracks … Ja, das war ein guter Ort. Weit weg von meinem Körper, allerdings auch sehr empfindlich.

»Du musst es nicht wie ein rohes Ei behandeln«, schmunzelte die Riesenmotte. »Ich bin gut in dem, was ich tue. Das Fläschchen ist aus Taneumglas, so schnell zerbricht das nicht.«

»Ginger hatte wohl nicht unrecht, als sie dich als Giftmischer bezeichnet hat«, meinte ich, als ich den Flakon in die Seitentasche meines Fracks gleiten ließ.

»Ein unschöner Titel«, erwiderte Pau und zuckte mit den Schultern.

Er hatte es nicht verneint.

»Was ist das hier?«, fragte ich und deutete auf einen Stoffball, der mich an einen Hacky Sack erinnerte.

»Blendsamen. Wenn die Körner in seinem Inneren mit Wasser in Berührung kommen, entwickelt sich ein solch starker Nebel, dass du die Hand vor Augen nicht mehr sehen kannst. Du wirst für deine Gegner unsichtbar, bist allerdings selbst genauso blind wie sie. Nutze sie also nur, wenn du deine Umgebung gut genug kennst.«

Ich nickte und schnappte mir gleich drei davon. Unsichtbar klang verdammt gut.

»Und das Zeug? Da brauche ich doch bestimmt eine Pistole …«

Pau hob die Schüssel mit den murmelgroßen Silberkugeln an. »Zugegeben, wenn sie ins Fleisch eindringen, sind sie besonders wirkungsvoll. Aber auch so …« Er nahm eine heraus und warf sie mit Wucht auf den Boden. Sie zerplatzte beim Aufprall und verwandelte den Boden um sich herum in eine spiegelglatte Eisfläche.

»Wow«, entfuhr es mir. »Will ich!«

»Davon solltest du auch etwas mitnehmen«, meinte der Flattermann und reichte mir drei kleine, längliche Flakons, die mich an die Reagenzgläser aus Schulzeiten erinnerten. »Das Blaue ist ein Kurzschlafmittel, das Grüne ein Traumspender und das Purpurne ein Dauerlähmer.«

Fragend sah ich ihn an, während ich auch diese Sachen entgegennahm.

»Das Erste brauche ich wohl kaum zu erklären. Der Traumspender versetzt den Konsumenten in eine Art Wachtraum. Er schläft zwar, interagiert aber mit seiner Umwelt – führt einfache Befehle aus und so.«

»So wie beim Schlafwandeln?«

»So ähnlich. Der Dauerlähmer setzt hingegen dauerhaft außer Gefecht.«

»Was bedeutet dauerhaft?«, wollte ich wissen.

Pau zögerte und spitzte die Lippen. »Das hängt von der Dosis ab«, meinte er knapp.

Eine Gänsehaut kroch über meinen Rücken, meine Arme, meinen Nacken. Zum ersten Mal kam mir der Gedanke, dass ich im Herrenhaus vielleicht nicht nur selbst in Gefahr war, sondern auch eine Gefahr für andere. Dass ich vielleicht würde töten müssen, um nicht selbst getötet zu werden. Eine Vorstellung, die mir völlig fremd war.

Ich war doch kein Mörder!

Aber vielleicht würde ich zu einem werden, wenn mein eigenes Leben davon abhing.

»Was passiert, wenn ich mit diesen Eiskugeln auf einen Menschen werfe?«, fragte ich mit trockener Kehle.

»Du willst wissen, welche dieser Sachen tödlich sind?«, schlussfolgerte Pau. Nacheinander deutete er auf alles, was auf dem Tisch stand. »Wie gesagt, es hängt ganz von der Dosis ab.«

Er gab mir noch ein paar andere nützliche Utensilien, erklärte mir geduldig Einsatz und Wirkung und paffte nebenbei seine Pfeife, worüber ich sehr froh war. Sonst hätte ich mich bei dem einen oder anderen sicher nicht getraut, noch mal nach bestimmten Details zu fragen.

Am Ende wogen meine Klamotten vermutlich das Doppelte, so gut bestückt war ich nun.

»Ich bitte dich, nicht mit den anderen über deine wahre Identität zu sprechen. Lola ist so oft enttäuscht und belogen worden … Ich weiß nicht, wie sie es aufnehmen würde.«

Mitleid und Vorwurf klangen in gleichem Maß aus Paus Worten, sodass ich mit einem Mal einen dicken Kloß im Hals spürte und nicht mehr als ein Nicken zustande brachte.

»Wenn du scheiterst, und davon gehen wir wohl alle aus, wäre das hingegen nicht so tragisch«, schob Pau hinterher, um mir nur ja nicht das Gefühl zu geben, ich wäre irgendwie wichtig oder so.

Besser schlucken konnte ich dadurch nicht. »Jetzt sag mir endlich, was mich dort so Furchtbares erwartet«, knurrte ich. »Es können ja kaum nur die Decksters sein, so wie du redest … Ist dieser Bürgermeister, dieser Nicodemus, denn so gefährlich?«

Pau schmunzelte. »Ich habe Gerüchte gehört, dass er in seinem Herrenhaus ein paar Gäste beherbergt.«

Er würde nicht mehr sagen, dieses Arschloch. Er ließ mich lieber mit freudig hochgerissenen Armen ins offene Messer laufen, als sich auch nur einmal in seinem Leben klar auszudrücken.

Ich behielt das »Fick dich doch«, das mir auf den Lippen lag, für mich. Stattdessen deutete ich auf die verbliebenen Hacky Sacks. »Kann ich die auch noch haben?«

13

Lesen bildet

Als Pau mich endlich entlassen hatte, waren Lola und Deedle nicht mehr da. Mina faselte irgendwas von wegen Recherche, Spaziergang und Kindergarten, was mir keinerlei Aufschluss darüber gab, wo die beiden hingegangen waren.

Kurz überlegte ich, mir auf eigene Faust noch ein bisschen was von der Stadt anzusehen, entschied mich aber dagegen. Selbst wenn ich dieses Mal ohne Migwick unterwegs wäre, war die Gefahr doch groß, abermals in Schwierigkeiten zu geraten. Und Auseinandersetzungen mit Decksters würde ich morgen bei der Reiterei noch zur Genüge haben.

Also tigerte ich eine Weile rastlos im Haus umher, blätterte in ein paar Büchern, deren Schrift ich nicht lesen konnte, fummelte an irgendwelchem Deko-Nippes herum, bis ich von einer kleinen Standuhr ein Pendel abriss, und landete am Ende meiner Erkundungstour vor Lolas Zimmer.

Ich klopfte, obwohl ich genau wusste, dass sie nicht da war. Dann, nach kurzem Zögern, trat ich ein.

Was genau ich hier wollte, wusste ich selbst nicht. Wenn ich sie besser kennenlernen wollte, warum redete ich nicht einfach mit ihr?

Weil es einfacher war, in ihren Sachen herumzuschnüffeln, ganz klar. Und genau das war ja wohl der Grund, warum ich ihr Zimmer betrat, obwohl sie ganz offensichtlich nicht da war.

Schnell zog ich die Tür hinter mir zu und sah mich um. Es wirkte nicht so, als ob Lola dauerhaft hier wohnte. Dafür war der Raum einfach zu kahl, zu ordentlich. Ein spartanisches Bett, davor eine hölzerne Truhe, in der Ecke ein Schrank und an der anderen Wand ein leerer Tisch. Das war's.

Ich ging zu dem Schrank und öffnete ihn. Gut, das sah schon nach ›länger bleiben‹ aus. Jede Menge Klamotten waren darin, unter ihnen auch das Kleid, das Lola bei unserer ersten Begegnung getragen hatte.

Ich atmete tief ein. Oh ja, das waren definitiv ihre Sachen. Ihr Geruch haftete so intensiv daran, dass mir schwindelig wurde. Wieso roch sie auch so verdammt gut?

Auf dem Boden standen zwei Paar Stiefel, mehr gab es nicht zu sehen.

Also widmete ich meine Aufmerksamkeit der Truhe. Ein Vorhängeschloss war daran befestigt und ich wollte schon frustriert aufstöhnen, als ich bemerkte, dass der Schließmechanismus offen stand.

Okay … Ein Schloss signalisierte ja schon, dass sie nicht wollte, dass jemand Unbefugtes – nehmen wir zum Beispiel mich – in der Truhe herumstöberte. Andererseits, wenn es ihr ernst damit wäre, hätte sie das Schloss ja wohl kaum offen gelassen.

Im Gegenteil, vielleicht hatte sie fest damit gerechnet, dass ich herkommen würde, und mir damit eine Botschaft hinterlassen wollen. ›Andrew, schau unbedingt hier rein, das ist wichtig‹ oder so …

Hach, ich war so gut darin, mich selbst zu überzeugen!

Bevor mein Gewissen sich doch noch in die Überlegung einbrachte, ließ ich mich auf die Knie sinken, entriegelte den Mechanismus vollständig und hob den Deckel an.

Ich pfiff leise durch die Zähne. »Na da schau an …«

Als Erstes fielen mir die Perücken ins Auge, verschiedenste Farben und Längen. Danach die Masken. Es waren die Gesichter von Menschen, gebannt auf etwas, das mich an Latex erinnerte. Wenn man sie überzog, schmiegten sie sich an das eigene Gesicht wie eine zweite Haut, das sah ich auf den ersten Blick. Nun war mir klar, woher Lola ihre Informationen bekam. Sie bewegte sich anscheinend oft unter den Menschen.

Sollte sie doch, daran war nichts Verwerfliches. Im Gegenteil, ich konnte das gut nachvollziehen. Zog ich mir nicht auch jedes Mal eine Maske über, wenn ich mich in meine Onlinespiele einloggte, nur um irgendwo dazuzugehören?

Zumindest konnten die Verkleidungen nicht der Grund sein, warum diese Kiste sonst abgeschlossen war.

Ich kramte also ein wenig tiefer, stieß auf ein paar Kartons, die ich erst mal ignorierte, genau wie die losen Blätter, deren Aufschrift ich zwar lesen konnte, deren Inhalt mich aber nicht interessierte. Als ich auf ein kleines Lederbuch stieß, wusste ich, schon bevor ich es öffnete, dass ich Lolas Tagebuch in den Händen hielt.

Dies war mit Sicherheit einer dieser Momente im Leben, wo man etwas Saudummes tat, einen riesigen Fehler beging, und das genau wusste.

Ja, mir war völlig bewusst, dass ich nicht darin lesen sollte. Dass ich sie schon genug belog, falsche Hoffnungen in ihr weckte und nicht noch aufs Übelste ihre Privatsphäre verletzen sollte. Ich wusste, dass sie nie wieder mit mir reden würde, wenn sie davon erfuhr – und zwar mit gutem Recht.

Ja, das alles war mir sonnenklar. Und trotzdem stand ich auf, setzte mich mit dem Buch auf die Kante ihres Bettes und schlug es auf.

Mig-Tag 2643

Mig-Tag? Was war das? Und die Zahl … beschrieb sie das Jahr? Egal, weiter …

Diese beschissenen Decksters!
Nicodemus, dieser Rattenkadaver!
Heute haben sie sich Agatha geschnappt. Ich habe keine Ahnung, wie sie ihr auf die Schliche gekommen sind, sie war eine der Besten, verdammt! Und eine der Letzten …
Das Kartell liegt in seinen letzten Zügen. Selbst Vincent bekommt kaum noch Aufträge. Und das nur, weil die Leute Schiss haben, so zu enden wie wir.
Früher haben sie uns gefürchtet, jetzt fürchten sie nur noch Nicodemus.
Es wird Zeit, dass sich das ändert!

Das Kartell? Davon hatte ich noch nichts gehört, seit ich hier war.

Ich blätterte ein paar Einträge weiter.

Mig-Tag 2787

Es ist sinnlos ...

Heute war Versuch Nummer vierunddreißig. Meine Tarnung als Porzellanhändlerin war perfekt - wer misstraut schon einer alten, runzeligen Frau?

Ich bin bis in die Eingangshalle gekommen, hatte sogar schon einen Audienztermin bei seiner Herrlichkeit Nicodoofnuss.

Aber dann haben diese scheiß Schnüffelbüffel angeschlagen!

Das war das letzte Kostüm, das ich mir von Vincent habe liefern lassen. Wie oft habe ich ihm gesagt, dass nicht ein Krümelchen seines Stoffes daran haften darf? WIE OFT???

Ich kann nur froh sein, dass sie nicht bemerkt haben, wer ich bin. Sonst säße ich jetzt vermutlich in einer Zelle, direkt neben meiner Mutter. Na ja, dann wüsste ich wenigstens, wo sie ist ...

Ihre Mutter war also auch eine Gefangene des Bürgermeisters? Wann hatte sie mir das denn sagen wollen?

In demselben Gespräch, in dem du ihr gestehst, dass du nur ein unfähiger Mensch bist, säuselte eine leise Stimme in meinem Hinterkopf, doch ich ignorierte sie und übersprang abermals einige Einträge.

Mig-Tag 2811
Ich habe den Giftmischer gefunden. Er hat sich ziemlich gut versteckt, das muss ich ihm lassen. Keine Tarnung ist so perfekt wie eine nicht vorhandene. Er lebt tatsächlich mitten in einem Menschenviertel, in einem ganz normalen Haus.
Erst wollte er mich postwendend rauswerfen, quatschte was von wegen zu großer Gefahr und mein Gesicht sei überall bekannt. Ginger konnte ihn schließlich überzeugen, hat ihn daran erinnert, was er Mutter alles schuldig ist. Wir dürfen vorerst bei ihm bleiben, wie großzügig.
Uns bei einem Anschlag auf Nicodemus zu unterstützen, hat er noch nicht zugestimmt, aber das wird noch … Er leidet mindestens genauso wie wir. Er ist ein Nachtfalter, man stelle sich das vor!

Dieses Mal überging ich nur ein paar wenige Seiten.

Mig-Tag 2837
Dieser Pau weiß wirklich, was er tut. Ich habe den Kuchen an einem Straßenhund ausprobiert. (Frag nicht, was ich alles angestellt habe, um wirklich sicherzugehen, dass es ein Hund und keiner von uns

ist!) Kaum hatte er das erste Stück verschlungen, kippte er auch schon röchelnd zur Seite.
Nun muss es uns nur noch gelingen, das Ding in die Küche des Herrenhauses zu schmuggeln. Und ich habe auch schon den perfekten Kandidaten für diesen Auftrag.

Wow … Dieser Eintrag klang eher, als käme er von Ginger. Dass Lola einen unschuldigen Hund umbrachte, nur um einen vergifteten Kuchen zu testen, passte irgendwie nicht zu ihr. Aber was wusste ich schon …

Mig-Tag 2883
Vergiftete Blasrohrpfeile: fehlgeschlagen.

Man stelle sich das vor, der werte Herr Nicodoofnuss hat jetzt einen Leibwächter. Auch noch einen der unseren!
Ich kenne ihn von früher, schon da war er ein echter Ninja-Typ mit hammer Instinkten. Jetzt bewegt er sich nicht nur wie ein Schatten, sondern lebt in ihnen.
Keine Chance, an dem vorbeizukommen. Zumindest nicht mit physischen Mitteln …
Es vergeht kein Tag, an dem ich es nicht verfluche, so sehr nach meinem Vater zu schlagen. Wenn ich nur ein Quäntchen von Mutters Fähigkeiten abbekommen hätte, wären wir jetzt nicht so

machtlos und zu diesem Leben im Verborgenen verdammt. Wir haben diese Gesellschaft mal kontrolliert, verflucht. Jetzt verstecken wir uns vor ihr ...
So geht es nicht weiter! Ich werde jemanden finden, der Nicodemus den Hals für mich umdreht, jemanden, der genauso viel Magie in seinen Adern hat wie er.
Und wenn nicht in unserer Welt, dann eben in einer anderen!
Pau ist es gelungen, Dimensionstore zu öffnen, wie er es nennt. Ich suche mir ...

Gut, den Rest kannte ich ja. Ich holte tief Luft und klappte das Buch zu.

Die Zeilen klangen so fremd in meinen Ohren, gar nicht nach Lolas Stimme. Es fühlte sich an, als spräche aus diesem Buch eine ganz andere zu mir, eine Seite von ihr, die sie bisher vor mir verborgen hatte.

Ich hatte geglaubt, Ginger und sie wären grundverschieden, doch da hatte ich mich wohl geirrt.

Andererseits hatte ich auch keine Ahnung, was ihr schon alles widerfahren war. Ich konnte auch zum knurrigen alten Meckersack oder zum aggressiven Internettroll werden, wenn man mich ärgerte.

Ich schlug das Buch erneut auf, dieses Mal gleich auf der ersten Seite. Um sie besser verstehen zu können, musste ich wissen, was die Menschen ihr angetan hatten – außer, ihre Mutter wegzusperren.

Mig-Tag 4
Ginger ist der Meinung, es könnte mir helfen, mir meine Gedanken von der Seele zu schreiben.
Bullshit.

Mig-Tag 6
~~Liebes Tagebuch~~
~~Es ist sechs Tage her, dass~~

Mig-Tag 7
Heute ist mein siebter Tag als Kuscheltier von Nicodemus. Ich ertrage es nicht. Gäbe es ein Fenster, aus dem ich mich stürzen könnte, ich würde es tun.

Mig-Tag 10
Mein Name ist Lola. Ich bin einundzwanzig Jahre alt und war vor Kurzem die Erbin eines wahren Imperiums, die Tochter des Kartells, die zukünftige Herrscherin von Ludens City. Ich war schön, wurde respektiert und hatte Macht.
Jetzt habe ich Fell, lange Ohren und keine Zukunft mehr.
Mein Name ist Lola. Ich bin Aeternas Tochter. Und ich bin ein verschissenes Kaninchen.

Scheiße, sie ist WAS???

Auf der nächsten Seite lag ein Foto von einer jungen Frau – der Frau, der ich im ›Dark Hole‹ begegnet war.

In meinem Hirn ratterte es und langsam griffen die Zahnräder ineinander.

Anders als ich angenommen hatte, war Lola nicht als Migwick geboren, sondern dazu gemacht worden. Von Nicodemus. Der Aeterna gefangen hielt – ihre Mutter.

Wenn aber Nicodemus derjenige war, der Migwicks erschuf – wieso verstieß er sie dann aus der Gesellschaft? Das passte nicht mit der Geschichte der verschmähten Liebschaft zusammen.

Oder checkte ich es nur nicht?

Und was war dieses Kartell, das Lola mehrfach erwähnt hatte?

Irgendwo in dem Tagebuch würde ich sicherlich Antworten auf meine Fragen finden.

Mig-Tag 23
Wir haben es raus geschafft. Es hat Vorteile, den Instinkt eines Hasen zu besitzen, wenn man sich erst mal daran gewöhnt hat. Man findet jedes noch so kleine Schlupfloch.
Ginger wollte erst nicht mit. Warum auch, sie hatte ja ...

»Das ist total bescheuert, ich hab gar nichts gemacht!« … »Ach, schiebst du jetzt wieder alles mir in die Mütze?« … »Das heißt ›in die Schuhe‹, du Vogel!«

Scheiße, das war Deedle!

Und wenn er wieder im Haus war, hieß das vermutlich, auch Lola war zurück.

Schnell sprang ich auf, warf das Tagebuch in die Truhe und richtete das Schloss wieder so, wie ich es vorgefunden hatte. Dann huschte ich aus dem Zimmer.

Ich hörte bereits Schritte auf der Treppe, jemand kam nach oben. Verdammt, wie sollte ich nur erklären, was ich hier wollte?

Mit einem Hechtsprung warf ich mich auf das Kanapee, auf dem ich die letzte Nacht verbracht hatte, und rollte mich zusammen.

»Andrew?«

Ich streckte meine Arme und gähnte, als wäre ich gerade aufgewacht. »Oh, Lola? Schon zurück?«

Alter, das war knapp gewesen!

14

Spielregeln

Den restlichen Tag verbrachte ich damit, Lola zu beobachten und mir zu überlegen, ob und wie ich sie auf all die Fragen ansprechen sollte, die mir im Kopf herumschwirrten. Schließlich wollte ich keinesfalls zugeben, dass ich in ihrem Tagebuch gelesen hatte.

Ich überlegte, Vincent vorzuschieben. Es war ja gut möglich, dass er mir gewisse Dinge erzählt hatte.

Doch immer wenn sich eine Gelegenheit bot, mit ihr zu sprechen, fehlte mir entweder der Mut oder einer der anderen verrückten Bewohner dieses Hauses funkte dazwischen.

Nach einem ausgiebigen Abendessen, bei dem ich endlich mal wieder gebratenes Fleisch zwischen die Zähne bekommen hatte, welcher Herkunft auch immer, zogen sich alle in ihre Zimmer zurück. Am nächsten Tag zur zehnten Stunde sollte die Reiterei beginnen und jeder wollte ausgeschlafen sein.

Bescheuert, wenn man mich fragte – schließlich war ich der Einzige, der aktiv daran teilnehmen würde.

Ich lag also irgendwann in einem Bett in dem Zimmer, das ich mir nach wie vor mit Deedle teilte. Dieses Mal kaute der Junge mir kein Ohr ab, sondern war sofort eingeschlafen.

Auch an mir zerrte die Müdigkeit. Doch immer wenn ich in den Schlaf glitt, spielte sich ein wahrer Horrorfilm vor meinem inneren Auge ab. Mehrere Male folgte ich mir selbst wie ein Schatten auf die Reiterei und musste mit ansehen, wie die Decksters mich bei meinem Einbruch ins Herrenhaus erwischten und aufhielten. Mal mit Elektroschocks, mal mit Kugeln, mal mit Schlagstöcken. Ich hatte mir genug Videos über eskalierte Polizeieinsätze auf YouTube angesehen, um zu wissen, wie das hier ausgehen würde.

Ich gab zu, ich wünschte mich zurück zu Vincent. Nicht nur, weil das Bett dort bequemer und ich nicht dem Kettensägenschnarchen eines Zimmergenossen ausgeliefert gewesen war. Nein, vielmehr wegen der Unbeschwertheit, die mich die ganze Zeit begleitet hatte – wenngleich sie auch nur auf irgendwelchen Drogen basierte.

Ich war überzeugt gewesen, es sei meine Bestimmung, diese Welt zu einem besseren Ort zu machen. Jetzt war ich zu der Frage zurückgekehrt, wie ich in diesen Schlamassel überhaupt hatte hineingeraten können.

Als ich wieder aus dem Halbschlaf schreckte, nachdem die Decksters mich mit Laserschwertern in Scheiben geschnitten hatten – ja, okay, das war vielleicht etwas weit hergeholt –, gab ich die Sache mit dem Schlafen auf.

So leise wie möglich stand ich auf, zog mir zu meiner Boxershorts mein altes Shirt und ein Paar Strümpfe über und schlüpfte nach draußen.

Ich ging ans Ende des Flurs, öffnete das dortige Fenster und spähte hinaus. Der Schnee war verschwunden, ganz wie Lola prophezeit hatte. Nur noch ein paar Pfützen waren geblieben, die die Nacht wohl auch nicht überstehen würden, so warm wie es draußen war.

Unwillkürlich schüttelte ich den Kopf. Aprilwetter war ein Scheiß gegen das, was hier abging.

Ich schloss das Fenster wieder und machte mich auf den Weg nach unten. Vielleicht fand ich in der Küche etwas, das mich besser schlafen ließ, ein bisschen von diesem Spiriet würde mir schon reichen.

Es überraschte mich nicht, Lola anzutreffen, als ich nach unten kam. Wie schon in meiner ersten Nacht hier saß sie am Küchentisch, in ihrem langen Nachthemd, und spielte Karten. Nur dass sie heute tausendmal angespannter wirkte.

Sie hob sofort den Blick, als ich eintrat.

Ich stockte kurz. Ihre Augen … Selbst im schwachen Schein der Kerzen konnte ich erkennen, dass sie gerötet waren. Und war das Fell auf ihren Wangen nass? Hatte sie … geweint?

Oh Scheiße, was machte ich denn nun? Mit heulenden Frauen konnte ich so gar nicht umgehen!

Anscheinend bemerkte sie den verstörten Ausdruck in meinem Gesicht. Sie senkte den Kopf und wischte sich schnell mit dem Handrücken über die Wange.

Zu spät, Kleines …

Unschlüssig blieb ich im Türrahmen stehen. Aber wenn ich mich jetzt einfach umdrehte und wieder ging, sah das auch doof aus.

»Kannst du auch nicht schlafen?«, fragte ich.

Wie geistreich – warum sollte sie sonst mitten in der Nacht hier sitzen?

Ich steuerte auf einen der Hängeschränke zu. »Ich brauche auf jeden Fall einen Gute-Nacht-Drink«, sagte ich und fühlte mich ein bisschen, als würde ich Selbstgespräche führen. »Pau bunkert hier doch sicher irgendwo was von diesem Spiriet, das man bei euch trinkt.« Ich nahm eine kleine Dose mit getrockneten Blüten aus einem der Schränke. »Oder wenigstens einen Beruhigungstee oder so …«

»Dann würde ich dir von den Plunderblumen abraten. Die bringen dein Blut so zum Kochen, dass du fünf Runden um Ludens rennen könntest, ohne auch nur ans Anhalten zu denken.«

»Oha, also eher was fürs Frühstück«, sagte ich und stellte die Schachtel zurück.

»Schau mal unter der Spüle«, riet sie mir und tatsächlich fand ich dort, versteckt in einem Putzeimer, eine Flasche mit bräunlichem Inhalt.

»Wieso versteckt Pau das Zeug?«, fragte ich und stellte die Flasche auf den Tisch. »Es ist sein Haus.«

»Oh, das gehört nicht Pau. Das ist Minas Stoff«, antwortete sie und grinste.

Als ich mir ein Glas aus dem Schrank nahm und ein zweites fragend in ihre Richtung hielt, nickte sie.

Wir schwiegen, während ich die Gläser bis zur Hälfte füllte und mich dann neben sie setzte. Klirrend stießen wir an und – Respekt – sie verzog keine Miene, als sie ihr Glas bis zur Hälfte leerte. Ganz der männliche Mann, tat ich es ihr nach, konnte aber ein Husten nicht unterdrücken. Scheiße, war das Zeug stark!

»Hätte ich dich vorwarnen sollen?« Es fiel ihr sichtlich schwer, ein Lachen zu unterdrücken.

»Nein, nein. Leckeres Zeug … ganz … furchtbar.«

Nun lachte sie doch, und ich gleich mit. Es tat uns beiden gut, das spürte ich.

Wir sollten nicht über das reden, was morgen bevorstand, auch wenn es wohl das war, was uns beide wach hielt. Auch den Impuls, sie nach den Sachen aus ihrem Tagebuch zu befragen, unterdrückte ich. Wie gesagt, es war nicht der richtige Moment für tiefsinnige Gespräche.

»Erklär mir das Spiel«, bat ich sie daher. »Dieses … Ähm, wie hieß es?«

»Skarot.«

»Ja. Los, komm. Lass uns eine Partie spielen.«

Sie betrachtete mich zunächst skeptisch, leerte dann ihr Glas und stellte es mit einem dumpfen Knall ab. »Na gut. Hier die Regeln …«

Sie erklärte es mir, ich versuchte, mir den Spielablauf so gut es ging zu merken, und sie verteilte die Karten.

Der erste Durchgang war noch mehr Übung als ein echtes Spiel. Immer wieder musste ich nachfragen oder wurde von Lola korrigiert. Aber ich lernte schnell und schon in der dritten Runde legte ich so souverän ab, als würde ich Skarot seit meinen Kindertagen kennen.

»Sag mal, wieso hängt Deedle dir eigentlich am Rockzipfel?«, begann ich unser Gespräch von Neuem.

»Wie meinst du das?«

»Na ja, man könnte fast meinen, du seist seine Mutter.«

Ich sagte das langhin, hatte diese Option bisher nicht in Erwägung gezogen. Doch nun, da ich es ausgesprochen hatte, schien es gar nicht so weit hergeholt. Ich vermied es, sie anzusehen, und wartete auf ihre Antwort. Ich wartete lange …

Sie legte ihre Karten aus der Hand, nahm die Flasche Spiriet und goss sich nach. Auch mein Glas füllte sie erneut, als ich es ihr hinschob.

»Es ist meine Schuld, dass er im Exil leben muss«, sagte sie, nachdem sie einen Schluck getrunken hatte. Ihre Stimme war belegt, ein Zeichen dafür, wie nah ihr dieses Thema ging. »Wenn ich nicht wäre, würde er noch behütet bei seiner Familie leben. Ihm würde ganz Ludens City offenstehen.«

»Seit wann ist er ein Migwick?« Ich stellte auch diese Frage, ohne nachzudenken. Erst als sie mich mit großen Augen ansah, merkte ich, dass ich mich verquatscht hatte.

Ich ließ im Raum stehen, woher ich wusste, dass Migwicks nicht als solche geboren wurden, und hoffte, sie würde nicht nachfragen.

Das tat sie nicht. »Noch nicht sehr lange«, sagte sie stattdessen. »Er wurde von den Decksters geschnappt, als er einen Auftrag für mich ausführen sollte, eine Lieferung vergifteten Kuchens an den Bürgermeister. Seine Transformation war die Strafe, dass er sich auf unseresgleichen eingelassen hat.«

Ich erinnerte mich, ich hatte von dem Kuchenattentat in ihrem Tagebuch gelesen. Deedle war also derjenige, den sie ins Herrenhaus geschickt hatte. Herrje …

So langsam verstand ich, warum sich niemand mit den Migwicks einließ, warum niemand von den Menschen etwas gegen die Ungerechtigkeit tat, die in dieser Stadt herrschte.

Die Strafe dafür war schlimmer als Gefängnis, schlimmer als Tod. Es bedeutete Verbannung, ohne verbannt zu sein.

Unweigerlich musste ich an den Judenstern denken, der in Deutschland verwendet worden war, um Andersartige zu kennzeichnen, und wohin das geführt hatte. Das hier war ähnlich, abgesehen davon, dass der Betreffende nicht nur aus seinem alten Leben geworfen wurde, sondern auch aus seinem alten Körper.

»Warum tut Nicodemus das?«, fragte ich mit rauer Stimme.

Wieder dauerte es eine Weile, bis Lola reagierte. Sie hatte ihre Karten wieder aufgenommen, starrte stur darauf, als würde sie angestrengt nachdenken, und zog dann doch nur eine weitere Karte.

»Ich weiß es nicht«, sagte sie, klang aber nicht sehr überzeugend.

»Du weißt es nicht oder du willst nicht darüber reden?«, hakte ich nach. Ich wollte sie nicht bedrängen, doch ich brauchte Antworten, wenn ich morgen für sie in den Krieg ziehen wollte.

»Ich kann nicht.« Ihre Stimme war nur noch ein Flüstern.

Ich hob den Blick von meinen Karten und als ich sie ansah, glitzerten abermals Tränen in ihren Augen. Ich beugte mich zu ihr, streckte eine Hand aus und ergriff die ihre. »Hey, es ist okay«, sagte ich leise.

Sie unterdrückte ein Schluchzen. »Nein, nichts ist okay. Wenn du die Wahrheit kennen würdest, warum …« Sie brach ab.

Am liebsten hätte ich ihr gesagt, dass ich die Wahrheit kannte. Dass ich wusste, dass es ihr eigentlich darum ging, ihre Mutter zu retten, und die Befreiung der Migwicks aus ihrer Unterdrückung nur der offizielle Anlass war, um Mitstreiter in ihrem Kampf zu gewinnen.

In diesem Moment hasste sie sich für ihre eigennützigen Ziele, das konnte ich ihr ansehen. Und es zerriss mir das Herz, denn … Ich liebte sie dafür. Denn war es nicht genau das, dieser Funken Egoismus, gepaart mit einem quälend schlechten Gewissen, der den Hasen vor mir so unglaublich menschlich machte?

Sie entzog mir ihre Hand. »Skarot«, sagte sie leise, legte ihre letzten Karten so ab, dass sie meine Königin einkassierte, und beendete damit das Spiel. Dann nahm sie ihr Glas, stand auf und ging zum Spülbecken.

Doch so würde ich sie nicht davonkommen lassen. Sie hatte keinen Grund, sich selbst zu geißeln. Dafür war sie viel zu *gut*.

Ich folgte ihr, legte ihr von hinten meine Arme um die Taille und zog sie an mich. Eigentlich erwartete ich, dass sie sich dagegen wehren würde, doch ihr Körper versteifte sich nur für einen kurzen Moment, bevor sie sich meiner Umarmung ergab.

»Ich verdiene das nicht«, sagte sie leise.

»Und ob«, widersprach ich ebenfalls flüsternd. »Du bist die wundervollste Person, die ich je kennengelernt habe. Du opferst dein Leben für eine gute Sache, auch wenn dein Antrieb egoistisch erscheinen mag. Du bist die wahre Heldin von uns, stark, mutig und … wunderschön. Das wusste ich vom ersten Moment, als ich dich gesehen habe.«

Ein ironisches Lachen schüttelte ihren Körper. »Du wolltest mich vögeln, als wir uns in der Bar begegnet sind. Das war alles.« Ihre Stimme war dunkel, erfüllt von Trauer, Enttäuschung und einer Portion Sarkasmus. Sie drehte sich um. »Und, willst du das immer noch? Willst du es mit einem Kaninchen treiben?«

»Nein«, entfuhr es mir sofort.

»Wusste ich es doch.«

Sie wollte mich von sich schieben, aber ich ließ sie nicht los. Herrgott noch mal, wie sollte ich ihr das erklären? Ich konnte ihr ja kaum sagen, dass ich mich schon im ›Dark Hole‹ unsterblich in sie verliebt hatte, dass ich sie heiraten und nicht flachlegen wollte!

Obwohl … Ich konnte schon …

»So ist das nicht.« Ich sah ihr beschwörend in die Augen. Mein Gott, wie tief sie waren, wie schön die Dunkelheit darin. »Das klingt jetzt unheimlich kitschig, aber ich bin dir nicht gefolgt, weil ich auf eine schnelle Nummer aus war, so bin ich nicht. Ich bin dir nach, weil ich mich in dich verliebt habe. Weil ich dich nur einmal ansehen musste und wusste, dass du die Frau bist, mit der ich mein Leben verbringen werde. Lola, ich gehe morgen nicht in dieses verfickte Herrenhaus, weil ich ein Held bin, der so was tagtäglich macht. Das bin ich nämlich nicht! Ich gehe für dich dorthin. Nur. Für. Dich!«

Obwohl sie den Mund öffnete, schwieg sie. Allerdings lenkte das meinen Blick auf ihre Lippen. Ob es meine Worte Lügen strafte, wenn ich sie küsste?

Ob ich es durfte?

Ich senkte meinen Kopf etwas tiefer, kam ihrem Gesicht näher.

»Ich bin nur für dich hier«, sagte ich leise, während ich mit der Nasenspitze über ihre Wange fuhr. Wie wundervoll sich ihr Fell anfühlte, wie berauschend es war.

Lola hatte den Atem angehalten. Sie schob mich nicht weg, sondern legte nun ihrerseits die Arme um meine Taille und kam mir so noch ein wenig näher.

Keine Frage, ich durfte sie küssen, wenn ich wollte.

Und wie ich wollte!

Langsam näherte sich mein Mund dem ihren. Ein Kribbeln schoss durch meinen Körper, so etwas Intensives hatte ich noch nie gespürt. Als ich ihre Lippen berührte, war mir, als zündete ein Feuerwerk. Sie waren frei von Fell, aber mindestens genauso weich, und erwiderten meinen Kuss so zärtlich und schüchtern, dass ich beinahe vermutete, es wäre ihr erster.

Ich hätte mich bremsen sollen, doch die Explosion in meinem Inneren trieb mich an. Meine Hand glitt über ihren Rücken, ich zog sie enger an mich und drängte sie gleichzeitig gegen die Spüle, während mein Kuss stürmischer wurde. Als plötzlich ihre Zunge in meinen Mund vordrang, hatte ich das Gefühl, gleich ohnmächtig zu werden von dem Rausch, den sie in mir auslöste. Sie schmeckte so gut, sie schmeckte nach mehr!

»Meine Güte, das ist ja herzzerreißend. Was für eine gefühlvolle Szene.«

Als hätten wir uns aneinander verbrannt, stoben Lola und ich auseinander. Ich fuhr herum und erblickte Ginger, die am Türrahmen lehnte, ein breites Grinsen auf dem Gesicht.

»Nein, nein, lasst euch nicht unterbrechen. Ihr wolltet sicher ein bisschen rumfummeln. Tut einfach so, als wäre ich nicht da.«

»Manchmal könnte ich dich ...«, setzte Lola an, beendete den Satz aber nicht.

»Was denn?« Ginger hob entschuldigend die Hände. »Wenn ihr kein Publikum wollt, hättet ihr auf dein Zimmer gehen sollen.«

Ich verdrehte die Augen. »Ist dein Timing eigentlich immer so perfekt?«

»Nein, dann wäre ich erst morgen kurz vor zehn hier aufgetaucht, um dir das zu geben.« Sie kam zu uns und knallte einige gefaltete Blätter auf den Tisch.

»Sind das ...«

»Deine Papiere, richtig. Du bist ab heute ein legitimierter Bürger von Ludens City. Und noch dazu einer aus der Oberschicht. Herzlichen Glückwunsch, Mr. Andrew Marfockundonkins.«

Ich gab ein leises Stöhnen von mir. »Hättest du mir nicht einen Namen besorgen können, den ich aussprechen kann?«

Sie zuckte mit den Schultern. »Das sollte das Leichteste an deinem Vorhaben sein.«

Ich wollte mich an den Tisch setzen, um mich in die Papiere und damit in meine offizielle Hintergrundgeschichte in dieser Stadt einzulesen, aber Ginger hielt mich davon ab.

»Du wirst doch jetzt nicht lernen wollen. Der Abend ist jung. Lasst uns was unternehmen, lasst uns feiern gehen.«

»Wenn ich dich so ansehe, glaube ich, dass du schon genug gefeiert hast«, meinte Lola und verschränkte die Arme.

Erst jetzt bemerkte ich, dass Ginger einen für sie untypisch langen Mantel trug, aus dem ihre nackten Beine herausschauten, die in knöchelhohen roten Stiefelchen endeten. Äh, war das ein Männermantel?

Die Katzenlady grinste noch breiter, falls das überhaupt möglich war. »Ich soll dich von Seix grüßen«, sagte sie.

»War ja klar«, erwiderte Lola kühl, aber ich merkte, dass dieser Name sie nervös machte. Auf eine Art, wie es nur ein Ex-Freund oder One-Night-Stand konnte, den man bereute.

So viel zum Thema erster Kuss …

Ich hakte nicht nach, warum auch. Stattdessen konzentrierte ich mich auf Ginger.

»Was schwebt dir denn vor?«, fragte ich. Ein bisschen neugierig war ich schon, wie das Nachtleben in Ludens so war.

Sie legte einen Finger an die Lippen, als würde sie nachdenken. Doch irgendwie war ich überzeugt, dass sie schon ganz genau wusste, wo sie uns hinschleppen wollte.

»Ach, lassen wir uns einfach treiben. Irgendwo wird schon eine Party steigen.«

»Von mir aus …«, stimmte ich zu. »Solange es nicht die Kneipe ist, in der ich angekommen bin.«

Nein, darauf, mich noch mal von Gemüse-Man verprügeln zu lassen, hatte ich keine Lust.

»Super. Gebt mir fünf Minuten, um mich anzuziehen«, meinte Ginger, drehte sich um und verschwand nach oben.

»Sie meint *umziehen*, oder?«, fragte ich, um die plötzlich auftauchenden Bilder einer unter dem Mantel völlig nackten Ginger zu verdrängen.

Lola seufzte. »Nein, ich glaube, sie meint wirklich *anziehen*.«

Verdammt …

15

D-I-S-C-O – äh, was?!

Ein wenig später fand ich mich auf der Straße wieder.

Wir hatten uns alle umgezogen. Ich hatte mich in die Klamotten geworfen, die ich bei meiner Ankunft hier getragen und die Mina gütigerweise von meiner Kotze, Pisse und meinem Blut gereinigt hatte: blaue Jeans und enges schwarzes Shirt.

Ginger hatte den Mantel, der vermutlich diesem Seix gehörte, gegen eines ihrer Lolita-Kleider getauscht, das nicht weniger reizvolle Vorstellungen in mein Hirn zauberte. Rosa Korsage und knapper schwarzer Tüllrock – musste ich mehr sagen?

Jetzt kamen die Bilder aber nur flüchtig, denn ein anderer, äußerst peinlicher Gedanke forderte größten Raum in meinem Kopf: Ich hatte Lola gerade auf die widerlich schnulzigste Art gestanden, dass ich in sie verliebt war.

Was stimmte eigentlich nicht mit mir? Ich benahm mich tatsächlich wie der Held in einem dieser dämlichen Mittelalter-Actionfilme. So einer, wo man denkt: Alter, du hast die Tussi erst vor zehn Minuten kennengelernt – die KANN gar nicht deine große Liebe sein. Boah, und nun reitet er für sie auch noch allein gegen eine ganze Armee. Ja, los doch, lass dich abschlachten, du Vollidiot!

Allerdings kam der Held meistens zu seiner Angebeteten zurück. Das war ja zumindest ein kleiner Lichtblick …

Ich musterte Lola, die neben mir auf der Straße stand, während Ginger uns eine Kutsche heranwinkte. Auch sie sah atemberaubend aus, obwohl ich bezweifelte, dass dieses Kleid ihr gehörte. Sie wirkte ein wenig wie Gingers Gegenstück: weißer Tüllrock, schulterfreie schwarze Bluse, schwarze Stiefel. Mein Blick glitt von oben nach unten. Das weiße Fell, das ihre Arme und Beine bedeckte, tat dem keinen Abbruch. Im Gegenteil, irgendwie steigerte es den Drang, sie zu berühren, noch mehr. Sie war wirklich genauso heiß wie damals im ›Dark Hole‹.

Damals … Als ob das so lange her war. Ich war erst eine knappe Woche hier. Und doch kam es mir vor, als würde ich bereits mein halbes Leben in Ludens City verbringen. Und verrückterweise fühlte sich das gut an.

Ginger streckte eines ihrer langen Beine in Richtung Fahrbahn und schaffte es tatsächlich, so einen Kutscher zum Anhalten zu bewegen. Schnell bedeutete sie uns, einzusteigen.

»Ist das eure Art von Taxi?«, fragte ich, was Ginger mit einem Nicken bestätigte.

Ich dachte an den elend langen Weg zu Vincent und verzog das Gesicht. »Und warum musste ich mich dann immer zu Fuß durch die Stadt quälen?«

»Nicht jeder kann es sich leisten, Schätzchen«, meinte Ginger, die mir gegenüber Platz nahm. »Schon gar nicht als Migwick.« Sie reichte einige silbern schimmernde Geldstücke nach vorn zum Kutscher. »Bring uns zum ›Pöppel‹«, wies sie ihn an.

»Warum klingt das so widerlich in meinen Ohren?«

Sie zwinkerte mir zu. »Im Vergleich zu den Etablissements, in denen du sonst verkehrst, ist das ein wahrer Keuschheitsschuppen, glaub mir.«

Ich spürte, wie ich rot wurde. Außer Lola wusste niemand, wo wir uns begegnet waren, und auch ihr hatte ich bisher nicht klarmachen können, dass ich nur wegen Craig in dem Stripclub gewesen war. Anscheinend hatte sie zumindest Ginger davon erzählt.

Das erklärte auch, warum sie so direkt mit mir umgegangen war, bevor ich zu Vincent aufgebrochen war. In ihren Augen stand ich auf einer Ebene mit ihren sonstigen Kunden und das gefiel mir gar nicht.

»Ich bin keiner von diesen Typen, die …«

Sie wedelte mit dem Zeigefinger vor meiner Nase und schnalzte ein paar Mal mit der Zunge. »Du musst dich nicht verteidigen, Andrew-Darling. Jeder, wie er mag.«

»Aber ich …«

Sie presste mir den Finger auf die Lippen und grinste. »Ich meine das ernst. Keine Erklärungen.«

Und damit war das Thema beendet.

Wir fuhren ungefähr eine Viertelstunde und wieder führte der Weg in einen Teil der Stadt, den ich noch nicht gesehen hatte. Ludens City war wirklich riesig, mindestens so groß wie Chicago.

Das Viertel, in dem wir landeten, gehörte eindeutig zu den Gettos der Stadt: heruntergekommene Häuser, dunkle Gestalten in den Gassen und an jeder Ecke mindestens zwei Decksters.

Ich warf Lola einen Blick zu. »Bekommen wir keine Probleme, wenn wir uns auf der Straße zeigen?« Ich verwendete bewusst das Wort *wir*, obwohl weder Ginger noch ich auffallen würden, wenn man uns nicht genauer betrachtete.

»Das hier ist Migwick-Zone«, erklärte Lola kurz. »Ein kleiner, gut bewachter Bereich, in dem wir uns ohne Sondergenehmigung bewegen dürfen. Außerdem gibt es hier keine Menschen. Wenn also einer auffällt, bist ganz klar du das.«

Sie spitzte die Lippen, grinste dann aber. Ihr war klar, dass ich sie mit meiner Frage gemeint hatte.

Wir hielten vor einem größeren Fachwerkhaus. Bunte Lichter blitzten hinter den verhangenen Fenstern auf und laute Donnerschläge dröhnten heraus. Über dem Eingang hing in brennenden Lettern der Schriftzug ›Zum Pöppel‹ und erhellte die ganze Straße.

Ich musste zugeben, das war ziemlich beeindruckend.

Wir verließen die Kutsche und gingen schnurstracks auf den Eingang zu, vor dem sich ein … ein *Elefant* aufgebaut hatte? Zumindest war der Typ breit wie einer und seine Nase zu einem langen Rüssel geformt.

»Na sieh mal einer an«, rief er aus, als er uns sah, und zog Ginger mit seinem Rüssel sofort an sich.

Ich hielt mir eine Hand vor den Mund, um nicht laut loszuprusten. Die hohe, nasale Stimme passte ja mal so gar nicht zu diesem Bullen von Mann.

»Na, na«, ermahnte Ginger ihn und entzog sich seiner Umarmung. »Du weißt doch, Benjamin: anschauen – ja, anfassen – nein.«

Nun konnte ich nicht mehr an mich halten und prustete los. Klar war mir der Elefant, der in so vielen Kinderzimmern in Deutschland, aber auch bei uns zu finden war, ein Begriff. Hier allerdings kannte ihn mit Sicherheit niemand und trotzdem trug dieser Dickhäuter vor mir seinen Namen. Das war zum Schießen.

Lola gab mir einen Stoß in die Seite. »Würdest du dich bitte benehmen?«

Ich schluckte das Lachen in meiner Kehle hinunter, was mir verdammt schwerfiel. Aber sie hatte recht. Ich sollte mir Benjamin vermutlich nicht zum Feind machen. Sonst holte er noch seinen Kumpel …

»Otto, schau mal, wer da ist!«

Das war nicht sein Ernst!

Auf den Ruf des Elefantenmannes kam ein Zwerg angewackelt, mit orangen Haaren, die allerdings seinen ganzen Körper bedeckten. »Ginger, was für eine Ehre! Wir dachten schon, wir hätten dich ans ›Meeple‹ verloren.«

Seine Stimme war so tief, dass sie mir in der Brust vibrierte, obwohl ich ein paar Schritte entfernt stand. Schnell drehte ich ihnen den Rücken zu und brach erneut in stummes Gelächter aus.

»Andrew«, zischte Lola abermals.

Ich atmete zweimal tief durch und fing mich wieder. Gerade rechtzeitig.

»Na dann wünsche ich euch einen wunderbaren Abend«, beendete Otto gerade das Gespräch. »Lass krachen, Baby.«

Lola hakte sich bei mir ein und zog mich mit sich. Wir folgten Ginger, während ich die skeptischen Blicke von Benjamin und Otto auf mir spürte. Ob das an meinen fremdartigen Klamotten oder an dem spöttischen Grinsen lag, das ich einfach nicht von meinen Lippen bekam, wusste ich nicht. Aber sie ließen uns kommentarlos passieren, also was sollte es.

Drinnen war es stickig und laut – und unterschied sich in keiner Weise von den Diskotheken, die es in meiner Welt gab. Nebelschwaden, bunte Lichter, dröhnende Musik und grölende Menschen.

Ich blieb mit offenem Mund im Eingangsbereich stehen, während Ginger und Lola schon Richtung Bar schwenkten.

Mit so etwas hätte ich hier niemals gerechnet!

Okay, ein paar Unterschiede gab es schon. Die Musik war anders als alle Stilrichtungen, die ich kannte. Schwer zu beschreiben, aber mit Sicherheit tanzbar. Und sie kam nicht aus Boxen, sondern von einer Liveband, auch wenn sie übernatürlich laut war.

Die Lichter, die hier und da aufblitzten, stammten von kleinen schillernden Wesen, die ich ohne mit der Wimper zu zucken als Feen bezeichnet hätte. Und die Besucher waren keineswegs Menschen, sondern Migwicks aller Art.

Dennoch fühlte ich mich fast, als wäre ich wieder daheim in Chicago. Fehlten nur noch Craig und die Jungs …

Ich blinzelte ein paar Mal, doch das Bild vor mir hielt sich, also ließ ich mich darauf ein. Party olé!

Ich schloss zu Lola und Ginger auf, die sich zwei Barhocker erkämpft hatten.

»Was willst du trinken?«, fragte Ginger. Sie musste schreien, damit ich sie verstand.

Mein Blick wanderte zur Karte an der Wand hinter dem Tresen, die zum Glück in einer Schrift verfasst war, die ich entziffern konnte. »Einen Glockenkuss?«

Es war eher eine Frage, aber Ginger nickte sofort und lehnte sich zu der Bardame hinüber, die zwar menschliche Formen besaß, deren Körper aber aus einer Art flüssigem Metall zu bestehen schien.

Unsere Getränke kamen. Die Mädchen hatten das Gleiche bestellt wie ich, was ich als Zeichen für eine gute Wahl deutete. Wir stießen an, ich nahm einen Schluck und schloss kurz die Augen. Die Musik, der Geruch, selbst der Geschmack … Das tat so unheimlich gut.

Als ich die Augen wieder öffnete, erblickte ich Lola. Und der Moment wurde perfekt.

Wir tranken, wir tanzten, wir lachten. Wir taten, was ganz normale Menschen in einer Disco taten. Je länger wir hier waren, desto lockerer wurde ich. Normalerweise war ich eher der Typ ›Bar, Bierglas, Kopfnicken, abchecken‹. Aber Ginger und Lola zogen mich mit, und das nicht nur im wörtlichen Sinne.

Und zum ersten Mal in meinem Leben kapierte ich, wenn Leute sagten, Tanzen wäre das Erotischste der Welt.

Lola, deren Hände auf meiner Brust lagen, die ihre Hüften kreisen ließ und deren Becken dabei immer wieder meines berührte.

Ginger, die mir von hinten die Arme um die Taille legte, sich eng an mich schmiegte und den Rhythmus vorgab, in dem auch ich mich bewegte. Und der sich wiederum auf Lola übertrug … Es war einfach nur berauschend. Ich hätte überhaupt keinen Alkohol gebraucht, solange die beiden mir so nahe waren.

Dennoch tranken wir, und das nicht wenig. Und irgendwann setzte meine Wahrnehmung aus, sodass ich nur noch Bruchstücke davon mitbekam, was mit mir, mit uns, passierte.

In einem Moment waren wir noch in der Diskothek, tanzten so eng, dass es mir die Luft raubte.

Im nächsten fand ich mich in einer Kutsche wieder. Mein Kopf lag auf Lolas Schoß, die mir zärtlich durch die Haare fuhr. Eine meiner Hände lag dabei auf ihrem Arm, während die andere über Gingers nackten Oberschenkel auf und ab fuhr. Ginger, die halb rittlings auf mir saß. Ihre Hände wiederum schoben sich gerade vom Bund meiner Hose aus unter mein Shirt.

Eine Gänsehaut überkam mich und ich musste mich beherrschen, nicht zusammenzuzucken.

Auch Lolas Hand schob sich nun von oben unter mein Shirt, was mich noch mehr schaudern ließ. Sie beugte sich nach vorn und legte ihre Lippen auf meine. Nicht so sanft wie beim ersten Mal, sondern fordernd und energisch. Und scheiße noch mal, ich wusste genau, warum.

Meine Hand fuhr ihren Arm nach oben, glitt in ihren Nacken, hielt sie fest. Sie öffnete ihren Mund für mich, unsere Zungen fanden sich, spielten miteinander.

Es war berauschend, genau wie das Gefühl, das Gingers Lippen in mir auslösten, die gerade federleicht über meinen Bauch wanderten. Und ihr Becken, das sich leicht an meinem rieb – ob durch die Fahrbewegung der Kutsche oder ihren eigenen Antrieb – und dafür sorgte, dass der Platz in meiner Hose immer enger wurde.

Keine Ahnung, wie wir nach Hause kamen und wie wir es in Lolas Zimmer schafften, ohne irgendjemandem zu begegnen, dem wir erklären mussten, warum wir aneinanderklebten und ich an der Eingangstür noch Lola küsste, nur um auf der Treppe Gingers Lippen auf meinen zu spüren. Die beiden Schwestern nahmen sich wirklich nichts, auch wenn ich das prickelnde Gefühl bei Ginger vermisste, das Lolas Küsse in mir auslösten.

Irgendwann fand ich mich rücklings auf Lolas Bett wieder. Der Mond schien durch das offene Fenster herein und legte gemeinsam mit den zwei brennenden Kerzen ein weiches Zwielicht über die Szene.

Ich war bereits nackt – keine Ahnung, wann ich meine Klamotten verloren hatte. Ginger und Lola waren noch bekleidet, standen neben dem Bett und betrachteten mich. Es war eine völlig abstruse Situation und ich fragte mich, ob ich das nur träumte. Als Lola Gingers Kleid öffnete, schob ich diesen Gedanken jedoch beiseite. War doch scheißegal, ob das hier real war oder nicht. Es war vermutlich das Schärfste, was ich je erlebt hatte. Oh Mann, wenn ich mich nicht beherrschte, würde ich kommen, noch bevor mich eine der beiden auch nur berührt hatte.

Lola schob Ginger das Kleid über die Schultern, fuhr dabei über ihre nackte Haut an Armen und Rücken.

Ich schnappte nach Luft, als der Stoff zu Boden fiel und mir offenbarte, dass Ginger darunter einfach mal nichts trug. Abgesehen von den halterlosen weißen Strümpfen. Mein Blick fiel auf ihren Rücken, fuhr das Rückgrat vom Nacken bis zum Steiß entlang. Auf dem Weg ging ihre Haut in kurzes rot-oranges Fell über und an ihrem Steiß setzte der lange dünne Schwanz an, der in freudiger Erwartung hin und her zuckte. Sie drehte sich um und … Wow. Beim Anblick ihrer wohlgeformten Brüste schluckte ich trocken.

Ein Grinsen stahl sich auf ihr Gesicht, während sie mich fixierte.

Lolas Hände glitten weiter über den Körper ihrer Schwester, fuhren ihre Konturen nach, was sowohl mir als auch Ginger ein leises Keuchen entlockte.

Meine Augen huschten zu Lola, die leider noch immer ihr Kleid trug. Ginger erkannte, was ich wollte, und machte sich sogleich daran, mir meinen Wunsch zu erfüllen. Zwei Sekunden später rutschte es zu Boden.

Lola trug im Unterschied zu ihrer Schwester zumindest ein Höschen, schwarz wie die Nacht und ein Blickfang vor dem Herrn auf ihrem weißen Fell.

Auch ihr Blick ruhte nun auf mir, ein sanftes Lächeln auf den Lippen.

Ginger ging neben ihr in die Knie und schob das letzte Stück Stoff, das Lola noch bedeckte, quälend langsam über ihre Hüften nach unten.

»Heiliger …«, murmelte ich.

Ginger war scharf, ohne Frage. Aber Lola … Lola war perfekt. Ob trotz oder wegen des flaumigen weißen Fells, das ihren ganzen Körper bedeckte, wusste ich nicht. Ich wusste nur, dass ich jeden Zentimeter von ihr berühren wollte.

Ginger kniete noch immer neben Lola, hatte ihren Kopf gegen die Hüfte ihrer Schwester gelehnt, während diese ihr mit der Hand durch die lockigen Haare fuhr.

»Ich glaube, unserem Besucher gefällt, was er sieht, Kätzchen«, sagte Lola in einem süffisanten Tonfall, den ich ihr gar nicht zugetraut hätte. Nicht, dass es mir nicht gefiel …

»Meinst du?«, fragte Ginger zurück. Ihre Augen glitten in meinen Schritt, ihr Grinsen wurde breiter. »Du könntest recht haben.«

Vermutlich war es nun an mir, etwas zu sagen. Doch mein Mund war wie ausgetrocknet, meine Kehle wie zugeschnürt. Außerdem hatte sich jegliches Blut aus meinem Hirn zurückgezogen und ein paar Regionen tiefer gesammelt.

Ginger erhob sich elegant und die beiden kamen zu mir, endlich. Ich platzte bald vor Erregung, vor Erwartung. Gleichzeitig war ich völlig überfordert. Ich hatte noch nie einen Dreier gehabt, mal abgesehen davon, dass die beiden Ladys schon einzeln eine ganz neue Erfahrung sein würden. Mit langen Ohren, Fell oder zusätzlichen Körperteilen war ich bisher noch nicht auf Tuchfühlung gegangen.

Vermutlich setzte mein Hirn in diesem Moment einfach aus, überließ meinem Körper jede Kontrolle und schaltete sich nur ab und an dazu, um wenigstens ein paar Eindrücke in meine Wahrnehmung zu brennen.

Eine Frau rechts, eine links von mir. Haut an Haut an Fell. Hände, überall. Und immer ein Gedanke: Nur. Nicht. Kommen!

Lola, die auf meine Lenden rutschte. Ginger dahinter, ihre Hände an den Brüsten ihrer Schwester.

Und dann der Moment, als ich mich in Lola verlor. Ich stöhnte, sie keuchte ebenso. Oh Gott, wie intensiv sich das anfühlte.

Ginger war plötzlich neben mir. Meine Hand glitt über ihren Hintern, ich ließ ihren Schwanz durch meine Finger gleiten, tastete mich nach vorn zwischen ihre Beine.

Mein schweres Atmen mischte sich mit Lolas Stöhnen und Gingers Keuchen.

Und dann war Ginger fort. Lola saß noch immer auf mir, bewegte ihr Becken vor und zurück. Meine Finger glitten über ihren Körper, strichen durch ihr Fell, legten sich mal um ihre Brüste, mal um ihren Po.

Sie beugte sich nach vorn, küsste mich, stöhnte in meinen Mund, hauchte meinen Namen.

Ich hielt sie fest, bremste sie ab, nur um sie dann wieder zurück in ihren Rhythmus finden zu lassen. Bis zu dem Moment, als ich innerlich explodierte.

Ich stöhnte laut, zog Lola fest an mich, um meinen Höhepunkt auszukosten. Der Druck, der dabei zwischen unseren Becken entstand, war wohl genau der richtige, denn mit einem ekstatischen Aufschrei folgte sie mir in die Erlösung.

16

Goodbye, Ladys

Meine Finger glitten durch weiches Fell, als meine Hand wie automatisch auf und ab fuhr. Es war hell im Raum, das merkte ich, auch ohne die Augen zu öffnen. Und ich war nicht allein.

Lola war ebenfalls wach und strich mir zärtlich über meine nackte Brust. Ihre Hand fuhr über meinen Bauch und legte sich wie selbstverständlich um meinen erigierten Penis.

»Schon wieder?«, raunte sie in mein Ohr.

Ich schmunzelte, tastete nach ihrem Handgelenk und dirigierte ihre Finger zurück auf meine Brust. »Das nennt man Morgenlatte, das ist nichts für dich.«

»Schade …« Ihre Fingerspitzen umkreisten meine Brustwarzen und … Ja, ich gebe zu, ich hätte sie am liebsten auf mich gezogen.

Aber ich war wirklich erledigt von der letzten Nacht. Nicht nur mein Körper, sondern auch mein Verstand brauchte dringend eine Pause.

Ich hatte meinen ersten Dreier gehabt, und das auch noch mit einer Katze und einem Kaninchen.

Das musste ich erst mal verarbeiten.

»Teilen du und deine Schwester eigentlich alles?«, fragte ich, während meine Hand weiter über ihren Rücken strich.

»Sagen wir es so: Ginger passt gut auf mich auf und vergewissert sich gern selbst, ob die Typen, mit denen ich mich einlasse, meiner wert sind.«

»Und, bin ich es?« Dass Ginger nicht mehr da war, konnte sowohl ein gutes als auch ein schlechtes Zeichen sein.

»Du bist der zukünftige Befreier der Migwicks. Und dazu noch unsagbar gut im Bett. Ich denke schon, dass du ihren Segen hast.«

Ich lachte auf. »Ich glaube, ich bin gerade am Höchstpunkt meines Lebens angekommen. Kann ich das bitte schriftlich haben?«

Sie lachte ebenfalls, doch bevor sie etwas erwidern konnte, wurde die Tür aufgerissen.

»Ihr liegt ja immer noch im Bett?!«, flötete Ginger uns entgegen, als sie hereinmarschierte. Ihr Blick glitt über meinen Körper, der nur spärlich von einer Decke verdeckt war – und von Lola. Ein laszives Grinsen umspielte ihre Lippen. »Eine echte Versuchung.« Sie seufzte. »Aber leider habe ich mich bereits in ein Korsett gezwängt und diese Arbeit will ich nicht ruinieren. Du solltest auch langsam in deine Klamotten steigen. Vincent wird bald da sein, um dich abzuholen.«

Und schon war sie wieder draußen.

Noch fünf Minuten, dachte ich bei mir und wollte Lola noch einmal an mich ziehen, doch sie sprang bereits auf.

»Ginger hat recht. Es wird Zeit.«

Sie wirkte wie ausgewechselt. Sie zog mir die Decke weg und schlang sie um ihren Körper. Dann klaubte sie meine Klamotten vom Boden und warf sie mir zu, ehe sie zu ihrem Schrank ging.

Ich schluckte. Wow … Warf sie mich gerade raus?

Ich musste an die vielen Mädchen denken, die Craig abgeschleppt und am nächsten Morgen ähnlich rasant verabschiedet hatte. Ich hatte so was nie gemacht, weil mir die Frauen leidtaten – mit Recht, wie ich jetzt am eigenen Leib erfuhr.

»Worauf wartest du?«, fragte sie.

Mein enttäuschter Hundeblick musste ihr aufgefallen sein, denn sie kam zu mir und gab mir einen flüchtigen Kuss.

»Andrew, wir haben jetzt keine Zeit für Romantik.«

»Aber für Sex?«

Fuck, ich klang wie ein bockiger kleiner Junge, der vor dem Frühstück keine Süßigkeiten bekommen durfte.

Lola zuckte mit den Schultern. »Das ist das Schnellere von beidem. Mit dem Rest machen wir weiter, wenn du zurück bist.« Sie küsste mich noch einmal, dieses Mal zärtlicher, länger, mit mehr Gefühl.

Ich legte meine Hand in ihren pelzigen Nacken. »Wenn ich schon den Retter für euch spielen soll, will ich wenigstens den Hauptpreis dafür«, flüsterte ich an ihren Lippen.

Ich spürte, wie sie grinste. Oh ja, sie hatte das Kompliment verstanden.

»Den bekommst du«, erwiderte sie leise.

Ihre Stimme ließ ein angenehmes Prickeln über meinen Rücken laufen.

»Aber erst, wenn du das Spiel auch gewonnen hast.« Sie drückte kurz ihre Stirn an meine, dann löste sie sich von mir und deutete auf die Tür. »Wir treffen uns in der Küche.«

Ich stülpte mein Shirt und meine Boxershorts über und ging. Zähneknirschend, wohlgemerkt …

Zum ersten Mal war ich froh, Deedle zu sehen, als ich in unser Zimmer kam.

Nicht, weil ich seine Gesellschaft schätzte – er nervte gleich wieder los, weil er wissen wollte, wo ich geschlafen hatte, wie ich mich fühlte und so weiter. Aber er war eine große Hilfe beim Ankleiden. Allein hätte ich sicher Probleme gehabt, die verschiedenen Lagen richtig anzuziehen und meine Ausrüstung systematisch zu verstauen. Deedle tat das wie nebenbei und mir kam kurzzeitig der Gedanke, dass ich nicht der erste Held war, dem er vor der großen Schlacht in die Rüstung half.

Ich fragte ihn danach, ob es schon andere wie mich gegeben hatte. Aber natürlich begriff der Trottel nicht, was ich wissen wollte, sondern begann, von all den Menschen zu schwafeln, die er so kennengelernt hatte.

Als ich fertig angezogen war, schickte ich ihn nach oben ans Fenster, um Ausschau zu halten, wann Vincent eintraf. Ich brauchte einfach noch einen Moment für mich, um zu realisieren, was um mich herum geschah.

Es half nichts. All das hier fühlte sich weiterhin an wie ein verrückter Traum. Und vielleicht war das auch gut so.

Als ich die Treppe nach unten ging, hörte ich Lola und Ginger in der Küche. Sie unterhielten sich gedämpft, aber ihrem Tonfall nach stritten die beiden über etwas.

Unweigerlich blieb ich stehen. Ich wollte nicht lauschen, Gott bewahre. Ich wollte nur kurz zuhören, worum es ging …

»Ich muss es ihm aber sagen«, beharrte Lola auf etwas, was ich verpasst hatte.

»Und dann? Was, glaubst du, wird er tun?«, ereiferte Ginger sich weiter. »Wenn er weiß, für was er kämpft – und gegen wen?«

Eine kurze Pause. Lola atmete tief ein, als wollte sie etwas erwidern, schwieg aber.

»Er macht das nur, weil er dir vertraut«, fuhr Ginger fort. »Weil er sich in dich verknallt hat.«

»Und genau deswegen wird er auch weiter mitspielen, selbst wenn ich ihm alles erzähle.«

Ein abschätziges Lachen erklang. Ginger, wer sonst.

»Mit Verlaub«, mischte sich Paus Stimme ein. »Ich denke, Lola hat ebenfalls tiefe Gefühle für unseren Gast.«

»Danke, Pau, da wäre ich allein nie drauf gekommen.« Ginger war völlig in Rage. »Aber das ist mir scheißegal. Hätten wir jemals auf Gefühle Rücksicht genommen, wären wir heute nicht, wo wir sind.«

»Und wo sind wir?«, hielt Lola zornig dagegen.

Ihre Frage blieb in der Luft hängen, also beantwortete sie sie selbst.

»Genau, am Rande der Gesellschaft, mit einem Bein in Nicodemus' Gruselkabinett, mit dem anderen im Grab. Und das zu Recht!«

Ein klatschendes Geräusch unterbrach Lola. Klang wie eine Ohrfeige, aber das würde Ginger doch nicht tun?!

»Reiß dich verdammt noch mal zusammen«, presste die Katzenlady zwischen den Zähnen hervor. »Andrew ist ein guter Kerl. Er ist einer von den Guten, hörst du? Das ist der Grund, warum er überhaupt mitspielt. Das, und dass du ihn in dich verliebt gemacht hast. Okay, ich habe zuerst an ihm gezweifelt, aber mittlerweile glaube ich, dass er uns wirklich helfen kann. Mach das nicht kaputt, nur weil du der Meinung bist, die große Liebe gefunden zu haben. Du kennst ihn erst ein paar Tage, Schwesterchen. Mich kennst du dein ganzes Leben!«

Ich hatte genug gehört. War ich gerade noch auf Wolke sieben gewesen, fühlte ich mich nun nur noch benutzt. Obwohl, Lolas Gefühle für mich schienen echt zu sein. Nur alles andere, was sie mir erzählt hatte, rückte mit einem Mal in ein anderes Licht. Nein, es rückte ins Dunkle, in einen undurchdringlichen Nebel.

Welche Wahrheit hatte Lola mir verschwiegen, die Ginger auch weiterhin unbedingt verbergen wollte?

Ich würde es nur herausfinden, wenn ich die Arschbacken zusammenkniff.

Tief durchatmen, Andrew, weiterlaufen und die beiden zur Rede stellen.

Komm schon, du Feigling! Was hindert dich daran?

Die Angst, dass aus dem Traum plötzlich doch noch ein Albtraum wird?

Noch kannst du umdrehen, alles abblasen und dich nach Hause schicken lassen!

Aber genau das war der Punkt. Ich wollte nicht umkehren. Ich wollte … ein Held sein. Lolas Held.

Das hier war mein Traum. Ich hielt die Fäden in der Hand, bestimmte, wie alles lief. Ich würde das hier zu einem Schöntraum machen, denn ich allein war der Herrscher.

Wirklich nett, wie du dich selbst belügst, flüsterte mein Gewissen hartnäckig, aber ich ignorierte es.

Mit energischen Schritten ging ich in die Küche. Pau saß auf einem Stuhl nahe beim Feuer und rauchte. Mina hockte auf seiner Schulter, eine kleine Teetasse in der Hand. Und Ginger stand mit Lola in den Armen nahe der Tür. Alle sahen mich mit großen Augen an. Sie wussten, was auch immer ich von ihrem Gespräch mitbekommen hatte, es war zu viel.

Ich schluckte und traf eine Entscheidung. »Muss ich wissen, worum es hier gerade ging, um zu überleben?«

Lola sprang von Ginger zurück, als hätte ich sie gerade in den Armen eines anderen Mannes erwischt. Ihr Mund öffnete sich, doch noch bevor ein Wort über ihre Lippen kam, klopfte es energisch an der Tür.

Pau erhob sich, öffnete und ließ Vincent Tailor in die Küche.

Mein Blick ruhte immer noch auf Lola. Ich versuchte, in ihren Augen zu lesen, welches Geheimnis sie vor mir verbarg. Ich sah Schuld darin, gleichzeitig aber auch ein Flehen, ihr zu vertrauen. Und das reichte mir, denn zeigte das nicht, wie wichtig ich ihr war? Sie hätte kein schlechtes Gewissen mir gegenüber, wenn ich ihr nichts bedeuten würde.

Einer meiner Mundwinkel hob sich zu einem schiefen Grinsen, was sie unsicher erwiderte.

»Guten Morgen, werte Rebellen«, grüßte Vincent und zog so meine Aufmerksamkeit auf sich.

Er war wie immer adrett gekleidet, trug heute aber einen äußerst ausgefallenen Zylinder, der mit einem in Bronze und Bordeaux gestreiften Stoff überzogen und mit einer breiten, ebenfalls roten Tüllschleife verziert war.

»Mr. Tailor, gut schauen Sie aus«, erwiderte ich den Gruß und deutete auf seine Kopfbedeckung. »Eigene Kreation?«

Er nahm den Zylinder ab und deutete eine Verbeugung an. »In der Tat, Mr. Andrew. Sie scheinen mein verborgenes Talent geweckt zu haben.«

Ich salutierte. »Immer wieder gern.«

»Die Stimmung scheint mir etwas eisig für so einen wunderschönen Tag. Komme ich ungelegen?«

»Keineswegs«, mischte sich nun Ginger in die Unterhaltung ein. Sie schien froh darüber, dass unser vorheriges Gespräch dank Vincents Auftauchen beendet war. Sie ging zu dem Hutmacher und ließ sich von ihm einen Kuss auf die ausgestreckte Hand hauchen. »Wir haben schon auf dich gewartet. Ihr könnt sofort aufbrechen, wenn es für dich in Ordnung ist.«

Damit meinte sie Vincent, nicht mich. Mich wollte sie einfach nur so schnell wie möglich loswerden.

»Bekomme ich nicht mal Frühstück?«, versuchte ich, mir noch ein wenig Aufschub zu ergattern.

Zu meiner Rechten erhob sich Pau. »Da hättest du eher aufstehen müssen. Im Gegensatz zu dir schläft die Zeit nicht.« Er kam zu mir, fischte etwas aus seiner Tasche und befestigte eine kleine goldene Kette an einem Knopfloch meines Fracks. »Es ist wichtig, immer pünktlich zu sein. Vergiss das nicht.«

Am Ende der Kette baumelte zu meiner Verblüffung eine Taschenuhr. Wenn Pau sie mir gab, konnte es sich nur um eine weitere seiner Erfindungen handeln. Vielleicht eine Art Fernzünder oder so was.

»Und was kann die?«

Ohne Vorwarnung schlug Pau mir auf den Kopf. »Dir die Zeit anzeigen, du Idiot«, fuhr er mich in ruppigem Tonfall an. Dann klopfte er mir fast freundschaftlich auf die Schulter, nickte mir zu und kehrte zu seinem Platz am Kamin zurück.

Das war dann wohl seine Art der Verabschiedung gewesen. Und ein klares Nein zu meiner Frage nach Frühstück.

Ich warf einen Blick auf die Uhr. Sie zeigte halb zehn. Wenn die Reiterei zehn Uhr begann, waren wir wirklich spät dran …

»Na schön. Zeit, zu gehen«, sagte ich mit gut gelauntem Ton, auch wenn es mir nicht ganz gelang, meine Nervosität zu verbergen. »Mina …« Ich nickte der Maus zu.

»Bis später, du großer Held«, sagte sie und kicherte, was in mir das Gefühl weckte, dass sie nicht so ganz an ein Wiedersehen glaubte.

»Ginger«, wandte ich mich an die Katzenlady.

Sie betrachtete mich leicht verkniffen, wenn sie auch dabei grinste. Wann grinste Ginger auch nicht?

Sie streckte mir ihre Hand entgegen.

War das bitte schön ihr Ernst? Wir hatten heute Nacht rumgemacht. Sie hatte neben mir gesessen und gekeucht, während zwei meiner Finger … Und jetzt wollte sie mich mit Handschlag verabschieden, nur weil sie und ihre Schwester mir irgendetwas verschwiegen, was – hoffentlich – gar nicht von Bedeutung war?

Nichts da!

Ich ergriff ihre ausgestreckten Finger und zog sie mit einem Ruck in meine Arme. Eine Sekunde stand sie stocksteif da, doch dann umarmte sie mich ebenfalls.

»Glaubst du, dass ich es schaffe, eure Mutter zu finden?«, fragte ich dicht an ihrem Ohr.

Wieder wurde ihr Körper starr. Vermutlich hatte sie nicht gewusst, dass ich wusste, wer Aeterna wirklich war.

»Wenn nicht du, dann niemand«, kam nach kurzem Zögern die Antwort. Ihre Stimme zitterte ein wenig, was mich lächeln ließ.

»Sag nicht, dass du weinst, Kätzchen.«

Sie löste sich von mir. »Also bitte, so toll bist du nun auch nicht«, grinste sie.

Aha, und warum glitzerten ihre Augen dann so feucht?

Als Letztes wandte ich mich nun Lola zu. Auch sie kämpfte mit den Tränen, was meine Kehle so eng werden ließ, dass ich kein Wort mehr würde sagen können.

Ich trat vor sie, unschlüssig, wie ich mich von ihr verabschieden sollte.

Woran sollte sie sich erinnern, wenn ich nicht zurückkehrte?

Natürlich nur, falls ich aufwachte. Einen anderen Ausgang der Geschichte würde ich nicht zulassen …

Also, was sollten meine letzten Worte an sie sein, für den Fall, wir würden uns nie wiedersehen? War es Zeit für ein ›Ich liebe dich‹?

Sollte ich gar sagen, dass ich sie heiraten wollte, wie es schon im ›Dark Hole‹ mein Ziel gewesen war?

Oder sollte ich einfach meine Schnauze halten, so wie es ein echter Mann tat, sie an mich reißen und küssen, wie sie noch nie geküsst worden war?

Ja, das wäre wohl die beste Option – schon allein, weil ich mit dem riesigen Kloß im Hals eh nichts würde sagen können.

Ich beugte mich nach vorn, doch kurz bevor meine Lippen die ihren berührten, drehte sie ihr Gesicht zur Seite, sodass ich lediglich ihre Wange küsste.

»Komm heil zurück«, sagte sie leise, ohne mich anzusehen.

Das. War. Frustrierend!

Und es zeigte mir, dass hier vielleicht doch nicht alles so lief, wie ich es gern wollte. Denn dann hätte es jetzt eine Knutscherei epischen Ausmaßes gegeben und keinen verschüchterten Kleinkind- Wangenkuss.

Sie einfach zu packen und meine Wunschvorstellung umzusetzen, schaffte ich allerdings auch nicht. Selbst in diesem Traum, zu dem ich alles um mich herum erkoren hatte, konnte ich nicht über meinen Schatten springen, was Gefühlsdinge betraf.

Ich seufzte. »Alles klar.«

»Sie haben alles, Mr. Andrew?«, fragte Vincent mich, als ich neben ihn trat. »Papiere, Ausrüstung? Ihren Mut?«

»Von dem einen mehr, von dem anderen weniger«, antwortete ich vage.

»Das sollte genügen.«

Er öffnete die Tür und trat hinaus auf die Straße. Als ich ihm folgen wollte, hielt mich eine Hand am Arm zurück.

Lola.

»Andrew«, keuchte sie, als ob sie Schmerzen hätte. Und nun nützte ihr kein Blinzeln mehr, die Tränen zu vertreiben. »Nimm die hier mit«, sagte sie mit bebender Stimme. »Sie soll dir Glück bringen.« Mit der anderen Hand hielt sie mir eine der Skarot-Karten hin, mit denen wir letzte Nacht gespielt hatten.

Ich nahm sie und schmunzelte, als ich die Herzkönigin erkannte.

»Danke«, sagte ich und schob die Karte in meinen rechten Ärmel, bevor ich die Knöpfe am Handgelenk schloss. Lieber hätte ich sie direkt an der Brust getragen, so nah am Herzen wie möglich. Aber das musste reichen.

Und dann küsste ich sie doch. Nicht wild und theatralisch, sondern zärtlich und mit allen Gefühlen darin, die ich für sie hatte.

Als sich die Tür in meinem Rücken schloss, grinste ich.

Hier bestimmte ich die Regeln, Baby. Wenn ich eine heiße Häsin küssen wollte, dann küsste ich sie. Und wenn ich ihre Mutter aus den Klauen des Bürgermeisters befreien wollte, würde ich auch das tun.

Denn das hier war verdammt noch mal *mein* Traum!

17

Das Reiten nach dem Reiten

Vor dem Haus wartete eine Kutsche auf uns. Es war keines der ›Taxis‹, sondern eher eine Art Lieferwagen. Die Gondel war länger und enthielt nur eine Sitzbank statt zwei, dafür aber jede Menge Befestigungsmaterial für Fracht. Davon war auch genug hineingestopft – alles Hutschachteln, so wie ich es erkennen konnte.

»Da wird wohl bald eine Provision fällig, wenn ich mir das so ansehe«, sagte ich zu Vincent, als wir einstiegen.

»Darüber können wir sprechen, sobald Ihre Schulden für den Aufenthalt bei mir abgegolten sind. Was Sie da konsumiert haben, war nicht billig.«

Vincent zwinkerte mir zu und klopfte dann an die Trennwand zum Kutschbock, um dem Fahrer das Signal zur Abfahrt zu geben.

Die Zeit, bis wir unser Ziel erreichten, kam mir endlos vor. Und hätte ich Paus Uhr nicht gehabt, die ich alle zehn Sekunden erneut hervorholte, wäre ich überzeugt gewesen, sie stände still.

Dabei verging gerade mal eine Viertelstunde, bis die Kutsche erneut hielt.

Ich spähte hinaus.

»Komisch«, murmelte ich mit einem Blick auf die Stadtmauer, vor der wir standen. »Ich hätte Stein und Bein geschworen, dass Nicodemus sich sein Reich im Zentrum der Stadt errichtet hat.«

Vincent betrachtete mich mit hochgezogener Augenbraue. »Wie kommen Sie darauf, dass dem nicht so ist?«

Noch einmal sah ich nach draußen. »Heißt das, er hat mitten in der Stadt diese riesige Mauer hochgezogen?«

»Ludens ist ein gefährliches Pflaster, das weiß niemand besser als Nicodemus. Und auch wenn man seine Feinde kennzeichnet, bedeutet das nicht, dass man sicher vor ihnen ist.«

»Was meinst du damit?«

Er überging meine Frage. »Es wird Zeit, Mr. Andrew«, sagte er mit einem Kopfnicken auf die Taschenuhr, die ich schon wieder in den Fingern hielt. Sie zeigte fünf vor zehn. »Ich habe noch Lieferungen zu tätigen und Sie eine Verabredung mit einer Frau in Nöten.«

Ich wollte gerade aussteigen, als er mich noch einmal zurückhielt.

»Sie haben eine Wahl getroffen, Mr. Andrew. Und egal, was geschieht, ich bitte Sie, Ihre Entscheidung nicht infrage zu stellen. Nicht, bevor Sie Ihren Auftrag abgeschlossen haben.«

Mir lief ein Schauer den Rücken hinunter, als ich die Dringlichkeit in seinem Blick sah. Mein Kopf nickte automatisch, bevor ich die Kutsche verließ und sie sich in Bewegung setzte, kaum dass ich beide Füße auf dem Kopfsteinpflaster hatte.

Da stand ich nun, in einem schicken Frack, der bis zum Rand mit mehr oder weniger tödlichen Waffen gefüllt war, gefälschten Papieren und dermaßen weichen Knien, dass ich bezweifelte, es überhaupt bis zum Eingang zu schaffen.

Dieser lag keine zwanzig Meter von mir entfernt, ein hoher Torbogen, dessen Tore offen standen. Rechts und links stand jeweils ein Deckster mit einer langen Lanze in der Hand, an deren Ende ein umgekehrtes Herz befestigt war. Nein, kein Herz ... Ein Pik.

Das fand ich schon wieder lustig, auch wenn die Spitze keinen ungefährlichen Eindruck machte. Genau wie die bläulichen Funken, die ab und an darum tanzten.

Ich wiederholte in Gedanken Vincents Worte. Ich hatte mich entschieden, da hatte er ganz recht. Ich wollte das hier durchziehen und ich würde es durchziehen.

Der erste Schritt in Richtung Tor war der schwerste. Es fühlte sich an, als würde mein Fuß am Boden kleben, als würde sich mein Körper mit aller Macht gegen mein Vorhaben sträuben.

Danach trugen mich meine Beine wie von selbst, bis ich den Eingang erreicht hatte, als hätten sie nur diese Initialzündung gebraucht.

Sofort kreuzten die Decksters ihre Lanzen. Natürlich, es war schließlich nicht jedem gestattet, an der Reiterei teilzunehmen.

Dabei habe ich mich doch heute Nacht mehr als qualifiziert, was das Reiten angeht, schoss es mir durch den Kopf, begleitet von eindeutigen Bildern von der letzten Nacht, und ich hatte Mühe, ein Schmunzeln zu unterdrücken.

Vermutlich würde es genau diese Erinnerung sein, die mich davor bewahren würde, vor Angst durchzudrehen.

Denn bei Gott, ja, ich hatte eine Scheißangst.

Meine Selbstsicherheit hatte ich wohl bei den Rebellen in Paus Haus zurückgelassen.

»Ich möchte die Reiterei besuchen«, sagte ich und hoffte, dass die Decksters nicht merkten, dass meine Stimmlage eine Oktave zu hoch war.

Sie verzogen keine Miene, also holte ich die Papiere hervor, die Ginger mir besorgt hatte, und hielt sie einem von ihnen unter die Nase. Seine Augen flogen über das Schriftstück. Er zog seine Lanze zurück, sein Partner tat es ihm nach und der Eingang stand mir offen.

»In Ordnung. Herzlich willkommen, Mr. Marfu…« Er stockte.

Ich genauso.

Unbewusst stellte der Typ mich vor meine erste Prüfung. Jeder in meiner Lage würde ihm sofort über den Mund fahren, ehe er meinen Nachnamen vollkommen falsch aussprach. Zumindest jeder, der diesen verflucht komplizierten Namen schon seit seiner Geburt trug und dem nichts leichter über die Lippen kam.

Für mich war er jedoch mindestens genauso ein Zungenbrecher wie für den Deckster – nur dass ich Zeit gehabt hatte, ihn zu üben.

Dennoch stolperte ich beim ersten Versuch. »Marfick…« Ich brach ab, atmete kurz durch und setzte neu an. »Marfockundonkins.«

Wow, das war gut – schnell und ohne die geringste Unsicherheit.

Das meinte auch der Deckster. »Sag ich ja«, grummelte er, nahm wieder Haltung an und blickte geradeaus. Er war fertig mit mir.

Ohne mit der Wimper zu zucken, schritt ich zwischen ihnen hindurch und betrat das Ratsgelände, erneut überrascht, dass ich vor Aufregung nicht einfach zusammenklappte.

Ich fühlte mich ein bisschen so, als ob ich ein Schlossgelände betrat, auch wenn das große Herrenhaus in der Mitte nicht ganz so majestätisch wirkte wie ein Palast. Keine Türme oder Kanzeln oder so ein Schnickschnack, nur ein – wenn auch sehr großes – viereckiges Haus mit leichtem Spitzdach. Den Fenstern nach besaß es drei Etagen, wobei die untersten vergittert waren. Das war es aber auch schon, was ich von außen erkennen konnte.

Um das Herrenhaus herum war ein großer Garten angelegt, ebenfalls eher nüchtern gehalten, mit vielen Rasenflächen und kleinen Buchsbaumhecken. Hier und da standen ein paar Rosensträucher, die zwar herrlich blühten, aber auch schon alles an Farbtupfern waren.

Ich sah einige Leute in ähnlich feierlicher Kleidung wie meiner herumflanieren, die sich alle von mir wegzubewegen schienen. Ein Schild ganz in meiner Nähe klärte mich auf, dass sich das Reitfeld hinter dem Haupthaus befand.

Langsam schlenderte ich den Weg entlang. Einmal mehr fühlte ich mich in eines meiner Videospiele versetzt, in einen dieser Abschnitte, an denen sich der Grafiker besonders ausgetobt hatte. Das Grün des Grases, das Rot der Rosen, selbst die gelben Kiesel auf dem Weg wirkten alle irgendwie überkoloriert, fast unrealistisch. Größer könnte der Kontrast zum Rest der Stadt kaum sein.

Das dachte ich zumindest, bis ich das Herrenhaus umrundet hatte und das Spielfeld in Sicht kam. Die bunte Dekoration stellte alles andere in den Schatten.

»Next Level …«, murmelte ich, als ich mich dem Strom der anderen Menschen anschloss, der darauf zuhielt.

Ja, genau das war es. Als ich durch das Tor gegangen war, hatte ich den nächsten Abschnitt dieses Abenteuers erreicht.

Meine Begleiter hatte ich im vorherigen Kapitel zurückgelassen, aber zum Glück trug ich meine Ausrüstung noch bei mir. Allerdings bedeutete das wohl, dass dies hier eher auf einen Shooter, maximal noch Jump 'n' Run und weniger auf ein Point & Click hinauslaufen würde.

Um circa drei Viertel des ovalen Spielfelds waren Tribünen mit ansteigenden Sitzplätzen aufgebaut, ganz wie in einem klassischen Stadion und ähnlich groß. Die Fläche in der Mitte war plan und grau. Es wirkte, als hätte jemand eine große Betonplatte gegossen, aber ich erkannte die staubige Oberfläche, die eindeutig auf eine Art Erde hindeutete.

Einzelne Areale waren abgeteilt, auf denen wiederum Hindernisse zu einem Parcours aufgestellt waren. An der Stelle, an der sich keine Tribünen befanden, erkannte ich eine ganze Herde von Jockeys mit ihren Pferden.

Ich stutzte, während ich eine der Tribünen bestieg, und blieb stehen, um sie mir genauer anzusehen. Prompt lief eine Dame mit einem der ausladendsten Hüte in mich hinein, die ich je gesehen hatte.

»Oh, sorry«, sagte ich schnell, was sie nicht davon abhielt, mich mit einigen giftigen Flüchen zu besehen. »Sagen Sie, sind das da die Spieler? Und sind das normale Menschen?«, unterbrach ich ihr Gemecker.

»Dummes Verhalten, dumme Fragen«, meinte sie herablassend, was ich als Ja interpretierte.

Bevor sie mein Grinsen sehen konnte, wandte ich mich von ihr ab und lief weiter, bis ich mir in einer der mittleren Reihen einen Randplatz suchte. Von hier konnte ich verschwinden, wenn es so weit war, ohne jemanden zu stören, hatte aber auch einen guten Überblick.

Noch mal sah ich ans Ende des Spielfelds und nun lachte ich doch, wenn auch lautlos und nur für mich. Die Vorstellung, wie diese Jockeys gleich auf ihre Reittiere steigen würden, die ihnen teilweise gerade mal bis zu den Knien gingen, war zu witzig. Wer war auf die idiotische Idee gekommen, Zwergponys für diese Sportart auszuwählen?

Ich lenkte meine Aufmerksamkeit auf die Ränge, die sich immer weiter füllten, und wurde wieder ernst. Schnell warf ich einen Blick auf meine Taschenuhr, die mir sagte, dass es zehn durch war.

Offiziell hatte die Veranstaltung also schon begonnen. Hatte ich die Eröffnung verpasst?

Nein, ich war pünktlich am Stadion gewesen, hätte also gehört, falls es eine Ansprache gegeben hätte.

Vielleicht war das hier wie im Kino und ›Beginn‹ bedeutete eher Einlass als Anfang.

Langsam ebbte das Gewusel auf den Rängen ab, als die Besucher alle ihre Sitzplätze gefunden hatten. Noch mal glitten meine Augen über die Tribünen, in der Hoffnung, Nicodemus zu entdecken. Aber ich fand weder einen speziell abgetrennten Bereich, eine Art VIP-Loge, noch eine Person, die besonders hervorstach, wie es der Herrscher der Stadt hätte tun sollen.

Besuchte der Bürgermeister dieses Spektakel vielleicht gar nicht? Veranstaltete er ein Sportevent, ohne selbst daran teilzunehmen?

Das wäre ungünstig, um nicht zu sagen, richtig scheiße.

Mein Plan war es, mich im Herrenhaus umzusehen, möglichst ohne dabei jemandem zu begegnen. Dazu brauchte ich Nicodemus hier, zusammen mit einem Großteil seiner Deckster-Leibgarde. Blieb er selbst im Herrenhaus, würde das mein Vorhaben ein ganzes Stück schwerer machen …

In diesem Moment ertönten laute Fanfaren, deren Ursprung ich nicht ausmachen konnte. Sie schallten über den Platz, schienen aus allen Richtungen zu kommen.

Die Reiter bestiegen ihre Ponys, die sich schwerfällig in Bewegung setzten. Erst jetzt erkannte ich, dass die Spieler sich farblich voneinander abhoben und es anscheinend vier Teams gab, die jeweils in Grün, Gelb, Rot und Lila gekleidet waren.

Einer aus dem grünen Team hob sich jedoch von den anderen ab. Sein Pony war als einziges weiß, nicht braun, und der Umhang war mit goldenen Verzierungen bedeckt, nicht unifarben wie bei den anderen.

Instinktiv wusste ich, dass ich soeben Nicodemus gefunden hatte. Gern hätte ich den Typen, der es schaffte, ein komplettes Volk zu unterdrücken, genauer betrachtet. Es interessierte mich, ob man ihm den Tyrannen ansah oder ob er optisch eher zu den Sympathen gehörte.

Leider war ich zu weit weg, um mehr Details als das grüne Gewand und weißes Haar zu erkennen.

Jubel brandete um mich herum auf, als die Spieler sich auf dem Feld verteilten. Manche Zuschauer sprangen auf, schwenkten Fahnen und pfiffen mit an den Mund gelegten Fingern.

Ja, es war haargenau so wie in einem Stadion. Nur dass sich auf dem Platz nicht die Nationalspieler irgendwelcher Fußballmannschaften aufstellten, sondern Typen in bunten Kostümchen, die auf Ponys ritten.

Tja, jeder, wie er wollte …

Ein Kribbeln stieg in mir auf. Unruhig wippte ich mit den Füßen, während ich halbherzig in den Applaus einstimmte.

Einerseits interessierte mich dieses Spiel. Es musste ja schon spannend sein, wenn die Leute so darauf abfuhren. Andererseits saß ich auf heißen Kohlen. Je eher ich wieder verschwand, desto mehr Zeit würde mir bleiben, nach Hinweisen auf Aeternas Aufenthaltsort zu suchen. Ich musste ins Herrenhaus, deswegen war ich hier – nicht um an einer Reiterei teilzunehmen.

Gut, teilgenommen hatte ich heute Nacht, wie mir grinsend in den Sinn kam. Jetzt würde ich ohnehin nur Zuschauer sein bei etwas, das bei Weitem nicht so befriedigend sein würde.

Meine Gedanken schweiften zu Lola, zugegebenermaßen auch zu Ginger, und zu den Bildern der letzten Nacht. Ob sich das wiederholen würde, wenn ich zurückkam? Wenn ich daran dachte, wie sich Lolas Fell unter meinen Fingern angefühlt hatte, wie ihre Lippen über meinen Körper strichen und wie gut wir zueinandergepasst hatten, ineinander …

Ich stieß geräuschvoll die Luft aus. Mit einem Schlag wurde mir so heiß, dass ich mir am liebsten meinen Frack vom Leib gerissen hätte.

Ich mahnte mich zur Konzentration. Das hier war kein Spiel, maximal vielleicht ein Traum, der sich unglaublich real anfühlte. Und genau wie ich meinen Höhepunkt heute Nacht bis in jede Zelle meines Körpers gespürt hatte, würde ich auch die Elektroschocks der Decksters merken, wenn ich nicht aufpasste.

Vielleicht konnte ich nicht sterben – ganz bestimmt konnte ich das nicht, wie ich mir einredete. Aber Schmerzen würde ich allemal spüren, das hatte ich ja bereits ausprobiert.

Noch immer grölten die Zuschauer um mich herum, die teilweise aufgestanden waren, während die Reiter sich nun auf die einzelnen Areale des Spielfeldes verteilten.

Es war Zeit.

Solange der anfängliche Begeisterungssturm noch tobte, fiel es nicht auf, dass auch ich mich erhob. Langsam und weiterhin begeisternd klatschend ging ich die Treppe wieder nach unten, die ich gekommen war.

Unten hielt ich inne. Erst jetzt erkannte ich, dass am Rand, mit dem Rücken zum Spielfeld, jede Menge Decksters standen. Ihre Blicke waren auf die Menge gerichtet, die Taser hielten sie einsatzbereit in den Händen.

Einer von ihnen sah mich nun direkt an. Klar, er dachte vermutlich, ich würde nach unten kommen, um aufs Feld zu laufen, den Flitzer zu geben oder so was. Schnell bog ich ab und folgte dem Gang, der zwischen den Tribünen hindurch nach draußen führte.

Hoffentlich folgt er mir nicht, hoffentlich folgt er mir nicht, betete ich in Gedanken, wagte aber erst, mich umzudrehen, als ich außerhalb des Stadions stand.

Ich konnte ihn noch immer sehen, wie er mit finsterer Miene den Taser umklammerte. Doch zu meiner Erleichterung lag seine Aufmerksamkeit wieder auf der Menge, nicht auf mir.

Okay, Schritt eins, die Reiterei besuchen und mich ungesehen davonschleichen, hatte ich geschafft. Nun galt es, genauso heimlich ins Herrenhaus einzusteigen.

Während ich darauf zuging, begutachtete ich das Gebäude von der Rückseite. Auch hier waren die Fenster in der unteren Etage vergittert. Ein geübter Kletterer hätte sich bestimmt problemlos an den Simsen und Verzierungen bis zu den darüber liegenden hocharbeiten können. Ich allerdings, der schon eine Leiter hochstieg, als wäre er achtzig, würde kläglich scheitern. Das brauchte ich nicht mal zu versuchen.

Mein Weg würde also durch eine Tür führen müssen. Nur welche? Hier hinten gab es zwei, wobei eine eher wie eine Falltür wirkte und wohl zur Warenanlieferung in die Kellerbereiche gedacht war. Die wäre als Einstieg super, war aber hundertprozentig verschlossen, wenn dahinter ein Lagerbereich lag. Ich hatte zwar die Dietriche von Vincent, mit denen sich Schlösser angeblich in Sekundenschnelle öffnen ließen, aber das wollte ich nicht riskieren. Immerhin hatte ich null Übung mit so was.

Außerdem würde man mich vom Spielfeld her sofort entdecken, wenn man zum Herrenhaus hinübersah. Und wenn ich da ewig an einer Falltür herumfummelte, wäre das mehr als auffällig.

Zielstrebig ging ich also auf die zweite zu, drückte die Klinke hinunter … und prallte volle Kanne gegen die Tür, die natürlich nicht nach innen aufschwang.

Noch bevor ich mir die schmerzende Nase rieb, drehte ich mich um, entfernte mich ein paar Schritte und checkte ab, ob mich jemand bei dem Einbruchsversuch beobachtet hatte. Aber der Garten war leer und ich noch nicht aufgeflogen.

Ich nahm einen der Wege, der den Rundgang um das Herrenhaus fortsetzte, der mich hierhergeführt hatte. Vielleicht gab es ja noch einen Seiteneingang, den ich benutzen konnte. Bei einer Außenveranstaltung mussten doch bestimmt ständig Dienstboten rein und raus – und für die musste es einen separaten Zugang geben, oder?

Nein, musste es anscheinend nicht. Zwar fand ich an der anderen Seite als der, die ich vorhin passiert hatte, eine Tür. Diese war aber ebenso verschlossen und hielt auch meiner kläglichen Panzerknacker-Imitation stand, zu der ich mich hinreißen ließ.

Schlussendlich stand ich wieder auf dem Vorplatz und betrachtete die zwei großen Flügeltüren, die den Haupteingang bildeten.

Übertrieben lässig schlenderte ich darauf zu.

Ich ging bereits gedanklich meine Ausrüstung durch, was außer Dietrichen ich noch bei mir trug, um mir den Weg gegebenenfalls freizusprengen, als die rechte der beiden Türen wider Erwarten auf meinen leichten Druck hin aufschwang.

Nicht ihr Ernst!

Der Haupteingang stand offen, war noch dazu völlig unbewacht, während alle anderen Zugänge verriegelt und verrammelt waren? Wie bescheuert war das denn?!

Ich seufzte enttäuscht, als mich ein Verdacht beschlich. So was konnte man sich nur leisten, wenn es nichts von Wert in einem Haus gab – und auch keine Gefangenen.

Aeterna war nicht hier, das wurde mir in diesem Moment klar, und dennoch huschte ich über die Schwelle und schloss hastig die Tür hinter mir.

Andererseits sorgte diese Erkenntnis auch für gewisse Erleichterung. Ich würde definitiv in keinen Kampf verwickelt werden, denn hier gab es nichts, worum es sich zu kämpfen lohnte. Wenn überhaupt würde ich ein paar Informationen finden, das war es aber auch.

Eine leise Stimme flüsterte mir zu, dass ich genauso gut auch wieder gehen könnte. Ich könnte Lola und den anderen sagen, ich hätte nichts gefunden, und fertig.

Klar, antwortete ich mir selbst. Ich würde ihr zwar nie wieder in die Augen sehen können, aber hey, was soll's. Ich würde zumindest nicht an einem Infarkt sterben, den mir mein schnell schlagendes Herz gerade ankündigte.

Ich stieß ein abschätziges Schnauben aus. Ich war vielleicht ein Heimscheißer, ein Stubenhocker, ein Nerd. Aber ich war kein Feigling! Glaubte ich zumindest …

»Wenn sich hier etwas finden lässt, dann in Nicodemus' Büro oder in seinen Privatgemächern«, flüsterte ich vor mich hin. Selbstgespräche konnten wahnsinnig beruhigend sein.

Dann kam mir jedoch der Gedanke, dass ich nicht wusste, wer noch hier im Haus war. Ach, was soll's. Nehmen wir eben den schnellen Weg, das herauszufinden …

»Hallo, jemand da? Entschuldigung, ich suche die Toilette! Hallooohooo?«

Meine Stimme echote durch die große Empfangshalle, in der ich stand, und schallte so verstärkt durch das ganze Gebäude. Eine Weile stand ich reglos da und wartete mit rasendem Puls auf das Auftauchen von Decksters, Dienern oder sonst wem. Aber ich blieb allein.

Es gab also wirklich keinen Grund für einen Rückzieher. Ob ich etwas fand, sei dahingestellt, aber ich würde bei meiner Suche zumindest ungestört bleiben.

Meine Schritte hallten genauso wider wie meine Stimme zuvor, als ich auf eine Anschlagtafel zuging, die sich direkt neben einer ausladenden Treppe befand. Die Stufen führten nach oben und – wenn ich dem Lageplan glauben konnte, der auf der Tafel befestigt war – in den privaten Bereich. Na bitte …

Zwei Stufen auf einmal nehmend, sprintete ich nach oben.

Das war alles so einfach! Ich konnte nicht anders, als vor mich hin zu grinsen.

Bis zu dem Moment, als ich das obere Ende der Treppe erreicht hatte und vor einer schmiedeeisernen Absperrung stehen blieb.

Ein lautes *Mööööp* ertönte in meinem Kopf. Nichts da ›einfach‹. Und nichts da ›nichts zu verbergen‹.

Wie sich die Situation doch von einer Sekunde auf die andere ändern konnte.

Nicht einmal die Dietriche würden mir hier weiterhelfen, da der Durchgang von der mir abgewandten Seite mit einem Vorhängeschloss gesichert war.

Ich presste den Kiefer aufeinander. War ich gerade noch überzeugt gewesen, in ein paar Minuten wieder draußen zu sein, galt es nun, einen anderen Weg zu finden, um an das heranzukommen, was der Bürgermeister hier weggeschlossen hatte.

»Vielleicht will er auch einfach verhindern, dass sich irgendwelche Fans in seinem Bett rekeln, während er nicht da ist«, redete ich mir zu.

Beinahe stolperte ich über meine eigenen Füße, als ich wieder nach unten ging. Ich musste ruhiger werden, verdammt. Solange sich das Haus weiterhin als verlassen erwies, war ich nicht in Gefahr. Und die Reiterei würde sicher noch eine Weile andauern. Ginger hatte von mindestens einer Stunde, manchmal auch ganzen Tagen gesprochen, die es dauerte, bis ein Team den Sieg errang.

Ich hatte also Zeit, bis Nicodemus zurückkam. Und sollte sich doch ein Deckster hierher verirren – verfluchte Scheiße, daran wollte ich nicht mal denken –, hatte ich genug Equipment, um ihn mir zumindest so lange vom Hals zu schaffen, dass ich verschwinden konnte.

Unten angekommen, studierte ich noch mal den Lageplan.

Dachte ich es mir doch … Es gab noch eine weitere Treppe nach oben. Und es gab ein ›Global Office‹ auf dieser Etage, wo sich vielleicht auch was finden ließ.

Ich musste lediglich ein paar Räume durchqueren, die links von mir lagen und auf dem Plan nur mit ›Ausstellung‹ gekennzeichnet waren. Wenn diese Türen unverschlossen waren, sollte das ein Klacks sein.

Ich wandte mich nach links und ging auf die Tür zu. ›Kuriositätenkabinett‹ stand auf einem Schild daneben.

Na, dann mal los mit der Museumstour.

18

Der Pupperich

Für einen kurzen Moment überkam mich das Gefühl, ich hätte die Kinderspiel-Ecke im Walmart betreten.

Der Raum, der vor mir lag, war optisch zweigeteilt. Zu meiner Rechten befand sich eine Art Tresen, auf dem jede Menge Broschüren, Postkarten und Zeitschriften herumlagen.

Daran vorbei führte ein Weg, der auf dem Boden durch einen roten Teppich gekennzeichnet war und vor einer Tür an der gegenüberliegenden Seite endete.

Links von mir war der komplette Boden mit Teppich ausgekleidet. Dieser war in Hellblau gehalten und so hochflorig, dass man darauf ein echt bequemes Nickerchen hätte machen können. An der Wand standen Regale, die mit so viel Spielzeug vollgestopft waren, dass es jedes ›Toys4U‹ in den Schatten stellte. Außerdem gab es mehrere extrem gemütlich wirkende Sofas, die vor Stofftieren überquollen.

Waren das die Kuriositäten?

Für mich machte es den Bürgermeister eher selbst zu einer … Welcher erwachsene Mann besaß eine derart übertriebene Spielzeugsammlung – und stellte diese auch noch für seine Untergebenen aus? Noch dazu auf eine derart chaotische Art und Weise …

Ich wandte meine Aufmerksamkeit dem Werbematerial auf dem Tresen zu. Es gab einige allgemeine Flyer über Ludens City, aber auch Werbung für bestimmte Läden, Attraktionen oder bevorstehende Veranstaltungen.

Ich stutzte, als mir das Wahlprogramm von Nicodemus in die Hände fiel. Dass der Bürgermeister frei gewählt wurde, hatte mir Lola nicht erzählt. Wäre das nicht auch eine Möglichkeit, etwas zu verändern? Indem man einen Kandidaten an die Macht brachte, der keinen Unterschied zwischen Mensch und Migwick machte?

»Besichtigungen nur zwischen zehn und sechzehn Uhr«, hörte ich eine piepsige Stimme hinter mir, die mich sofort an rostige Türscharniere denken ließ.

Noch während ich mich umdrehte, zog ich meine Taschenuhr hervor. »Es ist halb elf.«

Ich erwartete, in das Gesicht eines Decksters zu sehen. Obwohl, eigentlich nicht – mit dieser Stimme würde den niemand ernst nehmen. Aber doch zumindest in das eines Wächters oder eines Bediensteten. Oder sogar in das des Bettgespielen des Bürgermeisters?!

Aber ich sah nichts, niemanden.

Verdutzt blickte ich mich um. Hatte ich mir die Stimme nur eingebildet?

Doch da hörte ich sie wieder. »Sag ich doch – von elf bis sechzehn.«

Ich blinzelte.

Gut, okay, das war zu erwarten gewesen. In einer Welt wie dieser war es nur eine Frage der Zeit, bis jemand mit normalen Weltvorstellungen wie ich verrückt wurde. Nun war es so weit, und es ging ganz eindeutig mit Stimmen in meinem Kopf los.

»Gerade war es noch ab zehn«, konterte ich in der Hoffnung, den Sprecher doch noch hervorzulocken.

»Ist mir scheißegal, was es gerade war«, kam die Antwort und dieses Mal konnte ich ihren Ursprung zumindest der Kinderecke zuordnen. »Du hast hier nichts verloren.«

Eine Bewegung lenkte meinen Blick auf eines der Sofas. Richtete sich dort wirklich gerade eine der Puppen auf und sah mich an?

Ohne sie aus den Augen zu lassen, machte ich einen Schritt nach rechts.

»Hast du Quarkkäse auf den Ohren, du Vollpfosten?« Jetzt stand die Puppe, oder besser der Pupperich, auf. »Soll ich es dir buchstabieren, oder was? Das Kabinett ist ge-schlos-sen!«

Er griff nach einer Stoffkarotte, die fast so groß wie er selbst war, und warf damit nach mir. Allerdings fehlte ihm der Schwung und das Ding klatschte auf halbem Weg zu Boden.

Ich stieß ein erleichtertes Lachen aus. Kein Deckster, kein Angestellter, keine Gefahr. Nur ein nicht ganz unterarmgroßes Rumpelstilzchen.

»Bist du die erste Attraktion hier, oder wie?«, fragte ich und ging auf ihn zu, wobei ich einem Plüschhamster auswich, den er warf.

Ihm gegenüber fühlte ich mich wie ein Riese. Und was taten Riesen? Klar, sie grapschten nach den kleinen, wuseligen Wesen, die sich gegen sie zu wehren versuchten.

»Nimm deine Griffel weg, du Lutscher.« Er zappelte, als sich meine Finger um ihn schlossen. »Ich sag's nicht noch mal!«

»Beruhig dich, Kleiner.« Ich hob ihn hoch, sodass unsere Gesichter auf einer Höhe waren. »Du bist ein Migwick, oder?«

»Nein, ich bin ein Frosch.« Er schnaubte. »Vollidiot. Verpiss dich!«

»Hör auf, so rumzuhampeln. Ich bin hier, um euch zu helfen.«

»Klar, ganz bestimmt, so siehst du schon aus. Mit so einem Arsch brauchst du selbst Hilfe. Ach, entschuldige, das ist ja dein Gesicht.«

»Für einen Kerl, der mir nicht mal bis zum Knie reicht, hast du eine verdammt große Klappe.«

Anstatt etwas zu erwidern, benutzte er diese nun, um mich zu beißen.

»Aua! Kleines Arschloch!«

Ich ließ ihn fallen, was ihm dank des weichen Teppichs nichts weiter ausmachte. Schneller als ich gucken konnte, sprang er auf, kletterte auf die Couch und verkroch sich zwischen den Kuscheltieren.

»Jetzt warte doch mal.« Ich rieb über die rote Stelle zwischen Daumen und Zeigefinger, wo ich tatsächlich noch seine Zahnabdrücke erkennen konnte. Zum Glück blutete ich nicht. Wer weiß, welche Krankheiten diese miese Ratte hatte. »Kennst du dich hier aus? Ich bin auf der Suche nach Aeterna.«

Es war riskant, ihm diese Information zu geben. War ja durchaus möglich, dass er sofort Alarm schlagen würde. Immerhin schien er hier zu wohnen, was bedeutete, dass er zu Nicodemus' Team gehörte.

Ja, es war riskant und völlig dämlich, aber die Worte waren raus, bevor ich darüber nachgedacht hatte.

Kurz herrschte Stille, es war nicht mal eine Bewegung unter dem Kuscheltierberg auszumachen. Dann begann der Zwerg, schallend zu lachen. Es klang wie das Meckern einer Ziege, was mich zusammenzucken ließ.

»Du großes Riesenbaby bist was? Auf der Suche nach der Diva?« Er meckerte immer noch, als er sich zwischen den Plüschtieren hervorkämpfte. »Das ist der beste Witz, den ich je gehört habe.«

Ich verschränkte die Arme und versuchte, trotz der aufkeimenden Panik so autoritär wie möglich zu wirken. »Lola schickt mich.«

Augenblicklich verstummte das Lachen des Zwergs. Er stellte sich auf und ahmte meine Haltung nach. »*Die* Lola? Weißes Fell, lange Ohren?«

Ich nickte. Sein plötzlicher Ernst war doch ein gutes Zeichen, oder?!

Als er erneut den Mund aufriss, kam ich ihm zuvor.

»Wenn du jetzt die Decksters rufst, breche ich dir das Genick!«

Würde ich nicht … Könnte ich nicht. Schon bei der Vorstellung überkam mich ein Schaudern und kalter Schweiß trat auf meinen Rücken. Aber das wusste er ja nicht.

»Wenn das wirklich stimmt, warum sollte ich dann nach diesen wandelnden Glühbirnen rufen?«, knurrte er mich an. »Wenn es stimmt, bist du mein Ticket hier raus.«

Er streckte mir seine kleinen Ärmchen entgegen, was schon fast niedlich wirkte – wenn er ansonsten nicht wie ein abgehalfterter Penner ausgesehen hätte: wüster Vollbart, schmieriges braunes Haar und bunt zusammengewürfelte Klamotten. War das eigentlich ein Kleid, das er da als T-Shirt trug?

Kurz war ich versucht, ihn mir einfach auf die Schulter zu setzen und mitzunehmen. Aber …

»Wenn du nicht freiwillig hier bist, wieso *bist* du dann noch hier? Die Tür war nicht verschlossen.«

Stöhnend ließ Rumpelstilzchen sich nach hinten auf einen Plüschhasen fallen. Er reckte ein Bein in die Luft, wobei die Hose ein Stück zurückrutschte und eine Manschette um seinen Knöchel offenbarte.

Ich hatte genug Krimis gesehen, um zu wissen, was das war. »Eine Fußfessel.«

Der Kleine nickte.

»Stellt sich nur die Frage«, überlegte ich laut, »ob das Ding dich einfach umbringt, wenn du hier rausspazierst, oder ob es nur einen Alarm auslöst und die Decksters dich killen – und mich gleich mit.«

»Zweiteres«, gab er zerknirscht zu.

Ich hob abwehrend beide Hände. »Und damit bin ich raus.«

»Boah, komm schon, Kleiner.« Er sprang wieder auf.

Ein abschätziges Lachen entfuhr mir. »Du nennst mich Kleiner? Ernsthaft?«

Ohne ihn aus den Augen zu lassen – konnte ich wissen, ob er nicht auch manuell einen Alarm auslösen konnte? –, ging ich rückwärts in Richtung Tür.

»Hey, warte, Kumpel! Ich … Ich kann dir sagen, wo Aeterna ist!«

Ich stockte.

»Ja, ja, wirklich! Aber …«

»… nur wenn ich dich mitnehme, schon klar.« Ich verdrehte die Augen.

»Nee.« Er winkte ab. »Dass du nicht den Arsch in der Hose hast, dich mit den Decksters anzulegen, hab ich kapiert. Sonst würdest du hier nicht rumschleichen wie ein Ninja für Arme.«

»Was willst du dann? Der Königin ihr Kind?« Diesen Spruch konnte ich mir einfach nicht verkneifen.

Rumpelstilzchen runzelte die Stirn, er verstand den Witz natürlich nicht. »Sag Lola einfach, dass du mich getroffen hast«, meinte er. »Und dass ich der Nächste zu sein habe, den sie rausholt.«

»Und was soll ich sagen? ›Hey, da war ein spielzeugverrückter kleiner Kerl, den du kennen dürftest‹?!«

»Roland. Mein Name ist Roland.«

»Ich bin Andrew«, gab ich höflichkeitshalber zurück und fügte nach einer kurzen Pause hinzu: »Und?«

»Was und?«

»Na, wo ist Aeterna nun?«

Er grinste breit. »Am Ende des Kuriositätenkabinetts kommst du in Nicodemus' Spielzimmer – der Ort, an dem Besucher seine Spielesammlung bewundern können. Da solltest du dich ganz genau umschauen.«

»Das ist alles?« Ich hatte eher mit so was wie *Kerker, zweite Tür links* gerechnet …

»Ich weiß nur, dass sich der Schlüssel zu ihrem Verlies dort befindet«, gab Roland schulterzuckend zu.

»Ein Schlüssel also, okay …« Kurz dachte ich über seine Worte nach. »Wenn das hier eine Kuriositätensammlung ist, wieso bist du dann hier? Ich meine, nimm's mir nicht übel, aber bis auf dass du ein Winzling bist, finde ich dich nicht besonders kurios. Wenn ich dann an den Kartoffeltypen denke … oder den Schweinemann … Selbst Lola ist faszinierender als du.«

»Arschloch«, schimpfte Roland, lachte aber dabei. »Ich gehöre auch nicht unbedingt zur Ausstellung, mich will Nico einfach nur ärgern, indem er mich hierbehält und den Rotzgören ausliefert. Ich bin jetzt das Spielzeug vom Spielzeug, könnte man sagen.« Kurz entrückte sein Blick. »Hach, das waren noch herrliche Zeiten, als ich mit den lieben Kleinen gespielt habe. Als sie brav waren und gemacht haben, was sie sollten …«

Ich machte eine Grimasse. »Das klingt irgendwie pervers.«

»Und jetzt ist es genau andersrum. Du willst gar nicht wissen, was die hier mit mir veranstalten. Da sind Haarebürsten und Kleidchenanziehen noch harmlos. Kinder können grausam sein.« Sein Blick glitt zu einem Spielzeugpanzer, während er schmerzhaft das Gesicht verzog.

Hui … Der kleine Kerl konnte einem ja richtig leidtun! Auch wenn ich ihn irgendwie gruselig fand und mich das Gefühl beschlich, dass er als Mensch nicht unbedingt zur netten Sorte gehört hatte.

»Ich werde Lola von dir grüßen, versprochen.« Ich hob zum Abschied zwei Finger an meine Schläfe, bevor ich mich der Tür hinter mir zuwandte. »Dann sag ich mal: Bis bald, Rumpelstilzchen.«

Ich wollte gerade nach der Klinke greifen, als er mich noch einmal aufhielt.

»Wieso machst du das, Andrew?«, fragte er. »Wieso hilfst du uns? Du scheinst ein netter Kerl zu sein …«

»Vielleicht gerade deshalb?«

»Ach, komm schon.«

Ich zögerte kurz. »Aus Liebe, schätze ich«, sagte ich leise.

Weil er still blieb, sah ich über die Schulter noch einmal zurück.

Er sah mich mit großen Augen an, den Mund leicht geöffnet, als wollte er etwas sagen, für das er nicht die richtigen Worte fand.

Ein schräges, schüchternes Lächeln stahl sich auf meine Lippen. »Lola hat es mir ganz schön angetan.«

Das war einer dieser tiefgreifenden Momente, die es sonst nur in Filmen gab. Ich öffnete einem Wildfremden mein Herz, was uns in derselben Sekunde zu Freunden fürs Leben machte. Ja, ich hatte in Roland einen Freund gefunden.

Das dachte ich zumindest bis zu dem Moment, als er schallend zu lachen begann.

»Ich raff es nicht! Du … sie … Alter Verwalter!« Er lachte so sehr, dass er sich den Bauch hielt. »Du bist ein noch größerer Idiot, als ich gedacht habe. Verliebt! In Lola! Und deshalb hier!« Er ließ sich fallen, rollte in seinem Lachflash von der Couch und kriegte sich noch nicht mal ein, als er auf dem Boden lag.

»Du bist der Idiot«, murmelte ich, gleichsam verlegen wie wütend. Aber vor allem war mir das Ganze echt peinlich. So viel zu einem neuen Freund …

Ich war mit Roland fertig. Und ob ich Lola von unserer Begegnung berichtete, würde ich mir gut überlegen.

Ohne noch ein einziges Wort an den noch immer Tränen lachenden Zwerg zu verschwenden, ging ich durch die Tür in den nächsten Raum. Es konnte echt nur besser werden …

19

Senna Interactives

Anstatt einen weiteren Raum zu betreten, fand ich mich in einem breiten und gleichsam hohen Gang wieder. Die Wände waren fensterlos, aalglatt und so strahlend weiß, dass es in den Augen schmerzte. Die Oberfläche wirkte wie Perlmutt – oder war es Glas? – und schien von selbst zu leuchten.

Ich blinzelte ein paar Mal, ehe ich mich an die unnatürliche Helligkeit gewöhnt hatte. Dann ließ ich den Blick schweifen, auf der Suche nach besagten Kuriositäten, konnte aber nichts erkennen.

Nichts außer endlos erscheinendes Weiß.

»Herzlich willkommen in meinen bescheidenen Hallen«, dröhnte plötzlich eine Stimme, dunkel und melodisch, ein absoluter Kontrast zu der von Roland. Sie schien von überall zu kommen oder als Echo von allen Seiten zurückzuschallen und nahm ihren vibrierenden Weg bis in jede Faser meines Körpers. Es war ein angenehmes Gefühl, wie der dröhnende Widerhall eines angestimmten Kontrabasses.

»Guten Tag«, grüßte ich höflich zurück. »Darf ich fragen, mit wem ich die Ehre habe?«

»Oh, dies hier ist mein Zuhause«, dröhnte es zurück. »Wäre es da nicht recht und billig, wenn sich der unangekündigte Besuch zuerst vorstellt?«

»Ich heiße Andrew«, antwortete ich sofort.

»Höchst angenehm, Andrew. Mein Name ist Freddy Senna und ich bin der Herr dieses Hauses.« Während er sprach, wurde die Stimme etwas leiser und schien sich irgendwo vor mir zu sammeln, auch wenn ich den Sprecher immer noch nicht sehen konnte.

»Komisch, ich dachte, ich befinde mich im Haus des Bürgermeisters«, gab ich mit einem unsicheren Lachen zu.

»Ja. Und nein.«

Wieder kam mir die Stimme näher, definierter vor. Ich musste diesen Freddy zum Weiterreden animieren, um herauszufinden, wo er war. Und was er war …

»Wo sind Sie?«

Seufz … Oder ich fiel einfach mit der Tür ins Haus, weil ich mal wieder sprach, ohne nachzudenken.

»Überall. Und nirgends.«

Ich unterdrückte den Drang, mir die Haare zu raufen. Hatte mich Paus Art, sich auszudrücken, schon genervt, würde dieser Typ mich in den Wahnsinn treiben.

»Vielleicht stehe ich Ihnen aber auch direkt gegenüber.«

Ich hörte die Belustigung in der Stimme, hörte sie irgendwo vor mir. Und trotzdem sah ich niemanden.

Ich blinzelte ein paar Mal und machte einen Schritt weiter in den Gang hinein, noch einen und …

»Halt, stopp!«

Mit erhobenem Fuß erstarrte ich.

»Wir wollen doch nicht, dass ein Unglück geschieht, oder?«

Schnell zog ich mich zurück. Ich wusste doch, dass es nicht so einfach werden würde. »Gibt es hier Laserschranken? Falltüren? Werde ich gleich von Spießen durchlöchert?«

»Oh, Sie sind in keinerlei Gefahr, Andrew. Ich mache mir eher Sorgen um mich, wenn Sie so unbedarft voranschreiten.«

Jetzt klang es, als würde der Sprecher sich unter mir befinden. Mein Blick glitt zu Boden und endlich entdeckte ich Freddy Senna.

Ich hatte ja mit einem Migwick gerechnet, aber seine Form überraschte mich dann doch: matschiger, aufgequollener Körper, lange Stielaugen und ein Gehäuse so groß wie eine Kinderfaust.

»Sie sind … eine Schnecke???«

»Sie sagen das, als sei es etwas Schlechtes.«

Seine Augen wippten nacheinander kurz auf und ab. Dabei hob er den Panzer ein Stück, sodass es wirkte, als würde er mit den Schultern zucken.

Im selben Moment ging ein Beben durch den Raum. Kein Erzittern der Wände und des Bodens, wie es bei Erdbeben der Fall war, sondern eher ein Schwanken wie auf einem Schiff.

Schnell stützte ich mich an der Wand ab und spannte meinen Körper an, abwartend, ob die Bewegung unter meinen Füßen stärker werden würde.

»Verfluchte Scheiße, was war das?«, fragte ich, als sich der Raum wieder beruhigt hatte.

»Was meinen Sie?« Freddy wirkte völlig entspannt, was ich eher seinem Tonfall als seiner Mimik entnahm. Denn bis auf das Wackeln seiner Stielaugen war sein Schneckengesicht ausdruckslos.

»Na, das Schwanken gerade.«

»Ich habe nichts bemerkt.« Er fuhr seine Augen weiter aus. Weiter und weiter und weiter, bis sie so hoch lagen, dass er mir ins Gesicht sehen konnte. »Sie … sind ein Mensch«, stellte er fest. »Wo ist Ihr Führer?«

»Mein was?«

Ein Seufzen entglitt ihm. »Ihr Guide, Ihre Begleitung.«

Ich hatte keine Ahnung, was der Typ von mir wollte. »Ich bin allein.«

»Soso.« Die Augen senkten sich wieder.

»Ja, also, eigentlich weiß keiner, dass ich hier bin. Ich habe mich hereingeschlichen, bin auf geheimer Mission sozusagen. Ich soll für …«

»Sie haben genug geredet, Andrew. Gehen wir.« Er drehte sich um, zugegeben echt langsam, schnecken-like eben, und ging los.

»Ähm, wohin?«, fragte ich leicht irritiert. Schließlich hatte ich ihm noch nicht mal gesagt, warum ich hier war, geschweige denn, wo ich hinwollte.

»Ans andere Ende des Ganges«, kam die geschmeidige Antwort.

Okay, das ergab Sinn.

Ich folgte ihm, machte zwei Schritte – und hatte ihn bereits überholt.

»Sie sind nicht von hier, oder, Andrew?«, fragte er mich im Gehen. Also, im Kriechen. Im Schleichen. Im ›so langsam laufen, dass es aussieht, als würde er stehen‹ …

»Ähm, ja, nein. Ich komme von außerhalb.«

»Interessant. Sind Sie per Schiff gekommen?«

»Nein, per Portal.«

Freddy blieb stehen, nun wirklich. »Oh, das müssen Sie mir aber genauer erzählen.«

»Ja, gern, aber … können wir weitergehen? Oder, Moment, ich werde Sie tragen, dann …«

»Nichts da, junger Freund«, sagte er, wobei seine Stimme etwas von dem melodischen Klang einbüßte. Er hüstelte. »Ich mag eine Schnecke sein, aber ich habe dennoch etwas Würde.« Er setzte sich wieder in Bewegung. »Also, wie ist das so, eine Portalreise?«

Ein genervtes Seufzen unterdrückend, verschränkte ich die Arme. »Ich komme aus einer Welt namens Chicago«, begann ich. »Lola hat mich hergebracht.« Ich hoffte, dass die Erwähnung ihres Namens dafür sorgen würde, dass Freddy einen Gang zulegte. Aber ihn interessierten ganz andere Dinge als der Grund meines Hierseins. Ihn interessierte nicht mal meine Welt, ihn interessierte nur seine.

»Konnten Sie denn ein bisschen was von Ludens sehen, seit Ihrer Ankunft? Wie hat sich die Stadt entwickelt? Sie müssen wissen, ich bin schon eine ganze Weile hier.«

»Na ja, um ehrlich zu sein, nicht viel. Und das, was ich gesehen habe, war …«

»Furchtbar, nicht wahr? Ich kann mir vorstellen, dass es zu einem trostlosen Ort der Langeweile verkommen ist, seit ich nicht mehr da bin. Wissen Sie, wenn einem früher der Sinn nach Unterhaltung stand, war Senna Interactives der richtige Anlaufpunkt. Was waren das für grandiose Events.«

»Klingt nach einer Spielefirma.«

»Spiele, ja, das war es. Ich habe Rennen aller Art veranstaltet: Pferderennen, Hunderennen, Hindernisläufe, Bootsrennen. Hach, die Bootsrennen. Da bin ich selbst oft mitgefahren, nun, zumindest am Anfang, als es noch weniger gefährlich war.«

»Gefährlich?« Ich biss mir selbst auf die Zunge, dass ich nachgefragt hatte. Der Schneck lief schon so langsam, aber wenn er nebenbei noch erzählte, kroch er nur so dahin. Meine elende Neugier hatte mich aber einfach überrumpelt.

»Tja, man muss den Zuschauern etwas bieten, wenn Sie verstehen. Für die Teilnehmer wurde es zwar schwieriger, aber der Unterhaltungswert stieg enorm. Und die paar Toten …«

Ich riss die Augen und den Mund auf, als er so beiläufig von den Opfern seiner Veranstaltungen sprach. Ihn hingegen schien das kaltzulassen.

»Mein größtes Werk konnte ich leider nicht mehr beenden, bevor Nicodemus mich einkassiert hat. Ich habe an einem zweirädrigen Gefährt gearbeitet, das nicht durch Menschenkraft, sondern durch eine petrolgetriebene Konstruktion angetrieben wurde.«

»So was wie ein Motorrad?«, rutschte mir abermals eine Frage heraus.

»Motor-Rad?« Freddy machte eine Pause, blieb sogar stehen, weswegen ich mich innerlich noch mehr verfluchte. »Motorrad, das gefällt mir. Andrew, Sie sind brillant.« Seine Stielaugen beschrieben einen Halbkreis in der Luft, während er sinnierte: »Senna Interactives präsentiert: Motorradrennen. Einfach nur brillant.« Er stieß ein dröhnendes Lachen aus.

Plötzlich wurde der Gang von einem weiteren Beben durchgeschüttelt, heftiger als das erste. Freddy nahm keine Notiz davon, lachte die ganze Zeit über und beruhigte sich erst, als auch das Beben sich dem Ende neigte.

»Könnten wir bitte weitergehen, Mr. Senna? Ich habe es wirklich eilig«, sagte ich nervös.

»Aber ja, natürlich.« Als er weiterging, begann er, darüber nachzusinnen, was er alles mit den Motorrädern anstellen könnte. Slaloms und Sprungschanzen waren da noch das

Harmloseste und mir stellten sich die Nackenhaare auf angesichts der mangelnden Skrupel dieses Mannes, also, dieser Schnecke.

Während Roland einfach nur schräg gewesen war, hatte dieser Typ hier ein echtes Problem. Und es war mit Sicherheit nicht verkehrt, dass er hier war. Das würde ich auch Lola sagen, wenn sie irgendwelche Ausbruchspläne schmiedete.

Dazu musste ich allerdings erst mal hier rauskommen.

Ich ließ den Blick in die Ferne schweifen. Bei dem ganzen Weiß um mich herum war es schwer, irgendwelche Konturen auszumachen. Machte der Gang dort vorn eine Kurve? Es musste so sein, denn ein Ende war noch immer nicht zu sehen.

Freddy redete ohne Unterlass. Wenn er nur ebenso schnell laufen würde …

Meine Geduld hing am seidenen Faden. Es juckte mich in den Fingern, meine Taschenuhr hervorzuholen, um nachzusehen, ob ich wirklich schon so viel Zeit hier verloren hatte, wie ich vermutete.

Langsam trat mir der Schweiß auf die Stirn und eine leichte Panik befiel mich. Wir drehten uns im Kreis, und das nicht nur in den Themen, die Freddy ohne Unterlass durchkaute. Wir liefen auch im Kreis, so zumindest suggerierte es mir das Rumoren in meinem Magen.

»Entschuldigung, Mr. Senna, wie weit ist es denn noch?«

Mich riss es fast von den Füßen, als der Boden unter mir abermals schwankte. Wo zum Henker waren wir? In Ludens hatte es bisher nicht ein Erdbeben gegeben, seit ich hier war. Und nun gleich mehrere in so kurzen Abschnitten?

Freddy war abrupt stehen geblieben, vermutlich hatte er das herannahende Beben gespürt.

»Also nun hören Sie mal, Andrew. Hetzen Sie mich doch nicht so. Ich bin schließlich eine Schnecke und keine Schlange.«

»Ich befürchte nur, dass hier bald alles zusammenbricht, wenn diese Beben andauern«, erklärte ich ausweichend und stützte mich mit beiden Händen rechts und links an den Wänden ab.

Moment, wie war das möglich? Wann war der Gang so schmal geworden? Durch dieses blendende Weiß hatte ich es nicht bemerkt.

Ich behielt die Hände an den Wänden, während wir seeehr langsam weitergingen. Zum einen wollte ich für die nächste Erschütterung gewappnet sein, zum anderen bekam ich so ein Gefühl für meine Umgebung.

Und in der Tat, der Gang wurde zusehends schmaler. Nach gefühlten Stunden, in denen wir nur wenige Meter zurückgelegt hatten, musste ich sogar den Kopf einziehen, um nicht an die Decke zu stoßen.

Und auch das ›im Kreis gehen‹ hatte ich mir nicht eingebildet. Immer deutlicher nahm ich den Linksdrall wahr, den der Gang hatte.

Noch ein paar Meter weiter war es so weit, dass ich mich hinter Freddy einreihen musste, um in dem schmalen Gang nicht auf ihn drauf zu treten. Trotzdem behielt er mich im Blick, indem er eines seiner Augen nach hinten drehte. Mir war, als wollte er sichergehen, dass ich ihm auch weiterhin folgte.

Irgendetwas stimmte hier nicht …

»Ich denke, Sie haben es eilig, Andrew. Wieso bleiben Sie stehen?«, fragte Freddy, als ich innehielt.

»Sagen Sie mir, wie weit es noch ist«, forderte ich in bestimmtem Tonfall.

Freddy zwinkerte nacheinander, erst rechts, dann links. »Nicht mehr weit. Das verspreche ich Ihnen.« Seine Augen funkelten.

Mit etwas Theatralik hätte ich es glatt als diabolisches Leuchten bezeichnet.

»Dann haben Sie doch sicher nichts dagegen, wenn ich Sie die letzten Meter trage.« Ich streckte eine Hand nach ihm aus. »Mir geht nämlich wirklich die Zeit aus!«

»Nicht anfassen!« Freddy wich reflexartig zurück, was ich ihm gar nicht zugetraut hätte. Im selben Moment ging auch durch den Gang ein erneuter Ruck, so stark, dass ich mich nicht mehr halten konnte und der Länge nach auf den Bauch knallte, und auf die Stirn.

»Verfluchte Scheiße«, murmelte ich und rappelte mich auf. Ein heftiger Schmerz fuhr mir durch den Kopf und verwandelte die aufkeimende Panik postwendend in bohrende Wut. »Ich hab es satt.«

Erneut griff ich nach Freddy, während er zurückwich. Der Boden schwankte immer noch, doch ich hielt mich dieses Mal auf den Füßen.

Er zeterte, als sich meine Finger um das Gehäuse seines Panzers legten und ich ihn hochhob. Ein schmatzendes Geräusch ertönte, als sich sein schleimiger Körper gegen seinen Willen vom Boden löste.

»Jetzt geht es in meinem Tempo weiter«, knurrte ich ihn an.

Doch da lag ich falsch. Kaum hielt ich Freddy vor mich, bebte der Boden unter mir nicht mehr, sondern kippte regelrecht nach vorn.

Wieder knallte ich hin, dieses Mal jedoch auf den Rücken. Sofort begann ich, auf dem glatten Untergrund nach vorn zu rutschen. Erst langsam, dann immer schneller – und zwar nicht nur vorwärts, sondern abwärts.

20

Eine Rutschfahrt, die ist lustig

Nach einem ersten lauten Aufschrei hatte ich mich schnell wieder unter Kontrolle. Das hier war wie so eine Rutsche in einem Wildwasserpark – eigentlich echt cool, wenn man von dem plötzlichen und unerwarteten Adrenalinanstieg absah. Und es ging endlich voran. Wir legten in Sekunden eine Strecke zurück, für die Freddy im Fußmarsch gefühlte Stunden benötigt hatte.

Der Gang wurde immer schmaler. Mittlerweile hielt ich die Arme eng am Körper, die Beine ausgestreckt nebeneinander und die Hände, die noch immer den meckernden Freddy umklammerten, auf der Brust. Und selbst so war kaum noch Platz zu den Wänden.

Da endlich kam ein Ende in Sicht. Aber … ach du heilige Scheiße … Was war DAS?

»Fuck … Fuck, fuck, fuck!!!« Ich drückte meine Füße gegen die Wände und fuhr gleichzeitig die Ellbogen aus, um mich abzubremsen.

Wenn es mir nicht gelang, würde ich in den nächsten zehn Sekunden in einen riesigen, rotfleischigen Schlot stürzen. Einen mit Tausenden nadelspitzer Zähne, die vor Geifer tropften!

»Was zur Hölle ist das?«

Ich ließ die Schnecke los, presste auch noch meine Handflächen an die Wand. Und endlich verlangsamte sich mein Tempo – Angstschweiß an den Händen sei Dank!

Alles passierte gleichzeitig. Ich schaffte es, anzuhalten, Freddy flog dabei jedoch von meiner Brust. Er knallte gegen die Wand, dann auf den Boden, wo er es irgendwie schaffte, sich festzusaugen. Und wieder erzitterten die Wände und ein Dröhnen hallte von ihnen wider, als ob jemand von draußen dagegen schlug.

»Hey, hallo!«, brüllte ich. Immerhin konnte dort ja tatsächlich jemand sein, der mich hier rausholen konnte. »Hilfe!«

»Nun hören Sie doch auf, so herumzuschreien, und lassen Sie uns weitergehen.«

»Weitergehen? Sind sie völlig übergeschnappt?«, japste ich. »Da sperrt ein Monster sein Maul für uns auf und Sie wollen weitergehen???« Ich versuchte gar nicht, auch nur annähernd *beherrscht* zu klingen. Ich war nackter Panik verfallen und das sollte dieses Vieh ruhig hören. Also … beide!

Ich hob den Kopf, um Freddy anzusehen, der ein knappes Stück unterhalb meiner Füße gelandet war und gerade sein Schneckenhaus wieder zurechtrückte.

Da bemerkte ich, dass ich nicht mehr weiterzurutschen drohte, sondern nur noch auf dem Rücken lag. Als hätte sich die Schwerkraft verschoben oder der Gang wäre zurück in die Waagerechte gerutscht.

Ich stützte mich auf die Ellbogen. Am liebsten hätte ich Freddy noch weiter angebrüllt, aber meine Lunge schien gerade mit der Gesamtsituation überfordert zu sein, genau wie mein Herz. Also konzentrierte ich mich zuerst darauf, meine Körperfunktionen wieder halbwegs in den Griff zu bekommen. Keuchend lag ich da und wartete, dass sich meine Atmung und mein Puls wieder in einen lebensfähigen Bereich begaben. Dabei rutschte ich mit dem Po ein wenig hin und her und registrierte zu meiner großen Erleichterung, dass ich mir zumindest nicht vor Angst in die Hose gemacht hatte. Gewundert hätte es mich nicht.

Als ich wieder halbwegs Herr meiner Sinne war, wagte ich es, den Blick noch mal nach vorn zu richten.

Alter, dieses Ding dort … War ich hier in einem schlechten Horrorfilm gelandet? Nein, wenn überhaupt, dann in einem verdammt guten. Denn ich hatte eine scheiß Angst.

»Was ist das?«, fragte ich, wobei ich das Zittern meiner Stimme noch nicht im Griff hatte.

»Ich weiß nicht, was Sie meinen, Andrew.« Freddy schob seine Stielaugen nach oben und zwinkerte abwechselnd damit.

»Na, dieses Riesenmaul, spitze Zähne, Sabber überall?!«, quietschte ich und deutete nach vorn.

Freddy drehte sich nicht einmal um. »Hier sind nur Sie und ich, Andrew. Kein Grund zur Sorge.«

Er begann, auf die Wand zuzukriechen.

»Alter, willst du mich verarschen?«, entfuhr es mir. Ich hatte jegliche Geduld verloren.

»Mitnichten.« Er klang völlig ruhig. Als ob keinerlei Gefahr bestünde – zumindest nicht für ihn. Klar, er konnte sich mit seinem Schneckenschleim ja auch einfach festkleben und wäre damit safe, falls der Boden es sich abermals überlegen sollte, seine Lage zu verändern.

Tatsächlich spürte ich genau in dem Moment, als Freddy die Wand erreichte und begann, an ihr hochzukriechen, wie es mich erneut in Richtung des Schlundes zog.

Schnell stemmte ich alles, was ich hatte, wieder gegen die Wände, um nicht weiterzurutschen.

»Entspannen Sie sich, Andrew. Lassen Sie los«, redete die Schnecke auf mich ein.

»Einen Teufel werde ich!«

»Aber Sie wollten doch ans Ende des Ganges. Bitte, da ist er.«

»Ich wollte in den nächsten Raum gelangen und nicht zum Frühstück werden von … von …«

»Von mir.«

Ich verschluckte mich fast an den Worten, die ich noch nicht ausgesprochen hatte.

Wieso hatte ich das nicht eher begriffen? Wieso war ich nicht allein darauf gekommen?

Ein elend langer Gang, der sich immer in eine Richtung bog und schmaler wurde? Es war so fucking eindeutig gewesen und doch hatte ich es nicht kapiert.

»Das hier ist ein Schneckenhaus«, stieß ich meine Erkenntnis aus und deutete mit dem Blick auf die weißen Wände um mich herum. »Es ist …«

»Mein Haus, korrekt. Das sagte ich Ihnen ja bereits.«

Hätte ich meine Hände nicht gebraucht, um mich festzuhalten, hätte ich mir mit aller Kraft gegen die Stirn geschlagen. Ich war so dämlich.

Ja, er hatte es gesagt. Aber ich hatte es auch gespürt. Die Beben, immer wenn Freddy gelacht oder gezuckt hatte, also immer dann, wenn sich das Schneckenhaus auf seinem Rücken bewegt hatte. Das Dröhnen, als er damit gegen die Wand geprallt war. Und die Schräglage, in die alles geraten war, als ich ihn hochgehoben hatte.

Das war es! Deswegen drohte ich nun abermals in dem riesigen Maul zu landen – weil er an der Wand hing und damit die Lage seines Hauses im Raum verändert hatte.

»Freddy, krabbel zurück nach unten, damit ich aufstehen kann!«, rief ich ihm zu.

Er kicherte. »Nachdem Sie mir gerade klargemacht haben, dass Sie nicht von selbst weitergehen werden? Ich bin klein und schleimig, Andrew, aber alles andere als dumm.«

Wieder blickte ich nach unten, meinem Tod entgegen. Einem ekelhaften und vermutlich auch sehr schmerzvollen Tod.

War ich bei meiner Ankunft hier im Herrenhaus noch überzeugt gewesen, nicht sterben zu können, sah das jetzt ganz anders aus und ich musste alle Willenskraft aufbringen, mir nicht doch noch einzupinkeln.

»Warum willst du mich umbringen?«, stellte ich die Frage, die wohl jeder in meiner Lage gestellt hätte, auch wenn sie einem Außenstehenden noch so sinnlos erscheinen mochte.

Freddys Augen wurden größer, falls das bei Schnecken möglich war und ich es mir nicht einbildete. »Aber Andrew, ich will Sie doch nicht umbringen.«

Begleitet von einem hysterischen Quietschen deutete ich mit dem Kinn auf das Riesenmaul, wobei ich selbst nicht sagen konnte, ob ich im Detail die fleischige Zunge, den dampfenden Geifer oder die spitzen Zähne meinte.

Freddy zwinkerte ungläubig. »Ach das«, meinte er, als würden wir über eine Null zu viel auf einem Kaufvertrag sprechen und nicht über mein nahendes Ende. »Sie werden doch nicht sterben, mein Lieber. Sie werden lediglich von meinem Haus absorbiert, was zur Folge hat, dass es mich wieder ausscheidet. Gut, vielleicht werden ihre Knochen, Muskeln und Organe ein wenig ... umgeformt.«

»Das Ding macht Schneckenschleim aus mir?«

Wow, ich hätte nicht gedacht, dass meine Stimme noch höher werden konnte.

»So könnte man es ausdrücken, ja.«

Wieder begann meine Lunge, zu pumpen. Wenn das so weiterging, würde ich anfangen, zu hyperventilieren. Dann würde der Sauerstoffgehalt in meinem Hirn sinken, meine Sinne würden schwinden, meine Kraft nachlassen und ich würde ... Verdammt, dieser Gedankengang half nicht wirklich, mich zu beruhigen.

»Das kannst du vergessen, du widerliches Kriechtier.«

Ich hielt kurz die Luft an, um etwas runterzukommen. Dann begann ich mit dem Versuch, mich langsam von dem Schlund wegzuschieben.

Ich setzte erst einen Fuß, dann eine Hand einige wenige Zentimeter nach oben. Als ich den anderen Fuß löste, um nachzurücken, rutschte ich allerdings ein Stück nach unten. Endergebnis: Ich war dem Maul einen halben Meter näher als zuvor.

»Andrew, seien Sie doch vernünftig.«

»Vernünftig???«

Freddy schüttelte sich, was sich wie vermutet auf den Raum um mich herum übertrug.

Ich presste die Augen zusammen und stemmte mich mit aller Gewalt gegen die Wände. Dennoch rutschte ich noch ein kleines Stück weiter.

Als das Rütteln aufhörte und ich die Augen wieder öffnete, trennten mich nur noch etwa fünf Meter von meinem Tod. Mir stieg ein widerlich süßsaurer Geruch in die Nase, der mich an mein Lieblingsessen beim Chinesen erinnerte – was ab diesem Moment wohl mein ehemaliges Lieblingsessen war.

»Sie sind ein Fremder, ein Niemand in dieser Welt. Mich hingegen braucht man dort draußen.« Der Schneck, der nun auf Höhe meiner Brust an der Wand klebte, blickte auf mich hinab. »Oder meinen Sie nicht, dass Ludens in diesen tragischen Zeiten ein wenig Spaß verdient hat?«

»Spaß auf Kosten der Leben anderer!«, fuhr ich ihn an. In erster Linie meinte ich natürlich das meine, aber dabei würde es sicher nicht bleiben. Dass es bei den Rennen, die Freddy veranstaltet hatte, nicht nur um Geschwindigkeit, sondern auch ums Überleben ging, hatte ich kapiert.

»Nun lassen Sie schon los, Andrew, damit ich endlich hier rauskomme.«

Rauskommen. Das war das Zauberwort.

Wenn wir hier im Inneren seines Schneckenhauses waren und es darauf reagierte, wenn sich dieser kleine Dreckskerl bewegte …

Mir kam eine Idee. Doch um diese umzusetzen, musste ich schnell sein. Verflucht schnell. War das aus dieser Position überhaupt möglich? Tja, das würde ich nur herausfinden, wenn ich es versuchte. Ansonsten würde ich es vielleicht noch ein paar Stunden in dieser Lage aushalten, bevor meine Kräfte mich verließen und …

Ehe ich noch weiter nachgrübeln konnte, schoss eine meiner Hände nach vorn, auf Freddy zu. Sofort rutschte ich ab, schlitterte weiter, schaffte es aber, die Schnecke zu packen.

Der warme Atem des Monsters vor mir umfing mich. Der abartige Mundgeruch wurde schlimmer. Gleich wäre ich Geschichte.

Keine Ahnung, wie ich es schaffte, nicht in Schockstarre zu verfallen, sondern meinen Plan weiter durchzuziehen. Aber ich tat es.

Gerade noch rechtzeitig drehte ich das Schneckenhaus in meiner Hand um hundertachtzig Grad, wobei Freddy mich aufs Übelste beschimpfte. Sofort kippte der Boden unter mir. Ich hielt direkt vor dem Maul an, aus dem ich für einen kurzen Moment den Widerhall von Freddys Stimme hörte.

Während ich mit weit aufgerissenen Augen in die ewigen Tiefen des Monsterschlunds blickte, ging die wilde Fahrt plötzlich von Neuem los, zu meiner Erleichterung jedoch in die entgegengesetzte Richtung.

Ich stieß ein heiseres Lachen aus, erst stoßweise, dann laut und schallend, als das Maul kleiner wurde und irgendwann hinter der Kurve, die die Rutschbahn beschrieb, verschwand.

Es war ein verrücktes Lachen und vielleicht hätte ich den Verstand dabei verloren, wenn ich nicht irgendwann das andere Ende erreicht hätte und in voller Fahrt mit dem Kopf dagegen gedonnert wäre.

Mein Lachen verwandelte sich auf einen Schlag in ein dumpfes Keuchen. Dann war ich ruhig, während mich der Schmerz vom Scheitel bis zur Sohle wie eine Welle durchzog.

Klasse, da war ich dem Tod durch Auffressen entkommen, nur um mir jetzt das Genick zu brechen.

Von einem leisen Stöhnen meinerseits und lautem Gemecker von Freddy begleitet, den ich losgelassen hatte, blieb ich regungslos liegen.

Es dauerte einige Sekunden, bis die Sterne vor meinen Augen – in meinem Fall schwarz, was wohl an den weißen Wänden lag – wieder verschwanden und ich registrierte, dass ich tatsächlich noch am Leben war.

Langsam schob ich mich an der Wand in meinem Rücken hoch, sodass ich zum Sitzen kam. Ich sah Freddy an, der die Flucht ergriffen hatte und einen Meter von meinen Füßen entfernt von mir wegkroch.

Dann hob ich den Kopf und blickte die Wand hinter mir an. Die Wand, die das Ende des Ganges bezeichnete. Die Wand, durch die ich vor einer gefühlten Ewigkeit diesen Albtraum betreten hatte. Durch eine Tür, die jetzt nicht mehr da war.

»Freddy!«, rief ich in mahnendem Tonfall nach dem Schneck und war überrascht, wie fest meine Stimme klang, obwohl mein Kopf zu explodieren drohte. »Wo ist diese verfickte Tür?«

»Sehen Sie, Andrew, Sie wären wirklich kein Verlust. Bei Ihrer Dummheit … Ich sagte doch, der einzige Weg nach draußen führt durch das Zentrum.«

Er hielt nicht einmal an, kroch einfach weiter.

»Das ist DEIN Weg nach draußen. Aber wo ist meiner?«

»Es gibt keinen.«

Ich grummelte, sprang auf die Füße, was meinen Schädel fast zum Platzen brachte, und überholte den Schneck mit einem großen Schritt. »Sag mir, wie ich hier rauskomme!«

Nun hielt er doch an und sah zu mir auf. »Sind Sie taub? Es. Gibt. Keinen. Weg. Raus!«

Ich funkelte ihn wütend an. Am liebsten hätte ich das Vieh genommen und gegen die Wand geklatscht. Die Vorstellung von einem Haufen Matsch gemischt mit Splittern seines Hauses war so gut, so befriedigend, so befreiend.

Heilige Scheiße, das war es! Das war der Weg, wie ich mich befreien konnte!

»Leck mich doch, Freddy«, sagte ich, während ich meinen Fuß anhob und meine Schuhsohle über ihm positionierte.

»Nein, stopp! Andrew, tu das nicht!«

Ich weiß nicht, was mich mehr überraschte: die Angst in seiner Stimme, aus der die sonstige Überheblichkeit gewichen war, oder die Tatsache, dass er mich zum ersten Mal duzte. Auf jeden Fall hielt ich inne.

»Was, glaubst du, wird passieren, wenn du mich plattmachst?«

Aha, und da war er wieder, dieser arrogante Tonfall.

»Zumindest gibt es dann ein Arschloch weniger auf dieser Welt«, knurrte ich, verharrte aber immer noch mit erhobenem Fuß.

»Zwei, um genau zu sein«, korrigierte er mich.

»Hä?«

»Zwei Arschlöcher. Oder denkst du, du überlebst es, wenn du die Wände um uns niedertrampelst?«

Er wackelte nach rechts und links. Doch dieses Mal war ich auf die Reaktion meiner Umgebung vorbereitet und ließ mich nicht von dem Beben beeindrucken.

»Du steckst genauso in diesem Gehäuse wie ich«, ergänzte er.

Argh, wie ich es hasste, wenn so arrogante Vollaffen auch noch recht hatten! Aber ja, was er sagte, klang vollkommen logisch.

Ein Knurren entfuhr mir, als ich den Fuß mit voller Wucht zu Boden krachen ließ – etwa zwei Zentimeter neben Freddy, unter dem sich in dieser Sekunde eine Schleimlache bildete.

Ohhh, hatte sich da etwa jemand vor Angst eingeschleimt?

Ich hingegen war noch nicht fertig. Meine Wut musste raus, *ich* musste hier raus.

Mit aller Kraft, die ich hatte, schmetterte ich meine Fäuste gegen die Wand. Erst rechts, dann links, wieder rechts.

Ich hätte Stunden so weitergemacht, wenn das nicht so verflucht wehgetan hätte!

»Verfickte Scheiße …«, stieß ich auf und wedelte mit meiner rechten Hand. »Gooott …«

»Sind Sie dann fertig? Können wir?« Freddy deutete mit den Augen den Gang entlang.

»Nein!«, fuhr ich ihn an. »Ich werde mich nicht in den Schlund werfen.«

Was dachte der sich denn? Dass ich aufgeben würde? Nun … Na ja … Was blieb mir denn sonst an Möglichkeiten?

Moment mal … Ich hatte Möglichkeiten! Und zwar jede Menge – mit freundlichen Grüßen von Pau.

In Gedanken ging ich das Arsenal durch, womit der Falter mich ausgestattet hatte. Da musste doch irgendetwas dabei sein, was mir helfen konnte …

Nebel … nein. Eis … wohl auch nicht. Aber …

Mit einem überheblichen Grinsen wandte ich mich ihm wieder zu. »Ich denke, wir sollten uns jetzt verabschieden, Mr. Senna«, sagte ich, während ich meine Hand in die Seitentasche meines Fracks schob. Als ich sie wieder hervorholte, hielt ich den Flakon mit der lilafarbenen Flüssigkeit darin.

Freddy blinzelte. »Was soll das sein? Was haben Sie vor?«

Oh, hörte ich da leichte Panik in seiner Stimme? Was für ein süßer Klang!

»Das hier«, ich schüttelte die Flüssigkeit ein wenig, »ist Steingift, mein Lieber.«

Ich genoss es, zu beobachten, wie ihm die Fassung entglitt.

Sein Zwinkern wurde unkontrolliert, seine Augen zuckten hin und her und die Schleimpfütze unter ihm wurde noch größer.

Langsam ging ich in die Hocke. »Ich würde Sie bitten, jetzt ganz stillzuhalten. Wir wollen doch nicht, dass aus Versehen etwas danebengeht, oder?«

Ich entkorkte den Flakon, was überraschend leicht ging. Dann hielt ich ihn über Freddys Schneckenhaus.

»Bitte, Andrew … Wir können doch darüber reden, wir …«

In diesem Moment löste sich der Tropfen, den ich vorsichtig an den Rand des Fläschchens hatte laufen lassen. Wie in Zeitlupe sah ich, wie er fiel und eine Punktlandung auf dem Gehäuse hinlegte.

Ein Zischen erklang.

Bevor ich aus Versehen noch mehr auf Freddy verschüttete – ich wollte ihn ja nicht umbringen, sondern lediglich seine Hülle beschädigen –, drückte ich den Korken wieder auf den Flakon.

Das Zischen hatte sich ausgebreitet, schien nun nicht mehr von der Schnecke vor mir, sondern von irgendwo über mir zu kommen. Es wurde immer lauter, klang nun wie das Reißen eines Wasserfalls und schien immer noch anzuschwellen.

Ich drückte mir die Hände auf die Ohren und wandte den Blick gleichzeitig hinauf zur Decke. Das Weiß bekam Risse und plötzlich öffnete sich ein Loch direkt über mir.

Ich wusste nicht, was ich erwartet hatte, aber sicher nicht die undurchdringliche Dunkelheit, in die ich nun blickte und die mir das Gefühl gab, mich genauso verschlingen zu wollen wie das Riesenmaul zuvor.

»Du Idiot!«, brüllte Freddy über das Tosen hinweg. »Du verfluchter …«

Weiter kam er nicht, als sich mit einem lauten Donnerschlag alles um uns herum auflöste.

Ich wusste nicht mehr, wo oben und unten war, rechts und links, vorn und hinten.

Ich wusste nicht, ob ich lag, stand oder schwebte.

Und erst recht nicht, wo ich war.

Für einige Sekunden schien alles um mich herum an Substanz zu verlieren und ich fühlte mich wie ein Astronaut, der im endlosen luftleeren Raum des Universums schwebte.

Meine Hände lagen weiterhin auf meinen Ohren und ich presste die Augen so fest zu, wie ich konnte, aus Angst, meine Augäpfel würden herausquellen, wenn ich es nicht tat.

Dann nahm ich meine Umgebung mit einem Schlag wieder wahr. Eine selige Stille hatte sich um mich gelegt. Ich hockte auf den Knien. Und ich konnte atmen. Das war doch schon mal was.

Ich ließ meine Arme sinken, die Lider aber noch geschlossen. Ich wollte mich erst wieder halbwegs beruhigen, ehe ich mich meiner neuen Umgebung stellte.

»Sind Sie jetzt zufrieden?«, hörte ich eine jammervolle Stimme. Sie gehörte Freddy, ohne Zweifel. Und er klang alles andere als glücklich.

Nun schlug ich doch die Augen auf. Zuerst fiel mein gesenkter Blick auf den Boden, auf helles, gut gebohnertes Parkett, um genau zu sein. Ein Stück neben mir verlief ein Weg, geformt von einem roten Teppich. Ich kannte diesen Teppich!

Schnell hob ich den Kopf. Ich sah eine mit Ornamenten verzierte Tapete, Landschaftsgemälde an den Wänden und dazwischen ein nahezu makaberes Schild.

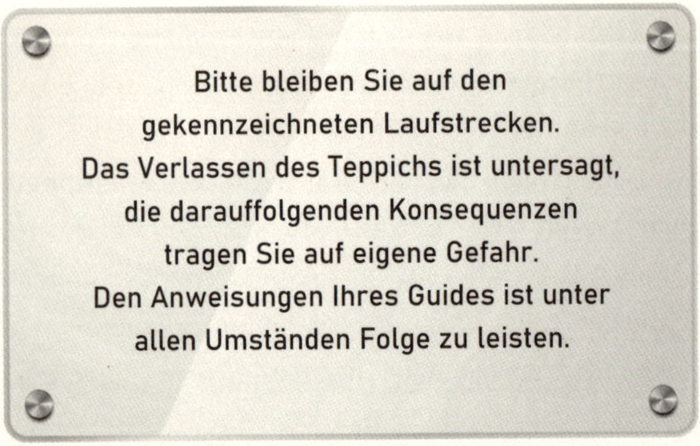

Witzbolde, echt. Ich hatte keinen verfickten Guide, der mich auf den rechten Weg führte!

Meine Augen flogen weiter und erfassten mahagonifarbene Schränkchen und auf einem davon, direkt vor mir, ein kleines, gläsernes Terrarium. Auf einem Stein in der Mitte lag Freddy, oder zumindest das, was von ihm übrig geblieben war. Aus der riesigen Weinbergschnecke war eine mickrige Nacktschnecke geworden. Noch dazu eine, die heulte wie ein kleines Kind.

Ein schnaubendes Kichern entfuhr mir. Ich hatte es tatsächlich geschafft. Ich hatte mich aus seinem Panzer befreit. Auch wenn ich dafür das Steingift eingebüßt hatte, wie ich feststellte.

Schwerfällig kam ich auf die Füße. »Ich hoffe, das war dir eine Lektion«, brummte ich ihn an. Ich hatte einfach das Gefühl, noch etwas sagen zu müssen. Das taten die Helden doch immer, wenn sie ihren Feind in die Knie gezwungen hatten.

Freddy erwiderte nichts, schniefte und jammerte nur, während er von seinem Stein kroch und unter einem Busch mit breiten Blättern verschwand.

»Eins zu null für Andrew«, rief ich ihm nach.

Ja, diese Runde ging an mich. Ich war der Sieger.

Aber als ich wieder auf den roten Teppich trat und die nächste Tür ansteuerte, fühlte ich mich nicht so. Im Gegenteil, mir war klar, dass ich bei der Begegnung mit Freddy etwas verloren hatte.

Meinen Übermut. Und auch ein Stück meines – zugeben ungesunden – Selbstvertrauens.

Ich hatte geglaubt, mich in einem Traum zu befinden, den ich lenken konnte. Und vor allem in einem, in dem ich nicht sterben konnte.

Ich wusste jetzt, dass das Bullshit war. Ich wäre in diesem beschissenen Schneckenhaus fast draufgegangen! Und niemand konnte mir sagen, ob der Tod nicht hinter der nächsten Ecke erneut auf mich lauerte – oder hinter der Tür, auf deren Klinke ich gerade meine Hand legte.

21

Wort für Wort

Zaghaft öffnete ich die Tür, trat hindurch und schloss sie wieder.

Es tat gut, Freddy hinter mir zu lassen. Mit dieser falschen Schnecke in einem Raum zu sein, bereitete mir Unbehagen, auch wenn er nur noch ein Häufchen Elend war.

Andererseits hatte ich in seinem Zimmer nichts mehr zu befürchten.

Jetzt stand ich im nächsten Abschnitt dieser kuriosen Ausstellung, völlig ahnungslos, was mich nun erwarten würde.

Es war abermals ein Gang, der vor mir lag. Dieser hier war jedoch nicht strahlend weiß, sondern pechschwarz, abgesehen von ein paar einzelnen hellen Flecken, von denen ich nicht wusste, ob sie wirklich da waren oder nur ein Lichtreflex der Öllampen, die von der Decke hingen.

Außerdem vermisste ich hier den roten Teppich. War ich jetzt völlig vom Weg abgekommen? Na klasse, das konnte nichts Gutes bedeuten …

Noch ein Unterschied waren die unzähligen Türen, die zu den Seiten abgingen. Ein Ende des Weges war nicht abzusehen, ganz wie bei Freddy.

Bevor ich mich dem stellte, was hier wartete – und *dass* da etwas wartete, stand außer Frage –, nahm ich mir noch einen Moment, um durchzuatmen. Die Rutschfahrt hatte mir ganz schön zugesetzt. Vor allem die Stelle an meinem Hinterkopf, wo ich gegen die Wand gedonnert war, tat höllisch weh.

Vorsichtig betastete ich sie und zog die Finger zurück, als ich auf etwas Klebriges stieß. Blut … Mir entfuhr ein zischender Laut, als ich Größe und Form der Platzwunde abtastete, war aber beruhigt, dass sie nicht sehr groß war. Eine deftige Beule würde es trotzdem geben.

»Oje, das sieht aber nicht gut aus.«

Ich sprang zurück, stieß aber sofort gegen die Tür und keuchte, als sich mir die Klinke in die Niere bohrte.

Wie umnachtet war ich eigentlich, dass ich es nie mitkriegte, wenn sich mir jemand näherte? Wenn ich zurück war, musste ich Pau dringend fragen, ob es in Ludens einen Spezialisten für Hörschäden gab. Denn ganz ehrlich – dieser Typ sah nicht so aus, als ob er sich so lautlos wie eine Schnecke bewegte.

Vor mir stand ein Herr mittleren Alters. Schwarze Haare, Dreitagebart, schmale Wangen und müde graue Augen – er sah aus wie ein normaler Mann, ein Mensch. Auch der Rest seines Körpers war menschlich, soweit ich das beurteilen konnte. Viel sah ich davon allerdings nicht, da er einen weiten, langen Mantel trug, der bis zu den Füßen alles Weitere verdeckte.

An einem der behandschuhten Finger, die mir ein Taschentuch hinhielten und ebenfalls menschlich waren, steckte ein großer Siegelring, der den Wachsresten nach häufiger in Gebrauch war.

»Du solltest das dringend abwischen, Blutflecken sind etwas äußerst Unangenehmes«, sagte er und deutete mit dem Taschentuch auf meinen Kopf. »Darf ich?«

Im Normalfall hätte ich mich brav umgedreht und ihn machen lassen. Aber in Anbetracht dessen, wo ich war und was ich hier schon erlebt hatte, würde ich dem Kerl keine Sekunde den Rücken zudrehen. Wusste ich, ob er mir nicht genauso ans Leder wollte wie Freddy und mir von hinten die Kehle durchschnitt? Oder ob Gift auf dem Tuch war, das über die Wunde in meinen Körper gelangte? Oder Chloroform – vielleicht presste er mir das Ding auf den Mund und …

»Danke, geht schon«, sagte ich abwehrend und stoppte damit die Kette der Möglichkeiten in meinem Kopf.

Mein Gegenüber zuckte mit den Schultern und schob das Stück Stoff zurück in seine Manteltasche. »Gut, dann kommen wir gleich zum Geschäft. Was brauchst du?« Er verschränkte die Hände auf dem Rücken und begann, vor mir auf und ab zu gehen, wobei sein Mantel raschelte wie Papier. Außerdem gab es bei jedem seiner Schritte ein klackendes Geräusch, als würde er High Heels oder Steppschuhe tragen.

Ich verengte leicht die Augen. Geschäft bedeutete immer Geben und Nehmen und ich würde mich ganz sicher nicht auf einen Handel mit ihm einlassen. Oh nein, ich hatte meine Lektion gelernt.

Aber nach dem Preis zu fragen, kostete ja nichts. Hoffentlich …

»Ich suche Nicodemus' Büro«, sagte ich knapp.

»Ah, ja. Dann einfach den Gang runter, immer geradeaus. Bitte sieh davon ab, die Siegel zu brechen. Wenn du mich dann entschuldigst, ich habe zu tun.«

Er drehte mir den Rücken zu, ging den Gang hinab und schließlich durch eine der Türen etwa dreißig Meter von mir entfernt.

Okay, den loszuwerden, war ja einfach gewesen. Zu einfach?

Misstrauisch setzte ich mich in Bewegung, folgte dem Gang, bis ich vor der Tür stand, durch die der Kerl verschwunden war. Sie hatte keine Klinke, dafür aber einen Knauf. Interessiert betrachtete ich ihn und erkannte, dass er nicht aus Metall, sondern aus Wachs bestand, in das etwas eingeprägt war. Das musste eines der Siegel sein, welche zu brechen er mir gerade verboten hatte.

Nun, wenn ich wirklich nur den Gang hinuntergehen musste, um zum Büro zu kommen, waren mir die Dinger herzlich egal. Was interessierte es mich, was hinter dieser Tür lag … oder den zahllosen anderen, die ebenfalls versiegelt waren, wie ich auf meinem weiteren Weg feststellte.

Grummel, grummel … Oh, halt, warte, hier … Nein, auch verschlossen. Oh, und das? Das ist doch angeknackst, oder? Da könnte ich doch …

Ach komm, Andrew, lass es. Er hat gesagt, du sollst das nicht machen, also mach es nicht.

Scheiße noch mal, wieso interessierte es mich so brennend, was hinter diesen Türen war?

Ich sollte einfach weitergehen. Mein Ziel war Nicodemus, mein Ziel war Aeterna. Andere Geheimnisse in diesem Haus sollten mir egal sein.

Aber vielleicht hatte der Kerl mich auch belogen, genau wie Freddy, und der Ausgang befand sich nicht am Ende des Ganges, sondern hinter einer dieser Türen. Oder mehr noch, die Türen waren Gefängnisse für Migwicks und ich würde Lolas Mutter hier finden.

Hehehe, dann wäre mein Ausflug eher beendet als gedacht und ein voller Erfolg.

Ich war ungefähr hundert Meter gelaufen, natürlich ohne mich zu fragen, wie das in dem Herrenhaus überhaupt möglich war, bis ich es nicht mehr aushielt und vor einer der Türen stehen blieb. Ich machte mir nicht einmal die Mühe, das Siegel zu untersuchen, um eine schon bestehende Beschädigung als Ausrede zu haben. Ich legte einfach meine Hand an den Knauf und drehte ihn.

Ein Knacken hallte laut durch den leeren Gang, als das Siegel brach. Dann schwang die Tür nach innen auf.

Dahinter lag ein Raum von etwa fünf mal fünf Metern. Die Wände waren genauso schwarz wie im Gang, ebenso baumelte eine Lampe von der Decke. Das war es aber schon.

Der Raum war leer.

Ich stieß enttäuscht die Luft aus. Und deswegen klatschte er dieses Wachszeug an die Türknäufe? Wegen … nichts?

Nein, nein, nein, mein Lieber … Ich lasse mich doch nicht verarschen. Es muss hier irgendetwas geben, und wenn nicht in diesem Raum, dann im nächsten.

Ich ging zur nächsten Tür, öffnete sie und blickte in einen weiteren schwarzen Raum. Genauso hinter der nächsten und der nächsten und der nächsten.

Der einzige Unterschied war wohl die Lust des Malers, als er die Farbe an die Wände gebracht hatte. Denn in dem letzten Zimmer, das ich betreten hatte, schimmerten zwischen dem Schwarz überall hellgelbe Stellen hervor.

In dem, wo ich jetzt stand, war es noch deutlicher. War der Typ vielleicht noch nicht fertig?

Eine Stelle mir gegenüber zog meine Aufmerksamkeit besonders auf sich. Ich kicherte, als ich das Wort ›Erbe‹ dort zu lesen glaubte. Schon lustig, dass das Gehirn immer bestrebt war, in diffusen Mustern Dinge zu sehen, die es kannte.

Ich verließ auch diesen Raum und stellte fest, dass meine Erkundungstour mich fast ans Ende des Ganges geführt hatte. Es gab nur noch eine Tür, die nach rechts abging. Danach war Schluss, abgesehen vom Ausgang.

Ich war wirklich durch. Erstaunlich …

Dennoch konnte ich es nicht lassen, auch noch in den letzten Raum zu spähen. Ich war mittlerweile so routiniert im Brechen der Knaufsiegel, dass mir nicht mal auffiel, dass es hier fehlte.

Als die Tür aufschwang, musste ich mehrmals blinzeln. Die plötzliche Helligkeit, die die nahezu unbefleckten Wände ausstrahlten, war fast blendend. Nur vereinzelt waren schwarze Spuren an den Wänden und am Boden erkennbar.

Ich schritt in das Zimmer und sah mich um. Nein, das waren keine Flecken, das waren Buchstaben, ganze Wörter sogar, die sich kreuz und quer über die Wände zogen.

›soll mein Neffe der Begünstigte sein‹, ›eigenes Kind ertränkt und gegessen‹, ›zu Mann und Frau erklärt‹, ›Räumung in drei Wochen‹ und so weiter und so weiter …

Das klang alles nach Verträgen oder Testamenten und nach reißerischen Headlines oder so was. Voll seltsam …

»Bist du völlig wahnsinnig?«

Abrupt fuhr ich herum. Der eigenartige Kauz stand im Eingang des Zimmers. Außer sich vor Wut wippte er von einem Fuß auf den anderen.

»Sieh dir nur an, was du angerichtet hast. Es ist zerstört, alles zerstört!«

Sein entsetzter Blick war nach unten gerichtet. Als ich ihm folgte, sah ich zwischen wirren Druckbuchstaben auch grobe schwarze Flecken auf dem Boden. Schuhabdrücke … Und sie führten zu mir.

Verdammt, irgendwo musste die Farbe noch feucht gewesen sein, ich war hineingetreten und hatte mich mit jedem weiteren Schritt hier verewigt.

»Oh, also … Sorry. Tut mir echt leid.« Ich fuhr mir mit der Hand durch die Haare und versuchte ein entschuldigendes Lächeln. »Aber das wird doch eh noch überpinselt, oder? Ich kann das auch selbst machen, wenn …«

»Überpinselt?«, brüllte er mich an und kam klickend in den Raum gestakst. »So nennst du meine Kunst? PINSELN?!«

Hui, der war sauer, aber so richtig.

»Ich habe dich gebeten, die Siegel in Ruhe zu lassen. Aber nein, ein ganzes Lebenswerk hast du zerstört, mit Füßen getreten!«

Er stand jetzt vor mir, sprang dabei förmlich von einem Fuß auf den anderen. Konnte er denn nicht wenigstens stillstehen, während er mich zur Sau machte?

Sein Gesicht begann bereits, blau anzulaufen, so sehr regte er sich auf. Ich sollte schnellstmöglich den Rückzug antreten.

Der Höflichkeit halber senkte ich den Blick noch einmal auf meine Fußspur. Da bemerkte ich, dass sich eine zweite dazugesellt hatte. Neben den klassischen Abdrücken meiner Schuhsohlen prangten Wörter auf dem Boden, die vorher definitiv nicht da gewesen waren.

Ich folgte ihnen mit den Augen, beginnend bei der Tür.

Ich habe dich gebeten, die Siegel in Ru…

So weit konnte ich den Satz lesen, bis er unter dem Kerl in einem Meer aus Buchstaben verschwamm. Und mit jedem Mal, das er aufhüpfte, gesellte sich ein neuer dazu.

»Warum? WARUM?«, schrie er gerade völlig außer sich.

Ich sah das U und das M auf dem Boden erscheinen, als er ein kleines Stück nach hinten wich.

Scheiße … Der Typ hatte all die Wörter an den Wänden geschrieben, und zwar mit jedem Schritt, den er tat. Wie er das machte, war mir ein Rätsel, aber ich wollte es auch nicht wissen. Ich wollte nur noch hier weg.

Es war nicht weit, direkt rechts vom Eingang lag die nächste Tür, die mich aus seinem Reich lassen würde, dessen war ich sicher. Ich musste nur schnell sein. Oder unauffällig.

Während er sich weiter aufregte, herumzappelte und der Tintenfleck unter ihm stetig anwuchs, machte ich einen vorsichtigen Schritt rückwärts.

Ich bewegte mich ganz langsam, um meinen Fluchtgedanken vor ihm geheim zu halten. Doch kaum setzte ich den Fuß wieder auf den Boden, gab er ein lautes Jaulen von sich, wie ein verletztes Tier.

»Keinen Schritt wirst du mehr machen, keinen weiteren Raum beschmutzen!«

Er griff nach meinem Kragen, riss mich in die Luft und warf mich über seinen Kopf hinweg auf die andere Seite des Zimmers. Ich prallte mit der Schulter gegen die Wand und sackte keuchend zusammen.

Alter Falter, so eine Kraft hätte ich dem hageren Kerl niemals zugetraut! Er wirkte nicht mal, als hätte es ihn sonderlich angestrengt, mich herumzuschleudern.

Liegend war ich seinem Zorn wehrlos ausgeliefert. Also rappelte ich mich auf. »Wer zur Hölle bist du?«, presste ich hervor.

»Ich bin der, der dein Testament schreibt.«

Er machte noch einen Schritt zur Seite, schnippte dann wie von einer Sprungfeder angestoßen in die Luft und schoss auf mich zu. Dabei streckte er, begleitet von einem mechanischen Klicken, ein Bein nach vorn, mit dem er mich voll gegen die Brust traf.

Es knackte und ein höllischer Schmerz durchzuckte meine linke Seite. Eine Rippe, schoss es mir durch den Kopf. Vielleicht zwei. Dieses Mal wirklich.

Sie brachen, als ich zwischen seinem Fuß und der Wand eingequetscht wurde.

»Gott«, keuchte ich, als ich abermals zu Boden ging.

Ich drückte eine Hand auf die Stelle, die bei jedem Atemzug brennende Salven durch meinen Körper schickte, und sah an mir herab.

›Teipoh‹ stand in verwischten Lettern auf meinem Hemd. Das war wohl seine Antwort auf meine Frage.

Ich schnaubte und verzog das Gesicht vor Schmerz. »Es mir zu sagen, hätte gereicht.«

Als ich den Mann erneut ansah, stand da kein Mensch mehr, für den ich ihn fast gehalten hätte, sondern der Migwick, der er war. Sein Mantel hatte sich geöffnet und entblößte die Mechanik, die er darunter verbarg.

Lange, metallene Stäbe, die ordentlich nebeneinander angeordnet waren, formten seinen Körper. Bei jedem Schritt, den er tat, schossen andere davon nach unten und gaben dieses klackende Geräusch von sich, was ich zunächst für Steppschuhe gehalten hatte.

Jetzt wusste ich, woran es mich wirklich erinnerte: an die Geräusche, die früher aus dem Arbeitszimmer meines Großvaters gedrungen waren, wenn er Briefe auf seiner Schreibmaschine getippt hatte.

Gerade zog Teipoh sich die Handschuhe aus und offenbarte auch dort die Enden einzelner Typenhebel, welche die ganze Zeit in Bewegung waren.

»Einfach hierherzukommen, außerhalb der Besuchszeiten, und dann noch meine Arbeit zu sabotieren. Das kann ich nicht dulden!«

Er packte mich erneut am Kragen und zog mich auf die Füße. Dabei spürte ich das kalte Metall seiner Finger, das über meine Haut schabte. Es brannte, wo die Tinte die entstehenden Kratzer tränkte.

Ich rechnete mit dem Schlimmsten, spannte meinen Körper so gut es ging an und schützte meine schmerzende Seite. Doch er stieß mich lediglich in Richtung des Zimmereingangs.

»Schuhe aus. Und dann wirst du das sauber machen«, blaffte er mich an.

Ich geriet kurz ins Straucheln, da war er auch schon an mir vorbei und baute sich im Türrahmen auf.

Ein Schritt in seine Richtung und der nächste Tritt traf mich, dieses Mal in den Bauch, sodass ich kurz mit mir kämpfen musste, um neben Schuhabdrücken nicht auch noch meine Kotze auf dem Boden zu verteilen.

Scheiße, war der Typ stark.

Noch während ich nach Atem rang, verschwand Teipoh nach draußen.

›Warte‹, stand jetzt unter seinem Namen auf meinem Hemd.

Den Teufel würde ich tun!

So schnell es dank der Schmerzen und des Luftmangels ging, schleppte ich mich zur Tür und spähte links den Gang entlang.

Teipoh war nicht zu sehen, das war gut.

Ich wandte mich nach rechts, wo es nur wenige Schritte bis zu der rettenden Tür waren – und prallte direkt gegen den eisernen Körper des Schreibmaschinenmanns.

»Lesen scheint nicht deine Stärke zu sein«, grollte er, packte mich bei der Schulter und trieb mich zurück.

Wieder in dem Raum, stellte er einen Eimer ab, den er in der anderen Hand gehalten hatte.

»Dann werde ich es dir buchstabieren.«

Er schritt durch den Raum, ohne mich aus den Augen zu lassen. ›Mach hier sauber‹, hinterließen seine Füße eine Nachricht in Großbuchstaben.

»Du willst, dass ich für dich putze?«, fragte ich schwer atmend. »Das hättest du auch sagen können, ohne mir die Knochen zu brechen.«

In der nächsten Sekunde traf mich eine harte Ohrfeige, die meine Lippe aufplatzen ließ.

Anscheinend gefiel ihm meine Stimme nicht, oder er hielt allgemein nichts von gesprochenen Unterhaltungen.

»Fuck, ey«, knurrte ich und konnte mich gerade so beherrschen, das Blut in meinem Mund nicht auf den Boden zu spucken.

Ohne ein weiteres Wort zog ich meine Schuhe aus, ging neben dem Eimer auf die Knie und nahm den Schwamm aus dem lauwarmen Wasser. Was für ein Lösungsmittel da auch drin war, es roch widerlich und brannte, als ich meine Hand hineintauchte. Na ja, wenigstens lenkte das ein wenig von dem furchtbaren Stechen in meiner Seite ab.

Zumindest ließ sich die Tinte ganz gut damit lösen, wenngleich ich sie beim ersten Wischen mehr verschmierte als entfernte.

Teipoh blieb die ganze Zeit bei mir, während ich mich Zentimeter für Zentimeter vorarbeitete.

Das hier ging mir so dermaßen auf die Nerven. Nicht nur, dass mir alles wehtat und ich meine Zeit mit Putzen vergeudete. Es war vor allem Teipohs Rumgezappel. Der Typ konnte keine Sekunde stillstehen, lief hin und her und fuhr mit den Händen über die Wände. Dabei hinterließ er eine sehr detaillierte Beschreibung, wie er mich erwischt, vermöbelt und zu seinem Hausmädchen gemacht hatte.

»Warum schreibst du das alles auf?«, wagte ich, zu fragen, als ich etwa die Hälfte meiner Schuhabdrücke entfernt hatte.

Ich zog den Kopf etwas ein, rechnete schon mit einem weiteren Schlag, erhielt aber zu meiner Überraschung eine Antwort.

»Das kannst du im ersten Zimmer nachlesen«, sagte er knapp.

›Das kannst du im ersten Zimmer nachlesen‹, hinterließen seine Füße auf dem Boden.

»Als ob du zulassen würdest, dass ich noch eines deiner Heiligtümer betrete«, murmelte ich.

Teipoh schnaubte, ging dann zu einem freien Stück Wand und begann, zu erklären.

›Die Schrift war schon immer mein Medium, mich auszudrücken. Ich war Autor und Journalist, einer der kritischen Sorte, und immer hinterher, Geheimnisse aufzudecken – auch wenn es denen, die sie betrafen, nicht gefiel. Außerdem setzte ich Schriftstücke aller Art auf: Testamente, Urkunden, Beglaubigungen, Briefe. Immer genau so, wie meine Kunden es wollten.‹

Alles klar – Klatschreporter und Urkundenfälscher traf es wohl eher, wenn ich an das dachte, was ich in seinen anderen Zimmern gelesen hatte.

›Es passte Nicodemus nicht, was ich veröffentlichte. Aber anstatt mich daran zu hindern, weiterzumachen, verurteilte er mich dazu, ohne Unterlass weiterzuschreiben, indem er mir diesen Körper gab.‹

Ich runzelte die Stirn. »Was passiert, wenn du aufhörst?«

»Dann wäre meine Geschichte zu Ende«, sagte und schrieb er.

›Er treibt mich in den Selbstmord, so wie ich viele andere zuvor‹, ergänzte er stumm den Text an der Wand. ›Denn dies ist der letzte Raum, das letzte Stück Papier. Wenn es gefüllt ist, ist es vorbei.‹

Mich fröstelte. Der Typ war genauso ein egoistischer Unmensch gewesen wie Freddy und verdiente es vermutlich, hier zu sein. Umso besser, dass seine Stunden gezählt waren – oder vielmehr seine Seiten.

»Aber jetzt habe ich einen Lichtblick«, sagte Teipoh, als ich gerade den letzten Schuhabdruck vom Boden entfernte. »Jetzt habe ich dich. Du wirst meine Vergangenheit tilgen und ich kann meine Geschichte von vorn beginnen.« Ein diabolisches Grinsen legte sich auf sein Gesicht. »Es grenzt an Ironie, dass du mich erst selbst darauf gebracht hast, nicht wahr? Ich müsste dir fast dankbar sein, dass du dich nicht an mein Verbot gehalten hast. Ich war so in meinem Trott, dass ich die Chance nicht sah, die mit dir in meine Welt stolperte. Tja, manchmal braucht es ein bisschen vergossene Tinte, um den nächsten Satz zu erkennen.«

Moment, verstand ich das richtig? Der Typ wollte mich hierbehalten, damit ich alle Räume für ihn sauber wischte, damit er neuen Platz zum Schreiben hatte? Hatte der sie nicht mehr alle???

Er baute sich vor mir auf, nicht ohne weiter von einem Fuß auf den anderen zu wippen, und betrachtete meine Arbeit. »Das dürfte reichen. Hoch mit dir und ab in das nächste Zimmer.«

»Das kannst du dir abschminken, du …«

Weiter kam ich nicht, als er mich mit der Hand in die Seite stieß. Natürlich genau an der Stelle, die ohnehin schon schmerzte wie die Hölle.

Seine Typenhebel klapperten, was mir zeigte, dass er langsam die Geduld mit mir verlor. Und das unerträgliche Stechen in meiner Seite sagte mir, dass ich ihn nicht noch wütender machen sollte.

Gehorsam wie es sich für ein Dienstmädchen geziemte, nahm ich den Eimer und ging hinaus. »Wohin?«

»An den Anfang natürlich. Schließlich habe ich den gerade ein zweites Mal zu Papier gebracht, er kann also ruhig gelöscht werden.«

Brav schleppte ich mich zurück an den Anfang des Ganges.

Vielleicht konnte ich ihn überwältigen, wenn ich ihm den Inhalt des Eimers überkippte, der für die Menge Tinte, die ich schon entfernt hatte, noch auffallend klar war. Schließlich war Teipoh aus Metall und würde rosten!

Ja, das würde er wohl, aber sicher nicht von einer Sekunde auf die andere. Ich konnte förmlich spüren, wie er mir für diese Aktion das Nasenbein brach – nein, das war keine Option.

»Na los«, trieb er mich an, kaum dass wir den völlig schwarzen Raum betreten hatten. »Beeil dich, damit ich weitermachen kann.«

Er machte doch weiter, Herrgott … Schließlich tippelte er schon wieder klackernd umher.

Ich wandte mich der Wand links der Tür zu. Schön nah am Ausgang bleiben … Damit ich jede Chance, die sich eventuell bieten mochte, sofort nutzen konnte.

Als ich den Putzschwamm nass gemacht hatte und meine Aufmerksamkeit auf das tiefe Schwarz vor mir richtete, begriff ich endlich, was hier wirklich abging.

Der Typ war so unruhig, so süchtig nach dem Schreiben, dass er jeden Fleck mit Buchstaben bedeckt und einzelne Stellen so oft überschrieben hatte, dass nicht der kleinste Punkt tintenfrei geblieben war.

Anders als Freddy wollte Teipoh nicht hier weg. Er liebte das hier, er brauchte diese ganzen Flächen, um sich auszutoben. Und er brauchte einen Idioten wie mich, der dafür sorgte, dass ihm diese niemals ausgingen.

Ich war quasi sein Ticket für die Unsterblichkeit. Zum Kotzen …

Verfluchte Scheiße, es musste doch irgendeine Möglichkeit geben, den Typen abzulenken oder ihn daran zu hindern, mir zu folgen, wenn ich die Flucht ergriff.

Während ich die Wand schrubbte, ging ich in Gedanken das Arsenal durch, mit dem Vincent und Pau mich ausgestattet hatten.

Messer waren sinnlos. Der Draht vielleicht, damit könnte ich seine Beine umwickeln und ihn am Laufen hindern. Aber ich konnte nicht all seine Typenhebel auf einmal zusammenbinden und so würde ihm immer noch Ersatz bleiben, um sich fortzubewegen.

Nein, Vincents Waffen würden mir nicht helfen. Und das Zeug vom Flattermann?

Das Steingift fiel raus, auch wenn es bei Teipoh sicher einen bleibenden Eindruck hinterlassen hätte. Zwar hatte ich für Freddys Panzer nur einen Tropfen gebraucht, aber ich hatte das Fläschchen verloren, als alles um mich herum zusammenbrach.

Was hatte ich noch an Flüssigkeiten? Ein Schlafmittel und ein Traumspender – beides wohl wirkungslos gegen eine Maschine. Obwohl er ja ein menschliches Gehirn zu besitzen schien. Na ja, zumindest einen menschlichen Kopf. Wie es da drin aussah, wollte ich gar nicht wissen.

Mit dem Dauerlähmer würde es ähnlich sein. Obwohl mir der Gedanke gefiel, ihn einfach für eine gewisse Zeit einzufrieren …

Wuaaaah, warte – das war es! Ich hatte doch diese komischen Silberkugeln, oder besser Eiskugeln. Ich konnte ihn einfrieren!

Mein Herz begann, schneller zu schlagen, und es fiel mir schwer, nicht sofort in meine Tasche zu greifen und meinen Plan in die Tat umzusetzen.

Aber ich durfte jetzt keinen Fehler machen. Wenn das schiefging und Teipoh auch nur den Verdacht hegte, dass ich ihn angriff, würde das sehr, seeeehr unangenehm für mich werden.

Zuerst kramte ich in meiner Erinnerung, in welche der vielen Taschen ich die Kugeln gesteckt hatte. Dann verfolgte ich so unauffällig wie möglich den Laufweg, den Teipoh für sich auserkoren hatte.

Er bewegte sich fast nur im Bereich der Tür, ging einen Schritt aus dem Raum, drehte um, kam vier Schritte zurück, machte wieder kehrt. Da musste ich ihn erwischen, wenn er kurz davor war, sich wieder zu mir umzudrehen.

Ich schrubbte noch einmal kräftig über die Wand, sodass der Schwamm selbst schwarz vor Tinte war, und hockte mich dann so neben den Eimer, dass ich Teipoh gut beobachten konnte.

Mit einer Hand spülte ich den Schwamm aus, während die andere schon in Richtung der Eiskugeln glitt.

Als es so weit war, als er mit dem Rücken zu mir stand, reagierte ich blitzschnell. Ich holte drei Kugeln hervor, sprang auf und schleuderte sie ihm mit aller Kraft, die ich hatte, entgegen. Dabei zielte ich auf seinen Kopf, der wohl das Empfindlichste an ihm war.

Eine Kugel flog vorbei, eine traf seine Schulter. Aber die dritte, die traf auf seinen Hinterkopf.

Losrennen, Andrew, zack, zack!, trieb mich mein Hirn an. Doch meine Beine standen starr, als hätte ich mich selbst schockgefrostet.

Wie in Zeitlupe sah ich, wie die Kugeln Teipoh trafen, wie sie an ihm abprallten und zu Boden fielen, ohne auch nur den Hauch einer Eisschicht auf ihm zu hinterlassen.

Immer noch unendlich verlangsamt, drehte sich der Schreibmaschinenmann zu mir um. »Was zum Teufel sollte das?«, brüllte er.

Ich wich zurück, als er leicht in die Hocke ging, kam aber nicht weit, bis ich gegen die Wand stieß.

Aua, aua, das wird wehtun!

Ich drehte mich zur Seite, die gebrochenen Rippen zur Wand gerichtet, und hob meine Arme, um meinen Kopf zu schützen.

»Du elender kleiner Wurm«, grollte Teipoh. »War das ein Angriff? Hast du dich gerade gegen mich aufgelehnt? Das treib ich dir aus!«

Mir blieb nichts übrig, als auf den Schmerz zu warten. Der Frage, warum die ollen Kugeln nicht zerplatzt waren, konnte ich mich später widmen – falls ich Teipohs neuerlichen Wutausbruch überleben würde.

Obwohl, am Leben lassen würde er mich mit Sicherheit, er brauchte mich ja noch. In welchem Zustand ich dann wäre, war eine andere Sache …

Gleich würde er kommen, gleich … gleich …

»Du verfluchter …«, schimpfte er, beendete seinen Satz jedoch nicht, sondern stieß einen überraschten Laut aus.

Es folgten ein lautes Poltern und Klappern sowie wütendes Fluchen.

»Was zum Tintenfass noch mal … Ich kann nicht … Arrghhhh …«

Langsam ließ ich die Arme sinken und riskierte einen Blick auf Teipoh. Dieser lag rücklings am Boden, ruderte mit den Armen, Beinen und anderen Typenhebeln bei dem Versuch, sich zu drehen, schaffte es aber nicht. Er saß fest, unfähig, sich aufzurichten.

Unter ihm schimmerte es bläulich. Als ich mich aufrichtete und neben den zappelnden Maschinenmann trat, sah ich mein Spiegelbild auf der Fläche.

Das war Eis! Die Kugeln mussten doch noch zerplatzt sein, allerdings erst, als sie auf den Boden getroffen waren. Weder Teipoh noch ich hatten das bemerkt und ihn hatte es zu Fall gebracht.

»Na, wie fühlt man sich als Schildkröte?« Ich stieß ein heiseres Keuchen aus, gefolgt von einem weiteren und einem weiteren.

Ich wäre wohl in hysterisches Gelächter ausgebrochen, wenn nicht gleichzeitig mit meiner Erleichterung auch Teipohs Panik immer größer geworden wäre.

»Nein, nein, bitte«, flehte er. »Du musst mir helfen! Ich muss auf die Füße, ich muss schreiben!« Er streckte seine Arme zu den Seiten, erreichte mit einer Hand ungefrosteten Boden und tippte mit den Fingern darauf herum.

»Vergiss es«, zischte ich und trat mit einem Fuß auf seine Hand, womit ich ihn bewegungsunfähig machte.

»Bitte nicht, nein, bitte!« Seine Stimme überschlug sich fast.

Ich bemerkte, wie ein Vibrieren durch seinen Körper ging. Jeder einzelne seiner Typenhebel schien zu zittern.

»Hab Gnade! Ich werde sterben, wenn …«

»… du nicht weiterschreibst, schon klar«, unterbrach ich ihn. Ich hatte keine Lust, mir sein Gejammer anzuhören. Er hatte mir verdammt noch mal die Rippen gebrochen und mir ins Gesicht geschlagen. Er wollte mich hier einsperren, um ihm die Putze zu geben. Und ich sollte gnädig mit ihm sein???

Wie automatisch zog ich meinen Fuß zurück und sofort klapperten seine Finger erneut über den Boden. Fuck, ja, ich würde gnädig mit ihm sein.

»Und jetzt hilf mir hoch!«, herrschte er mich an. Anscheinend hatte meine Geste ihm das Gefühl gegeben, ich stände ihm weiterhin *zur Verfügung*. Pustekuchen!

»Ich werde dich nicht umbringen«, sagte ich, jetzt wieder ruhig und gefasst.

Nein, ich würde mir nicht die Schuld an seinem Tod auf meine Schultern laden. Ich konnte einfach nicht. Was als Maximus12 in all den Spielen so einfach ausgesehen hatte, war in Wirklichkeit nämlich verflucht schwer.

Klar hatte er mir wehgetan, ich brauchte nur Luft zu holen, um daran erinnert zu werden. Aber trotzdem würde ich es nicht über mich bringen, ihm dafür sein Leben zu nehmen. So … war ich einfach nicht, nicht in der Realität.

Okay, er würde auch ohne mein Zutun sterben, der Boden unter seiner Hand konnte nicht endlos Tinte aufnehmen. Aber das war nicht mehr mein Problem.

»Mach's gut, Teipoh …«, sagte ich, wandte mich von ihm ab und verließ das Zimmer.

Seine Hilferufe hallten mir nach, während ich den Gang entlanggging – mal flehend, mal wütend, mal verzweifelt. Alle prallten sie an mir ab und als ich endlich die Tür erreichte, die mich in den nächsten Abschnitt des Kuriositätenkabinetts führte, war ich froh, ihn hinter mir lassen zu können.

22

Schwarz und Weiß

Hätte Teipohs Gezeter mich nicht so genervt, wäre ich noch einen Moment in dem Gang geblieben, um zu verschnaufen.

Vielleicht hatte ich auch insgeheim gehofft, dem Horror endlich zu entkommen, wenn ich die Tür durchschritt. Aber natürlich war dem nicht so.

Wo auch immer ich mich jetzt befand, es war nicht das Spielzimmer von Nicodemus. Aber es war auch weder ein Meer aus Weiß noch aus Schwarz, vor dem ich nun stand. Es war ein Garten, angelegt in einem riesigen Gewächshaus.

Okay, unheimlich war es hier trotzdem. Als ich nach oben blickte, sah ich weit, weit entfernt durch ein gläsernes Dach, über dem ein mondloser Sternenhimmel prangte. Aber obwohl es Nacht war und weder Lampen noch Fackeln irgendwo leuchteten, konnte ich all die Blumen um mich herum klar erkennen. Sie schienen selbst die Lichtquellen zu sein, die das ganze Gewächshaus in verschiedenste Farben tauchten. Lumineszenz nannte man das, glaube ich.

Ja, es war unheimlich – aber auch wunderschön. Aber unheimlich … und schön und … Sagte ich schon unheimlich?

Ab und an hörte ich ein Grillenzirpen, das Fiepen einer Maus oder sogar das Gurren eines Vogels. Allesamt typische Geräusche der Nacht, die dem Ganzen ein Stück Normalität gaben. Aber genau das war es, was mir einen Schauer über den Rücken jagte. Alles, dem ich bisher in diesem Herrenhaus begegnet war, hatte mich beleidigt, angegriffen oder versucht, einzusperren. Und hier würde es nicht anders werden, so bezaubernd die Umgebung auch wirkte.

Irgendetwas, oder irgendjemand, lebte hier. Und er war mir mit Sicherheit nicht wohlgesonnen.

Das Beste, was ich tun konnte, war, diesen Bereich so schnell wie möglich wieder zu verlassen. Nichts anfassen, nicht stehen bleiben, einfach durch und gut.

Nur, wie kam ich durch? Es gab zwar einen Weg, dem ich folgen konnte, aber es war nicht abzusehen, wo er hinführte. Egal, ob ich nach vorn, rechts oder links schaute, ich konnte kein Ende des Gewächshauses ausmachen. Bäume und Sträucher versperrten mir die Sicht, die ich im schummrigen Licht der Blüten zwar erkennen konnte, aber eine undurchsichtige Grenze zu dem bildeten, was dahinter lag.

Okay, sich hier die Beine in den Bauch zu stehen, würde mich nicht weiterbringen. Also ging ich einfach los und hoffte, dass der Weg mich nicht direkt in eine Falle führte.

Je weiter ich kam, desto idyllischer wurde die Umgebung, gleichzeitig aber auch gruseliger. Alte, knorrige Bäume mit dicken Stämmen und verzweigten Ästen erhoben sich inmitten der

Blütenpracht. Wunderschön! Aber sie versperrten mit ihren weitläufigen Kronen den Blick zum Himmel und gaben mir das Gefühl, eingesperrt zu sein – mal wieder.

Außerdem machte es mich nervös, dass ich auch nach Minuten noch niemandem begegnet war. Ich war schon bei Teipoh der trügerischen Sicherheit erlegen gewesen, außer Gefahr zu sein. Das würde mir nicht noch einmal passieren.

Dass der Schreibmaschinenmann mich nur angegriffen hatte, weil ich seine Regeln gebrochen hatte, ließ ich außen vor. Was wusste ich denn, welche Regeln hier in dem Garten galten?

So bewegte ich mich äußerst vorsichtig, um nicht das kleinste Pflänzlein zu beschädigen und so wenige Geräusche wie auf dem Kiesweg möglich zu machen.

Als plötzlich eine Eule mit lautem Schuhu aus dem Baum neben mir startete, bekam ich einen halben Herzinfarkt. Ich zuckte zusammen und stieß ein schmerzerfülltes Fluchen aus, da sich meine Rippen dabei energisch meldeten.

Scheißvieh, mich so zu erschrecken!

Ich sah ihr nach, wie sie in einem entfernteren Baum landete. Zumindest war ich jetzt gewarnt, wenn ich dort entlangging und sie den nächsten Turbostart hinlegte.

Ich schüttelte den Kopf, als ich mich wieder in Bewegung setzte. Das alles hier kam mir so irrsinnig, so verrückt vor. Ich wäre fast von einer Schnecke und einer Schreibmaschine umgebracht worden und nun spazierte ich durch einen nächtlichen Garten, dessen Schönheit mir beinahe die Sinne benebelte. Diese Blumen, einfach der Wahnsinn.

Am liebsten hätte ich einen Strauß für Lola gepflückt. Wenn ich nachts bei ihr aufkreuzte, mit einem Berg leuchtender Blüten auf dem Arm, würde sie auf jede Frage mit Ja antworten, da war ich mir sicher.

Wieder dachte ich an Teipoh und die Siegel, die ich gebrochen hatte. Oh nein, so einen Fehler würde ich nicht noch mal machen.

Als ich unter dem Baum entlangging, in dem die Eule gelandet war, spannte ich mich automatisch an. Ich wartete auf das erneute Aufbranden von Flügelschlägen, begleitet von dem typischen Aufschrei. Aber es blieb aus. Nur ein leises Gurren drang von der Krone nach unten.

Ich hob den Kopf und suchte die Äste nach dem Vogel ab.

Es wunderte mich, dass ich weder aufkeuchte noch erstarrte oder stolpernd zurückwich, als ich fündig wurde. Vermutlich hatte sich mein Unterbewusstsein mittlerweile an das Außergewöhnliche gewöhnt, dem ich hier ständig begegnete, oder es war zumindest in Hab-Acht-Stellung gewesen.

Über mir, auf einem langen, horizontal verlaufenden Ast, saß die Eule – mitsamt ihrer ganzen Verwandtschaft. Und in der Mitte der Vogelschar saß ein Mensch.

Ähm, na ja, oder so etwas in der Art. Menschen besaßen typischerweise kein Federkleid an den Beinen und auch keine Klauen an deren Ende. Dass es sich dabei um Kleidung handelte, bezweifelte ich stark.

Die Eulengruppe hatte wohl bemerkt, dass ich sie entdeckt hatte, denn das leise Gurren schwoll zu einem lauten Huh-Huh-Huuuuh an. Im nächsten Moment streckten sie ihre Flügel aus und hoben ab.

Ein ohrenbetäubendes Rauschen überdeckte jedes andere Geräusch. Ich musste die Lider senken und mich regelrecht gegen den Wind stemmen, den sie mit ihren Flügelschlägen erzeugten.

Als er nachließ und ich die Augen wieder öffnete, stand das Wesen vor mir. Es war ein Mädchen, an der Grenze zur Frau, wie ich nun erkannte. Sie trug ein helles Leinenhemd, welches ihr bis zu den Knien reichte und in der Mitte von einem dunkelbraunen Miedergürtel tailliert wurde. Über den Schultern hing ein dunkler, mit Federn besetzter Umhang.

Jeder Zentimeter Haut, der an Armen und Beinen sichtbar wurde, war mit den gleichen grauen, braunen und weißen Federn bedeckt, ganz wie bei den Eulen. Anders als die Klauenfüße steckten ihre Hände in schwarzen Lederhandschuhen und sahen beruhigenderweise wie normale Finger aus.

Das alles nahm ich wahr, noch bevor ich ihr ins Gesicht gesehen hatte. Hier verhielt es sich ähnlich wie bei Ginger oder Teipoh: Ihre menschlichen Züge waren größtenteils erhalten und auch Federn gab es nur an ihren Augenbrauen. Dennoch hätte man sie selbst mit der verhüllendsten Kleidung nicht für einen Menschen gehalten, sobald man in ihre Augen sah. Riesig, bernsteingelb und mit einer schwarzen Sichel als Pupille, gehörten sie so sehr zu einem Vogel wie Wolken in den Himmel.

»Ein Besucher um diese Zeit?« Ihre Stimme klang jung und warm und es lag ein ehrliches Lächeln darin. »Normalerweise ist das Kabinett doch heute geschlossen, soweit ich weiß.«

Ich schluckte, öffnete den Mund, brachte aber nichts hervor. Ich starrte nur in ihre Augen, wie ein Kaninchen vor der Schlange. Erst als sie blinzelte, wobei mir besonders ihre dichten, langen Wimpern auffielen, löste sich der Bann.

»Ich bin …«, setzte ich an, hörte aber selbst, wie unsicher und belegt meine Stimme klang. Nach einem Räuspern begann ich erneut. »Ich bin nicht ganz legal hier, würde ich sagen.«

Sie hob eine federbesetzte Augenbraue. »Ein Eindringling also?«

Ich nickte.

Heilige Scheiße, warum hatte ich das gerade getan? Warum hatte ich nicht gesagt, ich wäre der neue Gärtner oder zumindest auf Nicodemus' Geheiß hier?!

Weil ich sie nicht anlügen konnte, deswegen. Ihre gelben Augen schienen bis in mein Innerstes zu blicken, jeden Winkel meines Hirns zu durchleuchten und die Wahrheit schon zu kennen, bevor ich auch nur eine Silbe über die Lippen gebracht hatte.

»Und wer bist du?«, sagte ich mit einer Stimme, die irgendwie so gar nicht nach mir klang.

Plötzlich wirkte sie erschrocken. »Oh, wo bleiben meine Manieren!« Sie strich sich die rechte Hand an ihrem Hemd ab und streckte sie mir dann entgegen. »Mein Name ist ... Ähm, nenn mich Uhulina.«

»Uhu... Nicht dein Ernst, oder?«

Sie verarschte mich doch!

Sie gluckste. »Klar, das ist Lateinisch für ›Eule‹«, erklärte sie völlig überzeugt, kicherte dann aber wieder. »Willkommen in meinem Garten.«

»Danke schön, Uhu...«

Nein, ehrlich! So konnte ich sie nicht ansprechen. Das war einfach nur lächerlich – und noch dazu gelogen. Niemand konnte so einen bescheuerten Namen haben. Oder?!?

Abstand halten, Andrew. Abstand halten!, sagte ich mir selbst. *Nimm nicht ihre ... Ouh, du Idiot!*

Ich ergriff die dargebotene Hand und stellte mich vor. »Ich bin Andrew.«

»Und was machst du hier, Andrew?«, fragte sie. »Außer spazieren gehen?« Sie deutete auf den Pfad vor uns und lud mich damit ein, weiterzugehen.

»Ich bin auf dem Weg zu Nicodemus«, erklärte ich wahrheitsgemäß, schaffte es aber, zumindest den Grund dafür für mich zu behalten. Bevor sie nachhaken konnte, schob ich schnell nach: »Und wieso bist du hier?«

Bei Freddy und Teipoh hatte ich zu lange gebraucht, um ihre Geschichte zu erfahren und dadurch zu erkennen, wie gefährlich sie waren. Bei Uhu... Gott, nicht mal in Gedanken konnte ich diesen Namen benutzen. Ich beschloss, sie insgeheim einfach Lina zu nennen. Also, bei ›Lina‹ wollte ich dem ohne Umwege auf die Spur gehen.

»Na, ich wohne hier«, erwiderte sie kichernd und wirkte dabei so kindlich, dass ich wohl kurz einen Blick auf das Mädchen warf, das sie einst gewesen war.

Ich grinste. »Das habe ich mir schon gedacht. Hast es sehr schön hier.«

Ein Strahlen legte sich auf ihr Gesicht. »Oh ja, das habe ich. Die schönsten Blumen der Welt sind mein Bett, die ewige Nacht tut meinen Augen gut und das Nahrungsangebot ...« Im Bruchteil einer Sekunde schnellte ihr Bein zur Seite, mitten hinein in eines der Beete, und als sie es zurückzog, hielt sie eine zappelnde Maus in ihrer Klaue. »... ist reichhaltig.« Sie ließ das kleine Tier wieder los und sofort huschte es zurück in Deckung.

Schlagartig sah ich Mina vor mir. Ich verzog leicht angewidert das Gesicht und schaute zur anderen Seite, damit Lina es nicht bemerkte.

»Trotzdem bist du eine Gefangene, oder?«, sagte ich zaghaft, ohne sie anzusehen. Ich musste ihr ihren Hintergrund entlocken, nur dann konnte ich sie vielleicht einschätzen.

»Ja, aber das stört mich nicht«, antwortete sie leichthin.

»Und warum bist du hier?« *Komm schon, Mädchen, lass dir doch nicht alles aus der Nase ziehen!* »Warum hat Nicodemus dir das angetan?«

»Ich habe mal für ihn gearbeitet. Ich war die Beste, hatte meine Augen überall – vor allem auf den Dingern, die *er* abgezogen hat. Hat ihm nicht gefallen, als er es herausgefunden hat.«

Ich blieb stehen und musterte sie, während sie weiterlief. »Heißt das, du warst so was wie eine Doppelagentin?« Das konnte ich mir kaum vorstellen, schon gar nicht, dass sie *die Beste* gewesen sein sollte. Sie war ein halbes Kind, verflucht noch mal.

Sie zuckte mit den Schultern und hob dann entschuldigend die Arme zur Seite. »Was soll ich sagen? Aeterna hat einfach besser gezahlt als er.«

Erst jetzt bemerkte ich, dass der vermeintliche Umhang regelrecht mit ihr verwachsen war. Es waren Flügel, die sich zwischen ihren Armen und dem Rumpf spannten. Ob sie mit den Dingern wirklich fliegen konnte?

Ein schauerliches Bild schlich sich in meine Gedanken, wie sie vom Himmel stürzte und ihre Klauen in das Fleisch ihrer Beute schlug – in *mein* Fleisch …

Schnell schüttelte ich es ab, behielt aber im Hinterkopf, mich möglichst unter den Bäumen zu halten, sollte sie sich in die Lüfte schwingen.

Zunächst konzentrierte ich mich aber wieder auf ihre Worte. »Sagtest du Aeterna? Kanntest du sie?«

»Aber ja, sie war meine Auftraggeberin.« Mit einem Mal wirbelte sie herum, so schnell, dass sich ihre Flügel im Wind blähten. »Ach, du bist wegen *ihr* hier!«

Unsicher strich ich über meinen Hinterkopf und unterdrückte ein schmerzhaftes Zucken, als ich über die Platzwunde strich. Hatte ich zu viel gesagt?

Nein, es war bestimmt von Vorteil, wenn sie das wusste. Vielleicht würde sie mir sogar helfen – obwohl das in diesem Haus ein echt abwegiger Gedanke war.

»Ja, ihre Tochter schickt mich. Draußen sieht es ziemlich schlecht aus«, plapperte ich los. Der durchdringende Blick ihrer gelben Augen schien jede Vernunft verstummen zu lassen. »Die Migwicks werden unterdrückt, regelrecht verfolgt und misshandelt. Es herrschen einfach schreckliche Zustände und Lola hat mich in diese Welt geholt, um das zu ändern. Aber dafür müssen wir den Grund für die Feindseligkeiten aus der Welt schaffen – Nicodemus. Das klappt aber nur mit Aeternas Hilfe und Roland sagte, ich würde …«

»Langsam, langsam, Cowboy.« Sie hob beschwichtigend eine Hand. »Ich hab schon verstanden.« Ein eigenartiges Lächeln legte sich auf ihre Züge.

Als sie blinzelte, setzte mein Hirn wieder ein. Heilige Scheiße, was hatte ich gerade alles gesagt? Richtig, alles!

Ich schluckte trocken.

Bevor ich begriff, was geschah, breitete sie die Arme aus und stieß sich mit einem kräftigen Flügelschlag vom Boden ab.

Verflucht, genau damit hatte ich gerechnet. Gleich würde sie sich auf mich stürzen, weil … Ja, keine Ahnung. Sie würde schon ihre Gründe haben, genau wie die anderen.

Schnell machte ich einen Satz nach vorn, um mich unter den nächsten Baum zu retten, und blickte panisch nach oben.

Es raschelte, und dann entdeckte ich sie auf einem der dickeren Äste.

»Ach wie süß. Du hast Angst vor mir, oder?«, fragte sie, während sie sich setzte.

Ich sagte gar nichts. Ihr abrupter Abgang hatte mein Misstrauen wieder entflammt, was mit Sicherheit nicht verkehrt war.

»Brauchst du nicht. Ich tue dir nichts, versprochen. Gewalt ist so gar nicht meins.«

Sag das mal der armen kleinen Maus!

»Ich schwöre, ich habe noch nie jemanden getötet! Okay, ich kann nicht leugnen, dass durch mein Handeln der eine oder andere umgekommen ist«, sie kicherte, »aber meine eigenen Hände wasche ich in Unschuld.«

Mein Körper wollte sich entspannen, aber mein Verstand schrie mich förmlich an, wachsam zu bleiben. So ungefährlich sie auch wirkte, witterte ich doch einen Hinterhalt.

»Weißt du, Andrew, genau wegen der Dinge, die dich hergeführt haben, will ich hier nicht weg.« Als sie mein Stirnrunzeln bemerkte, schnaubte sie. »Glaubst du, ich bin eines Morgens aufgewacht und dachte mir: ›Hey, wäre doch cool, ein Superspion zu sein‹?! Ich bin dazu geworden, weil die Welt da draußen mich dazu gemacht hat. Als obdachlose Waise hat man es scheiße schwer, auch als Mensch. Meine früheste Erinnerung ist daran, wie ich Kuchenreste vom Pflaster geleckt habe – und da war ich vier.«

Ein dicker Kloß bildete sich in meinem Hals und mit einem Schlag wünschte ich mir, ihre Geschichte doch nicht zu erfahren.

Aber sie redete weiter. »Wenn du jeden Tag darum kämpfst, nicht verhungern, verdursten oder erfrieren zu müssen, und dann kommt jemand und bietet dir eine Handvoll Frickel, nur damit du einen anderen Typen für ein Weilchen beobachtest, dann machst du das. Und wenn du merkst, du bist gut darin, dann machst du weiter. Und wenn du merkst, du bist die Beste, dann nimmst du nur das Beste – und wenn es bedeutet, dass du zweigleisig fährst.«

»Aber das ist …«

»Unmoralisch? Ist Spionage das nicht immer?«

Ich schüttelte den Kopf. »Nicht, wenn es für gute Zwecke dient.«

Sie kicherte, kindlich und unschuldig. »Du bist echt niedlich, weißt du das? Da fragt man sich doch, wer von uns beiden das Kind ist.«

Okay, das war der Moment, an dem diese Unterhaltung für mich beendet war. Sie würde mich nicht angreifen, davon war ich nahezu überzeugt. Sonst hätte sie es bereits getan. Aber sie verhöhnte mich und das konnte ich nicht ab.

»Gut und Böse – das bedeutet Schwarz oder Weiß, nicht wahr?«, fragte sie, als ich mich gerade abwenden wollte.

Ich hielt inne.

»Ich wünschte, du könntest die Welt mit meinen Augen sehen, Andrew. Ich wünschte, du könntest sehen, wie sich das Schwarz und das Weiß zu einem Grau vermischen, bis du nicht mehr sagen kannst, wo das eine anfängt und das andere aufhört. Dann würdest auch du erkennen, dass Schwarz und Weiß im Grunde nicht existieren – und wir erst recht nicht dazu in der Lage sind, festzustellen, was gut und was böse ist.«

Ich hatte die Kleine wirklich unterschätzt. Äußerlich mochte sie das süße, zurückhaltende Mädchen sein – okay, Eulenmädchen –, aber eigentlich war sie eine egoistische kleine Hexe, die ihre Fahne immer nach dem Wind richtete. Aber wer konnte es ihr verdenken. Vermutlich hatte sie im Leben nie gelernt, was Werte und Ideale waren …

Ich war jedenfalls fähig, Gut und Böse zu unterscheiden. Und deswegen würde ich jetzt gehen.

»Mach's gut, Uhu…lina.«

Ein Kichern ertönte. Herrgott, wenn sie schon selbst über diesen Namen lachte, wie sollte ich da ernst bleiben?

So gefasst wie möglich fügte ich hinzu: »Danke, dass du nicht versucht hast, mich zu töten oder aufzuhalten.«

»Nun, also …« Sie senkte den Blick auf ihre Füße, die unruhig vor und zurück baumelten. »Kennst du den Ausdruck, man solle nicht die Hand beißen, die einen füttert?«

Mein Innerstes zog sich zusammen, als hätte man einen Eimer Eiswasser über mir ausgekippt. Ich wusste genau, was sie mir damit sagen wollte.

»Du wirst mich an Nicodemus verraten«, stellte ich nüchtern fest. Dabei schob ich lässig beide Hände in meine Taschen. Auf sie wirkte es vermutlich, als würde ich mich betont cool geben. Eigentlich suchte ich aber etwas.

Wenn ich ehrlich war, hatte ich damit gerechnet, dass es nicht ohne Schwierigkeiten ablaufen würde – sonst wäre sie nicht hier. Das Kuriositätenkabinett war vielmehr eine Schutzbarriere für Nicodemus als eine Ausstellung – und Lina war ein Teil davon. Die Frage war nur gewesen, was genau sie im Schilde führte.

Meine Verabschiedung hatte ich nicht leichthin ausgesprochen, sondern um sie herauszufordern. Und es hatte geklappt.

»Natürlich«, antwortete sie jetzt. Wie schon vorhin ließ sie sich von ihrem Ast gleiten und landete elegant vor mir. »Schließlich will ich meine Stellung hier behalten.«

Da! Meine Finger fanden, wonach sie gesucht hatten, und schlossen sich um einen länglichen, glatten Gegenstand.

»Du wirst niemandem etwas vorsingen, kleines Vögelchen«, konnte ich mir nicht verkneifen, als ich das Reagenzglas hervorzog.

»Wie willst du …«, setzte sie an.

Doch da hatte ich es schon entkorkt und schüttete ihr die purpurne Flüssigkeit mitten ins Gesicht. »Süße Träume, Kleines«, rief ich triumphierend.

»Was ist das?« Sie riss die Augen auf, eher vor Überraschung als vor Angst, sah auf das Glas in meiner Hand und fuhr sich dann mit der Zunge über die feuchten Lippen.

Gerade wollte ich ihr erklären, dass sie in nächster Zeit niemandem irgendetwas erzählen würde, dass sie die nächsten Stunden schlichtweg verschlafen würde, als ihre Hand an ihren Hals schoss.

»Was … ist …«, keuchte sie noch einmal, bevor ihre Stimme zu einem erstickten Röcheln wurde.

Nun war ich derjenige, der die Augen aufriss. War das eine normale Reaktion? Sie sollte eigentlich einschlafen und nicht aufgrund Sauerstoffmangels ohnmächtig werden.

Irritiert sah ich auf das Fläschchen in meiner Hand und holte die anderen Reagenzgläser hervor, die ich noch bei mir hatte.

Paus Erklärung hallte durch meinen Kopf: *Das Blaue ist ein Kurzschlafmittel, das Grüne ein Traumspender und das Purpurne ein Dauerlähmer … Der Dauerlähmer setzt dauerhaft außer Gefecht … Es hängt von der Dosis ab.*

Mir wurde heiß und kalt zugleich, als ich die mit blauer und grüner Flüssigkeit gefüllten Fläschchen betrachtete. Scheiße, ich hatte das falsche gegriffen. Purpur, verflucht!

Ich wollte sie einschlafen lassen, nicht *außer Gefecht setzen*!

Und sie hatte etwas von dem Zeug in den Mund bekommen, das konnte nicht gut sein.

Es war definitiv nicht gut, denn in diesem Moment sackte sie vor mir zusammen. Ich konnte gerade noch nach ihr greifen, unterschätzte aber ihr Gewicht und wir gingen gemeinsam zu Boden.

Während ich mich aufrappelte und mich neben sie kniete, hielt sie weiterhin beide Hände an den Hals gepresst. Ihr Körper zuckte unkontrolliert, ihre Augen waren so groß, dass sie die Hälfte ihres Gesichts einnahmen, und die Pupillen zu derartigen Schlitzen verengt, dass sie nahezu unsichtbar wurden.

»Scheiße, du brauchst Wasser«, brüllte ich panisch. »Wir müssen das Zeug wegspülen, sonst erstickst du!«

Sie öffnete weit den Mund, aber kein Ton kam heraus.

»Hier muss es Wasser geben … Wo?«

Ich packte ihre Arme, wollte ihre Hände von ihrer Kehle reißen, damit sie mir damit den Weg weisen konnte, kam aber nicht gegen ihre Krämpfe an. Doch ich glaubte, eine Bewegung ihres Kopfes wahrzunehmen, als wollte sie damit nach links deuten.

Ich sprang auf und lief in die Richtung, ohne sicher zu sein, ob es nur ein weiteres Zucken oder wirklich ein bewusster Hinweis gewesen war.

Zum Glück wohl Zweiteres, denn nach ein paar Sekunden Sprint landete ich wirklich vor einem kleinen Teich.

Hätte Lina mich vorhin hierhergeführt, hätte mich seine malerische Schönheit wohl in den nächsten Rausch geschickt. Jetzt aber nahm ich kaum etwas davon wahr, sondern stürzte an das Ufer und ließ mich fallen.

Wasser, halleluja!

Nun stand ich aber vor dem nächsten Problem – ich hatte nichts, um es zu transportieren.

Hektisch flatterte mein Blick über den Uferbereich und die angrenzenden Blumenfelder. Ob ich eine der Blüten als Kelch benutzen konnte? Nein, da sah nichts danach aus …

Fuck, mir rannte die Zeit davon. Da hinten erstickte ein Mädchen, weil ich unfähig war, Wasser von A nach B zu transportieren.

Kurz entschlossen formte ich mit den Händen eine Schüssel und tunkte sie in den Teich.

Ich brauchte drei Anläufe, bis ich eine gute Handhaltung gefunden hatte, um möglichst viel Wasser mitzunehmen, ohne dass es herauslief.

So schnell ich konnte, ohne zu viel zu verschütten, rannte ich zurück.

Als Lina wieder in meinem Blickfeld auftauchte, fuhr mir ein Stich in den Magen. Sie lag noch immer am Boden und hielt sich die Kehle. Aber sie rührte sich nicht mehr.

»Scheiße, nein«, keuchte ich, als ich mich neben sie hockte. »Komm, Lina, sieh mich an! Ich hab Wasser!«

Sie reagierte nicht. Ihr Körper war noch immer verkrampft, ihr Mund stand zu einem stummen Schrei geöffnet und ihre ehemals leuchtend gelben Bernsteinaugen blickten matt ins Leere.

Ich wusste, was das bedeutete. Wusste, dass alles, was ich jetzt noch tun würde, sinnlos war. Dass ich zu spät war.

Und doch war ich nicht bereit, sie aufzugeben. Ich schüttete ihr das Wasser ins Gesicht, versuchte, ihren Mund zu treffen, wenngleich sie eh nicht schlucken würde. Dann presste ich meine Hände auf ihren Brustkorb und begann mit der Herzmassage. Mein Erste-Hilfe-Kurs lag Jahre zurück und dennoch wusste ich in diesem Moment instinktiv, wo und wie stark ich drücken musste, dass ich es zwanzig Mal wiederholen und ihr dann mit meinen Lippen den Mund verschließen und Atemluft in sie hineinpressen musste. Die Gefahr, dabei selbst etwas von dem Dauerlähmer abzubekommen, war mir egal.

Ich wiederholte diesen Ablauf mehrere Male, merkte weder, dass meine Lippen taub wurden, noch, dass mir die Tränen über die Wangen liefen.

Und auch die Schar Eulen, die sich um uns versammelt hatte, bemerkte ich erst, als ich mit einem verzweifelten Aufschrei von Lina abließ und nach hinten sackte.

»Gott, verflucht«, schluchzte ich. »Nein, das … Das kann einfach nicht wahr sein! Sie darf nicht … Sie kann nicht …« Mit tränenverschleiertem Blick betrachtete ich die Vögel um mich herum, die mich anklagend anstarrten. »Ich wollte das nicht! Sie sollte schlafen, verdammt, aber nur kurz, nicht für immer. Ich wollte sie doch nicht umbringen, Herrgott …«

Ich schlug mit den Fäusten auf den Boden, was die Eulen um mich herum hektisch aufflattern ließ. Der Schmerz, der dabei durch meine Seite fuhr, tat gut. Ich hatte ihn verdient, ich hatte viel mehr davon verdient.

Mein Wunsch wurde erhört. In der nächsten Sekunde spürte ich einen heftigen Stoß in meinem Rücken, gefolgt von einem Brennen. Ich kippte nach vorn und wäre fast auf der toten Lina gelandet, wenn ich mich nicht gerade noch abgefangen hätte.

Ein Schatten kam von vorn auf mich zugerast und ich konnte gerade noch rechtzeitig einen Arm heben, um den nächsten Angriff abzuwehren.

Als ich den Blick zum Himmel hob, sah ich nicht wie erwartet Sterne, sondern Unmengen an Vögeln, die sich gerade zu einer gefährlichen Wolke formierten.

Die Eulen sahen den Fall wohl genau wie ich: Ich hatte Lina ermordet, ihre Freundin, ihre Herrin. Und dafür gehörte ich bestraft.

Sosehr ich mit ihnen übereinstimmte, dass Gerechtigkeit geübt und Gleiches mit Gleichem vergolten werden sollte – mein Überlebensdrang war größer.

Ich sprang auf, drehte mich um und rannte los. Immer wieder spürte ich spitze Schnäbel und scharfe Krallen an Armen und Rücken. Selbst ihre Federn waren scharf wie Klingen, stellte ich fest, als eines der Viecher knapp vor meinem Gesicht entlangflog und mich mit dem Flügel an der Wange streifte.

Ich brauchte dringend einen Schutz von oben. Ich brauchte Bäume – nur dummerweise lief ich von ebenjenen gerade weg und in Richtung des kleinen Teiches.

Ich bremste zu spät und landete klatschend mit den Füßen im Wasser. Hinter mir hörte ich das Tosen der näher kommenden Vogelarmee. Scheiße, wo sollte ich hin? Ich brauchte ein verdammtes Versteck, musste unsichtbar werden für diese Viecher, die mich in den nächsten Sekunden in Stücke reißen würden. Aber hier war nichts. Fuck, fuck, fuck!

Wieder reagierte mein Körper ohne mein Zutun, wieder war es Instinkt, der mein Handeln lenkte.

Bewusst hätte ich nicht mal sagen können, in welcher Tasche ich die Dinger verstaut hatte, aber plötzlich hielt ich in jeder Hand einige von den Hacky Sacks, die ich ebenfalls von Pau mitgenommen hatte.

Alles in mir sträubte sich, noch mehr von seinem Hexenwerk einzusetzen, hatte ich doch gerade einen Mord damit begangen. Doch mir blieb keine Wahl und so warf ich alle Beutel mit Blendsamen auf einmal in den Teich.

Erst brodelte es, kaum dass die Säckchen untergetaucht waren. Dann entlud sich der entstehende Dampf mit einer heftigen Druckwelle an der Wasseroberfläche und eine graue Wand kroch flutartig über den ganzen Garten.

Ich schloss kurz die Augen und blinzelte dann ein paar Mal, weil ich nicht sicher war, ob ich sie wirklich wieder geöffnet hatte.

Um mich herum gab es nichts mehr außer einer alles einhüllenden grauen Masse. Der Teich, der Himmel, die Blumen – und zu meinem Glück auch die Vögel –, alles war verschwunden. Verschluckt von einem undurchdringlichen Nebel.

Ich trat vorsichtig zwei Schritte zurück und erreichte so das Ufer, an dem ich mich niederließ.

Bitte, nur ein paar Minuten Ruhe, nur einen Moment, um wenigstens im Ansatz zu begreifen, was gerade geschehen war.

Aber ich wusste, dass ich mir das jetzt nicht gönnen konnte. Der Nebel um mich herum war dicht, aber er war auch in ständiger Bewegung. Immer wieder streiften mich kalte Schwaden oder zeigten sich hektische Verwirbelungen in meiner Nähe, die nur vom Wind unzähliger Flügelschläge stammen konnten. Ich glaubte sogar, einen Schatten ganz in meiner Nähe durch die Luft gleiten zu sehen.

Die Gefährten des Mädchens ließen nicht locker. Und der Nebel würde nicht ewig halten. Es half also nichts, ich musste weiter. Auch wenn ich keine Ahnung hatte, wohin.

Orientierungslos tappte ich so leise ich konnte durch das nicht enden wollende Grau. Ich hatte ja vorher schon keinen Plan gehabt, wo der Ausgang aus diesem Garten war. Jetzt konnte ich nur noch auf eine Riesenportion Glück hoffen.

Ich hatte keine Ahnung, wie oft ich mit dem Fuß, der ja nur in einem Strumpf steckte, gegen irgendwelche Steine stieß, mich in Blumenranken und Gräsern verhedderte oder mir die Finger fast brach, weil ich mit der ausgestreckten Hand gegen einen Baum stieß.

Aber ja, das Glück, auf das ich hoffte, war mir hold. Irgendwann spürte ich statt Gras und Moos wieder einen der Kieswege unter meinen Füßen. Leider fühlte ich ihn nicht nur, sondern sah ihn auch schemenhaft durch den Nebel blitzen. Er verzog sich, verdammt. Jetzt musste ich mich echt beeilen, damit das Eulengeschwader mich nicht wieder entdeckte.

Jede Vorsicht vergessend, rannte ich los, den Weg entlang. An Kreuzungen entschied ich aus dem Bauch, blieb nicht stehen.

Keine Ahnung, ob ich dabei mehrmals an derselben Stelle landete – und ob ich dabei dieselbe Richtung einschlug wie zuvor.

Der Nebel hatte sich soweit verflüchtigt, dass ich bereits wieder mehrere Meter weit sehen konnte, als ich endlich den Rand des Gartens erreichte. Die halbwegs freie Sicht half mir jedoch nicht, ich prallte trotzdem aus vollem Lauf gegen eine Wand. Wer hätte auch ahnen können, dass diese rundum mit einem Spiegel überzogen sein würde!

Das erklärte auch, warum ich keine Begrenzung erkennen konnte. Von Weitem schien sich der Garten ins Endlose zu erstrecken.

Ich presste eine Hand auf die Spiegelfläche und entschied, wieder meinem Bauchgefühl folgend nach rechts daran entlangzulaufen. Irgendwann musste ich eine Tür finden, und wenn es nur die war, die zurück zu Teipoh führte. Hauptsache, raus hier, weg von den Eulen, weg von der Leiche …

Und hin zur nächsten? Ich wollte gar nicht darüber nachdenken, wie es dem Schreibmaschinenmann inzwischen ging.

Ab und an kreuzte ich weitere Kieswege, die bis an den Spiegel führten und darin weiterzugehen schienen, was die Illusion von Unendlichkeit noch verstärkte.

Bei dem dritten oder vierten – ich hatte aufgehört, zu zählen – fühlte ich plötzlich eine Unebenheit unter meiner Hand, eine Art Fuge.

Die Tür! Scheiße noch eins, ich hatte sie tatsächlich gefunden!

Ohne auch nur einen Herzschlag lang zu zögern, tastete ich nach einer Klinke. Ich fand eine Art gläsernen Ring, an dem ich zog und damit die Wand vor mir öffnete.

Keine Sekunde zu früh, denn hinter mir kündigte ein lautes Rauschen an, dass das Eulengeschwader mich gefunden hatte.

23

Spielen wir ein Spiel

Das Erste, das ich wahrnahm, als ich die Tür hinter mir zuschob, war, dass ich nicht wieder in Teipohs schwarzem Gang gelandet war.

Voller Erleichterung und gleichzeitig mit vor Angst zitternden Gliedern lehnte ich mich rücklings an die Tür und schloss die Augen. Mir war klar: Dieser Horror war noch immer nicht vorbei. Ich war nur in einem weiteren Raum gelandet, in dem mich Gott weiß was erwartete.

Alles tat mir weh, wirklich alles. Der Kopf vom Zusammenprall mit der Wand in Freddys Schneckenhaus, meine Rippen von Teipohs Tritt und die vielen Stellen, an denen mich die Eulen massakriert hatten ... Gott, mein Frack musste nur noch aus Fetzen bestehen. Vincent würde mich umbringen – falls ich das hier überlebte. Und wenn ich es tat, erwartete mich ein schlechtes Gewissen auf Lebenszeit. Ich hatte einen Mord begangen, verdammt noch mal.

Nein, ich war noch nicht bereit. Ich brauchte eine Pause.

Ich wollte nicht mehr. Jede Motivation, jedes Ehrgefühl, jeder Heldenmut war verschwunden. Da konnte Lola noch so heiß sein, da konnte diese Welt, die ja nicht mal die meine war, noch fünfmal vor die Hunde gehen.

Ich hatte einfach keine Kraft mehr, einen Kampf weiterzuführen, der nicht meiner war.

Aber was hatte ich schon für Optionen? Mich hier hinsetzen und rumheulen? Darauf warten, dass die Decksters mich fanden und hier rausholten? Mich einfach von dem nächsten Monster, dem ich jede Sekunde gegenüberstehen würde, töten lassen?

Das klang alles sehr verlockend und erschreckend zugleich.

Langsam ließ ich mich an der Tür sinken und fuhr mir mit den Händen übers Gesicht.

Ich wollte nicht sterben, verfluchte Scheiße.

Also blieb mir wohl doch nur eine Möglichkeit: weitermachen. Und wenn ich es nur für mich selbst tat, um endlich hier rauszukommen.

Ich atmete noch zweimal tief durch, dann öffnete ich meine Augen, um mich dem zu stellen, was mich nun erwarten würde.

Mit allem hätte ich gerechnet, aber nicht mit vollgestopften Regalen, die Gänge bildeten wie in einer Bibliothek.

»Na super, darf ich mich gleich gegen fleischfressende Bücher wehren? Oder mit irgendwelchen gigantischen Staubflusen kämpfen?«, murmelte ich, als ich aufstand.

Argwöhnisch lugte ich in mehrere Regalgänge, entschied mich dann für den, der ganz rechts lag.

Es grenzte an ein Wunder, dass ich weder von irgendetwas aus den Regalen erschlagen wurde noch dass sich der Boden unter mir auftat oder mich etwas aus den Schatten ansprang, als ich zwischen den Regalen entlangging. Gut, Schatten gab es auch kaum, wenn ich ehrlich war. Alle paar Meter baumelte eine Lampe mit hübschen, geschmiedeten Verzierungen von der Decke, die zwar nicht als Operationslicht taugten, aber zumindest den Weg vor mir ausleuchteten.

Es war auch nicht so, dass ich erneut in einer Endlosschleife gefangen war. Denn schon am Anfang konnte ich sehen, dass die Regalreihe nach geschätzt zwanzig Metern endete. Was danach kam, lag jedoch außerhalb meines Sichtfeldes. Vermutlich der nächste unvorstellbare Schrecken …

Ich hatte also noch eine Verschnaufpause von circa zwanzig Metern. Und die würde ich nutzen.

Langsam ging ich voran und ließ dabei meinen Blick über die Sachen in den Regalen schweifen. Es waren keine Bücher, wie ich erwartet hatte, sondern in Kartons verpackte Spiele. Manche Verpackungen waren langweilig braun, andere bunt gestaltet. Überall stand ein Name drauf, teils handgeschrieben, teils gedruckt, teils in einer Sprache, die ich nicht verstand.

»Ist nicht wahr«, sagte ich, als ich plötzlich ein Monopoly-Spiel entdeckte, original so, wie ich in meiner Kindheit eines besessen hatte. Ein Stück weiter stand ein Siedler-Karton und direkt daneben, ganz klassisch, Mensch-ärgere-dich-nicht.

Plötzlich begriff ich, wo ich war. Roland hatte mir gesagt, dass ich am Ende des Kuriositätenkabinetts in Nicodemus' Spielzimmer gelangen würde. Das musste es sein!

Ein kurzes, heiseres Lachen entwischte mir. Ich hatte die Hölle wirklich durchquert, hatte alle Kuriositäten hinter mich gebracht. Ich hatte sie überlebt. Nein, mehr noch: Ich hatte sie besiegt.

Für den Bruchteil einer Sekunde fühlte ich mich wie ein echter Held. Den Gedanken daran, dass ich eventuell denselben Weg wieder zurückgehen musste, den ich gekommen war, und erneut mit Kampfeulen und Toten, meinen Opfern, konfrontiert sein würde, schob ich beiseite.

Jetzt galt es, Aeterna zu finden.

Roland hatte gesagt, ich sollte mich hier genau umschauen. Aber er hatte mir nicht gesagt, wonach ich suchen musste …

Arschloch.

Ich zog die Taschenuhr hervor. Wenn sie noch richtig ging, und das nahm ich einfach mal an, da sie fleißig vor sich hin tickte, war gerade mal eine Dreiviertelstunde vergangen, seit ich das Herrenhaus betreten hatte. Mir blieb also noch Zeit. Hoffte ich zumindest.

Auf jeden Fall brauchte ich eine gute Strategie, um diesen Raum zu durchsuchen. Ich beschloss, mir zunächst in allen Gängen einen groben Überblick zu verschaffen, um dann eventuell gezielter suchen zu können, nach was auch immer.

Ohne den Blick von den Regalen zu nehmen, wobei ich noch einige weitere Brettspiele entdeckte, die ich kannte, schritt ich bis ans Ende des Ganges. Doch anstatt mich direkt nach links zu wenden und den Nachbargang in entgegengesetzter Richtung abzuschreiten, blieb ich wie angewurzelt stehen.

»Guten Tag, Andrew. Ich darf Sie doch beim Vornamen ansprechen, oder?«

An einem fast majestätisch großen Schreibtisch aus Kirschholz, der so ordentlich war, als würde niemals daran gearbeitet werden, saß ein Mann. Und auch wenn ich bei der Reiterei von

Weitem nicht mehr als weißes Kopf- und Barthaar erkannt hatte, wusste ich sofort, wen ich vor mir hatte.

»Nicodemus«, hauchte ich völlig geschockt.

Er lächelte und lehnte sich entspannt in seinem Lehnstuhl zurück. »Sehr schön, dann hätten wir das geklärt. Setzen Sie sich doch.« Er deutete auf einen weiteren Stuhl ihm gegenüber, dessen Polster einladend weich aussahen.

Trotzdem zögerte ich. Das war doch sicher eine Falle. Wenn er meinen Namen kannte, dann doch bestimmt auch den Grund für meinen Besuch. Und dann würde er sicher nicht nur mit mir reden wollen, sondern …

»Bitte, ich möchte nur mit Ihnen reden. Keine Scheu.«

Konnte der meine Gedanken lesen? Oh Gott, konnte er?

Das war leicht rauszufinden. Ich sah ihm ins Gesicht und rief mir das Bild eines schrumpeligen Penis ins Gedächtnis. Sollte er das jetzt auch sehen, würde er zumindest ein Grinsen nicht unterdrücken können.

Nicodemus verzog jedoch keine Miene, hielt das freundliche Lächeln aufrecht, das er schon die ganze Zeit auf den Lippen trug.

Na gut, Test bestanden.

Dennoch zögerte ich noch eine Sekunde, sah mich noch mal zu allen Seiten um, bevor ich seiner Aufforderung nachkam.

»Sie brauchen sich keine Gedanken zu machen. Es sind keine meiner Wächter in der Nähe und ich habe auch nicht vor, nach ihnen zu rufen, solange Sie sich weiterhin ordentlich verhalten.«

»Ähm, ich habe Ihre Kuriositätensammlung versaut«, entfuhr es mir.

Was war ich für ein Idiot. Er hielt mich anscheinend für ungefährlich, musste ich ihm das Gegenteil beweisen?

Ja, musste ich. Idiot, sag ich ja.

Nicodemus zuckte nur mit den Schultern. »Die werden sich schon von Ihnen erholen. Und wenn nicht, ist das auch kein Verlust. Im Gegenteil, dann haben Sie Ludens womöglich einen größeren Gefallen getan, als Sie denken. Ich glaube, Sie sind sich bewusst, mit welchen Subjekten Sie es da zu tun hatten.«

Es war keine Frage, weswegen ich auch nicht darauf einging. Dass diese Typen alle nicht ganz sauber waren, hatte ich mitbekommen. Aber nur einem von ihnen hätte ich jetzt am liebsten den Hals umgedreht. Ob Roland gewusst hatte, dass Nicodemus hier und nicht auf dem Spielfeld war? Vermutlich hatte er mich sogar verpfiffen.

»Wie kommt es, dass Sie hier sind?«, fragte ich. Ich musste es einfach wissen. »Die Reiterei ist doch noch nicht beendet.«

»Oh, ich nehme nie selbst daran teil. Viel zu gefährlich«, antwortete er mit einem verschmitzten Lächeln.

Ich runzelte die Stirn. »Aber ich habe Sie doch gesehen …«

»Ein Double«, erklärte er knapp. »Solche Veranstaltungen sind riskant.«

Er seufzte.

Ein typisches Opa-Seufzen, schoss es mir durch den Kopf. Allgemein wirkte Nicodemus alles andere als wie ein eiskalter, rassistischer Monarch. Seine Gesichtszüge waren weich und offen, seine Ausstrahlung erhaben, aber nicht arrogant, und das freundliche Glimmen in seinen Augen wirkte nicht aufgesetzt.

»Spielen Sie, Andrew?«, riss Nicodemus mich aus meiner Musterung. Er lachte ein sympathisches Lachen. »Natürlich spielen Sie, wer hier tut das nicht. Das ganze Leben ist ein Spiel, wobei der eine mehr, der andere weniger zu verlieren hat.« Er zog eine seiner Schreibtischschubladen heraus und entnahm ihr eine kleine Pappschachtel. »Skarot?«

Solange ich ihn bei dieser Laune hielt, war es unwahrscheinlich, dass er die Decksters rief. Er schien sich wirklich unterhalten zu wollen – und zu spielen.

Ich nickte. Gut, bitte. Dann spielte ich eben mit.

»Wissen Sie«, fuhr der Bürgermeister fort, während er die Karten aus der Packung nahm und sie durchmischte, »auch wenn ich mir alle Mühe gebe, gleicht Ludens einem Hexenkessel. Unterbinde ich die Verbrechen in einem Viertel, gehen sie im nächsten wieder los. Es gibt viele zweifelhafte Subjekte in dieser Stadt und keines ist gut auf mich zu sprechen. Deswegen vermeide ich öffentliche Veranstaltungen.«

»Mit Subjekten meinen Sie Migwicks«, sprach ich meine Gedanken laut aus, als ich meine Karten aufnahm. Sie waren ganz okay. Viele Zahlen, aber auch ein Turm und zwei Ritter.

Nicodemus prüfte sein Blatt ebenfalls, wobei sein Lächeln noch etwas zufriedener wurde. Er schien verdammt gute Karten zu haben.

Mit einem Wink gab er mir zu verstehen, die Runde zu eröffnen.

Als ich eine Acht abgelegt hatte, sagte er: »Dieser Name, *Migwick,* stammt mit Sicherheit nicht von mir. Wenn es nach mir ginge, hätten sie keinen Namen. Sie verdienen es nicht.«

»Das sind harte Worte, Herr Bürgermeister.«

Wir spielten einige Züge, bevor ich wieder das Wort ergriff. »Mir ist nicht klar, warum Sie diese Wesen derart ausgrenzen. Warum Ihre Decksters in der Stadt dafür sorgen, dass die Migwicks gerade mal am Rand der Gesellschaft existieren, wenn sie nicht sogar herunterfallen. Oder wissen Sie vielleicht gar nicht, was in Ludens wirklich vor sich geht?«

»Die Decksters tun nichts ohne eine entsprechende Anweisung von mir. Und sie sind dazu angehalten, für Ordnung und

Sicherheit zu sorgen. Sie sollen die ehrbaren Menschen vor dem Abschaum beschützen.«

»Aber Sie sind doch derjenige, der die Menschen zu Abschaum macht?!«

Nicodemus hob kurz den Blick von seinem Blatt und sah mich an. Der Ausdruck in seinen Augen wirkte mitleidig, wie bei einem Lehrer, den die Dummheit seines Schülers traurig machte.

Ohne etwas zu erwidern, legte er zwei Karten ab. Ich schwieg ebenfalls, machte meinen Zug und wartete auf seine Reaktion auf meine Frage.

Trotz des aufwühlenden Themas spürte ich, wie ich lockerer wurde. Das Spielen wirkte beruhigend und Nicodemus' warme, freundliche Stimme tat ihr Übriges. Auch wenn ich nicht mit dem konform ging, was er sagte.

Langsam entspannte ich mich, legte die Angst ab, dass sich jede Sekunde das nächste Monster auf mich stürzen würde. Ein Schauder überlief mich, als ich versuchte, zu entscheiden, welche Begegnung die schlimmste gewesen war.

»Sie haben in meinem Haus einige dieser Subjekte kennengelernt«, sagte Nicodemus schließlich, als hätte er mir die Gedanken von der Stirn abgelesen. »Sagen Sie selbst: Sind das Migwicks oder sind es …«

»Monster«, wisperte ich, als er nicht weitersprach.

Er nickte. »Mit wem hatten Sie die Ehre, wenn ich fragen darf? Ich beherberge etliche von ihnen, die Auswahl im Kabinett wechselt ständig.«

»Nun, zunächst war da dieser Pupperich, Roland«, erzählte ich. »Ein Arsch, aber harmlos. Dann Freddy, die Schnecke, in deren Haus ich fast gefressen wurde. Anschließend kam eine lebendige Schreibmaschine, nicht unbedingt eine nettere Begegnung. Und zum Schluss ein Eulenmädchen.« Ich schluckte, als ich an die leblosen Augen von Lina dachte. Meine Augen begannen zu brennen, doch ich konnte die aufkommenden Tränen unterdrücken.

»Und hatten Sie auch die Möglichkeit, die Personen hinter den Monstern kennenzulernen?«

Ich zögerte.

Ja, ich hatte einen Blick auf das innere Wesen meiner Bekanntschaften werfen dürfen. Roland, der echt perverse Züge hatte, Freddy, der Todesrennen veranstaltete, Teipoh, der verleumdete und betrog, und Lina und ihre Doppelmoral. Und langsam begriff ich, worauf Nicodemus hinauswollte.

»Sie alle haben schreckliche Dinge getan, als sie Menschen waren«, sagte dieser, als ich nicht antwortete. »Ich habe sie nicht zu Monstern gemacht. Ich habe lediglich dafür gesorgt, dass jeder das Monster in ihnen sehen kann. In Ihrer Welt, Andrew, baut man Gefängnisse für solche Subjekte. Man rehabilitiert sie, lässt sie laufen und neue Verbrechen begehen, indem sie sich unerkannt zwischen ihresgleichen bewegen. Habe ich nicht recht?«

Ich war perplex, woher er das wusste. Dann erinnerte ich mich an die Spiele, die ich gesehen hatte, Monopoly und so. Pau und Lola waren wohl nicht die Einzigen, die über Dimensionsportale verfügen konnten.

»In einer kleinen Stadt wie Ludens habe ich nicht die Möglichkeit, derartige Einrichtungen zu bauen. Meine Kapazitäten sind begrenzt, also muss ich anders verhindern, dass diese Subjekte weiter Unruhe stiften. Ich sorge dafür, dass sie sich nicht verstecken können, dass jeder ihr wahres Ich erkennt und gewarnt ist.«

Als er seine Ausführungen beendet hatte, legte er endlich die wichtigste Karte auf den Tisch, die Königin.

Meine lag schon seit drei Zügen aus und ich hatte es auch nicht geschafft, eine derartige Verteidigung aufzubauen wie der Bürgermeister. Es war jetzt schon abzusehen, dass ich diese Runde verlieren würde.

Das interessierte mich aber nicht. Ich war viel zu geschockt von dem, was Nicodemus gerade gesagt hatte.

»Sie wollen mir also sagen, dass alle Migwicks, die hier leben, eigentlich Verbrecher sind?«

»Genau so ist es.«

Ich dachte an Lola, an Ginger und Pau, an Mina und Vincent. Und an Deedle. Vor allem an Deedle, der bestraft wurde, nur weil er einen Lieferantenauftrag angenommen hatte. Der kleine Junge hatte vermutlich nicht einmal gewusst, was er da tat, und würde nun sein ganzes Leben als Aussätziger verbringen müssen.

Auch das Schauspiel auf dem Markt fiel mir wieder ein, bei dem ein Migwick ohne Grund getötet worden war.

Geistesabwesend legte ich meine verbliebenen Handkarten ab und suggerierte somit, dass ich aufgab, während ich endlich verstand, was hier geschah.

Nicodemus stellte sich als Beschützer dieser Stadt hin, als Justitias Schwert, als Arm der Gerechtigkeit. Aber eigentlich ging es ihm nur um Macht. Warum sonst brauchte er einen Sündenbock?

Er tat nichts anderes als jeder Diktator, den ich aus meiner Welt kannte. Er lenkte die Aufmerksamkeit seiner Bürger auf eine kleine Randgruppe, und damit auch ihre Unzufriedenheit, ihren Zorn. Wenn es Probleme gab, waren die Migwicks schuld, ganz einfach. Und Nicodemus und seine Decksters kümmerten sich darum, beschützten das Volk vor einer Bedrohung, die hausgemacht war.

Mag sein, dass der eine oder andere Migwick es verdient hatte, aber die, die ich kennengelernt hatte, sicher nicht.

Gut, vielleicht der Kartoffelclown, der mich an meinem ersten Tag verprügelt hatte … Aber nicht Pau, nicht Ginger und schon gar nicht Lola.

Ich wusste, wer in diesem Spiel die Guten und wer der Böse war. Und ich würde mich nicht blenden lassen, da konnte Nicodemus noch so sehr einen auf fürsorglichen Großvater machen.

»Diese Runde geht dann wohl an mich«, sagte der Bürgermeister.

Ich nickte, immer noch gefangen in meiner Erkenntnis. Dann schüttelte ich den Kopf, als würde ich wieder klar werden müssen, und sah ihm in die Augen. »Aber das Spiel habe ich noch nicht verloren.«

Mit einem Mal änderte sich etwas in Nicodemus' Gesicht. Etwas in seinen Augen flammte auf und sein Lächeln wurde eine Spur wölfisch. »Ich hatte gehofft, Sie würden das sagen.« Er deutete auf die Karten. »Sie sind dran mit Geben.«

Ich griff den verbliebenen Kartenstapel und sammelte die übrigen Karten vom Tisch. Erst meine Adelsbrigade, dann die Zahlen und zum Schluss sein Königspaar. Ich mischte, schaffte es sogar, keine Karte fallen zu lassen, und gab neu.

Dieses Mal sah mein Blatt richtig gut aus. Es bestand nur aus hohen Zahlen, mit denen man gut verteidigen konnte, ein paar Rittern und sogar einem König.

Aber auch Nicodemus sah nicht unzufrieden aus. Er legte gleich in seinem ersten Zug einen Turm ab, was viel erahnen ließ.

Ich spielte eine Zehn und meinen König.

Eine Weile spielten wir schweigend. Er schien zu warten und ich hatte schlichtweg keine Ahnung, wie ich nun weitermachen sollte. Ich konnte noch ewig mit ihm hier sitzen und Skarot spielen, oder Monopoly, oder sonst was. Das war es aber nicht, warum ich gekommen war …

Immer wenn ich auf seinen Zug wartete, studierte ich die Bilder auf den Karten. Es war ein wirklich außergewöhnliches Deck und mit Sicherheit ein Unikat. Gerade die Figuren waren so fein ausgearbeitet, dass es fast wirkte, als seien sie lebendig. Allerdings passten sie nicht wirklich zueinander, wie mir bei näherer Betrachtung auffiel. Normalerweise ähnelten sich die Könige, Ritter oder Kammerdiener, die zu einer Farbe gehörten. Hier jedoch gab nur ein kleines Zeichen am Rand Aufschluss darüber, wer zu welcher Gruppe zählte, zum Beispiel ein Schwert für einen Ritter oder ein Herz für die Rote Fraktion. Die Personen waren grundverschieden, von der Gestalt wie auch der Kleidung.

Am beeindruckendsten war jedoch der hohe Detailgrad. Welcher Künstler achtete bei Zeichnungen für ein Kartenspiel schon auf Dinge wie kleine Narben über der Augenbraue, einen fehlenden Knopf am Jackett oder unsymmetrisch sitzende Hochsteckfrisuren.

Einer meiner Ritter hielt sogar sein Schild verkehrt herum, was ein echt lustiger Einfall war.

»Warum sind Sie eigentlich hier?«, stellte Nicodemus irgendwann die Frage, vor der ich mich gefürchtet hatte, wenn sie auch völlig unwichtig war.

»Sie wissen, aus welcher Welt ich stamme«, antwortete ich dennoch vollkommen ruhig. »Sie wussten, dass ich kommen würde. Sagen Sie mir nicht, Sie kennen meine Gründe nicht.« Ich ordnete meine Handkarten neu, dann ergänzte ich: »Mich würde allerdings interessieren, woher Sie Ihre Informationen haben. Oder besser, von wem und was Sie im Gegenzug geboten haben.« Ich wusste, dass er mir nicht darauf antworten würde, sah ihn an und wechselte das Thema. »Haben Sie eigentlich die Macht, den Migwicks ihre alte Gestalt zurückzugeben?«

Er erwiderte meinen Blick mit einem Zwinkern. »Nein. Aber verraten Sie das nicht.«

Na klar, als ob ich mich zu seinem Komplizen machen lassen würde! Vergiss es, alter Mann!

Neben dem triumphalen Wissen, ihn durchschaut zu haben und gleichzeitig zu täuschen, spürte ich einen Stich im Herzen. Seit ich wusste, dass er es war, der die Migwicks erschuf, hatte die Hoffnung in mir gekeimt, dass er diesen Prozess rückgängig machen konnte. Dass er Lola wieder …

Ach komm, Andrew! Ist das nicht scheißegal? Ob Lola ein Mensch, ein Kaninchen oder sonst was ist – sie ist und bleibt die Frau, in die du dich verliebt hast. Und jetzt hör auf, dich ablenken zu lassen, und tu, wozu du gekommen bist: Finde ihre Mutter!

»Sie sagten vorhin, dass die Migwicks im Kuriositätenkabinett nur eine kleine Auswahl waren, dass sich weit mehr in Ihrer Sammlung befinden«, versuchte ich, das Thema in die richtige Richtung zu lenken. »Was haben Sie denn noch so zu bieten?«

Es sollte so klingen, als ob ich lediglich die Unterhaltung in Gang halten wollte, nicht, als ob ich echtes Interesse an der Antwort hätte. Und das gelang mir.

Nicodemus begann, von weiteren Subjekten zu erzählen, die in seiner Verwahrung lebten. Allerdings ließ er unerwähnt, wo sich diese Gefangenen aufhielten. Auch passte keine der Beschreibungen auf Aeterna.

Zugegeben, ich hatte keine Ahnung, in welche Form er sie gepresst hatte. Aber mein Bauch sagte mir, dass der Bürgermeister bewusst vermied, sie zu erwähnen. Schließlich wusste er, dass ich ihretwegen hier war, daran gab es keinen Zweifel. Oder?

Während ich ihm zuhörte und erneut darüber grübelte, wie ich nun weitermachen sollte oder wie ich zumindest von hier wegkam, betrachtete ich abermals die Karten. Als ich den Ritter ansah, den ich einen Zug vorher ausgespielt hatte, stutzte ich. Es war der mit dem kopfstehenden Schild, da war ich mir sicher. Nur dass er es jetzt richtig herum in der Hand hielt.

Ich blinzelte, was jedoch nichts änderte. Oder hatte ich es mir nur eingebildet? Schnell überblickte ich die restlichen Karten, ob mir noch mehr Veränderungen auffielen.

Und tatsächlich! Es waren immer nur Kleinigkeiten: ein Knopf, der erst zu war und nun offen stand; eine Haarsträhne, die anders lag, ein Lächeln, das vorher nicht da gewesen war.

Ich wollte nicht so weit gehen, zu sagen, dass die Figuren sich bewegten. Aber die Bilder veränderten sich, ohne Zweifel!

»Ist etwas nicht in Ordnung?« Nicodemus musterte mich skeptisch.

Ich öffnete meinen Mund, um ihn danach zu fragen, ließ es aber bleiben. In seinem Gesicht konnte ich neben väterlicher Fürsorge auch Unbehagen erkennen, als wüsste er zum ersten Mal, seit ich diesen Raum betreten hatte, nicht, was ich dachte.

»Sie sind in diesem Spiel wirklich gut«, versuchte ich, ihn abzulenken. »Ich frage mich, ob Sie überhaupt schon mal jemand geschlagen hat.«

Das beruhigende Lächeln kehrte auf seine Miene zurück. »Nur einer. Ich selbst.«

Auch ich lachte und hoffte, dass es nur halb so unecht klang, wie es sich anfühlte.

Ich hatte etwas Großes entdeckt, das spürte ich. Lebendige Figuren auf einem gezeichneten Kartenspiel waren selbst hier nicht normal. Lolas Deck war zumindest nicht so gewesen.

Schnell spielte ich eine Karte. »Sie sind dran.«

Nicodemus redete weiter, von irgendwelchen verruchten Subjekten, denen er die Existenz genommen hatte, wobei ich mich echt konzentrieren musste, mich nicht von ihm einlullen zu lassen. Mit seinen Worten klang es wirklich so, als wäre er der schillernde Retter dieser Stadt, als würde ohne ihn alles im Chaos versinken.

Zum Glück wusste ich es besser.

Statt ihm also zuzuhören, glitten meine Augen über die Karten, in der Hoffnung, irgendeinen Hinweis darauf zu finden, warum ich bei ihrem Anblick so ein dumpfes Gefühl im Magen bekam.

Ich studierte alle Bilder auf Nicodemus' Seite des Spielfeldes, doch der zündende Funke, auf den ich wartete, blieb aus. Dann wiederholte ich das Ganze auf meiner Seite und als ich schließlich bei der Roten Königin anlangte, die direkt vor mir lag, war es, als ob mein Herz in Flammen aufging.

Dabei war nichts Besonderes an der Karte. Ich sah keine Veränderung an ihr, es gab keine störenden Symbole und auch die Figur, eine wunderschöne schwarzhaarige Frau, tat nichts, was besondere Aufmerksamkeit erregte.

Was mich völlig aus der Fassung brachte, war der Blick, den mir die Herzkönigin zuwarf.

Die Frau, die mich da ansah … war Lola! Also, zumindest glichen ihre Augen haargenau denen, in die ich mich schon im ›Dark Hole‹ verliebt hatte.

Mich sollte ein Pferd treten oder ein Deckster grillen, wenn diese Frau nicht Aeterna war, Lolas Mutter.

Mir wurde schwindelig, was vielleicht daran lag, dass ich den Atem angehalten hatte.

»Andrew?«

Nicodemus' Stimme riss mich aus der Starre, in die ich verfallen war. Ich holte Luft und hob den Blick. »Alles … in Ordnung.«

Verflucht, nichts war in Ordnung. Und das hörte er mir mit Sicherheit an.

»Es ist nur … Mein Kopf …«, fügte ich einer Eingebung folgend hinzu. »Ich bin etwas hart aufgeschlagen und … Irgendwie ist mir etwas übel.«

Das war nicht gelogen und ich konnte noch nicht mal sagen, ob das wirklich von meinen bohrenden Kopfschmerzen kam, die ich noch immer hatte, oder von der beinahe erstickenden Erkenntnis, dass ich Aeterna gefunden hatte. Oder zumindest ein Bild von ihr. Ein … lebendiges Bild.

»Warum haben Sie das nicht gleich gesagt?« Nicodemus beugte sich erneut zu einer seiner Schubladen, einer der unteren dem Anschein nach. »Ich habe da doch etwas …«

Meine Augen wurden groß. Tat er das tatsächlich gerade? Tauchte er wirklich hinter seinem Schreibtisch ab und verschaffte mir damit die nötige Zeit, mir die Karte zu schnappen und …

Äh, ja, was? Zurück in die Hallen des Horrors zu rennen, um mich erneut mit Linas Eulengeschwader auseinanderzusetzen?

Sorry, aber das würde ich nicht mal mit vorgehaltener Pistole machen. Nicht mal für Lola!

Lola … Doch, für sie vielleicht schon. Und erst recht, wenn ihre Augen mich so flehentlich von der Karte anblickten.

Verdammt, gab es denn keinen anderen Weg? Es musste! Es konnte mir doch keiner erzählen, dass der Bürgermeister sich immer zuerst an den Migwicks vorbeiquälte, um in sein Büro zu gelangen. Obwohl, ihm gefiel der Ausblick auf seine Sammlung vermutlich …

Okay, dann ging es wohl nicht anders. Ich musste den Weg nehmen, den ich gekommen war. Für Lola!

»Hier, bitte sehr.« Nicodemus hatte sich wieder aufgerichtet und hielt mir einen Blister Tabletten hin. »Die dürften Sie vertragen.«

Ich nahm ihn entgegen und verfluchte mich innerlich für meine Unentschlossenheit. Das war die Chance gewesen, abzuhauen. Und ich hatte sie vergeigt.

»Aspirin?«, fragte ich überrascht, als ich die Schrift auf dem Blister las.

»Ein weiteres kleines Mitbringsel«, antwortete er schulterzuckend. »Ich habe gute Erfahrungen damit gemacht, während ich in Ihrer Welt im Urlaub war.«

Urlaub … Ich verkniff mir ein Schnauben. Während in seiner Stadt Tod und Unterdrückung herrschten, machte der feine Herr Bürgermeister Urlaub in anderen Dimensionen.

»Danke«, sagte ich und schluckte daraufhin eine der Tabletten, bevor ich ihm die Packung zurückgab.

Keine Sekunde dachte ich daran, dass sie irgendetwas anderes beinhalten, dass es eine Finte sein könnte. Die Aussicht auf ein wenig Schmerzlinderung war einfach zu verlockend. Gerade wenn ich mich noch mal mit den Migwicks herumschlagen sollte.

Und während ich darauf wartete, dass die Wirkung einsetzte, würde mir bestimmt auch einfallen, wie ich an die Herzkönigin kam.

Es dauerte keine Minute, bis mir die zündende Idee kam. Nämlich genau in dem Moment, als ich mir durch die Haare fuhr und dabei ein leichtes Kratzen am Handgelenk spürte.

Ich lag in den letzten Zügen, es war nur noch die Frage, ob ich in dieser Runde meine Königin opferte oder einfach aufgab.

Ich entschied mich für Letzteres.

»Auch diese Runde geht an Sie, Nicodemus«, sagte ich und legte meine Handkarten auf den Tisch. »Ich habe einfach keine Chance in diesem Spiel.« Dann wandte ich meinen Blick ab und ließ ihn über die Regale schweifen. »Haben Sie nicht irgendetwas, womit ich besser vertraut bin?«, fragte ich und drehte mich wieder zu ihm. »Ich habe einige Spiele aus meiner Heimat in Ihrer Sammlung entdeckt. Besitzen Sie vielleicht auch eine Ausgabe von Stratego?«

Es war das erste Spiel, das mir einfiel, und ich konnte nur beten, dass er es besaß.

Wie beiläufig begann ich, die Karten auf dem Tisch zusammenzuschieben. Komm schon, alter Mann, steh auf und hol das dämliche Spiel!

Nicodemus legte seine Handkarten ebenfalls ab. Er überlegte. »Hmmm … Dieses Spiel besitze ich leider nicht.«

Argh, fuck! Konnte denn hier gar nichts so laufen wie …

»Aber ich hätte Glibbelia, das funktioniert nach dem gleichen Prinzip. Moment.« Er rutschte vom Tisch zurück.

Innerlich jubilierte ich. Jetzt nur nichts überstürzen, lass ihn erst ein paar Schritte gehen, Andrew.

»Dachte ich es mir doch, in Ihnen den perfekten Spielpartner gefunden zu haben«, sagte der Bürgermeister, während er aufstand und auf eine der Regalreihen zuging. »Es wäre eine Schande gewesen, hätte ich Sie direkt am Eingang abgefangen und zu einem Migwick gemacht. So handhabe ich das in der Regel mit unangemeldeten Besuchern, wissen Sie. Der Junge, Deedle, ist ein gutes Beispiel. Sie kennen ihn, wenn ich nicht irre.«

Ich hörte nur noch seine Stimme, während er den Gang entlangschritt.

Ich schluckte. Das war also sein Plan? Entweder ich wurde sein Spielgefährte auf Lebenszeit oder er fügte mich seiner Sammlung im Kuriositätenkabinett hinzu? Obwohl, dazu war ich wohl nicht bösartig genug … Eher würde ich in der Gosse landen, wie so viele andere Migwicks. Zu was ich wohl werden würde?

Komischerweise musste ich zuerst an Benjamin denken … Oh Himmel, bitte kein Elefant, aber auch keine Schnecke. Scheiße, was war, wenn ich zu einem Ding wurde – zu einer Kartoffel, als schmächtiger Abklatsch von dem Knollentyp? Und dann schmiss Deedle mich in den Kochtopf, ich sah es schon kommen!

Ich schlug mir gegen die Stirn, um mit diesem dämlichen ›was wäre, wenn‹ aufzuhören. Schlechte Idee, denn es dröhnte nicht nur wie ein Paukenschlag in meinem Kopf nach, sondern ließ die Wunde über meiner rechten Braue wieder aufplatzen. Vorsichtig wischte ich mit meinem Jackenärmel darüber, damit mir kein Blut ins Auge lief.

Dabei kratzte es wieder an meinem Handgelenk und das sorgte endlich dafür, dass ich mich auf das fokussierte, weswegen ich hier war.

Ich ließ die Karte aus meinem Ärmel rutschen, die Lola mir mitgegeben hatte. Mit einem dankbaren Lächeln strich ich über die Herzkönigin, die im Vergleich zu Nicodemus' Deck fast primitiv wirkte und trotzdem eine derartige Wärme in mir weckte, dass jeder Schmerz vergessen war. Diese Karte sollte mir Glück bringen, und Scheiße noch mal – wie sie das tat!

Schnell tauschte ich diese gegen die Herzkönigin auf dem Tisch aus, welche ich wiederum in meinen Ärmel schob.

Dann stand ich so leise es ging auf.

Nicodemus brabbelte immer noch vor sich hin. Er zählte in einer Tour Spiele auf, die er mit mir spielen wollte. Dabei klang er jetzt nicht mehr wie der Großvater, der mit dem Enkel sprach, sondern eher wie das Enkelkind selbst. Der Typ war doch durchgeknallt.

Aber gut – wer in dieser Welt war das eigentlich nicht?! Selbst ich war verrückt, sonst würde ich nicht gerade versuchen, den Bürgermeister zu beklauen.

We're all mad here …

»Ah, da ist es ja … Ach herrje, das habe ich ja ewig nicht mehr in der Hand gehabt, so viel Staub wie da drauf ist. Hier muss dringend mal wieder geputzt werden, Andrew. Das könnten Sie doch auch gleich … Andrew?«

Ich zuckte zusammen, als ich den fragenden Tonfall in seiner Stimme bemerkte. Ich hatte gehofft, er würde noch etwas länger brauchen, wenigstens so lange, bis ich die Tür erreicht hatte, die mich zurück ins Kuriositätenkabinett brachte.

Jetzt befand ich mich genau in der Mitte. Entweder konnte ich mich bemerkbar machen und mir eine Ausrede einfallen lassen, warum ich aufgestanden war. ›Mir ist doch eher nach Monopoly‹ oder so was.

Oder ich rannte los. Der Alte war sicher nicht schneller als ich, es würde kein Problem werden, vor ihm die Tür zu erreichen.

Aber dann wusste er Bescheid und würde sofort seine Decksters alarmieren.

»Andrew?«

Nun klang er fordernd, fast schon gereizt. Nicodemus schien keine besonders ausgeprägte Geduld zu haben.

Kurz schob sich ein Bild vor mein inneres Auge, wie er beim Mensch-ärgere-dich-nicht verlor und wie ein kleines Kind bockig das Spielbrett vom Tisch fegte. Und sein Gegenüber danach in einen sprechenden Spielstein verwandelte.

Oh ja, genau – das würde mein Schicksal sein, wenn ich jetzt nicht endlich DIE BEINE IN DIE HAND NAHM!

Die Entscheidung, loszusprinten, traf ich eindeutig mit dem Bauch. Denn der wollte einfach nur noch weg hier.

Meine nassen Strümpfe klatschten auf den Boden.

»Andrew!« Jetzt brüllte Nicodemus. Er hatte bei dem Klang sofort begriffen, was ich tat. »Andrew, kommen Sie sofort zurück oder ich …«

Den Rest des Satzes hörte ich nicht mehr, denn in diesem Moment riss ich die Tür auf, durch die ich vor gefühlten Stunden gekommen war, und trat zurück ins Kuriositätenkabinett.

24

Unerwünschte Unterstützung

Ich fand die Räume tatsächlich so vor, wie ich sie hinterlassen hatte. Keine neuen Migwicks, keine Eulen, keine Decksters. Nur ein kleinwüchsiger Mann in dem vordersten von Teipohs Zimmern. Ich schenkte ihm keine Beachtung, wollte nicht wissen, was er da tat – oder was mit dem Schreibmaschinenmann geschehen war.

In dem letzten Raum, oder dem ersten, dem mit dem Tresen, wurde ich jäh gestoppt, da ich beinahe über eines der Spielzeuge stolperte.

»Alter, pass doch auf! Du hättest mich fast niedergetrampelt. Was bist du, eine dämliche Stampede?«

Nein, das war kein Spielzeug, das war Roland.

»Verdient hättest du es, du hast mich verpfiffen«, knurrte ich ihn an, bevor ich ihn mit dem Fuß unsanft beiseite schob.

Ich hatte keine Zeit für diesen Knilch. Noch war ich nicht auf Widerstand gestoßen, aber das war wohl nur eine Frage der Zeit. Jeden Moment konnten die Decksters hereinplatzen und mich zu Grillgut verarbeiten. Die Frage war nur, ob sie mich dann gleich töteten oder nur ausknockten, um mich ihrem Chef auszuliefern. Was wiederum die Frage aufwarf, was schlimmer wäre.

Ohne Roland noch eines Blickes zu würdigen, sprintete ich zur Tür.

Doch er hielt mich zurück. »Das würde ich ja nicht machen, Alter.«

Tatsächlich zögerte ich. »Warum?«, fragte ich knapp.

Als ob das wichtig wäre. Als ob ich diesem Verräterzwerg nur noch einen Meter weit trauen würde.

Er hatte sich bereits aufgerappelt, stand neben dem roten Teppich und klopfte sich nicht vorhandenen Staub von seiner lächerlichen Kleidung. »Weil die ganze Leibgarde von Nico dort auf dich wartet«, sagte er und verdrehte die Augen. »Haben dir meine Kumpels dein bisschen Resthirn rausgeprügelt, oder was?«

Am liebsten hätte ich ihn gepackt und erwürgt. Aber das würde gerade niemandem helfen …

»Danke für den Tipp«, sagte ich grimmig und zog eines der Messer hervor, die ich von Vincent bekommen hatte.

Jaaa, ich wusste selbst, dass mir das nicht das Geringste helfen würde. Aber ich fühlte mich besser, okay?!

»Ich könnte dir ja einen anderen Weg verraten …«

Ich wirbelte herum und zeigte mit der Spitze der Klinge auf Roland. Der stand ungerührt da, betrachtete seine Fingernägel und rieb sie dann an seinem Kleid-Shirt, als wollte er sie polieren.

»Hör auf, okay«, bellte ich. »Ich muss mich hier konzentrieren.«

»Worauf? Dir deinen kommenden Tod auszumalen? Da kann ich dir helfen.« Er streckte seine Arme von sich, begann, unkontrolliert zu zittern, und stieß dabei Brizzel-Laute aus. Dann ließ er sich zur Seite fallen. »Bzzzzzz … und tot«, erklärte er sein Schauspiel überflüssigerweise.

»Grrr, du …« Ich sollte ihm wirklich den Hals umdrehen, allein damit ich mich besser fühlte.

Roland hob den Zeigefinger. »Sei nett zu mir und ich zeige dir einen Ausweg.«

Nein, Andrew. Lass dich nicht von ihm bequatschen! Er ist ein Idiot, ein Arschloch, ein Fiesling, ein …

»Okay«, sagte ich resigniert und ließ das Messer sinken. »Wo geht's lang?«

»Ah, doch kein Bananenmus im Hirn, was?« Roland grinste. Als ich einen bedrohlichen Schritt auf ihn zu machte und das Messer dabei von einer Hand in die andere legte, hob er abwehrend die Hände. »Okay, okay! Ruhig bleiben, Kumpel. Mir scheint, du stehst etwas unter Stress.«

Er hupfte davon, tauchte in einem Haufen Plüschtiere ab und kam schließlich mit einem Lappen in der Hand wieder heraus. Dann zerrte er sich sein Kleid über den Kopf und zog sich ein nicht minder lädiertes, aber wenigstens männlicher wirkendes Hemd über.

»Was zum Teufel machst du da?«, fuhr ich ihn an. Es war ja nicht so, dass ich keinen Zeitdruck hatte.

Apropos Zeit … Mit einem schnellen Griff holte ich meine Taschenuhr hervor. Fast ließ ich sie fallen, als ich auf die Uhrzeit blickte.

Sieben Uhr? Also vielmehr neunzehn Uhr? Verflucht, wann war so viel Zeit vergangen? Bevor ich Nicodemus' Spielzimmer betreten hatte, war es gerade mal viertel elf gewesen!

»Ich ziehe mich um, wonach sieht's denn aus? Oder denkst du, ich will aussehen wie ein kleines Mädchen, wenn ich hier rauskomme?«

»Bitte was?« Hatte ich das gerade richtig verstanden oder hatte der Schock mein Gehör getrübt?

»Hier gibt's nichts umsonst, Schätzchen. Wenn ich dir den Fluchtweg zeige, dann nur, wenn du mich mitnimmst.«

Allem in mir widerstrebte es, den Kerl auf die Stadt loszulassen. »Ich habe dir doch schon versprochen, dass ich Lola sage, dass …«

»Das war der alte Deal, Kleiner. Jetzt heißt es: ein Ausflug mit Roland oder ein Techtelmechtel mit den Decksters.«

Ich presste die Zähne aufeinander. Dieser Typ war gefährlich, er war intrigant und ein Verräter. Vielleicht sollte ich doch versuchen, durch den Haupteingang zu entkommen.

In diesem Moment hörte ich einen dumpfen Knall hinter der Tür, vor der ich stand, gefolgt von hektischen Schritten. »Keiner rührt sich. Kommen Sie raus und es wird Ihnen nichts geschehen!«

Argh, gottverdammte Kacke. Das waren die Decksters, sie waren hier!

Ich wirbelte herum. »Okay, hab's mir überlegt«, sagte ich, sprang auf Roland zu und packte ihn. »Wo geht's lang?«

Er deutete auf eine Klappe, die knapp unterhalb der Decke an der dem Fenster gegenüberliegenden Wand angebracht war. »Die Belüftungsanlage«, erklärte er knapp. »Der perfekte Fluchtweg – hat Nicodemus selbst gesagt.«

»Wieso hat er dir das verraten?«, fragte ich skeptisch, setzte mich aber sofort in Bewegung. Alles war jetzt besser, als hier auf die Decksters zu warten.

»Gesichert«, drang es aus der Eingangshalle zu uns.

»Gut. Neun, du gehst nach oben und sicherst das Tor. Sieben, du und Zehn, ihr bleibt an der Eingangstür, falls er sich doch draußen zeigt. Zwei und Fünf, ihr kommt mit mir ins Kabinett.«

So schnell ich konnte, zerrte ich einen der Sessel unter die Abdeckung und kletterte hinauf. Ich erwartete, die Klappe verschlossen zu finden, und überlegte schon, ob das Messer dazu taugen würde, Schrauben zu lösen, als ich sie ohne Weiteres zur Seite öffnen konnte.

»Er hat mich verhöhnt, das Arschloch«, beantwortete Roland meine Frage, während ich mich mit aller verbliebenen Kraft in den schmalen Tunnel schob. »Er wusste genau, dass ich Zwerg es niemals schaffen würde, hier hochzukommen«, meinte Roland. »Tja, jetzt wird ihm seine Überheblichkeit zum Verhängnis.«

Der Tunnel war schmal, aber es würde reichen, dass ich mich auf dem Bauch liegend hindurchschieben konnte.

»Warte«, sagte Roland, als ich bis zu den Füßen in dem Schacht steckte. Er krabbelte über meinen Rücken, dann signalisierte mir ein leises Quietschen, dass er die Abdeckung wieder geschlossen hatte.

Keine Sekunde zu spät, denn schon hörten wir die Decksters in den Raum stürmen.

Roland kam zurück. Er streckte mir ein Bein entgegen. »Du musst mir die Fußfessel abnehmen«, erklärte er. »Sonst wissen die sofort Bescheid. Hast du was zum Knacken?«

Mit Mühe zerrte ich die Dietriche hervor und fummelte eine Weile an dem Schloss der Fessel, bis Roland mir das Werkzeug entriss. »Das kann ja keiner mit ansehen. Dass du noch lebst, ist mir ein echtes Rätsel, so dämlich wie du dich anstellst.« Keine zwei Sekunden später fiel die Fessel zu Boden und er trieb mich an. »Weiter, weiter!«

Selbst er war zu groß, um hier aufrecht zu gehen. Aber zumindest konnte er sich im Vierfüßlergang bewegen, während ich wie eine verdammte Schlange durch den Schacht kroch. Ich gratulierte mir innerlich dazu, dass ich die Tabletten von Nicodemus angenommen hatte. Ohne diesen Push hätten die Decksters nur meinem Schmerzensstöhnen folgen müssen.

Aber hey, ich wollte mich nicht beschweren. Schließlich war ich gerade einer unfreiwilligen Elektrotherapie entkommen.

Schon nach der nächsten Biegung wurde es vollkommen dunkel um uns herum. Roland krabbelte vornweg, fragte an Kreuzungen nicht einmal nach meiner Meinung, wohin wir uns wenden sollten, und führte uns zweimal in eine Sackgasse, bevor wir endlich einen Ausgang fanden.

Hier gab es keine Abdeckung und wir konnten ungehindert hinausklettern. Na ja, klettern war in meinem Fall zu viel gesagt. Ich hatte keine andere Wahl, als mich bäuchlings aus der Öffnung zu schieben, und schaffte es gerade noch, meine Arme schützend nach vorn zu nehmen, bevor ich wie eine glitschige Makrele herausrutschte und auf den Boden krachte.

Roland fiel es sichtlich schwer, sich das Lachen zu verkneifen. »Hey, sieh es positiv«, sagte er. »Einen halben Meter weiter drüben und du hättest einen weiteren Darmausgang.«

Ich folgte seinem Blick und war plötzlich wirklich froh über meine unsanfte Landung, als auch ich den Haufen Schrott entdeckte, neben dem ich lag.

Mühsam setzte ich mich auf, lehnte mich gegen die Wand und schloss die Augen. Langsam wurde es echt grenzwertig und mein Körper sendete mir eindeutige Signale, dass er das hier nicht mehr lange mitmachen würde. Zum Glück hatte ich die Tablette von Nicodemus angenommen, welche die schlimmsten Schmerzen zumindest erträglich machte.

»Wo sind wir?«, fragte ich Roland.

Er antwortete nicht. Ein Klappern verriet mir, dass er sich gerade durch das Zeug wühlen musste, das neben mir lag.

Also öffnete ich die Augen wieder und ließ meinen Blick durch den Raum schweifen. Zwei kleine Oberlichter tauchten ihn in ein Zwielicht, sodass ich erkennen konnte, dass es sich um eine Art Abstell- oder Lagerraum für irgendwelches metallisches Zeug handelte. Was genau es war, interessierte mich nicht. Meine Aufmerksamkeit galt vor allem dem schrägen Aufgang am anderen Ende, der mit hölzernen Türen verschlossen war.

Ich wusste genau, wo wir waren. Denn diese Falltür hatte ich bereits von außen gesehen, als ich das Herrenhaus umrundet hatte. Wir hatten es fast geschafft.

Ich war im Begriff, aufzustehen, ließ mich aber doch wieder sinken. Was hatten wir geschafft? Den Garten zu erreichen? Na großes Kino. Da würde es genauso von Decksters wimmeln wie hier drin!

Es war sinnlos. Ich saß fest, verfluchte Scheiße. Alles war umsonst gewesen.

Ja, toll, ich hatte Aeterna gefunden – oder zumindest ein Bild von ihr. Aber es würde Lola niemals erreichen, weil ich zum Grillhähnchen werden würde, setzte ich auch nur einen Fuß aus diesem Keller.

»Na das ist ja mal interessant. Guck dir das mal an, Flachpfeife.« Roland hing immer noch kopfüber in einem Haufen verbeulter Metallteile.

»Mich interessiert dein neues Spielzeug nicht«, presste ich hervor, doch er ließ nicht locker.

Nachdem er mich noch dreimal beleidigt und schließlich sogar ernsthaft gebeten hatte, erhob ich mich doch. Die Pause war eine schlechte Idee gewesen, denn nun fühlte ich jeden geschundenen Teil meines Körpers ums Hundertfache verstärkt.

Ächzend schleppte ich mich die zwei Meter zu Roland. »Was hast du denn so Tolles gefunden?«, fragte ich mit ironischem Unterton.

»Nicht was, sondern wen«, hörte ich seine Stimme, die einen metallischen Nachhall hatte. Als er den Kopf hob, zuckte ich zusammen und wich unweigerlich einen Schritt zurück, als ich in das Gesicht eines Decksters schaute.

Klar wusste ich, dass Roland da drinsteckte, schließlich schaute halsabwärts sein Zwergenkörper heraus. Trotzdem war es unheimlich, nicht zuletzt weil es die Frage aufwarf, wieso hier der Kopf eines dieser Kerle herumlag – oder zumindest eine Maske davon. Die Uniform hätte ich ja noch verstanden, dann wäre dieser Raum vermutlich ihre Umkleide oder ein Waschraum gewesen. Aber das?

Roland schlug sich selbst gegen die Stirn. »Oioioi …«, hörte ich ihn jammern. Das metallische Dröhnen, das im Inneren der Maske widerhallte, musste ihm die Ohren klingeln lassen.

»Was hat das zu bedeuten, Roland?«, fragte ich fassungslos.

»Hier sind noch mehr Teile. Wir können uns einen kompletten Deckster zusammenbauen, wenn wir wollen«, antwortete er, nachdem er den falschen Kopf von den Schultern genommen hatte. Er griff erneut in den Haufen und winkte mir schließlich zu – mit der Hand eines Decksters.

Ich nahm den Arm entgegen, drehte und wendete ihn. »Dann sind das nur Hüllen? Rüstungen? Oder sogar Roboter?«

Mir blieb fast die Luft weg. Dass die Uniformen der Decksters etwas Rüstungsartiges hatten, war mir ja aufgefallen. Aber dass sie Roboter waren, hätte ich nicht gedacht.

»Also, ich glaube schon, dass hier jemand reingehört, der sie steuert«, mutmaßte Roland. »In Kopf, Händen und Füßen ist jede Menge Platz. Aber der Rumpf … Da passt maximal ein Blatt Papier rein.«

Köpfe, Füße, Hände … normale Körperteile, aber ein Torso flach wie Papier … Ich dachte an Nicodemus, den Spieler, und an den kleinen Gegenstand, der sich an meinen Unterarm schmiegte und in dieser Sekunde regelrecht zu pulsieren schien.

»Spielkarten«, sagte ich, überrumpelt von meiner eigenen Erkenntnis. »Nicodemus' Armee besteht aus Spielkarten.«

Roland tauchte aus dem Schrottberg auf und sah mich mit gerunzelter Stirn an. »Ja klar, Alter«, war alles, was er an Kommentar für mich übrighatte.

Ich hingegen war völlig überzeugt. Nicht nur, weil mich das Ganze einmal mehr an ›Alice im Wunderland‹ erinnerte, sondern weil es schlicht und ergreifend Sinn ergab.

Wichtig war es hingegen gerade nicht. Wichtig war nur, dass wir einen Weg hier raus fanden – und ich den Schlüssel dazu vielleicht gerade in der Hand hielt.

Prüfend schob ich meinen Arm in die leere Hülle des Decksters. Es war verflucht eng und ich würde mich kaum bewegen können … Aber trotzdem könnte es funktionieren.

»Roland«, wandte ich mich an den Zwerg, während ich noch immer meinen verkleideten Arm begutachtete. »Such mir alles raus, was wir für einen kompletten Deckster bräuchten.«

»Ist jetzt Bastelstunde, oder was?«, maulte er.

»Mach einfach, was ich dir sage. Und gib mir zuerst ein Rumpfteil, wenn's geht.«

Es passte ihm nicht, dass zur Abwechslung er nach meiner Pfeife tanzen sollte. Aber er hatte begriffen, dass ich einen Plan hatte.

Während Rumpelstilzchen sich durch den Metallberg wühlte, räumte ich einen größeren Tisch frei und durchforstete den Raum nach Werkzeugen. Ich fand tatsächlich allerlei nützliche Sachen. Vor allem das Brecheisen und die kleine Metallsäge würden mir bei meinem Vorhaben nützlich sein.

Es rumpelte, als Roland einen gut erhaltenen Deckster-Körper zu mir herüberzerrte. »Was hast du vor, Pfeifenkopf? Uns einen Kumpel zu bauen, der vorprescht und unsere Feinde niedermäht?«

»Einen Terminator?«, fragte ich belustigt, merkte aber an Rolands fragendem Gesichtsausdruck, dass er diesen Gag gar nicht kapieren konnte. »So was Ähnliches«, schob ich schnell nach. »Der Kerl hier wird uns beschützen und dafür sorgen, dass wir ungehindert vom Gelände spazieren können. Weil wir beide nämlich in ihm drinstecken werden.«

25

Im Körper des Feindes

Es dauerte eine ganze Weile, fast zwei Stunden, wie mir meine Taschenuhr verriet, bis ich die einzelnen Teile des Decksters so modifiziert hatte, dass ich hineinpasste. Dafür musste ich meinen Frack und meine Weste zurücklassen. Vincent würde mir den Hals umdrehen.

Aber lieber von dem Hutmacher erdrosselt als von einem Deckster gegrillt, dachte ich mir.

Moment … Was hatte ich da gedacht? Hutmacher?

Hätte ich nicht bereits die Maske des Decksters aufgehabt, hätte ich mir vermutlich gegen die Stirn geschlagen, als mir diese weitere Parallele zu Alice bewusst wurde – und die Tatsache, dass ich Vincent zu ebenjenem gemacht hatte. Nun ja, zumindest war meine Version bei Weitem nicht so verrückt wie sein Namensvetter.

Roland presste sich an meinen Bauch, wodurch ich mich wie im siebten Monat schwanger fühlte. Atmen war nur oberflächlich möglich und von dem Druck auf meine Blase wollte ich gar nicht erst anfangen. Aber es war die einzige Möglichkeit gewesen, ihn ebenfalls in der Rüstung zu verstecken, wenn ich ihn nicht zurücklassen wollte. Und das kam nicht infrage.

Nicht etwa, weil ich Sympathien für ihn entwickelte hatte. Er war ein kleines Arschloch und beleidigte mich, wann immer sich eine Möglichkeit bot. Aber er hätte sofort Alarm geschlagen und meine Tarnung auffliegen lassen, wenn ich ihn nicht mitgenommen hätte.

Dass die embryonale Haltung, in der er sich in die kleine Kuhle vor meinem Bauch pressen musste, alles andere als bequem war und er von nun an mit dem Spitznamen Babyboy würde leben müssen, war mir zumindest ein kleiner Trost.

Die Rüstung wog schwer auf meinen Knochen und ich hatte Not, mich darin halbwegs normal zu bewegen. Doch solange ich lediglich damit gehen musste, würde es nicht auffallen, dass ich anders war als die anderen Decksters.

Ich stieß die Falltür auf, die wir noch vor der Verkleidungsaktion entriegelt hatten, und stieg ins Freie.

Erst jetzt, da ich in den sonnenerhellten Himmel blickte, wunderte ich mich über die Tageszeit. Laut meiner Taschenuhr war es kurz nach neun, es sollte also zumindest dämmrig sein. Aber die Sonnen standen strahlend inmitten des gelblichen Dunstes und schienen keineswegs dem Untergang nahe.

Ein Schauer überfiel mich, als ich begriff, was das bedeutete. Es war nicht neun Uhr abends, sondern morgens. Heilige Scheiße, wie lange war ich bitte schön bei Nicodemus gewesen???

Ein Klopfen drang aus meinem Brustpanzer. Roland hatte bemerkt, dass ich stehen geblieben war, und trieb mich zur Eile an. Zu Recht … Ich sah zwar jetzt aus wie ein Deckster, gab von Weitem betrachtet wohl eine recht gute Kopie ab, aber jemanden auf mich aufmerksam machen sollte ich trotzdem nicht. Bei genauerer Betrachtung bewegte ich mich zu steif, zu langsam. Und meine Stimme … Na ja, ohne Worte.

So schnell es meine störrischen Glieder zuließen, schloss ich die Falltür hinter mir und betrat den gelben Kiesweg. Dann schlenderte ich los, während ich mich genau umsah, so als wäre ich auf Patrouille.

Oh verdammt … Es wimmelte hier nur so von Uniformierten! Was zu erwarten gewesen war – Nicodemus hatte schließlich Alarm geschlagen. Klar waren sie ausgeschwärmt, nachdem sie festgestellt hatten, dass sowohl ich als auch Roland verschwunden waren.

»Ruhe bewahren«, beschwor mich mein Bauch, also Roland. Er konnte durch ein Loch im Bauchnabel zwar nach draußen schauen, hatte aber nur den Bereich direkt vor uns im Blick. Was ihm jedoch reichen musste, um als Panikerzeuger zu genügen. »Weich den Wachen aus, so gut es geht«, fügte er hinzu.

Ach nee, darauf wäre ich allein nie gekommen. Schlauberger …

Am liebsten hätte ich das Herrenhaus auf direktem Weg umrundet und das Gelände durch das Haupttor verlassen. So war ich nun gezwungen, in einem wahnsinnigen Zickzack durch den Garten zu marschieren, ging manche Wege sogar mehrmals, nur weil ich immer wieder gezwungen war, abzubiegen, um nicht mit einem echten Deckster zusammenzustoßen.

Ich hätte wohl jedes Zeitgefühl verloren, wenn mir die immer weiter steigenden Sonnen nicht das Voranschreiten des Tages gezeigt hätten. Es kribbelte in meinen Fingern, meine Taschenuhr hervorzuholen. Wie viel Zeit hatte ich jetzt schon wieder eingebüßt?

Scheiße, ey ... Ich musste zurück, und zwar dringend! Lola war sicher schon ganz krank vor Sorge. Vielleicht plante sie bereits eine große Rettungsaktion und begab sich in Gefahr, obwohl ich schon auf dem besten Weg nach draußen war.

»Bleib cool, Lauchkopf. Wenn du dich weiter so aufregst, bekommst du einen Herzinfarkt und ich verrotte hier drin«, murrte Roland, der meinen stetig schneller werdenden Herzschlag genauso spürte wie ich.

Er hatte ja recht. Aber wie sollte ich ruhig bleiben, wenn ich wie Pacman durch dieses Gängelabyrinth huschte, mich eher vom Ausgang entfernte, als ihm näher zu kommen, und schon vor Stunden wieder bei Pau hätte sein müssen? Noch dazu bekam ich unter dieser Maske kaum Luft. Mit jedem Atemzug kam weniger Sauerstoff in meine Lunge, was wiederum dazu führte, dass meine Muskeln langsam einen Streik ankündigten – bei dieser schweren Metallverkleidung kein Wunder.

Himmel, Arsch und Hurenbock – ich würde wirklich in diesem Ding krepieren!

Jetzt rann mir auch noch der Schweiß über die Stirn. Wenn er mir ins Auge lief, konnte ich ihn nicht wegwischen. Es würde saumäßig brennen, ich wäre blind und ...

Ein heftiger Tritt in meinen Magen ließ mich keuchen. »Andrew, du Baby-Amöbe, reiß dich zusammen!«

Okay, okay, OKAY!

Ich zwang mich, tief durchzuatmen. Natürlich bekam ich genug Luft, schließlich hatten wir die Maske entsprechend modifiziert. Und ob ich noch zehn Minuten länger hier herumwanderte oder nicht, änderte an der grundsätzlich vergangenen Zeit auch nichts mehr.

Roland hatte recht, auch wenn ich ihm das nicht sagen würde. Ich musste mich am Riemen reißen.

›Contenance, Andrew‹, hätte meine ehemalige Kunstlehrerin gesagt, an die ich absurderweise in dieser Sekunde denken musste.

Ich ging weiter, konzentrierte mich auf meine Atmung und darauf, den anderen Decksters auszuweichen, wobei ich mich immer in Richtung Haupttor hielt.

Und tatsächlich erreichte ich es nach nur … Ach, keine Ahnung, wie lange ich brauchte. Zu lange für meinen Geschmack – schnell genug, um nicht durchzudrehen.

Jetzt galt es, ein allerletztes Hindernis zu überwinden – die Wachen am Tor. Wenn sie mich einfach so passieren ließen, war alles schick. Aber bei meinem Glück …

»Wo willst du denn hin?«, fragte mich auch schon einer der beiden, kaum dass ich auf ihrer Höhe war.

Mein Mund war staubtrocken, im Gegensatz zum Rest meines Körpers, der nur so in Schweiß schwamm.

»Gehörst du zu denen, die den Giftmischer hochnehmen sollen?«, fragte der andere.

Sosehr mein Herz gerade noch gerast war, blieb es in dieser Sekunde einfach stehen. Der Giftmischer … Pau … Lola!

Ich spürte, wie Roland meinen Bauch tätschelte, was er wohl für eine beruhigende Geste hielt. Als ich mich weder rührte noch den beiden Wächtern antwortete, wurde er energischer, bis ich es endlich schaffte, wenigstens zu nicken.

»Da bist du aber spät dran, der Trupp ist schon losmarschiert«, erklärte der Deckster rechts von mir hämisch.

»Wann?«, war alles, was ich hervorbrachte, wobei meine Stimme so kratzig klang, dass sie kaum von der des Decksters zu unterscheiden war.

In diesem Fall konnte ein Schock sogar von Vorteil sein.

»Ach, noch nicht lange her«, meinte der andere und deutete in eine Richtung. »Die holst du noch ein.«

»Danke«, presste ich hervor, schritt zwischen ihnen hindurch und schlug die angezeigte Richtung ein.

»Ein bisschen beeilen solltest du dich aber schon«, rief mir der eine hinterher, als ich nach ein paar Metern immer noch vor mich hin schlich.

Wie mechanisch hob ich die Hand und winkte ab, bevor ich hinter der erstbesten Ecke aus ihrem Blickfeld verschwand.

Meine Beine trugen mich noch ein paar Schritte, dann versagten sie mir den Dienst. Hätte ich die Rüstung nicht angehabt, in der nichts anderes als Stehen möglich war, wäre ich wahrscheinlich einfach zusammengeklappt.

Die Decksters waren auf dem Weg zu Pau. Sie wussten, für wen ich arbeitete, wer mich geschickt hatte.

»Meine Freunde haben keine Ahnung ...«, wisperte ich. »Sie sitzen vielleicht gerade in der Küche, wenn sie hereinplatzen. Mina trinkt eine Tasse Tee, Pau raucht sein Pfeifchen und Lola spielt Karten.«

»Also wenn es nach der Größe des Hirns geht, frage ich mich echt, wer von uns beiden der Zwerg ist«, motzte Roland und begann erneut, meinen Bauch zu malträtieren. »Willst du jetzt hier rumstehen und dir ein Horrorszenario nach dem anderen ausmalen, nur um irgendwann nachzuschauen, mit welchem du recht hattest? Oder willst du vielleicht deinen Arsch hochkriegen und sie warnen, bevor irgendetwas davon eintritt?«

Seine Worte dröhnten in meinen Ohren, brauchten aber dennoch zwei Atemzüge, bis sie meinen Verstand erreichten. Als das aber endlich passierte, gab es einen regelrechten Knall in meinem Hirn, das sofort eine enorme Ausschüttung von Adrenalin veranlasste. Wo es das nach allem, was es erlebt hatte, noch hernahm, war mir ein Rätsel, aber ich nahm es dankbar an.

Denn ohne diesen kleinen Energie-Booster hätte ich es kaum geschafft, mir in Sekunden meine Verkleidung abzustreifen und loszurennen.

Ich hätte den Zwerg zurückgelassen, wäre er nicht von selbst auf meine Schulter geklettert. Nun war ich froh, denn allein hätte ich mich hemmungslos verirrt. Ludens war groß und obwohl ich schon einige Tage hier war, kam mir nichts von dem bekannt vor, woran wir vorbeiliefen. Ich achtete aber auch nicht darauf, sondern verließ mich ganz auf Rolands Anweisungen, die er mir ins Ohr brüllte.

Ich war überzeugt, dass wir schneller waren als die Decksters. Wir würden vor ihnen bei Pau sein, ich würde die anderen warnen und alles würde gut werden.

Endlich.

Endlich würde alles gut werden!

»Nur noch ein Stück«, trieb Roland mich an. »Und da vorn noch mal links.«

Ich schlitterte geradezu um die Ecke – nur um dort wie angewurzelt stehen zu bleiben.

Nein, verdammt. NEIN!

Direkt vor Paus Haus standen ein Dutzend Decksters. Selbst von hier sah ich, dass die Tür offen stand, sie waren also schon drin.

Verfickte Hühnerscheiße!

»Zu spät«, kam ein trockener Kommentar von dem Rumpelstilzchen.

Nein, nein, nein! Ich wollte das nicht glauben!

Mit zitternden Knien machte ich zwei Schritte vorwärts. Ich musste dorthin, ich musste ihnen helfen. Ich konnte nicht zu spät sein, nein!

Roland zog an meinem Ohr. »Was zum Geier machst du da, du Schwachmat? Willst du, dass sie uns auch noch kriegen?«

»Aber meine Freunde sind da drin«, knurrte ich.

»Und du wirst ihnen kaum helfen, wenn du dich auch gefangen nehmen lässt. Du bist ein Wrack! Nicht mal in top Verfassung wärst du in der Lage, irgendetwas auszurichten.«

Ich ballte die Hände zu Fäusten und ging rückwärts, bis ich wieder hinter der Ecke verschwunden war. Dort lehnte ich mich mit dem Rücken gegen eine Hauswand und strich mir mit den Händen über das Gesicht.

Das durfte doch alles nicht wahr sein!

Meine Kehle war wie zugeschnürt und mein Herz stolperte nur noch vor sich hin.

Lola war in die Hände der Decksters gefallen. Sie würde in die Hölle kommen, aus der ich gerade geflohen war. Shit!

Roland stieß ein Lachen aus. »Alter, weinst du?«

»Verpiss dich, okay?«

Er krabbelte von mir herunter und ich hoffte inständig, er würde verschwinden. Auch wenn ich dann noch verlorener war als ohnehin schon.

Roland spähte um die Ecke. »Die schleppen einen Haufen Zeug raus«, gab er mir weiter, was er sah. »Sie bringen es in eine Lastkutsche am anderen Ende der Gasse. Da sind vermutlich auch deine Freunde drin. Wir könnten …« Er machte eine Pause. »Hups, zu spät. Da fährt sie auch schon los, die Kutsche.«

»Nein«, keuchte ich und sah ebenfalls in Richtung Paus Haus.

Doch Roland hatte recht. Es standen nur noch wenige Decksters davor und die riesige Kutsche, die auch mir vorher schon aufgefallen war, war weg.

Als wäre mit Lolas endgültigem Verschwinden alle Kraft aus mir gewichen, sackte ich zusammen.

Ich war am Ende. Schluss mit dem Helden-Gespiele. Schluss damit, jemand zu sein, der ich nicht war.

Wenn ich nur von Anfang an die Wahrheit gesagt hätte. Wenn ich Lola gleich gebeichtet hätte, dass ich nur ein verdammter Nerd war, ohne irgendwelche Superkräfte oder gar Kampferfahrung. Dann hätte sie mich einfach nach Hause geschickt und alles wäre in Ordnung.

Was nützte es, dass ich diese blöde Spielkarte erbeutet hatte, die vielleicht nicht mehr war als ein Bild, wenn ich dafür die Frau verloren hatte, die ich liebte?

Ich war so ein Trottel gewesen, zu glauben, es hätte anders laufen können.

Es war mir egal, dass Roland noch immer neben mir stand. Die Zeit, den Starken zu mimen, war vorbei. Ich saß, nein, ich kauerte auf dem Pflaster, hielt mir die Hände vors Gesicht und weinte. Hemmungslos. Mit lautem Schluchzen und Rotz, der aus der Nase lief. Das ganze Programm.

Der Zwerg gab mir keine Zeit, mich im Selbstmitleid zu suhlen. »Meine Güte, bist du eine Memme«, stichelte er. »Wenn ich jedes Mal so ausgeflippt wäre, wenn mir eins meiner Kinder davongelaufen ist, würde ich heute in der Klapse sitzen.«

»Du saßt im Knast«, brachte ich schniefend hervor. »Auch keine Glanzleistung.«

Roland gab ein grunzendes Lachen von sich. »Na hey, schau an, du bist ja noch ansprechbar. Und nun hoch mit dir.« Er trat mir gegen den Unterschenkel. »Wir brauchen erst mal ein Versteck. Wenn Nicodemus auffällt, dass wir nicht bei den Gefangenen sind, die ihm seine Schergen bringen, wird er sie erneut ausschwärmen lassen.«

Ich bewegte mich kein Stück. Sollten sie doch kommen, es war mir egal.

»Jetzt komm schon, du Windbeutel.« Jetzt zerrte Roland am Ärmel meines Hemdes, an genau dem, in dem ich die Spielkarte mit Aeterna versteckt hielt. »Es bringt niemandem was, wenn du hier versauerst.«

Das Kratzen der Karte an meinem Handgelenk riss mich aus meiner Resignation. Roland hatte recht. Hier zu sitzen und auf unsere Häscher zu warten, war wirklich blöd. Zumindest sollte ich vorher meine Beute in Sicherheit bringen, damit das hier nicht alles völlig umsonst war.

Nur hatte ich keine Ahnung, wo man einen so wertvollen Schatz am besten unterbrachte.

»Was sollen wir jetzt machen?«, wandte ich mich Hilfe suchend an Roland.

Der zuckte mit den Schultern. »Ich saß 'ne ganze Weile im Knast, wie du ja richtig festgestellt hast. Keine Ahnung, wer von meinen alten Kontakten noch aktiv ist. Kennst du irgendjemanden, der uns erst mal Asyl bietet?«

Wie vom Blitz getroffen hob ich den Kopf. »Und ob ich da jemanden kenne …«

Wieder war es Roland, der mich führte, obwohl ich diesen Weg schon zweimal gegangen war. Aber ich war viel zu kopflos, viel zu verwirrt und emotional, um klar zu denken oder mich an irgendetwas zu erinnern.

Der Weg war anstrengend. Nicht nur wegen der großen Entfernung oder der vielen Umwege, die wir nehmen mussten, um Deckster-Patrouillen auszuweichen. Ich war schlichtweg kurz vor einem Zusammenbruch. Die tiefen Kratzer, die meinen Körper überzogen, die gebrochenen Rippen und die mutmaßliche Gehirnerschütterung ließen mich kaum noch einen Fuß vor den anderen setzen.

Als wir endlich vor Vincents Villa standen, konnte ich ein erleichtertes Schnauben nicht unterdrücken.

»Und du bist sicher, dass der auf unserer Seite steht?«, fragte Roland skeptisch.

»Wenn sich seit meinem Aufbruch gestern nichts verändert hat, dann ja.«

Er war keineswegs überzeugt. »Deine Freunde wurden hopsgenommen, ihr seid aufgeflogen. Das kann die Einstellung eines Menschen schon mal ändern …«

»Nicht seine, glaub mir. Er mag äußerlich ein Mensch sein, aber im Herzen ist er ein Migwick.«

Genau wie ich, fügte ich in Gedanken hinzu und musste lächeln. Ja, wenn ich eines über mich herausgefunden hatte, dann, dass ich weder Ork noch Elf, Magier oder Schamane war, was ich so gern in ›Elesztrah‹ verkörperte. Nein, ich war ein Migwick durch und durch.

Ich sah noch einmal zu allen Seiten, ob auch ja keine Decksters in der Nähe waren. Ich wartete sogar so lange, bis das turtelnde Pärchen, das als Einziges auf der Straße vor Vincents Haus entlangflanierte, um die nächste Ecke verschwunden war. Sicher war sicher.

Dann schleppte ich mich zur Eingangstür der Villa und hämmerte mit dem Türklopfer drei Mal so stark dagegen, dass es in der ganzen Straße widerhallte.

Mein Kopf ruckte hin und her und ich trat von einem Fuß auf den anderen, während ich Vincent innerlich beschwor, diese scheiß Tür zu öffnen.

Ich wollte gerade anfangen, die Tür mit meinen Fäusten zu bearbeiten, als diese nach innen aufgezogen wurde.

»Vincent, halleluja!«, stieß ich hervor. »Zum Glück bist du …«

Der Rest des Satzes blieb mir im Hals stecken, als ich sah, wer uns aufgemacht hatte. Für eine Sekunde blieb meine Atmung, mein Herz, ja, die ganze Welt stehen. Dann riss ich Lola an mich und hielt sie so fest, wie ich nur konnte.

»Oh mein Gott, ich dachte, die Decksters hätten euch einkassiert«, schnaufte ich in ihre Haare.

Ich musste mich echt beherrschen, nicht gleich wieder loszuheulen. Vor Roland war es schon peinlich gewesen, vor Lola konnte ich mir diese Blöße nicht geben.

»Andrew«, hauchte sie. Mehr nicht. Und es war mir, zugegeben, ein Hochgenuss, zu hören, wie ihre Stimme zitterte.

Einen Moment gab es nur sie und mich. Alle Strapazen der letzten Stunden waren vergessen, jeder Schmerz verflogen und die Angst verwandelte sich in pure Glückseligkeit. Meine Lola wieder in den Armen zu halten, war Balsam für meinen geschundenen Körper und meine Seele.

»Buäh, pfui. Widerliche Gefühlsduselei«, schimpfte Roland, der neben mir stand und hörbar ausspuckte. »Könnten wir vielleicht erst mal reinkommen? Und was zu essen und zu saufen wäre auch nicht verkehrt.« Schon marschierte der kleine Kerl ins Haus. »Ihr ahnt nicht, wie lange mein letzter Schluck Spiriet her ist!«

Lola löste sich von mir und sah ihm nach. »Wer ist denn das?« Sie schien Roland in seiner Migwick-Form nicht zu erkennen.

»Lange Geschichte«, murmelte ich, legte ihr einen Arm um die Taille und schob sie nach drinnen.

Ich ließ einen letzten Blick über die Straße schweifen. Niemand zu sehen. Wir hatten es tatsächlich geschafft.

Wir waren in Sicherheit.

26

Danke und Ciao

Eine Stunde und jede Menge Tassen Tee, Spiriet und kiloweise schmerzlindernder Supersalbe von Mina später war ich auf dem neusten Stand der Dinge.

Lola berichtete, dass sie mir einen Spion nachgeschickt hatten, nachdem ich am Abend immer noch nicht zurückgekehrt war – obwohl die Reiterei längst beendet war. Über mich konnte der zwar nichts in Erfahrung bringen, aber zumindest hatte er eine Warnung vor den herannahenden Decksters an meine Freunde geschickt, sodass sie sich zeitig genug zurückziehen konnten. Genau wie ich hatten sie auf Vincent gebaut und die Flucht in seine Villa angetreten.

Auf meine Frage hin, wo der Spion war, damit ich ihm danken konnte – schließlich hatte er die Liebe meines Lebens gerettet, was ich unerwähnt ließ –, traten Lola Tränen in die Augen und sie schüttelte den Kopf. Sie sagte nur ein Wort und auch meine

Euphorie, die sich mit unserem Wiedersehen eingestellt hatte, schwand.

»Deedle …«

Es war wie ein Schlag in die Magengrube, wie das Wegziehen eines Teppichs unter den Füßen. Der kleine Kerl, der schon mal einen Auftrag für Lola ausgeführt hatte und dafür zum Migwick geworden war, hatte sich nicht gescheut, sich erneut für sie in die Bresche zu werfen.

»Er ist …« Ich musste mich räuspern, um den Satz beenden zu können. »… geschnappt worden?«

Sie nickte bestätigend.

Das war hart. Auch wenn der kleine Kerl mir immer gehörig auf die Nerven gegangen war – das Schicksal, ein Teil von Nicodemus' Kuriositätensammlung zu werden, hatte er nicht verdient.

Ich sah ihn vor meinem inneren Auge schon in dem Spielzimmer hocken, aus dem ich Roland befreit hatte. Und ich sah auch die anderen Kinder, die ihn ärgerten, sich lustig machten, Dinge mit ihm taten, gegen die der kleine, naive Dummkopf sich nicht wehren konnte …

Ich ergriff Lolas Hand. »Wir holen ihn zurück. Ich habe das Herrenhaus einmal überlebt, ich schaffe das auch ein zweites Mal.«

»Wo du es gerade ansprichst«, wischte Pau unsere Trauer weg. »Was ist dort vorgefallen?«

Ich schilderte in groben Zügen, was sich in den Räumlichkeiten des Bürgermeisters zugetragen hatte. Als ich Roland vorstellte, waren die anderen sichtlich überrascht. Sie kannten ihn, da hatte er nicht gelogen, waren aber weit weniger begeistert, ihn zu sehen, als er mir weisgemacht hatte. Tja, er war wohl schon immer ein Arschloch gewesen …

Auch meine Begegnung mit Nicodemus und seine Absichten, mich als Spielgefährten bei sich zu behalten, sorgten für große Augen.

Als Letztes holte ich die Spielkarte hervor, die ich hatte mitgehen lassen, und knallte sie wie einen Trumpf auf den Tisch. »Meine Damen und Herren, ich präsentiere: Aeterna.«

Schweigen.

Ich schluckte. Hatte ich doch einen Fehler gemacht? War das doch eine ganz normale Karte und ich einfach nur verrückt gewesen, als ich meinte, Bewegungen darauf zu erkennen?

Aber sie sah Lola doch so ähnlich!

Ich schaute auf die Karte. Nein, ich hatte mir nichts eingebildet, denn *so* hatte die Frau beim Spiel mit Nicodemus sicher nicht ausgesehen. Sie hatte die Hände nach vorn ausgestreckt, als würde sie ihre Handflächen gegen eine Fensterscheibe pressen. Ihre Augen strahlten und ein stolzes Lächeln lag auf ihren Lippen.

Da endlich regten sich die anderen. Ginger streckte die Hand nach der Karte aus, zögerte aber und strich schließlich sanft mit den Fingern darüber, anstatt sie aufzuheben.

»Das ist Mutter«, wisperte Lola und sah mich an. »Du hast sie wirklich gefunden.«

»Hast du auch nur eine Sekunde daran gezweifelt?«, sagte ich und zwinkerte ihr zu.

Jaaa, jetzt hatte ich gut reden. Im Herrenhaus selbst hatte ich mir fast vor Angst in die Hosen geschissen. Aber das musste sie ja nicht wissen …

»Was hat das zu bedeuten?«, fragte Ginger an Pau gewandt. »Wieso ist ihr Bild auf dieser Karte?«

»Sie ist nicht auf dieser Karte«, korrigierte der Flattermann sie. »Sie ist *in* der Karte.«

»So was habe ich mir auch gedacht, als ich gesehen habe, dass sich ihre Haltung verändert«, pflichtete ich bei, auch wenn es nicht ganz stimmte. Gedacht hatte ich mir eigentlich nichts.

»Mr. Andrew«, sagte nun Vincent und seine Stimme klang so ehrfürchtig, dass es mir kalt den Rücken hinunterlief. »Es ist unglaublich, was Sie da geleistet haben.«

»Danke«, sagte ich, als die anderen zustimmend nickten. Meine Wangen begannen zu glühen – ich konnte mit Komplimenten immer noch nicht umgehen. »Wie geht es nun weiter?«, fragte ich schnell, um von mir abzulenken. »Wie bekommen wir sie da raus?«

Pau erhob sich. »Das ist kein Problem. Ich habe bereits etwas vorbereitet.«

»Im Ernst?« Lola sah ihn ungläubig an.

Er nickte, ging dann kurz nach draußen und kehrte mit einem Korb voller Fläschchen und Beuteln zurück.

»Ich dachte mir schon so etwas in der Richtung«, erklärte er, während er eine Schüssel aus Vincents Regalen nahm und verschiedene seiner Reagenzien hineinmischte. »Nicodemus scheint das gleiche Wissen über Dimensionsreisen zu besitzen wie ich. Anscheinend hat er eine Welt entdeckt, in der er Aeterna nun gefangen hält. Und die Spielkarte ist in Wirklichkeit ein Schlüssel, der das entsprechende Portal öffnet.«

Schweigend sahen wir ihm zu, wie er irgendetwas anmischte und schließlich zu der Tür ging, die aus der Küche führte. Doch anstatt hinauszugehen, schüttete er den Inhalt der Schüssel schwungvoll durch die Öffnung.

Ein entsetztes Keuchen entfuhr mir. Er konnte doch nicht irgendwelches Zeug in Vincents Haus verkippen!

Da bildete sich plötzlich eine Art Strudel dort, wo sich gerade noch der Durchgang befunden hatte. Er schillerte in sämtlichen

Farben und ich konnte nicht ausmachen, ob er sich mit oder gegen den Uhrzeigersinn drehte. Alles darin schien fließend ineinander überzugehen, ohne Anfang, ohne Ende, aber mit einer Tiefe, die mir das Gefühl gab, auf eine ganze Galaxie hinabzusehen.

Pau wandte sich uns wieder zu und fixierte mich. »Komm her, Andrew. Du hast den Schlüssel gefunden, dir obliegt der erste Blick ins Reich unserer Königin.«

Mir gefiel das Lächeln auf seinem Gesicht nicht. Es wirkte falsch, hätte eher zu Ginger gepasst. Katzenartig … Raubtierhaft.

Vermutlich wäre er lieber selbst der Erste gewesen, der in die andere Dimension schauen durfte. Sollte er es doch tun, ich war nicht scharf darauf.

Aber wenn er sich schon überwand, mir diese Ehre zu überlassen, konnte ich sie schlecht ablehnen.

Mühsam erhob ich mich. Meine Glieder schmerzten und mein Kopf dröhnte. Wenn wir hier fertig waren, würde ich mich erst mal für einige Stunden zurückziehen und schlafen – am liebsten mit Lola. Hehe, und schon spürte ich wieder Kraft in mir, zumindest in meinen Lenden.

Ich musste nur noch ein bisschen durchhalten, Pau den Gefallen tun und mich dann höflich verabschieden.

Mit schweren Schritten trat ich vor das Portal. Ein solches musste es auch gewesen sein, das mich hierhergebracht hatte. Nur war ich da im Saufdelirium gewesen und hatte nichts davon mitbekommen. Viel besser als damals ging es mir jetzt auch nicht, wie ich ironischerweise feststellte. Aber zumindest hatte ich einen klaren Kopf.

Nun überkam mich doch eine gewisse Aufregung und Neugier auf das, was ich gleich sehen würde.

Ich stellte mich neben Pau, direkt vor den konfusen Farbenwirbel, und starrte hinein.

Langsam beruhigte sich der Strom und es formte sich ein Bild. Wände wurden erkennbar, ein dreckiger Boden, ein Bett …

»Was siehst du?«, hörte ich Lola fragen.

»Da ist ein Raum«, erklärte ich. »Er ist leer.« Dann stutzte ich. Dieses Bett, der Nachttisch, das Fläschchen, das darauf stand … Das kam mir irgendwie bekannt vor.

Da packte Pau mich an den Schultern und drehte mich zu sich, sodass ich den Blick von dem Portal lösen musste und ihn ansah.

»Andrew, du hast uns einen großen Dienst erwiesen. Du hast geschafft, wozu keiner von uns in der Lage war. Du hast Nicodemus die Stirn geboten, bist ihm entkommen und immer noch ein Mensch. Und du hast uns unserem Ziel ein ganzes Stück näher gebracht. Dafür sind wir dir zu ewigem Dank verpflichtet.«

Ich spürte, wie ich rot wurde. Wieder so viele Komplimente …

»Ach was«, wollte ich abwiegeln und blickte zur Seite, abermals auf das Portal.

Wieder ratterte es in meinem Kopf. Warum war mir dieses Bild so vertraut?

»Du hast mich mit deiner Stärke und deinem Edelmut wirklich überrascht. Du warst ein wahrer Held. Aber jetzt … Jetzt bist du eine Gefahr.«

Genau in der Sekunde, als er das sagte, machte es bei mir klick. Der schäbige Raum, das abgenutzte Bett, das Fläschchen mit der Aufschrift *Follow the white Rabbit*, die ich aus der Entfernung zwar nicht lesen konnte, von der ich aber genau wusste, dass sie da war. Ich blickte direkt in das Hinterzimmer des ›Dark Hole‹.

Ich riss den Kopf herum und blickte in Paus Gesicht. Absolute Entschlossenheit war darauf zu lesen. Auch wenn es ihm nicht leichtfiel, zu tun, was er gleich tun wollte, war er dennoch überzeugt, dass es das Richtige war.

Die Zeit schien mit einem Mal langsamer zu vergehen.

Ich spürte, wie Pau mir einen seitlichen Stoß versetzte, in Richtung des Portals.

Obwohl ich damit gerechnet hatte, war der Befehl, gegenzuhalten, noch nicht an meinen Körper durchgedrungen. Ich stolperte zur Seite, drehte mich, kippte nach hinten und fiel.

Ich sah noch, wie Lola aufsprang und eine Hand nach mir ausstreckte. Sah, wie Ginger sie an der Schulter packte, und wusste sofort, dass die Katzenlady in Paus Plan eingeweiht war.

Sie hielt Lola zurück, während ich in das Loch stürzte, aus dem ich vor nicht allzu langer Zeit gestiegen war.

Noch ein letztes Mal sah ich in die wunderschönen Augen meines Kaninchens, die jetzt schreckgeweitet waren, ehe alles um mich herum in einem Farbenmeer explodierte.

27

Kein Ticken mehr

»Oh Gott, ja, Andrew, sieh mich an! Ja, Kumpel, komm – aufwachen!«

Ich spürte, wie jemand an meinen Schultern rüttelte. Auch die Stimme, die immer wieder meinen Namen rief, kannte ich.

Mit aller Kraft gelang es mir, die Augen zu öffnen.

»Craig?« Meine Stimme war so matt, wie ich mich fühlte.

Mein bester Freund hockte über mir. Er sah völlig mitgenommen aus, blass und mit Tränenspuren auf den Wangen.

»Der Krankenwagen ist gleich da, die helfen dir«, sagte er und schniefte.

»Kranken… Was? Wo ist … Lola?«

Gott, was würde ich für ein Glas Wasser geben, nur damit meine Stimme nicht mehr so kratzig klang. Aber wahrscheinlich wäre ich nicht mal imstande, zu schlucken.

Schon flatterten meine Lider und ich spürte, wie die Besinnungslosigkeit nach mir griff.

»Oh nein, Andrew, nein! Bleib bei mir, Kumpel, nicht wieder einschlafen!«

Wieder rüttelte Craig an mir. Vergeblich.

Eine Zeit lang driftete ich in vollkommener Dunkelheit.

Ein paar Mal kämpfte ich mich an die Oberfläche meines Bewusstseins, hörte Stimmen, Schritte und elektronisches Piepsen. Aber das war schon zu viel für mich und ich ließ mich wieder sinken, bis ich irgendwann genug Kraft gesammelt hatte, um völlig zurückzukehren.

Als ich die Augen aufschlug, hatte sich das schummrige, dreckige Zimmer um mich herum verändert. Weiße Wände strahlten mir fast schmerzhaft entgegen und für einen kurzen Moment glaubte ich mich zurück in Freddys Schneckenhaus.

Doch als ich den Kopf etwas bewegte, mich umsah, erblickte ich Fenster, einen Tisch mit Blumen und medizinische Geräte, an die jemand mit einem echt unregelmäßigen Herzschlag angeschlossen war.

Dieser Jemand war ich, wie mir nur Sekunden später klar wurde.

Als ich versuchte, mich aufzurichten, drückte mich eine Hand sacht wieder in die Kissen.

Craig grinste mich an. »Willkommen zurück unter den Lebenden, Alter.«

»Bin ich …«

»Im Krankenhaus, ja«, erklärte er. »Sie haben dich letzte Nacht eingeliefert, nachdem du im ›Dark Hole‹ zusammengeklappt bist. Alkoholvergiftung, und was für eine. Außerdem musst du echt übel gestürzt sein. Sich selbst im Suff eine Gehirnerschütterung zu verpassen und die Rippen zu brechen, muss man erst mal hinkriegen.« Er lächelte verlegen.

»Wie lange war ich weg?«, fragte ich.

»Nur ein paar Stunden. Der Notarzt hat gemeint, wenn du heute noch aufwachst, stehen deine Chancen gut, dass …«

»Nein, ich meine, im ›Dark Hole‹. Ich war mindestens eine Woche in Ludens, oder?«

Craig legte die Stirn in Falten. »Was zur Hölle ist Ludens?«

»Wo ist Lola? Ich … muss zurück! Der Flattermann hat mich geschubst. Er … Er hatte kein Recht, mich zurückzuschicken. Die Migwicks brauchen mich …«

Wieder versuchte ich, aufzustehen.

Und wieder hielt Craig mich davon ab. »Na, du musst ja auf einem hammer Trip gewesen sein.« Er schüttelte bedauernd den Kopf. »Du gehst erst mal nirgendwo hin. Zum einen glaube ich nicht, dass du auch nur einen Schritt schaffst. Zum anderen hast du so ein hässliches Krankenhaushemd an und jeder würde deinen nackten Arsch sehen, wenn du jetzt hier rauswackelst.«

Er grinste, was ich jedoch nicht erwiderte.

»Okay«, seufzte er. »Ich hole jetzt erst mal den Onkel Doktor. Und wenn der dich für zurechnungsfähig erklärt hat, erzählst du mir von deinem verrückten Traum.« Damit stand er auf. »Nicht weglaufen, klar?«, sagte er, zwinkerte mir noch einmal zu und verließ dann das Zimmer.

Der Arzt erklärte mich nicht für zurechnungsfähig, was nicht zuletzt an dem ›verrückten Traum‹ lag, von dem ich jedem erzählte, der gewillt war, mir zuzuhören. Und dass ich immer wieder beteuerte, dass es sich dabei um die unumstößliche Wahrheit handelte, etwas, das ich real erlebt hatte, machte es nicht besser.

Keiner glaubte mir die Geschichte von der Hasendame, der Katzenlady, dem Flattermann und all den anderen Wesen, denen ich begegnet war.

Sie gaben mir Medikamente, sprachen von alkoholbedingten Hirnschäden und schickten einen Psychiater zu mir.

Der Mann war gut und ich hätte ihm fast geglaubt, als er mir weismachen wollte, ich hätte mir alles nur eingebildet.

Wenn da nicht die Taschenuhr gewesen wäre, die ich in meinem Nachttisch fand und von der mir niemand sagen konnte, wie sie dort hineingekommen war.

Sie war stehen geblieben, genau wie mein Leben, an jenem Tag, als ich Lola verließ. Und doch klammerte ich mich an die Uhr, genauso wie an die Hoffnung, einen Weg zurück zu finden.

Zurück nach Ludens City.

Zurück zu den Migwicks.

Zurück zu der Frau, die ich liebte.

Über die Autorin

Fanny Bechert wurde 1986 in Schkeuditz geboren und lebt heute mit ihrem Mann in einem ruhigen Dörfchen im Thüringer Vogtland.

Als gelernte Physiotherapeutin griff sie erst 2012 mit dem Schreiben ein Hobby ihrer Kindheit wieder auf. Was zuerst ein Ausgleich vom Alltag war, nahm bald größere Formen an und so veröffentlichte sie im Juni 2015 ihren ersten Roman im Genre High-Fantasy, der den Beginn der mehrbändigen Reihe „Elesztrah" darstellt. Seitdem widmet sie sich immer aktiver der Tätigkeit als Autorin.

Heute schreibt sie nicht nur Romane, die sie ebenfalls selbst vertont, sondern hat das Texten im Bereich des Online-Marketings auch zu ihrem Hauptberuf gemacht.

Kontakt:

Facebook: www.facebook.com/elesztrah

Instagram: www.instagram.com/fannybechert

Homepage: www.fanny-bechert.de

Dank

Bevor ich mich hier ausschweifend darüber auslasse, wie es zu diesem Buch kam, was für ein heißer Ritt es war und wer alles seinen Anteil daran hatte, möchte ich zuerst dem wichtigsten Menschen danken: dir!

Nach ›Elesztrah‹ und ›Countdown to Noah‹ war es eine Weile sehr ruhig um mein schriftstellerisches Schaffen, was vor allem an dem Mangel an Schreibzeit lag. Ich habe auf zu vielen Hochzeiten getanzt, um mir selbst einen Lebenstraum zu erfüllen – den Schritt in die Selbstständigkeit. Es galt, ein funktionierendes Business aufzubauen, weswegen mein Hobby, als welches ich das Schreiben noch immer betrachte, leider zu kurz kam.

Im Frühjahr letzten Jahres war es endlich so weit, ich konnte den entscheidenden Schritt wagen und das Hörbuchsprechen zu meinem Hauptberuf machen. Und siehe da, schon flossen auch die Wörter wieder.

Nach ›Ich wette, du verliebst mich nicht‹, dem Gemeinschaftsprojekt mit B. E. Pfeiffer, ist ›AniWu‹, wie ich dieses Buchprojekt liebevoll genannt habe, nun mein erstes Soloalbum seit Langem.

Warum schreibe ich das? Weil ich DIR unglaublich dankbar bin, dass du dieses Buch gelesen hast. Es bedeutet, dass ich trotz der Pause noch immer einen Platz in der Welt der Autoren habe. Dass es Menschen gibt, die meine Geschichten interessieren und die meine Wörter so gern lesen, dass sie selbst die Danksagung mitnehmen.

Das ist nach einer so langen Auszeit für mich das größte Geschenk!

Okay, ich hoffe jetzt natürlich sehr, dass dir ›Andrew im Wunderland‹ auch gefallen hat und du genau wie ich auf die Fortsetzung fieberst (auf die du im Übrigen nicht allzu lange warten musst). Wenn das der Fall ist – nimm dir doch bitte die Zeit und schreibe eine Bewertung zu Andrews Geschichte, entweder auf einem der großen Buchportale oder auch auf Instagram oder Facebook. Wenn du den Hashtag #AniWu benutzt, werde ich sie mit Sicherheit finden und lesen, genau wie viele andere. Auch dafür danke ich dir schon jetzt!

Wie aber kam es zu dieser abstrusen Geschichte, die zwar an ›Alice im Wunderland‹ erinnert, aber auch wieder nicht?

Auslöser für mich war ein Premade-Buchcover mit einem Alice-Motiv. Ich dachte so: *Irgendwie schreibt gerade alle Welt Alice-Adaptionen … Hmmm, warum mache ich das nicht? … Was wäre eigentlich gewesen, wenn Alice keine Alice, sondern ein … Andrew … gewesen wäre?!*

Und zack, war der Held geboren. Dass die Geschichte nun einen so völlig anderen Weg genommen hat, hast du unter anderem meinem Mann zu verdanken. Dem erzählte ich nämlich beim darauffolgenden Frühstück von meiner Idee. Und ehe ich mich versah, waren wir beide mitten im Plotten versunken. Stell dir das vor, mein Mann, der sonst nicht allzu viel mit meiner Schreiberei anfangen kann, sitzt da neben mir und erfindet großartige Figuren wie Teipoh und Freddy. Ich war geplättet. Aber das Ergebnis spricht für sich.

Vielen Dank, mein Schatz, für die riesige Spritze an Verrücktheit, die du in dieses Buch gepumpt hast.

Nachdem die Grundidee erschaffen war, galt es nun, die Geschichte aufzuschreiben und auszubauen. Und auch hier blieb ich nicht allein. Jeden Morgen traf ich mich per Skype mit meinem Schreibbuddy Farina de Waard und wir stürzten uns beide in unsere aktuellen Schreibprojekte. Jeder für sich, und doch gemeinsam, schrieben wir eine Unmenge an Worten in einer – für uns – unfassbar kurzen Zeit. Ohne dich, Farina, und unsere morgendlichen Treffen wäre AniWu noch lange nicht fertig. Danke, dass du all meine Lacher, meine Suchen nach dem richtigen Wort und vor allem das Geschrei meiner Vögel jeden Morgen erträgst – immer noch. <3

Den letzten Schliff verpassten diesem Werk dann noch vier weitere Menschen, die ich auf meiner Reise als Autorin nicht nur schätzen, sondern regelrecht lieben gelernt habe.

Nummer 1: Liza – Testleserin
Danke, mein Herzilein, für deinen finalen Input. Aber vor allem dafür, dass Andrew dir gefallen hat und du mir somit den Schubser gegeben hast, ihn auf die Öffentlichkeit loszulassen. Von allem anderen, was du mir als Freundin bedeutest, fange ich hier mal gar nicht an. :)
Ach, eins noch: Herzlichen Glückwunsch zur Hochzeit! <3

Nummer 2: C. M. Spörri – weltbeste Verlegerin
Als ich AniWu beim Sternensand Verlag eingereicht habe, war ich (wie wohl jedes Mal) sehr aufgeregt, ob das Buch würdig ist,

den Titel ›Sternchen‹ zu tragen. Ich stellte mich auf eine lange Phase des Zitterns und Hoffens ein. Doch ich wurde schneller erlöst als erwartet, denn keine zwei Wochen später kam die Mail von Corinne, die bei mir für mehrere Tage für ein Dauergrinsen sorgte.

In diesem Punkt muss ich fast froh über den Ausfall der LBM20 sein, wodurch sie vermutlich meine Geschichte etwas vorziehen konnte.

Danach floss Liebe, ganz viel, und zwar von Corinne in meine Geschichte. Du hast es auch gespürt, oder? Beim Lesen, beim Anfassen, beim Anleck… Ähm, okay, das habe wohl nur ich gemacht. Aber man schmeckt es, glaub mir.

Hey, das kannst du später noch probieren, lies erst mal zu Ende!

Wie dem auch sei … Danke, Corinne, dass du Andrew mit so viel Herzblut den letzten Schliff verpasst hast, sodass er in meinen Augen jetzt der perfekte unperfekte Held ist. Ich liebe die Zusammenarbeit mit dir und Andi einfach so sehr und bin jeden Tag dankbar, dass uns das Schicksal 2016 zusammengeführt hat.

Nummer 3: Martina König – Lektorin

Schon seit ›Elesztrah‹ arbeite ich mit Martina zusammen. Und seitdem haben wir uns gegenseitig dabei zugesehen, wie wir gewachsen sind. Als Menschen, aber auch beruflich. Martina, du hast einen großartigen Job gemacht, ohne Frage! Und ich danke dir vor allem für all die interessanten Kommentare, die du mir im Skript hinterlassen hast und die mir einen kleinen Einblick in deinen Kopf beim Lesen erlaubt haben – so was liebe ich einfach! Ich hoffe, dass wir noch viele Geschichten gemeinsam ihrer Fehler berauben.

Nummer 4: Alexander Kopainski – Coverdesigner
Eigentlich müsste hier eine Entschuldigung stehen. Jede Mutter sollte alle ihre Kinder gleich lieb haben und keines davon als ›das Schönste‹ bezeichnen. Aber dieses Cover … Alex, also … Holla, die Waldfee! Ohne großartige Absprache hast du die perfekte Szenerie gewählt, einen perfekten Andrew ausgesucht und einen Buchumschlag gestaltet, der einfach nur knallt. Ich ziehe den Hut … Also, ich würde ihn ziehen, wenn ich einen hätte.

Das heißt, ich verabschiede mich an dieser Stelle und trolle mich mal schnell zu Vincent, um mir ein Hütchen anfertigen zu lassen. Bei Band 2 will ich ja vorbereitet sein. ;)

Und die Danksagung sprengt ohnehin bereits jeden Rahmen – tut mir leid. Aber Ehre, wem Ehre gebührt!

Und wie sagte schon Disneys weißes Kaninchen:
Grüß Gott und bald auf Wiedersehen,
muss geh'n,
muss geh'n,
muss geh'n …

Deine Fanny

Mehr Fantasy-Geschichten von Fanny Bechert:

Fanny Bechert
Elesztrah (Band 1)
6. November 2016, Sternensand
460 Seiten, broschiert
High-Fantasy
Als Taschenbuch und E-Book

Klappentext:
Eine verbannte Jägerin auf der Suche nach ihrem Gefährten …
Ein Krieger aus den Reihen der königlichen Garde …
Eine Macht, die beide untrennbar miteinander verbindet …

Als die Elfe Lysanna herausfindet, dass ihr Gefährte von dem gefürchteten Flammenden Lord gefangen gehalten wird, verspürt sie nur einen Wunsch: ihn zu befreien. Dabei zählt sie auf die Hilfe ihres Clans ›Angelus Mortis‹.
Mitten in den Vorbereitungen auf den bevorstehenden Kampf taucht jedoch der Elfenkrieger Aerthas in ihrem Dorf auf, mit dem sich Lysanna auf unerklärliche Weise verbunden fühlt. Liegt es daran, dass sie beide geheimnisvolle Kräfte in sich tragen, die sie gemeinsam lernen müssen, zu beherrschen? Denn ihre vereinte Macht könnte die einzige Möglichkeit sein, den Flammenden Lord endgültig zu vernichten.
Doch selbst wenn ihnen das gelingen sollte, steht die wachsende Zuneigung, die zwischen Aerthas und Lysanna entsteht, unter einem ungünstigen Stern.

Fanny Bechert
Countdown to Noah (Band 1)
17. September 2017, Sternensand
300 Seiten, broschiert
Dystopie, Jugendroman
Als Taschenbuch und E-Book

Klappentext:
In einer Welt, in der Menschen zu wilden Bestien - sogenannten Noahs - mutieren, zählt für die siebzehnjährige Cassidy nur, ihre kranke Schwester zu beschützen. Als sie dabei von einem Noah gebissen wird, bleiben ihr noch genau dreißig Tage, eh sie selbst zu einem Monster wird. Nur mit der Hilfe des Rebellen Daniel hat sie eine Chance, rechtzeitig Medizin zu beschaffen. Aber wer hilft schon einer tickenden Zeitbombe, deren kleinste Berührung zur eigenen Ansteckung führen kann?

Sternensand Verlag

Besucht uns im Netz:

www.sternensand-verlag.ch

www.facebook.com/sternensandverlag